RECREATION

R13

卓九勒伯爵

Dracula

作者：布蘭姆・史托克（Bram Stoker）
繪圖：愛德華・戈里（Edward Gorey）
譯者：劉鐵虎
責任編輯：李芸玫　美術編輯：何萍萍
法律顧問：全理法律事務所董安丹律師
出版者：大塊文化出版股份有限公司
台北市105南京東路四段25號11樓
www.locuspublishing.com

讀者服務專線：0800-006689
TEL：(02) 87123898　FAX：(02) 87123897
郵撥帳號：18955675　戶名：大塊文化出版股份有限公司

總經銷：大和書報圖書股份有限公司　地址：台北縣五股工業區五工五路2號
TEL：(02) 89902588　FAX：(02) 22901658
製版：瑞豐實業股份有限公司
初版一刷：2007年2月

定價：新台幣360元
Printed in Taiwan

卓九勒伯爵

Dracula

布蘭姆・史托克（Bram Stoker）作者
愛德華・戈里（Edward Gorey）繪圖
劉鐵虎 譯

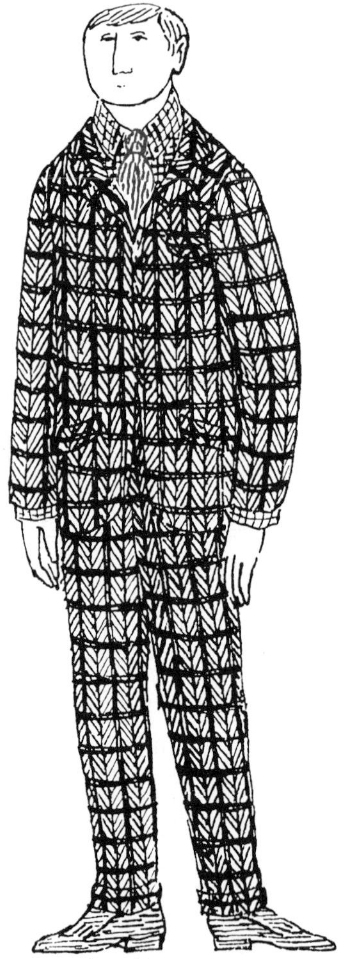

強納生・哈克

第1章

強納生・哈克的日誌（以速記寫成）

5月3日，比斯垂茲——5月1日晚上8:35離開慕尼黑，隔天一早到達維也納；6:46應該就到了，但火車遲了一小時。從我從火車上看到的，還有我走過街道時瞥見的一點印象，布達佩斯似乎是個美妙的地方。我不敢走開車站太遠，因爲火車已經遲到了，應該會儘快準時開走。我的印象是我們正離開西方，進入東方；多瑙河上最西邊的壯觀橋樑既寬又高，將我們帶入土耳其統治下的傳統世界。

我們相當準時的離站，日落前到了克勞森堡。我在這裡的「皇家旅館」過夜，晚餐是配了紅辣椒的雞，很好吃，可是令我口渴。（備忘：爲米娜拿菜單。）我詢問伙計，他說那叫做「紅椒雞」，是國菜，沿喀爾巴阡山脈我一路應該都吃得到。我發覺我那結結巴巴的德語在這裡很管用；眞的，要說不出這幾句，我還眞不知怎麼走下去呢。

我在倫敦有些自己的時間，就去參觀了大英博物館，還在圖書館查書和地圖，做了關於外西凡尼亞的研究；我心想，事先對這個國家多瞭解一些，以後跟那個國家的貴族打交道，一定有幫助。

我發現他指明的地區在這個國家最東邊的地方，正在三個省——外西凡尼亞、摩達維亞和布可維納——的交界，位處喀爾巴阡山脈之中，是歐洲最不爲人知的荒野之一。

我沒能找到任何地圖或書指明卓九勒古堡的確切地點，因爲到現在還沒有這個國家的地圖，可以和我們自己的軍事測量局地圖相比較；但我發現卓九勒伯爵命名的比斯垂茲城是一個相當知名的地方。我要在這裡做一些筆記，等我和米娜談我的旅行時，筆記可能激發我的記憶。

外西凡尼亞的人口有四個分明的族群：南部的薩克遜人和與他們混居的瓦勒克人，瓦勒克人是大夏人的後裔；馬札兒人在西部，瑟克利人在東部和北部。我正前去瑟克利人住的地方，他們聲稱是阿提拉和匈奴人後裔。有可能是如此，因爲當馬札兒人在十一世紀征服這個國家時，已經發現匈奴人在這裡定居。

我曾經讀過，世界上每個已知的迷信都給收進了喀爾巴阡山脈的世界裡，好像那裡是某種想像力的漩渦中心似的；果眞如此，我這次來這裡逗留就可能非常有趣。（備忘：我一定要鉅細靡遺的向伯爵詢問這些迷信。）

雖然我的床夠舒適，但我覺沒睡好，因爲做了各種各樣的怪夢。有隻狗整夜在我的窗下吠個不停，也許與這有關；也可能是紅辣椒的關係，總之我必須喝光我玻璃瓶裡的水，但結果還是口渴。接近早晨我睡著了，後來被連續的敲門聲喚醒，所以我猜測那時我一定睡得很熟。

我早餐又吃了紅辣椒，和一種玉米粉做的粥，他們說是「玉米糕」（mamaliga），還有塞了碎辣香腸作瓤的茄子，味道一流，他們管它叫「辣腸茄子」（impletata）。（備忘：也要拿到這道菜的食譜。）

我必須趕緊吃完早餐，因爲火車在八點前一點點開，不如說它應該在那時候開，因爲我在7:30衝到車站後，得在車廂坐上一個多小時，火車才開始動。

我感覺似乎越往東走，火車就越不準時。那要到了中國，會成什麼樣子?

我們整天似乎遊蕩過充滿各種各樣美景的國家。有時我們看見小鎭或城堡匍匐在陡峭的山丘上，就像在舊彌撒書裡見到的那樣；有時我們駛過波浪猛沖兩側廣闊石岸的溪河，宛如洪水來襲。要將河流的兩岸外緣掃淨，得要很多水，而且是急流。

每一站都有人成群結隊，有時出現一大群，穿著各種各樣的服裝。有些就像家鄉的農民，或者從法國和德國來的農民，身穿短夾克，頭戴圓帽，下身著自製長褲；但其他人則穿得美麗如畫。

婦女看來還漂亮，可是只可遠觀，腰部也非常笨拙。她們套著某種全白的袖子，大多數有寬大的帶子，帶子垂下許多鬚鬚或者小飾品，好像芭蕾戲服一樣，但當然下面有襯裙。

我們所見到最奇怪的人物是斯洛伐克人，他們比其他人看來野蠻，頭戴大牛仔帽，下身套著寬鬆的骯髒白色長褲、上身著亞麻白襯衫，腰間繫著重重的大皮帶，幾乎一呎寬，都釘滿了黃銅釘扣。他們足登高腳靴，長褲褲腳塞在靴裡，長髮烏黑，鬍鬚黑濃。他們非常別具一格，但看起來不討喜。在舞台上的話，他們立刻會被看作某些東方老強盜。不過，別人告訴我，他們非常不會害人，而且還相當不善於主張他們自己的權利。

我們抵達比斯垂茲時，天方微明，這是一個非常有趣的老地方。由於實際就在邊境——博戈隘口從這裡進入布可維納——因此它飽經滄桑，並且留下歲月蹂躪的印記。五十年前，發生過一連串大火，五度造成可怕的浩劫。十七世紀剛開始，這裡被圍困了三個星期，失去了13,000條人命，傷亡來自於戰爭以及飢荒和疾病。

卓九勒伯爵指示我去金克羅納旅館，我很欣喜地發現，這間旅館徹底的老式，正可滿足我飽覽這個國家習俗文化的願望。他們顯然在等我，因爲當我走近門，一名普通農婦打扮的年長婦女滿臉喜悅地面對我——白色內衣配上雙層長圍裙，前後印了花，緊身得幾乎不夠禮貌。當我走近時，她躬身說：「英國來的先生？」

「是的，」我說，「強納生．哈克。」

她微笑起來，向跟她到門邊穿白襯衫的老男人說了些話。

老男人走開，但隨即拿了封信回來：

「我的朋友——歡迎來到喀爾巴阡山脈。我急切地期待您。今晚好好睡。明天三點驛馬車將前去布可維納；我們為您在驛馬車上保留了一個座位。在博戈隘口，我的馬車將會等候您，並將您帶到我這裡。我相信，您從倫敦來一路旅途愉快，您也會在我美麗的土地上享受您的逗留——您的朋友，

卓九勒」

5月4日——我發現我的店東收到了伯爵的一封信，指示他為我安排馬車上最佳的座位；但當我詢問細節時，他似乎有些沉默，並假裝聽不懂我的德語。實際不可能如此，因為直到那時他一直完全瞭解我說些什麼；至少，他確切地回答了我的問題，好像他全然瞭解我的話似的。老店東和他的妻子——接待我的老婦人——害怕地互望。他嘟噥著說錢已經隨信寄出，而他知道的就那麼多。當我問他認不認識卓九勒伯爵，能不能告訴我任何關於他城堡的事情，他和他妻子同時劃起十字，說他們什麼也不知道，就是拒絕再開口。已經非常接近啟程的時刻了，我沒有時間詢問任何人，而這一切讓我感覺非常神秘，同時絕不舒服。

正當我離開之前，老婦人到我房間，歇斯底里地說：「您非得去嗎？噢！年輕先生，您非得去嗎？」她激動得似乎忘記了她會的德語，把德語混雜在我完全不懂的另一種語言裡。我得問許多問題，才能懂她講些什麼。當我告訴她我有要務在身，必須立刻出發，她再問我：

「您知道今天是什麼日子嗎？」我回答說是五月四日。她搖搖頭說：「哦，對！那我知

道！那我知道！可是您知道今天是什麼日子嗎？」我說我不瞭解她的意思，她繼續說：

「今天是聖喬治夜。您不知道今晚敲午夜鐘的時候，世界上所有邪惡的東西都會魔力無邊嗎？您知道您要去哪裡？要去見什麼嗎？」她一身煩惱的樣子讓我禁不住去安慰她，但沒什麼用。終於，她雙膝落地，祈求我別去；至少等個一兩天再上路。這一切非常荒謬，但我沒法感到舒服。儘管如此，我有重要事情要做，不能允許任何事干擾。

因此我用力想把她拉起來，儘量嚴肅地說我感謝她，但是職責所在，由不得我不去。於是她起身擦乾眼淚，從她脖子取下一個十字架，捧了給我。我不知道怎麼辦，作為英國新教徒，我受的教育是將這些物品看作某種程度的偶像崇拜，然而拒絕一位如此善意的老婦人，她還又那樣煩惱，也眞說不過去。

我想，她看見了我臉上的疑惑，因為她將念珠繞住我的脖子說：「為了您母親。」隨即走出房間。這段日誌是我利用等驛馬車的時間寫下的，馬車當然是遲到了；十字架仍然繞著我的脖子。不知道什麼原因，我心中沒法跟平常一樣輕鬆，也許是老婦人的恐懼傳染，或者是這個地方鬼裡鬼氣的傳統太多，也或許是十字架本身造成的。假如這本日誌比我先到米娜那裡，就讓它先帶去我的道別吧。馬車來了！

5月5日，城堡——早晨的灰霾已經散了，太陽高高掛在遙遠地平線上的天際，地平線似乎成鋸齒狀，是樹木還是山丘造成的我不知道，因為太遠了，大東西和小東西看來是混雜在一塊的。我不睏，而且因為我沒醒別人不得叫我，因此我自然寫到入夢。

有許多怪事值得寫下，然後，爲免日後讀到這些紀錄的人想像我在離開比斯垂茲之前，吃得太好，因此讓我在此確實地寫下我的晚餐。我用了他們稱作「強盜牛排」的晚餐——一點兒燻肉、洋蔥和牛肉，牛肉加了紅辣椒調味，串在棍子上，在火上烤熟，樣式簡單，一如倫敦貓肉！酒是金黃米底亞希（Golden Mediasch），在舌頭上造成奇怪的刺感，不過不會刺得人難受。

我只喝了兩杯，別的什麼都沒喝。當我上了馬車，車伕還沒上座，我見到他與女主人談話。他們顯然是在談我，因爲他們不時會看看我，接著，一些坐在門外長凳上的人過來聽他們講，然後看著我，大多數帶著憐憫的眼光。我能聽見他們再三提到許多字詞，奇怪的字詞，因爲那群人有各種國籍，因此我從袋子靜靜地取出我的多國語字典，查出這些字。

我必須說這些字我聽了並不開心，因爲他們包括「Ordog」——「魔鬼」、「Pokol」——「地獄」、「stregoica」——「巫婆」、「vrolok」和「vlkoslak」——兩個字意義相同，一個是斯洛伐克語，另一個是塞爾維亞語，指的是狼人或吸血蝙蝠。（備忘：我必須詢問伯爵這些迷信是怎麼回事。）當我們啓程時，人群圍繞旅店門，此時人數已大漲，他們全都劃了十字，並伸出兩根指頭指向我。

我好不容易找到一位同車乘客告訴我他們什麼意思。他起初不回答，但獲悉我是英國人後，解釋說這是抵禦邪惡之眼的魔法或護身術。這我聽來不很愉快，我才開始要去一個未知的地方會晤一個未知的人哩。但大家似乎都很好心、很哀傷，也很同情的樣子，以致我忍不住受到了感動。

我將永遠不會忘記對旅店院子的最後一瞥，那群站在寬大拱門旁的人們交錯的別緻身影，院子中央一叢叢夾竹桃和橙樹枝葉的背景，將永留在我心中。然後我們的車伕──他寬大的亞麻襯衣蓋住了整個前座（他們稱作「軋查」【gotza】）──用他的大鞭子啪啪抽打他的四匹小馬，小馬隨即並肩前奔，將我們帶上旅途。

我們一路前行，美景當前，讓我很快就將那些對鬼的恐懼拋在腦後，可是其實，要是我懂得同車乘客的（那些）語言，我大概沒有那麼容易將它們拋在腦後。我們前方攤現一片滿是森林和樹木的綠色斜坡，不時出現陡峭的山丘，上面覆著樹叢或農舍。

到處有果樹開花──蘋果、梅、梨、櫻桃。我們一路奔馳，我可以見到樹下綠草上散灑著落下的花瓣。馬路在這些他們稱作「風水寶地」的青山裡穿進穿出，繞過綠草彎時就沒了個蹤影，有時則被山丘上狀如火舌的松樹蔓延的末端枝葉擋住。

山路崎嶇，但我們仍然飛奔而過。當時我不瞭解為什麼要這麼匆促，但車伕顯然一心一意要分秒必爭地抵達普隆鎮。有人告訴我，這條路在夏天時狀況極佳，但下過冬雪後就沒整理，這裡是它與喀爾巴阡山脈一般道路不同之處，因為不把道路整理得太好是這裡的老傳統。自古以來，哈斯巴達人便不會修理道路，唯恐土耳其人會認為他們準備帶進外國軍隊，因之催動隨時如箭在弦上的戰爭。

過了風水寶地的綠色森林，出現層層升高的喀爾巴阡山脈，在我們左右聳立著，下午的太陽肆意照著山林，將這片美好區域的輝煌色彩充分展示出來：峰頂陰影中的深藍和紫色、草地和岩石混合處的綠色和棕色、還有無盡的巉岩峭壁，一路綿延到巍峨的雪白峰頂。四處似乎都可見高大的山脊，當太陽開始西沉，我們不時看見落雨的白色微光。當我們急繞過一座小山腳，迎面而來一片崇高的覆雪峰頂，在我們蛇行於蜿蜒山道途中，看來恍然就在眼前，一位旅伴當下拍觸我的臂膀，邊說：

「快看！神的寶座！」——然後他崇敬地在胸前劃十字。

我們在無盡的山道上九彎十八拐，太陽在我們身後越沉越低，夜晚的陰影開始爬繞上來。這在雪峰夕陽的強化下，益顯分明，那雪峰在落日的光照下，似乎發出細緻清冷的粉光。我們四處碰到身著美麗服裝的捷克人和斯洛伐克人，我還注意到甲狀腺疾病在這裡很流行，看得令人痛苦。路旁有許多十字架，當我們衝過時，車上乘客也全部劃起十字。不時出現一位農夫或農婦，跪在廟祠之前，我們接近時，連頭都不轉一下，似乎完全投注在對神的奉獻中，外面世界是眼不見亦耳不聞。許多事物對我很新鮮，例如，樹間的乾草堆，到處可見的非常美的樺樹群，白色的樺樹枝透過細緻的綠葉閃照如銀。

我們不時經過一輛奇形怪狀的手推車——一般農民的手推車——有著長長的蛇狀牽引鍊，特別設計來配合不平的路面。車上肯定坐了滿一大群歸家的農民，捷克人穿著白羊皮衣，斯洛伐克人穿彩色羊皮衣，後者好像拿長矛似的拿著他們的長竿，竿子一端有個斧頭。

隨夜幕降臨，天氣開始變得非常涼，我們在山丘間深深的山谷前進，漸增的幽暗似乎融入樹影，橡木、山毛櫸和松木，形成一大片黑暗。當我們上馳通過隘口，暗黑的冷杉東一棵西一棵直立，背景是一片新降的雪。

有時，由於山路切過在暮色中籠罩我們的松林，而松林似乎在黑暗中向我們靠攏，使得大片灰樹叢形成一種古怪而嚴肅的效果，繼續引發稍早傍晚落日時產生的想法和種種陰森的想像，當時落日餘暉穿過喀爾巴阡山脈上方無止無盡的鬼般烏雲，在山谷中投下奇怪的浮雕影像。有時山丘非常陡峭，以致車伕雖急，馬匹卻只能慢慢前進。

我希望下車跟馬一起走，就像我們在英國那樣子，但車伕不聽我的。「不要，不要，」他說，「您在這裡不能走，狗太凶猛了。」接著他又說，而且他顯然想表現他的冷面幽默——因爲他環視車內，希望取得其他人心有戚戚焉的微笑——「而且您睡覺前可能會受夠這種事。」他唯一肯停下來的時候是點燃他的燈的片刻。

天整個暗下後，乘客似乎有些激動起來，他們一個接一個跟他講話，好像在敦促他加速。他用長鞭子無情地抽打馬匹，又放聲吆喝，鼓勵馬匹加勁。然後穿過黑暗，我可以看見前方出現一種灰光，好像山丘間有道裂縫。乘客們更加激動起來。

狂亂的馬車在它巨大的皮彈簧上搖晃不已，就像被拋棄在風暴海上的小船一樣。我必須抓緊東西。路變得比較平了，我們看起來像在路上飛。然後兩側的山似乎靠近我們，蹙眉低視著我們。我們正進入博戈隘口。幾名乘客逐一向我獻禮，他們按住我，認眞得不容我拒絕。

他們的禮物特異而各種各樣，但每份禮都給得很眞誠，附帶一句親切的話，和一份祝福，還有那種我在比斯垂茲旅館外見過的同樣的帶恐懼意味的動作——劃十字以及抵禦邪惡之眼的手勢。然後，我們一路飛奔，車伕向前傾身，兩邊的乘客翹首伸出馬車，熱切地凝視前方黑暗。

顯然，有些非常扣人心弦的事正在發生或將要發生，但儘管我詢問了每一位乘客，卻沒人肯給我一點點解釋。這個激動狀態維持了一些時刻。終於，我們見到隘口在我們前方的東側開口。頭頂上有暗雲滾動，空中醞釀著雷電。好像山脈分開了兩塊大氣，而我們正進入隆隆作響的那一塊。

現在我自己在探看將把我帶去伯爵那裡的運載工具。我每一刻都期待光焰照穿黑暗，但眼前只有漆黑一片。唯一的亮光是我們自己的燈閃爍的光芒，燈裡湧著一片白色雲霧，是從被駕御得緊緊的馬匹鼻孔冒出後升上去的蒸汽。我們現在能見到攤在眼前的白沙路，路上沒有車輛的跡象。乘客們高興得嘆口氣往後倒身，似乎在嘲笑我自己的失望。我正在想最好做些什麼時，車伕看著他的手錶，對其他人說了些我幾乎聽不見的話，說得那麼小聲，音調那麼低，以致我只能猜測他說的是：「早了一個小時。」然後他轉向我，講出比我講得還糟的德語。

「這裡沒有馬車。那位先生看樣子不會來了。他現在會前去布可維納，明天或後天回來，最好是後天。」他正講話時，馬開始狂亂地嘶叫、噴鼻息和前衝，車伕只得扯緊轠繩。然後，在農夫一片尖叫聲與劃十字的動作中，一輛雙馬四輪馬車從我們後面追了上來，趕過我們，停在馬車旁邊。我可以從我們的燈灑出的光芒看見那些馬是炭黑色的駿馬。駕御牠們的是一名高大男子，蓄著付棕色鬍子，戴了頂大黑帽，似乎是在將他的面孔藏起，不讓我們見到。我只能見到一對非常明亮的眼睛閃出的微光，他轉向我們時，在燈光照耀下似乎透著紅色。

他對車伕說：「朋友，您今晚早了。」那人結結巴巴回說：「那位英國先生急匆匆的。」陌生人回答：「所以，我想你希望他繼續去布可維納。朋友，您不能騙我。我知道得太清楚了，而且我的馬很快。」他說話時微笑著，燈光照清了一張難看的嘴，嘴唇非常紅，牙看來很銳利，白得跟象牙一樣。一位我的車伴向另一位耳語伯格在〈Lenore〉中的詩句：

「因死者行速。」（Denn die Todten reiten Schnell.）

詭異的車伕顯然聽見了他說些什麼，因爲他露出閃爍的微笑往上看。乘客將臉轉過去，同時伸出兩根手指，劃起十字。「把那位先生的行李給我。」車伕說，我的袋子隨即被交出並投入四輪馬車中。然後我從驛馬車側邊下車，因爲四輪馬車就在旁邊，所以車伕伸出一手幫我，那隻手像鋼夾般捉住我的胳膊。他的力量一定很巨大。

車伕一言不發甩動韁繩，馬匹轉身，我們隨之衝入黑暗的隘口。當我回頭看，在燈光下見到驛馬車的馬噴出鼻息，水汽反射出我的舊車伴劃十字的身影。然後車伕啪啪揮鞭，對馬吆喝，逕自向布可維納飛奔。當他們沒入黑暗，一份孤寂感籠罩過來。突然一件斗篷拋上我肩膀、一張毯子罩住我膝腿，車伕用一流的德語說：

「先生，夜裡涼得很，伯爵大人吩咐我照顧您。您需要的話，座位下有一瓶司里渥維茲（這個國家的梅子白蘭地酒）。」

我一滴也沒喝，但知道酒在那裡，還是讓我滿舒服的。我感覺有點奇怪，不只一點害怕。我想要是有任何其他選擇，我應該都會接受，而不是在這前路茫茫的暗夜死命趕路。馬車一路快速直行，接著我們大轉彎，順另一條直路前進。我感覺似乎我們只是一再在同樣的地面上奔跑，因此我將一些明顯的地標記下來，結果發現果眞如此。我想要詢問車伕這一切是什麼意思，但我眞正害怕這麼做，因爲我想，落於這番處境，萬一是有意拖延，任何抗議都不會起作用。

慢慢地，我感到好奇時間過了多少，於是點燃火柴，在光焰中看我的手錶。再幾分鐘就是午夜。這讓我有點兒心驚，我想是我最近的經驗令我增加了對於普遍流傳的午夜迷信的緣故。我懷著噁心的懸疑感等待著。然後從路遠方一間農舍，傳來一隻狗哀淒的嗚叫聲，久久不斷，好像十分恐懼。一隻狗沒叫完，另一隻接著嗚，接力般輪續不絕，直到另一種狂野的嗥叫隨著輕輕穿過隘口的風開始傳來，似乎來自整片鄉野，遠達想像力能企及的暗夜。

馬匹聽到第一聲嗥叫便開始緊張立起，但車伕跟牠們講話，安慰牠們，馬隨即平靜下來，但仍邊發抖、邊冒汗，好像突然受到驚嚇後躲開那般。然後，從我們兩邊山峰遠方，開始傳來更大聲、更尖銳的嗥叫聲，這回是狼嗥，既影響到馬，也影響到我自己。牠們再度立起後腳往前衝，必須用盡力氣防止牠們衝脫，此時，我也想從馬車跳下跑開。幸好，幾分鐘後，我自己的耳朵也習慣了狼嗥，馬匹也安靜了下來，車伕終於能夠下車，站在馬面前。

他安撫了馬匹，在牠們耳邊耳語，如同我聽說馴馬師那麼做的，結果效果非凡，在他愛撫之下，馬匹再變得聽話，不過還是顫抖著身子。車伕再上座，搖動韁繩，馬匹大步奔出。這回，他到了隘口遠方後，突然轉上右方的一條狹窄馬路。

很快我們被樹叢包圍，有些路段上方樹枝拱起，好像通過隧道似的。然後兩邊岩石再度插天俯瞰我們。我們雖然受到樹枝遮蔽，仍能聽見風聲吹起，穿過岩石猶如呻吟，又似吹哨，我們奔過時，樹枝交擊不已。天越來越冷，細粉般的雪開始落下，我們和周遭一切很快被罩上一條白毯。銳利的風仍然載來狗的嗚叫，只不過隨距離漸遠，叫聲也漸微弱。狼哮聽起來越來越近，好像狼群正從四面八方包圍我們似的。我滿心恐懼，馬匹也一樣。然而，車伕卻毫不在乎。他繼續左右轉動他的頭，但我在黑暗中什麼都見不到。

突然，我看見我們左邊出現微弱閃爍的藍色火焰。車伕也同時看見了。他立即勒住馬，然後跳到地面，消失在黑暗中。我不知道怎麼辦，狼嗥益加逼近，更令我不知所措。但我正胡思亂想之際，車伕突然再出現了，二話不說便登上座位，繼續往前行。我想我一定睡著了，還一直夢著這件事，因爲夢似乎不斷重覆，現在回想起來，眞像某種可怕的夢魘。火焰後來出現在路附近，甚至在黑暗中我也能觀看車伕的動作。他迅速駛往藍色火焰升起的地方，火焰一定非常微弱，因爲它似乎根本不能照亮它附近的地方，他收集幾塊石頭，將石頭擺成某種特別的樣子。

那裡一度出現一種奇怪的光學效果。當他站在我和火焰之間，他沒有擋住火焰，因爲我仍然能見到火焰鬼怪般的焰花。這嚇到了我，但由於效果僅屬短暫，我相信是我眼睛因爲在暗中看得太用力而花掉了。然後有一會，藍色火焰不見了，而我們加速前行，通過幽暗，狼嗥繞著我們，好像狼群是個移動的圈圈，一直跟著我們走。

後來，車伕又走去更遠的地方，他離去的期間，馬開始打顫打得更厲害，又噴鼻息又驚聲嘶叫。我看不出任何馬兒驚懼的原因，因爲狼嗥已完全停止。但就在那時，月亮移出烏雲，出現在一塊長滿松樹的岩石頂端之後，月光下，我見到一圈狼繞住我們，齜著白牙，吐著紅信，四肢筋肉飽滿，鬃毛亂豎。一片死寂中，牠們看起來比在嗥叫時還可怕一百倍。我自己是嚇得人都痲痺起來。一個人只有親自面對這種恐怖，才能瞭解眞實的情況。

狼群突然同時開始嗥叫，好像月光對他們有些奇怪的影響。馬匹四處亂跳，立起後腳，無能爲力地看著四周，眼珠滾動得叫人看得痛苦。但那圈活生生的恐怖四面八方包住牠們，而牠們被強迫留在裡面。我叫馬車夫過來，因爲我覺得我們唯一的機會是突圍；爲了幫助他過來，我邊呼喊，邊敲打馬車邊上，希望噪音能把狼嚇開，給他到達馬車的機會。他怎麼到那裡的，我不知道，但我聽見他把聲音提高成霸王下令的口氣，我往聲源看過去，見到他站在路中。他揮動長長的臂膀，好像掃開某種難以捉摸的障礙，狼群靜靜地倒退又倒退。就在那時，一朵烏重的雲橫過月亮，我們遂再度進入黑暗。

當我能再看見周遭，車伕正爬上馬車，狼群已消失無蹤。這一切如此離奇，使得一陣恐懼襲上我心頭，不敢講話也不敢動。當我們繼續趕路，時間似乎沒有終止，現在幾乎完全在黑暗中，因爲滾動的雲遮暗了月亮。我們繼續登高，偶爾快速下降，但多半一直登高。突然，我意識到車伕正在拉起韁繩，我們已置身一座巨大荒廢的城堡庭院中，高高黑黑的窗戶透不出一絲光線，殘破的城垛襯著天空現出一條鋸齒狀的線。

第2章

強納生・哈克的日誌（續）

5月5日——我一定是睡著了，因爲如果我完全醒著，一定已經注意到了如何走進這樣一個可觀的地方。在幽暗中，庭院看起來相當大，而由於有幾條陰暗的小徑從庭院展出，小徑上方又有大圓拱，因此或許庭院看來比實際的大。我還沒能在白天見到庭院。

當馬車停下來，車伕跳下來，伸手協助我下車。我再次禁不住注意他巨大的力量。他的手確實像是——假如他想的話——眞能打碎我的手。然後他取下我的行李，放在我身邊的地上。

我緊挨在一扇大門旁站著，大門老舊，釘著好些大鐵釘，包在一座凸起的巨石門廊裡。即使在昏暗的光中，我也能看見石頭經過大幅雕刻，只是雕飾已經被歲月和天候磨損了許多。我人還站在那邊，司機再次跳進他位子，抖起韁繩。馬起身向前，於是行李和一切都消失在一處黑暗的開口。

我靜默的站在原地，因爲不知道做些什麼好。沒有門鈴或門扣的跡象。我的聲音不大可能穿過這些看來像在皺眉的牆壁和黑暗的窗戶。時間在等待中似乎凝結無盡，我感到懷疑和恐懼湧上心頭。我這是到了什麼地方？置身何許人之中？我出發涉入的又是哪門子冷酷的冒險？這種事在被派出向外國人解釋購買倫敦莊園相關事務的律師書記生涯中，是家常便飯嗎？律師書記耶！米娜不會喜歡的。不對，是律師！因爲就在我離開倫敦之前，才剛接到消息說我考試成績很好，現在是不折不扣的律師啦！我開始揉我的眼睛又捏捏自己，看自己是不是醒著。一切對我似乎像個可怕的惡夢，而我期待自己突然醒過來，發現自己在家，黎明正努力從窗口進房，就像我常常在一天過度勞累後第二天早晨的感覺。但我的肉回應了捏它的測試，而我的眼睛也不會被騙。我確實是醒的，而且身處喀爾巴阡山脈之中。我現在能做的只有耐著性子，等待早晨來臨。

正當我得到這個結論，我聽見大門後重重的腳步走近，並透過門縫見到一團微光。接著是嘎嘎響的鏈子聲和巨大門栓拉下的噹啷聲。鑰匙轉動，發出因長期不用而生的摩擦聲，大門往後張開。

門內，站著一位高高的老人，鬍子刮得很乾淨，但蓄著長長的白髭，從頭到腳穿得一身黑，週身沒有一個色塊。他手裡拿著一盞古色古香的銀燈，火焰在燈裡竄著，但沒有任何煙囪或圓球，它在打開的門氣流中閃爍，照出抖動的長影。老人以右手優雅地向我示意入內，說著一流的英語，但音調奇特。

「歡迎光臨寒舍！請進，你請隨意！」他沒有動身向前迎我，只是像座雕像站著，好像他歡迎的姿勢已將他固定成石頭。不過，我一跨進門內，他立即衝身向前，伸出手握住我的手，力量大得讓我畏縮，而他的手又冷得跟冰一樣，不像活人手，倒像死人手，令我更加倒吸涼氣。他又說：

「歡迎光臨寒舍！請進，留心腳下，眞是讓我們蓬蓽生輝啊！」他握手的力量非常像那位我沒見到面孔的車伕的手勁，以致我一時懷疑起跟我講話的這人是不是同一人。爲免搞錯，我問道：「卓九勒伯爵？」

他優雅地躬身回答：「正是卓九勒，歡迎你光臨寒舍，哈克先生。請進，夜裡很冷，你可得吃東西，好好休息。」他邊說邊把燈掛在牆上的托架，接著提了我的行李往外走。我還沒能阻止他，他便拿走了我行李。我抗議，但他堅持。

「不行，先生，你是我客人。現在晚了，下人休息了。我自己照顧你吧。」他堅持提著我的行李沿通道走，登上一條旋轉梯，又沿另一條大走道走，我們的腳步在石地板上重重響著。到了走道尾，他推開一道重重的門，我開心地見到房內燈光明亮，餐桌鋪得好好的等人用膳，大壁爐裡燒著熊熊柴火，木柴新添滿了，火焰飛騰光亮。

伯爵停下腳步，放下我的袋子，關上門，然後走過房間，打開另一扇門，進入一個八角型小房間。裡面點了一盞燈，似乎沒有任何窗戶。通過這間房，他又打開一扇門，示意我進入。印入眼簾的景象讓我很高興，因爲這裡是一間照明良好的大臥室，也有新加的柴火暖房，這從頂部的木柴很新鮮看得出來，柴火順著寬寬的煙囪送上一陣空吼。伯爵親自將我的行李放下，離開，關上門之前說：

「你一路旅途勞頓，趕快盥洗一番，恢復精神。我相信你將找到所有想要的東西。梳洗好了，請進另一間房，你會發現你的晚飯準備好了。」

光明和溫暖和伯爵彬彬有禮的歡迎似乎驅散了我所有的疑心和恐懼。我恢復正常狀態後，感到一陣飢腸轆轆。於是匆匆梳洗一番，進入另一間房。我發現晚飯已經擺好。我的主人站在大壁爐的一邊，傾身靠著石爐柱，優雅地向餐桌劃出波浪狀手勢說：

「請你坐下，隨意用膳。抱歉我不跟你一塊吃，我已經用過了。」我將霍金斯先生委託給我的密封信件遞給他。他打開信，嚴肅地讀著。然後，他露出迷人的微笑，遞給我看。至少其中一段讓我興奮不已。「敝人必須遺憾的說，敝人久爲痛風所苦，這回又發了，使敝人有一段時間絕對無法做任何旅行。但敝人欣喜地說，敝人派了位完全有資格的代理人，敝人對他信心十足。這位年輕人精力十足，才華洋溢，性格非常忠實。他爲人謹慎，不多言，在我那兒服務成長。他在你那兒的時候，會照料你，所有事都會照你的意思做。」

伯爵走上前，掀開一盤菜，我立即開始大啖一隻味道絕佳的烤雞。烤雞、一些乳酪和沙拉，還有一瓶老托凱葡萄酒，是我的晚餐，我喝了兩杯。我用餐時，伯爵問我許多有關我旅程的問題，我逐一告訴他我所經歷的一切。

此時我已用完晚餐，順主人的意思，拉了把椅子到壁爐邊，開始抽起主人給我的雪茄；同時，他則推辭說他自己不抽雪茄。我現在有機會觀察他了，發現他外貌非常突出。他的面孔有，非常有，鷹鉤的特徵。瘦瘦的鼻樑高起，鼻孔高拱得出奇，天庭飽滿，顳顬一帶頭髮長得稀稀疏疏的，別處卻十分濃密。他的眉毛非常多，幾乎連在鼻子上方，頭髮叢生，往各個方向捲曲著。大鬍子底下露出的嘴部不動而看來相當冷酷，白牙尖利得古怪，凸出在嘴唇上，那兩片紅潤的嘴唇，以他這年紀的人而言，顯得生命力大得驚人。其餘的：他的耳朵是蒼白的，耳廓上部尖得不得了。下巴寬大有力，兩頰瘦而堅牢。整體效果是灰白得非比尋常。

至此我已注意到他的手背，因為他將手放在膝蓋上，火光中，手背似乎相當白而細緻。但現在靠近看，我不得不注意到，他的手相當粗糙、寬大，手指短胖。說來奇怪，掌心長了些毛。指甲長而細緻，剪得尖尖的。當伯爵傾身過來，手碰到我，我一時無法壓抑住發抖。也許因為他氣息難聞，我登時一陣噁心得不得了，不管我做什麼，都無法隱瞞。

伯爵顯然注意到了，立即退後，同時露出冷冷的微笑，將他的暴牙露出到現在為止最長的地步，再坐回了他壁爐的那一邊。我們兩人同時沈默一陣子，然後我往窗戶看，見到黎明的第一道曙光。似乎一切都奇怪的靜止下來。但當我傾聽，好像聽見從底下山谷傳來許多狼的嗥叫。伯爵雙眼閃爍出光芒，說：「聽牠們叫，這些暗夜之子，牠們發出的音樂多美呀！」我想，他看見了我臉上浮現他沒見過的表情，於是又說：「啊，先生，你們城市人沒法體會獵人的感覺。」然後他起身說：

「你一定累了，你的臥房都準備好了，你明天可以睡到日上三竿。我得離開到下午，所以好好睡，作個美夢！」他禮貌的一鞠躬，親自為我打開八角型房間的門，我走進我的臥室。我滿腦子迷惑。我懷疑。我恐懼。我想著奇怪的事，甚至對我自己的靈魂也不敢承認的事。上帝保佑我，就只是為了我心愛的那些人吧！

5月7日——清晨再度到臨，我好好享受了過去二十四個小時，大肆休息。我睡到日上三竿，睡到自然醒。當我穿好衣服，走進我們用晚餐的房間，見到桌上擺了一道已冷的早餐，咖啡放在壁爐上的壺裡保溫。桌上有張卡片，上面寫著——

「我必須離開一陣子。別等我。D。」我坐下大快朵頤一番。用完餐，我尋找喚鈴，好讓僕人知道我已用畢，但找不到。看看繞著我的這一片金玉堂皇，可以想見這棟房子裡一定會少些什麼想不到的東西。餐具和桌上擺飾全是金的，而且加工得那樣美，定然價值連城。窗簾和椅套和沙發和我床上的布幔是最昂貴、最美麗的織品，當初裁製時必然價值不斐，因為它們已有數世紀，不過狀況絕佳。我在漢普頓宮廷見過類似的織品，但已陳舊、破損，蟲蛾咬蝕。儘管如此，房中卻沒有一面鏡子。連我桌上都沒有梳妝鏡，我想刮鬍子或梳頭髮，還得從我袋子拿小刮鬍鏡。我還沒在任何地方見到一名僕人，狼嗥之外，也沒聽到城堡附近有任何聲音。我已用完膳一段時間了，但不知道用的是早餐還是晚餐，因爲我用餐是在五、六點之間。我環顧四周，找東西閱讀，因爲我不喜歡沒得伯爵允許便逕自在古堡四處走動。房內空無一物，書、報紙，甚至文房四寶俱無蹤影，於是我打開房內另一扇門，結果發現一間有點兒像圖書館的房間。我試了我對面房間的門，但發現上了鎖。

在我發現的圖書館裡，我喜出望外地見到一大堆英文書，好幾書架都是，還有合訂的雜誌和報紙。中央一張桌上胡亂攤了些英文雜誌和報紙，不過沒一份是很近期的。書籍各色各樣，歷史、地理、政治、政治經濟學、植物學、地質、法律，樣樣都有，都與英國和英國生活及風俗習慣相關。甚至有像倫敦工商名錄、公務員名錄和社會名人錄、《惠特克年鑑》、《陸軍軍事年鑑》和《海軍軍事年鑑》這樣的參考書，我還見到讓我心臟歡喜得大跳的《律師名錄》。

我正看書時，門開了，伯爵進來。他開心地向我致意，祝福我睡了個好覺。接著說：

「我很高興你找到了這裡，因爲我確定這裡有很多東西會讓你感興趣。這些伴侶，」他將手放在一些書上，「一直是我的好朋友，過去這些年來，自從我有去倫敦的想法後，帶給了我許多許多快樂的時光。透過它們我認識了偉大的英國，而認識了她就會愛上她。我渴望走過你們大倫敦的擁擠街道，置身熙來攘往的人群中，分享那兒的生活、那兒的變動、那兒的死亡，以及造就她今日面貌的一切。但是唉呀！我到現在還只能透過書本瞭解你們的語音哩。希望靠你，我的朋友，我能懂得怎麼講英語。」

「但是，伯爵，」我說，「你完全瞭解英語，也講得很好！」他嚴肅地鞠躬說：「朋友，感謝你如此恭維我，但我擔心我才剛懂些皮毛哩。的確，我懂文法和字詞，但我還不會講。」

「真的，」我說，「你講得好極了。」

「沒那麼好，」他回答，「嗯，我知道，要是我在你們的倫敦走動和講話，沒有人會不知道我是外地人。那樣對我來說不夠。在這裡我是貴族，我是王公，老百姓認識我，我是主人。但外地人到了異鄉，他什麼也不是。人們不認識他，而不認識就不會關心。如果我像其他人就好了，這樣如果有人看見我，就不會停下來，或者聽見我講話就打住說：『哈哈！外地人！』我做主人這樣久了，還是得做主人，至少別人不能做我的主人。你來到我這裡，不單是作我埃克希特朋友彼得．霍金斯的代理人，只是要告訴我所有關於我在倫敦的新莊園的事情。我相信，你還要在這裡跟我留一段時間，好讓我能跟你講話，學會英文語調。我講話時，非常希望你告訴我哪裡錯了，即使是最小的錯誤。抱歉我今天必須離開那麼久，但我知道你會原諒有如此多要務在身的人。」我當然儘量說了願意幫忙的話，又問他如果我想去那個房間，能不能去。他回答，「能，當然能。」又說，

「你可以去城堡裡面任何地方，除了門鎖著的地方以外，那裡你當然不會想去。所有東西像現在這樣，一定是有原因的，如果你從我的角度看事情，跟我知道得一樣多的話，或許會比較瞭解。」我說我確定事情是這樣，他接著說，「我們是在外西凡尼亞，外西凡尼亞不是英國。我們做事的方式和你的方式不同，許多事你會覺得奇怪。不對，從你已經告訴我的經驗，你已經知道會有些什麼奇怪的事了。」

這些話讓我們打開了話匣子，他看來顯然想要談話——即使只是想談話而已——於是我就已經發生在我身上或者我注意到的事，開始問他許多問題。有時他把話題轉開，有時假裝不懂，把話叉開，但一般而言，都儘量坦率的回答了我。然後隨時間消逝，我變得大膽了些，開始問他一些昨夜發生的怪事，例如，爲什麼馬車伕要去他看見了藍色火焰的地方。他向我解釋，民眾普遍相信，每年某一夜，事實上就是昨夜，所有邪惡鬼靈都會現身肆虐，然後會冒出藍色火焰，火焰所在就是珍寶埋藏的地方。

「那件珍寶給掩藏在，」他繼續說，「你昨晚來時經過的地區，這毫無疑問，因爲那裡是瓦勒克人、薩克遜人和土耳其人爭戰了好幾個世紀的地區。唉！這整片地區幾乎沒有寸土沒給人血澆灌過，或者是愛國志士，或者是侵略者。古時候有動亂時期，每當奧地利人和匈牙利人成群結隊過來，愛國志士便出去迎戰，不分男女老少，都到隘口上方岩石等待他們前來，看著他們到了，便製造山崩消滅敵人。縱使侵略者勝利了，也找不到什麼東西，因爲原先不論有些什麼，都給藏進友好的土壤裡去了。」

「但那些寶藏，」我說，「怎麼可能保留那麼久都沒給發現呢？只要有一個確定的跡象，大家就會肯花功夫去找吧？」伯爵微笑起來，他的嘴唇翻過牙齦，又長又尖的犬齒怪異地突出來。他回答：「因爲你的農夫壓根兒是懦夫和傻瓜！那些火焰只在一晚上出現，而那天夜裡，這片土地上的人只要可能，絕不會到屋外鬼混。而親愛的先生，縱使他出門，也不會知道要做些什麼。嗨，縱使你告訴我的那位把火焰出現地方做了標記的農夫，到了白天也不會知道到哪裡去找他自己做的標記的。我敢發誓，連你也沒法再找到那些地方吧？」

「你說得一語中的，」我說，「我不會比死人更知道到哪裡去尋找寶藏。」接著我們逐漸轉開話題，談起其他事情。「來，」他最後說，「告訴我關於倫敦的事，還有你為我買下的房子的事。」我向他道歉自己疏忽了，隨即走進自己房間，從我的袋子取出文件。正當我整理文件時，我聽見隔壁房間傳來瓷器和銀器碰觸的聲音，當我走過時，注意到桌子已經收拾好，燈也燃了，因為此時已入深夜。書房或說圖書館的燈也點燃了，我發現伯爵躺在沙發上閱讀——你再也想不到的——《英國布萊德薛指南》（英國鐵路年度時刻表）。我進房時，他將書和文件從桌上清開，接著我便與他仔細討論所有計劃、文件和數字。他對一切都感興趣，問了我無數有關那地方和周圍環境的問題。他顯然事先已盡力研究了他能找到與該區相關的所有資料，因為他顯然比我知道得多得多。當我這麼告訴他，他回答說：

「哦，但是朋友，難道我不應該這麼做麼？我去那裡的時候，會是孤伶伶的一個人，我的朋友哈克．強納生，不對，原諒我，我又用我國家的習慣，先講你的姓氏了，我的朋友強納生．哈克那時是不會在我身邊改正和幫助我的。他將會在埃克希特，好幾十英里外，大概與我的另一位朋友彼得．霍金斯在專心處理文件。所以！」

我們詳談在波弗利特購買莊園的的事務。當我告訴了他相關事實，讓他在必要的文件上署名後，又寫了封信連同這些一起準備寄給霍金斯先生，接著他開始問我是怎麼找到這麼合適的地方的。我把我當時做的、現在謄寫好的筆記讀給他聽。

「在波弗利特一條僻野路上，我遇到這麼處好像正是我們所需要的莊園，那裡豎了面已經毀壞的牌子，說這裡要賣。那裡圍著道高牆，建築樣式古老，很重的石頭建的，許多年沒有修理。門是關著的，是用重重的老橡木和鐵做的，整個都鏽蝕了。

這座莊園稱作「卡法克斯」（Carfax）莊園，無疑舊詞「四面」（Quatre Face）沿用後的遺跡，因為房子有四個面，配合羅盤的四基點。整座莊園約有二十英畝，大致由上述的堅實石牆所包圍。莊園有許多樹，使它有些地方陰沉沈的，還有一座暗黑的深池塘，或者是小湖，水源顯然是一些泉水，因為水很清澈，並由之流出一條不小的溪流。房子非常大，年代，我想，應該可回溯到中世紀時期，因為一部分是由厚得不得了的石頭造的，只有幾扇高窗，而且鐵條重重。它看起來像要塞的一部分，緊挨著一座老教堂或教會。我進不去，因為我沒有大門鑰匙，但我用我的柯達相機從好些地點拍下照片。房子有附加的建物，蔓延得非常大一片，我只能猜測建物大約覆蓋了多大地面，不過肯定是非常大的。附近幾乎沒什麼房舍，有一棟是最近才附建的非常大的房子，是私人的精神病院。不過，從地面見不到這座療養院。」

我講完後，他說：「我很高興房子又老又大。我自己出身老世家，住在新房子裡會要我的命。房子沒辦法一兩天就整理得很好住，而且畢竟，要多少日子才能變成一個世紀呀。我也很高興，這裡有座老教堂。我們外西凡尼亞的貴族不喜歡埋骨平民墳塚之間，我尋求的不是熱鬧歡樂，也不是年輕快活的人所喜歡的明亮陽光與閃耀水波的淫佚。我已不再年輕了，我的心臟經過多年哀悼死者已經疲倦，不大適合狂歡。而且，我城堡的牆壁已殘破。陰影很多，風從殘破的城垛和窗扉吹過，呼吸起來都覺寒冷。我喜愛陰涼地和陰影，只要有時間就會獨自思考。」不知怎麼的，他的話和他的神色似乎不一致，要不然便是他的面孔使他的微笑看起來帶著惡意而顯憂鬱。

接著他託辭離開，請我將我的文件收好。他離開一下後，我開始看周遭的一些書。一本是地圖集，自然翻開時，印入眼簾的是英國，看起來那張地圖已經用了很多次。細看那張地圖，我發現某些地方標記了小圓圈，檢查這些小圓圈時，我注意到有一個靠近倫敦東邊，顯然就是他的新莊園所在之處。另兩個圓圈包住的是在約克夏沿海的埃克希特和惠特比。

伯爵返回時已經接近一個小時。「啊哈！」他說。「還在專心看你的書？眞好！但你可不能老是工作。來！我聽說你的晚飯準備好了。」他抓住我的胳膊，我們走進隔壁房間，我在那兒見到一席盛宴已在桌上鋪好。伯爵又說他不用餐，因爲他在出門時已在外面用過了。但他跟前一天晚上一樣坐在旁邊，邊看我吃，邊和我聊天。晚餐後我開始抽煙，跟昨晚一樣，伯爵陪著我聊天，一小時一小時地就每一個可以想像得到的主題問問題。我感覺天色確實已晚，但沒說什麼，因爲我感覺有義務滿足我的主人所有的願望。我不睏，因爲昨天睡的大覺已讓我精神恢復，但卻禁不住黎明到來時襲上的寒顫，好像漲潮換成退潮似的。有人說，瀕臨死亡的人一般會在黑夜轉成黎明時，或者潮汐轉變時斷氣：任何人疲倦時無法自工作崗位脫身，在經歷這種大氣的變化後都會相信我說的。突然我們聽見異常刺耳的雞鳴刺穿清明的晨間空氣而來。

卓九勒伯爵迅速起身說，「嗨呀，又到早晨了！我讓你這麼熬夜眞是怠慢。你眞得把你口中那親愛的英國講得別那麼有趣，我才不會忘記時間是怎麼飛逝的。」他向我禮貌地一欠身，快步離去。

我走進我房間，拉開窗簾，但見不到什麼。我的窗戶開向庭院，見得到的只有暖灰轉亮的天空，於是我再拉上窗簾，寫下今天發生的事情。

5月8日——我剛開始記錄自己的經歷時，擔心寫得太雜亂，但現在很高興從頭就寫得很仔細，因為這個地方透著許多蹊蹺，這裡的一切都令我禁不住感到不自在。但願我能安全離開，或者根本沒來過這裡，也許是這個怪異的夜晚生命在告發我什麼事情，但願一切古怪到此為止！如果有任何人可以跟我講話，我還能忍受，但一個人都沒有。我只有伯爵可以講話，而他——恐怕我自己是這個地方唯一的活人了。容我將事實寫成散文，那將幫助我忍受下來，而我絕不能讓想像控制我，真要被想像控制，我就完了。讓我說出我的處境吧，或者似乎身處的境況。

我上床後只睡了幾小時，接著感覺再也睡不著，便起身，我已將刮鬍鏡掛在窗邊，正要開始刮鬍子。突然間，我感覺肩膀上有隻手，隨即聽見伯爵的聲音跟我說：「早安。」我驚身而起，因為鏡子可照到我身後整個房間，但我卻完全沒見著他人影。驚起時我刮破了下巴一點，但當時沒注意到。回應了伯爵問安後，我轉身再看鏡子，看我怎麼看錯的。這回絕對沒看錯，因為那人很靠近我，而我可見到他在我肩膀上方，可是鏡子裡面沒有他的影像！我身後整間房都浮現鏡中，但裡面沒有個人的影子，除了我以外。

這令我心驚，加上已經發生的那樣多怪事，原先那種伯爵在我身邊總讓我不自在的模糊感覺，立即開始增長。就在此時，我見到刮破下巴的傷口流了些血，血順著下巴滴下，我放下刮鬍刀，半轉身去找一些貼布。當伯爵見到我的臉，他的眼睛露出一種魔鬼般的凶光，突然伸手抓我喉嚨。我身子一抽，他的手碰到那串有十字架的念珠，那使他立即改變，凶光迅即消退，我幾乎無法相信那道眼神曾經在那裡。

「小心，」他說，「小心別刮到自己。在這個國家刮破臉，比你想像的還要危險。」接著他抓著刮鬍鏡繼續說，「這就是惹了麻煩的討厭東西，它是人類虛榮的低劣玩意，丟掉吧！」他隻手一彎打開窗戶，扔出鏡子，鏡子在下方遠處庭院石頭上碎成千片。接著他一語不發退回身子。這讓我很困擾，因爲我不知道以後要怎麼刮鬍子，除非用我的錶盒，或者刮鬍盆的底部，幸好那裡是金屬的。

我走進餐廳時，早餐已經擺上，但我到處看也找不到伯爵，於是我獨自進餐。奇怪的是，我到現在還沒見過伯爵吃喝東西，他一定是非常特異的人！早餐後，我在城堡中稍事探索，我登上樓梯，發現一間南向的房間。這裡景觀很壯麗，從我站的地方，到處都見得到。城堡在一座恐怖的懸崖邊上，石頭若從窗戶落下，下墜一千英尺也不會探底！眼界所及，盡是綠樹尖海，偶爾出現一道裂谷，一些河流穿過森林，繞成深峽，在陽光下如銀川流佈。

但我無心描寫大自然美景，稍事觀賞即往前探索。門，門，門，到處是門，而且都鎖好拴上。唯一的出口是城堡牆上的窗戶。城堡是不折不扣的監獄，而我是犯人！

第3章

強納生・哈克的日誌（續）

當我發現自己是囚犯，一種發狂的感覺淹沒了我。我在樓梯上下亂衝，試每扇門，每找到一扇窗戶就往外看出去，但不久我就確信自己無路可逃，一蹶不振的感覺立時擊敗了所有其它感覺。當我在幾個小時後回想，我想當時我一定瘋了，因爲我表現得好像籠中鼠一樣。不過，當我無能爲力的信念升起，我靜靜坐下，這輩子從未如此安靜過，開始思考最好做些什麼。我還在想，還沒有得出確定的結論。唯一確定的事是，跟伯爵講我的想法是沒有用的。他很清楚我被監禁了，而因爲是他自己做的，無疑有他自己的動機，所以如果我完全信任他，什麼都講給他聽，他只會欺騙我。我所能想到的，就只有把我知道的和我的恐懼保留給我自己，以及保持眼睛張開。我知道，我要不是像嬰孩般被我自己的恐懼欺騙了，就是已墮入絕望的深淵，如果是後者，那我現在，還有將來，便需要絞盡腦汁通過難關。

我才剛得到這個結論，便聽到樓下大門關上的聲音，當然是伯爵回來了。他沒有立即進圖書館，因此我謹慎地回房，卻撞見他在整理床褥。這很怪，但只是證實了我一直所想的：房子裡沒有僕人。當我稍後透過門的縫隙看見他在餐廳擺桌子，我更加確定。因爲如果所有這些雜役他都自己做，那肯定證明了城堡裡沒有別人，一定是伯爵本人駕駛那輛將我帶來這裡的馬車。這個想法挺可怕，因爲如果是這樣，那麼他能只舉起手就控制狼不出聲，意味了什麼呢？爲什麼所有在比斯垂茲和馬車上的人都爲我大爲恐懼呢？給我十字架、大蒜、野生玫瑰和山梨又意味什麼呢？

願神保祐那位將十字架繞住我脖子的好好女人！因爲每當我觸摸它，它都帶給我舒適和力量。我從來受到的教育是將十字架看作偶像崇拜的物品，是不好的東西，現在在我寂寞無助時，它卻幫助了我，眞是奇怪的事。是不是十字架的本質裡就有一種力量，還是它是一種媒介，一種有形的輔助品，能夠傳載同情與舒適的記憶？以後如果有時間的話，我得好好探究一下，同時確定我對它的立場。同時，我必須盡力探索關於卓九勒伯爵的一切，因爲這也可能幫助我瞭解。如果我將話題轉到他身上的話，今晚他也許會談他自己。不過，我必須非常小心，不能引起他懷疑。

午夜——我與伯爵做了一席長談。我問了些關於外西凡尼亞歷史的問題，他對這個話題十分熱中。他講到外西凡尼亞的典故和人物時，特別是戰役，講得好像他全都在場似的。他對這後來解釋說，對一位貴族而言，他家族和他名字的尊嚴就是他自己的尊嚴，他家族的榮耀就是他的榮耀，他家族的命運就是他的命運。每當他講到他的家族，他總是說「我們」，而且幾乎總是用的複數，好像國王講話似的。我眞希望能完全照他說的寫下來，因爲對我而言太引人入勝了。他說的似乎涵蓋了他國家的整個歷史。他邊講邊激動起來，拉扯著他的大白鬍子在房內四處走動，手放到哪裡，就抓那裡的任何東西，好像他要用蠻力捏碎它似的。他說的一件事我要儘量眞確地記下來，因爲它在講述過程中說出了他的種族的故事。

「我們瑟克利人有權利驕傲，因爲在我們的血管裡流著許多勇敢的種族的血液，他們戰鬥起來，就像獅子爲主權戰鬥一樣。在那樣多歐洲種族裡，烏戈爾族從冰島傳下來索爾和沃丁大神賜與他們的戰鬥精神，他們的狂戰士（Berserkers）將之展現到了歐洲海濱，不只於此，還展現到了亞洲和非洲海濱，直到外邦人民以爲狼人親自來了。這裡，同樣，當他們來時，遇到匈奴人，匈奴人戰鬥起來氣壯山河、橫掃地球猶如活生生火焰，被他們打得奄奄一息的人民，忍不住以爲匈奴人的血管中，流著那些從塞西亞（Scythia）被逐出的老巫婆與沙漠惡魔交配生下的後代的血液。傻瓜啊！傻瓜啊！有哪個惡魔還是哪個巫婆有阿提拉那樣偉大？而阿提拉的血液正是流在這些血管裡？」他舉起他的胳膊。

「所以我們是征服的種族、是驕傲的種族，又有什麼奇怪呢？當馬札兒人、倫巴人、阿瓦爾人、保加人或土耳其人傾其大軍壓境，我們立刻將他們打回去，又有什麼奇怪呢？當阿爾帕德和他的軍團橫掃匈牙利祖國，抵達邊境時見到我們在這裡，而征服祖國之役是在那裡完成的，又有什麼奇怪的呢？而當匈牙利人如洪水般向東掃蕩時，勝利的馬札兒人宣稱瑟克利人是他們同胞，並將守衛土耳其邊境的重任交付我們幾個世紀。是的，除此之外還有更多無盡的邊防重任，因為正如土耳其人說的，『水會睡覺，敵人可是不會睡的。』四個國家中，誰比我們更加高興地接受了『血刃』，或者在接到就戰備位置的呼喚時，更快聚集到國王的旌旗下？當瓦勒克人和馬札兒人的軍旗沉落到伊斯蘭新月旗下時，我國的大國恥——卡索瓦之恥——是何時贖回的呢？以大將軍身份橫渡多瑙河，在土耳其人自己的土地上打得他們團團轉的，不是我自己的族人又是誰呢？這眞是卓九勒家的人啊！當他倒下後，他那不成材的兄弟將自己族人賣給了土耳其人，為他們做牛做馬，才眞叫人惋嘆啊！

的確，豈不就是這位卓九勒，啓發了他種族裡的後人，讓他們在後來的世代，一次又一次帶領部隊橫越大河，進入土耳其；當他被擊退了，總是東山再起，縱使他必須從他部隊被屠殺得血淋淋的戰地隻身再來，因為他知道只有他能贏得最後勝利！有人說他戰鬥只是為他自己。呸！農民少了領袖有什麼用呢？少了個腦子和心臟帶頭打仗，戰爭哪裡結束得了呢？還有，當莫哈奇戰役結束，我們拋開了匈牙利套住我們的軛，而我們流著卓九勒家血液的，正是在戰役的領導群之中，因為我們的精神無法容忍我們不自由。啊，年輕先生，瑟克利人，尤其作為他們心臟、他們腦子和他們的劍的卓九勒家族，値得吹噓的紀錄，可是哈布斯堡家族和羅曼諾夫家族永遠望塵莫及的。戰爭年代已經過去了。在現在這些可恥的和平日子，血液是太珍貴了，偉大種族的光榮事蹟已如說書先生口中的故事了。」

此時已近早晨，於是我們各自上床。（備忘：這份日誌似乎像是恐怖的《天方夜譚》首章，因爲一切都必須在雞鳴時暫停，或者像是哈姆雷特父親的鬼魂。）

5月12日——讓我從經過書籍和圖佐證、讓人不得不信的事實——赤裸、貧乏的事實——開始。我不能將這些事實，與必須基於我自己的觀察的經驗相混淆，也不能和我的記憶混淆。昨天晚上，伯爵從他房間過來後，開始問我有關法律的問題，以及執行某些事務的問題。我一整天書讀得人疲倦得很，另外，只是爲了讓我腦袋想事情，也檢視了我在林肯旅店被檢查的一些事情。伯爵詢問事項有某種方法，因此我設法按順序將他們寫下來。這些資料哪天說不定會對我有用。

首先，他問一個人在英國能不能有兩個律師，還是可有更多。我告訴他如果他想要的話，他可以有一打律師，但一次交易雇用一位以上的律師是不明智的，因爲一次只能有一位行動，並且換律師的話幾乎肯定會有損他的利益。他似乎完全瞭解，繼續問，萬一在離開銀行業務律師家很遠的地方需要當地人協助，那麼請一個人照顧，例如，銀行業務，另一人照看運輸，是否會有實際困難。我請他解釋得更清楚一些，以免我產生誤解，於是他說：

「我舉例說明。你和我的朋友，彼得・霍金斯先生，從你們在埃克希特的美麗大教堂陰影下面，親自爲我買下我在倫敦的房產，而埃克希特離倫敦很遠。很好！現在讓我在這裡坦白說，以免你會奇怪我不去找住在倫敦的人幫我做事，卻去找離開倫敦很遠的人爲我服務。我的動機是，除了我的願望之外，任何當地人的利益都不要介入，而因爲住在倫敦的人或許會有一些他自己或他朋友的目的，因此我如此遠離家鄉尋找我的代理人，使他所做的僅只符合我的利益。現在，假設我事務繁忙，想要將物品運送到新堡，或者德朗，或者哈里奇，或者多佛，是不是托交給一個在這些口岸的人去辦，比較容易呢？」

我回答說，那一定最容易了，但我們律師有一個彼此代辦的系統，當地的工作能透過任一位律師指示而完成，客戶只要交付一個人處理，就能執行他的願望，沒有進一步的麻煩。

「但，」他說，「我能自由處理自己的事務，不是這樣嗎？」「當然，」我回答，而且「商人經常這樣做，因爲他們不喜歡有任何一個人知道他們全部的事。」

「好！」他說，然後繼續詢問交託的方法以及要辦的手續，還有各種各樣可能出現、但事前預想能夠預防的困難。我盡全力向他解釋所有這些事情，而他確然給我個他可以當好得出奇的律師的印象，因爲沒有什麼是他沒想到或者沒有預見到的。以一個從未到過這個國家、並且顯然沒做過什麼生意的人而言，他的知識和敏銳令人稱奇。當他對他講到的這些事項滿意了以後，而我也藉由可用的書儘量證實了一切後，他突然站起來說：「從你寫第一封信給我們的朋友霍金斯先生以後，還有沒有寫信給他，或者給其他人？」

我心中一陣苦怨，回答說我沒有，到現在還沒有見到任何機會送信給任何人。「那麼現在寫吧，我的年輕朋友，」他在我肩膀上重重一按說，「寫給我們的朋友還有任何其他人，如果你樂意的話，跟他們說你從現在起要待在我這裡一個月。」「你希望我留這麼久？」我問他，因爲想到這樣，我的心頭便冷。

「我很希望這樣，不，我不接受你拒絕的。當你的主人，雇主，隨便你怎麼稱他，跟我約定有人要代表他來，就已經表示我的需求是唯一要滿足的。我沒有很小氣。不是這樣麼？」我除了低頭認栽之外還能做什麼？這是霍金斯先生的利益，不是我的利益，而且我必須爲他想，不是爲我自己，而且除此之外，當卓九勒伯爵講話時，他眼睛和舉止裡出現的那種味道，使我記起我是囚犯，縱使我希望離去，也沒有任何選擇。伯爵見到我臉上困擾的表情，已經知道他勝利在握，因爲他立即開始利用他的權力，只不過是以他自己那圓滑、無可抵禦的方式。

「我向你祈求，我的好好小友，你信裡面不會提到正事之外的事。你的朋友無疑會樂意知道你狀況很好，還有你盼望回家與他們見面。不是那樣麼？」他講話時遞給我三頁筆記紙和三個信封。它們都是最薄的那種外國郵件，我看看郵件、看看他，注意到他尖銳的犬齒壓在紅紅的下唇上，露著靜靜的微笑，我立時瞭解——就好像他講出來似的——我應該更加小心寫些什麼了，因爲他讀得懂。

於是我決定現在只寫些範本式的內容，但寫給霍金斯先生時秘密地做完整報告，寫給米娜時也可暢所欲言，因爲我能寫速記給她，如果伯爵看到，他也看不懂。當我寫了兩封信，便靜靜坐著讀書，伯爵寫了幾張紙，寫時參考了桌上的一些書。然後他拿去我的兩封信，和他寫的放在一起，放在他的文具旁，之後，當門一在他身後關閉，我即刻傾身看信，那些信件都文字面朝下。我這麼做不感到內疚，因爲在這種情況下，我覺得應當盡所有可能保護自己。

其中一封信寄給山繆爾・F・畢林頓，地址是惠特比新月莊園7號，另一封寄給瓦那的律特勒先生，第三封寄給倫敦寇茨公司，第四封給布達佩斯的「赫倫・克洛普斯塔暨比爾魯斯銀行」。第二和第四封沒有封緘。我正準備要看信，忽然見到門把轉動起來。我坐回我的位子，才重拾書本便見到伯爵手上拿著另一封信，走進房間。他將桌上的信件拿起，仔細貼上郵票，然後轉向我說：

「我相信你會原諒我，但我今晚有很多私人工作要做。我希望，你會如願找到所有的東西。」他在門邊轉身，停了一陣後說，「容我勸告你，親愛的小友。不對，容我認認眞眞的警告你，如果你離開這些房間，在城堡任何其他地方，都不會找到睡覺的地方的。這裡老啦，有很多過去的記憶，而不明智地選擇地方睡覺的人，是會做惡夢的。要小心喔！要是你現在或任何時候想睡覺，那趕緊回你寢室或這些房間，因爲然後你就可安全休息啦。但如果你這方面不小心，那麼，」他以一種可怕的方式結束講話：他用兩隻手做出好像洗手的動作。我很懂他的意思。我唯一的懷疑是，是否有任何夢可能比似乎正向我撒過來的不自然而恐怖的陰暗神秘羅網還要可怕。

稍後——我向他保證照他最後說的幾句話去做，但這回我半絲疑慮也沒有了。我斷不會恐懼在他不在的任何地方睡覺。我將十字架安置在我的床頭，想像這樣睡覺就不會那樣多夢，十字架就該留在那裡。

他離開後，我回我的房間。一會兒後，我確定了無聲息了，便出來登上石梯，到我能往南望出的地方。與庭院裡狹窄的黑暗比起來，這裡浩瀚的黑暗予人一些自由的感覺，儘管我無法觸及它。這樣往外看時，我感覺我的確是在監獄裡，而我似乎想吸一口新鮮空氣，縱使是夜晚的空氣。我開始感覺這夜的生命在告發我種種秘密。它在破壞我的神經。我盯著自己的陰影，心中充滿各種各樣恐怖的想像。上帝知道我在這被詛咒的地方有我恐懼得不得了的道理！我展望眼前美好的浩瀚，沐浴在輕柔的黃色月光中，那月色幾乎跟白天一樣亮。在柔和的光裡，遠方的山丘似乎溶化了，與山谷中的陰影和峽谷中那片天鵝絨黑相映成趣。單只這份美就似乎令我歡欣。每個呼吸都帶給我平靜和舒適。當我從窗口傾身外望，我的目光被正在我下方一個樓層移動的一樣東西吸引住了，那裡稍微在我左方，從房間的順序來推想，應該是伯爵自己的房間窗戶外方。我站立處的窗戶既高又深，有著石頭豎框，雖然歷經風吹雨打，仍然完整。但豎框在那裡顯然已滿有些時日。我把身子退到石雕之後，仔細往外看。

我見到的是伯爵正自窗口探出的頭。我沒看見面孔，但我從脖子和他的背和臂膀的動作，知道是他。不論如何，我不可能把那雙我已經細看多次的手認錯。我先是感興趣，而且覺得有些好玩，當一個人是囚犯時，丁點那麼大的事都會讓他感興趣和覺得好玩，說來真是奇妙。但當我見到他整個人慢慢地從窗口湧現，開始在令人恐懼的深淵上沿城堡牆壁爬行而下，面孔朝下，斗篷繞著他散出，好像巨大的翅膀，我的感覺立時變成嫌惡和恐懼。起初我不能相信我的眼睛。我想是月光造成的錯覺，光影的古怪效果，但我看下去，終於確信不可能是錯覺。我看見他的手指和腳趾抓著石頭的角落，那些石頭在歲月的摩擦下，灰泥已經清除，而他就利用每個突起和不勻的表面，以可觀的速度向下移動，正如蜥蜴沿牆壁行動一樣。

這是什麼樣的人？還是什麼樣的生物？它只是以人爲外表嗎？我感覺這個可怕的地方帶來的恐懼在淹沒我。我是在恐懼，可怕的恐懼，而我無路可逃。我被包在我不敢想像的驚悸之中。

5月15日——我又看見伯爵以他那蜥蜴的方式出門。他以側行方式向下爬了大約一百英尺，很靠向左邊。他身子消失於一個洞或窗口之中。當他的頭消失後，我傾出身子，試著看能不能看到更多，但沒有用。距離太遠了，沒辦法產生適當的視角。我知道他現在已離開城堡，於是想利用這個機會好好探索到目前爲止還沒敢探索的地方。我回房取燈，嘗試打開所有的門。門全部鎖上了，我本來就這麼認爲，鎖相對而言還新。但我順石階下到我最初進堡的大廳。我發現將門栓拉下、解開大鍊，還算容易。但門是鎖著的，而鑰匙不見了！

那把鑰匙一定在伯爵的屋內。我必須注意如果他的門鎖開了，要利用機會拿到鑰匙逃脫。我繼續徹底的檢視各種各樣的階梯和通道，並嘗試打開通道兩旁的門。靠近大廳附近的一兩個小房間是打開的，但裡面除了歲月塵封、蟲蛾咬蝕的老傢具以外，沒什麼好看的。不過，最後我發現樓梯頂有扇門，雖然似乎鎖著，但稍微施壓便開一點。我用些力推它，發現它不是眞正鎖著的，抗力是來自鉸鏈脫落了一些，重重的門靠到地板上了。這是我可能再也不會有的機會，因此我用力推它，以便進入。

我現在是在城堡比我知道的房間更右翼的一邊，樓層更低一層。我能從窗戶看到，房間往城堡南方延展，最末一間房的窗戶分望南西二方。在南側朝西方，有一道大懸崖。這座城堡是建在一塊大岩的角落，極具天險，三邊都相當堅固，這裡做了大窗戶，吊索、弓箭或火槍都到不了，因此在這個必須守衛的位置所不可能擁有的光和舒適，都成了現成。西方是一座大山谷，然後很遠的地方升起大片了無人煙的山野，峰峰相連，一峰還比一峰高，光禿禿的岩石散布些山梨和刺棘，樹根緊貼在石頭的空隙和裂口裡。這裡顯然是昔日的夫人小姐們的閨房，因為傢具散出的舒適氣息是我至今僅見的。

窗戶沒有窗簾，黃色月光透過鑽石般的窗格洩入，讓人甚至見得到色彩，同時又軟化了躺在所有物件上的豐厚灰塵，將歲月和蛾蟲肆虐的結果偽裝了一些。在明燦的月光下，我的燈似乎不管用，但我很高興它在我身邊，因為這個地方有種令人忌憚的孤寂，使我的心涼下來，神經開始打顫。儘管如此，這裡還是比單獨住在我因必須與伯爵相處而恨意橫生的那些房間要好，我強自鎮定一下後，一份柔軟的靜謐襲上。就在這裡，我坐在一張小橡木桌旁——古時候可能某位窈窕淑女就坐在這裡，心思重重、腮紅唇朱地撰寫她那錯字連篇的情書——在我日記裡速記自從我上次闔上它以來發生的所有事情。這是十九世紀更新版的復仇。然而，除非我的感覺欺騙了我，否則過去的世紀往昔有、今日亦有它們自己的力量，這種力量僅僅以「現代性」是無法消滅的。

稍後——5月16日早晨——主保佑我神志清楚，我已落入如此境地。安全和安全保證都是過去的事了。我住在這裡只希望一件事，就是我不會發狂——假如我還沒有瘋狂的話。假如我神志正常，那麼想到潛伏在這個可恨地方的所有骯髒事物之中，伯爵對我是最不恐怖的，而我的安全只能寄望於他，而且只有在我能符合他的目的時才能寄望，想到這便肯定是令人發瘋了。我主偉哉！我主慈悲！讓我鎮靜下來，因爲設非如此，定然只有瘋狂的下場。早先困惑我的一些事，我開始瞭解了。直到現在，我從來不大懂，當莎士比亞讓哈姆雷特說：「我的筆記板！快！我的筆記板！我該把它寫下來。」等等話時，他是什麼意思；現在，我感覺自己的腦子好像筋都斷了，或者好像驚恐即將將我毀滅，我轉而向我的日誌求取歇息。準確記錄的習慣定然有助於安慰我。伯爵神秘的警告當時嚇住了我，它讓我後來更害怕，不是當我想起他的警告之時，而是從此他便用恐懼抓住了我。我一猜想他可能說些什麼，便會恐懼起來！

當我寫好日記，幸運地將日記本和筆放進口袋後，感到睏起來。伯爵的警告進入我心中，但我蓄意不服從，感到很樂。愛睏的感覺襲上我，隨之而來的是睏倦引來的賭氣。柔軟的月光帶來慰藉感，外面廣闊的空間給我一種自由清新的感覺。我決定今晚不回去那些被陰暗襲據的屋子，留在這裡睡，陪那些古時候坐在這裡唱歌，過著甜蜜生活的仕女們，她們溫柔的乳房爲他們的男人困在無情的戰爭中而哀傷。我將一張大大的長沙發拖出角落，如此我躺下時，便能望著東方和南方可愛的景色，接著不去理會灰塵，讓自己平靜下來入睡。我想我一定是睡著了；但願如此，但恐怕不是這樣。因爲接下來眞實得嚇人，眞實到現在我坐在這大白天的陽光中，也一絲兒沒法相信一切都在夢中。

我不是一個人。房間是一樣的，從我進來一點也沒改變。我能看到沿著地板，在明亮的月光下，我自己的足跡留在被我打擾過的塵封已久的地面上。月光中，三名年輕女人在我對面站著，由她們的服裝和舉止看，應是貴族小姐。我當時認爲自己一定在作夢，因爲我見到她們時，地板上沒有她們的影子。小姐們走近我，注視我一陣子，然後一起低語。兩位小姐面色黑暗，高高的鷹鉤鼻好像伯爵那樣，大大的黑眼睛像要把我看穿，與淡黃的月光對比之下，幾乎發紅。

另一位小姐很討人喜歡，美得不得了，金黃頭髮如雲，眼眸猶如淡色青玉。不知怎麼的我似乎認識她的面孔，似曾相識的感覺中帶著些依稀的懼意，但我當時無法憶起哪裡見過她、怎麼會讓我不安。三位小姐都有光亮的白牙，襯著她們紅寶石般的妖嬈嘴唇，像珍珠般發光。她們有種使我心神不安的特質，叫我有些渴望，又有些恐懼得要命。我感覺心中昇起一種邪惡、灼燒的慾望，渴望她們以那些紅唇親吻我。把這寫下來不好，說不定哪天它會讓米娜看到，讓她痛苦，但這是眞相。她們擠在一塊耳語，接著三人一起笑出銀鈴般的笑聲，彷彿音樂，但冷硬得好像不可能是穿過柔軟的人類嘴唇所發出來的聲音。那像是隻靈巧的手演奏玻璃水杯所發出的甜美音聲，令人按捺不住，心癢難熬。那位美女賣弄風情地搖著頭，另兩位催促她繼續。

一位說，「去嘛！妳第一個，我們跟妳。妳從右邊開始。」另一位接著說，「他年紀又輕又壯，我們全有得親的。」我靜靜躺著，從我睫毛下看出去，痛苦又愉快地巴望著。那位美女輕移蓮步，到我身前彎下身子，直到我能感覺她的呼吸。她的氣息甜美，甜得跟蜜一樣，同時跟她的嗓音一樣傳給人神經發痛的感覺，但甜美之下有層苦澀，澀得讓人反感，好像嗅到血液一樣。

我不敢抬起眼皮，但還是從睫毛下偷偷看出去，結果清楚見到那位女郎坐在她膝上，彎在我身上，貪婪地看住我。她發出刻意的荒淫氣息，既令人興奮又令人排斥，而當她拱著脖子時，眞的像動物一樣舔起她的嘴唇，直到我能在月光中見到濕氣在包著鋒利白牙的猩紅嘴唇與軟紅舌頭上發光。當她的嘴唇下到我嘴巴和下巴之下的地方，似乎固著在我喉頭上時，她的頭也越來越低。接著她打住，而我能聽見她舌頭舔她牙齒和嘴唇時攪動的聲音，同時感覺得到我脖子上熱熱的呼吸。接著我喉嚨的皮膚開始刺痛，就像即將搔到癢處的手越來越接近人時，皮肉所起的反應。我能感覺到柔軟、顫抖的嘴唇接觸我喉頭超級敏感的皮膚，還有兩顆利牙堅硬地抵凹我頸上的兩點皮膚，剛碰到那裡就停了下來。我一陣慵懶銷魂，登時閉上雙眼，心臟怦怦跳著等待、等待。

說時遲那時快，忽然另一種感覺像閃電一樣快掃過我。我意識到伯爵也出現了，而且意識到他好像包在憤怒的風暴裡。當我眼睛不自主地張開，我見到他強韌的手掌抓住美女的纖細脖子，一把將它扯起，藍眼睛立時換作憤怒、兩排白牙怒氣滔天地嚼著，白細的面頰氣得燙紅。但伯爵！我從未想像過有這樣的忿恨與憤怒，甚至地獄的邪魔也沒這麼大的氣。他的眼睛確定是在燃燒，裡面的光噴著火紅，好像地獄之火在眼後燃燒。他的臉孔死白，臉上的紋路堅硬得像是緊綳的弦線。緊蹙到鼻根上的濃眉現在好似鼓起的白熱金屬棒。他狂揮胳膊，一下便將女郎甩到一邊，接著向其他女郎行動，好像他要擊退她們似的。這是我見過他對付狼群同樣的專橫姿態。他以一種雖然低得像耳語般，但卻似乎穿過空氣，然後在屋裡清脆響起的聲音說：

「妳們敢給我碰他？隨便哪一個？我說過不准動他，妳們怎敢看上他？回去，我跟妳們全部講！這個人屬於我！妳們怎麼插手跟他混要給我當心，不然妳們要先對付我。」美貌女郎猥褻地浪笑一聲，轉身回答他，「你自己從來沒愛過人。你從來不愛人！」講到這裡，別的小姐一起加入，屋裡頓時響起一陣嚴苛、卑鄙的苦笑，幾乎讓我聽得暈過去。那好像是惡魔的樂趣。接著伯爵轉身，專心看我面孔一會後，輕聲低語：「會，我也會愛。妳們自己從過去就知道。不是這樣嗎？唉，現在我答應妳們，我跟他的事辦完後，妳們就可以隨心吻他。現在，去！去！我必須喚醒他，有事要辦。」

「那我們今晚什麼都沒有嗎？」一名小姐低笑說，一邊指向他摔在地板上的袋子，袋子會動，好像裡面有什麼活的東西似的。他點頭當答覆。一名小姐向前跳，打開袋子。如果我的耳朵沒聽錯，傳來的是喘氣聲和嗚咽聲，好像出自一個半被窒息的孩子。小姐圍上來，我嚇呆了。但當我看過去，她們連同可怕的袋子一塊消失了。她們附近沒有門，而且她們如果經過我，我不可能注意不到。她們似乎就是消失到了月光裡面，穿窗而去，因爲我可以看見外面有些昏暗、朦朧的身影停留一會兒，然後才整個消失。接著我便嚇得暈過去了。

卓九勒伯爵

第4章

強納生・哈克的日誌（續）

我在自己的床上醒來。如果我沒作夢的話，一定是伯爵將我搬到了這裡。我一直想這個題目，但得不到任何一個毫無疑問的答案。的確，是有些小證據，例如我的衣服摺疊和擺放的方式不合我的習慣。我的手錶仍然沒上發條，而我從來習慣在就寢之前最後上好發條，還有許多這種細節。但這些線索不足以證明，因爲它們可能只是證明我的頭腦跟平常不一樣，而基於某種原因，我定然非常煩惱。我必須仔細搜索證據。有件事我很高興。假如是伯爵將我搬到這裡，幫我脫下衣服，他一定很匆忙，因爲我的口袋原封不動。

我肯定這本日誌會讓他覺得很神秘，無法容忍。他會拿走或銷毀。當我環視這個房間，雖然它一直讓我那麼充滿恐懼，但現在卻有點兒成了庇護所，因爲什麼也不會比那些可怕的女人更令人畏懼了，她們從那時到現在一直在等待吮吸我的血液。

5月18日——我又下來去看那間房在白天是什麼樣，因爲我必須知道眞相。當我走到樓梯頂旁的門口，發現門關上了。門框曾經被大力衝撞過，以致部分木緣已斷裂。我能見到門鎖的螺栓沒鎖上，但是門從裡面關緊了。我恐懼那的確不是夢，而必須根據這個臆測行動。

5月19日——我肯定是掉進了陷阱。昨晚伯爵用最和藹的口氣要求我寫三封信；一封寫我在這裡的工作幾乎完成了，幾天之內應該就會啓程返家；另一封寫，我從寫這封信的時間開始算，第二天早晨啓程；第三封寫我已離開城堡，抵達了比斯垂茲。我眞巴不得反叛他，但感覺在完全由伯爵掌控的現狀下，跟他公開爭吵是瘋狂的事。而拒絕也會激發他的懷疑並將他惹惱。

他知道我知道得太多，不能讓我活下去，以免我對他形成危險。我唯一的機會是延長我逃脫的時機。也許會發生一些事情給我機會脫身。我見到他那種將那名美女甩出去的忿怒在他眼睛裡開始醞釀。他向我解釋，郵遞班次很少又不一定，我現在寫這些可以讓我的朋友放心。他又向我大力保證，他會暫時留住後面的信件，保留在比斯垂茲，直到適當時間才寄出，這樣萬一我留得更久也沒問題，而我若反對他可能會造成新的懷疑。因此我假裝附和他的看法，並詢問他我應該在信上寫什麼日期。

他計算了一分鐘，接著說，「第一封應該是6月12日，第二封6月19日，第三封6月29

日。」我現在知道我還有多少天好活了。上帝幫助我！

5月28日——出現一個逃命的機會，至少，有機會傳話回家。一隊瑟克利人來到了城堡，並在庭院裡紮營。這些是吉普賽人。我的書裡有關於他們的註記。他們獨自在世界的這個部分，不過與全世界普通的吉普賽人有聯繫。他們在匈牙利和外西凡尼亞數以千計，幾乎不受任何法律管轄。他們總是歸附某位大貴族或王公，依領主的名姓自稱。他們什麼都不怕，也沒有宗教，除了些迷信之外，他們只講他們自己的吉普賽方言。

我將寫一些信回家，並設法請他們幫我把信寄出。我已經透過我的窗口開始和他們講話結識。他們把帽子脫下，向我敬禮又做出許多手勢動作，然而，我對那些手勢動作一概不懂，就跟對他們講的語言一樣……

我寫好信。米娜的是速記，我只簡單要求霍金斯先生與她通信。我向她解釋了我的情況，但沒有寫出我只能自己臆測的恐怖。要是我講心裡話，會把她嚇死。如果信件傳不回去，伯爵也不會知道我的秘密或我瞭解的程度……

我給了他們信件。我把信連同一件金幣穿過我窗口拋給他們，隨之做出各種動作手勢請他們寄出去。拿到信的人將信貼心一按，鞠了個躬，隨即放進他的小帽裡。我沒什麼能再做的了。我偷偷回到書房，開始讀書。因爲伯爵還沒有進來，我便在這裡寫東西……

伯爵來了。他坐在我身邊，打開兩封信，用他最柔滑的聲音說，「瑟克利人給了我這些東西，雖然我不知道它們是哪兒來的，但我當然要注意。看到吧！」——他一定看過了——「一封是你寄的，寄給我的朋友彼得・霍金斯。另一封」——這時他打開信封，見到奇怪的符號，他的臉上登時湧起陰暗的神色，兩眼發出邪惡的光焰——「另一封是件卑鄙的東西，破壞友誼和慷慨招待的暴行！它沒簽字。咳！所以它不會跟我們有關係。」說著他冷靜地持著信和信封，放入燈焰中，直到灰飛湮滅。

接著他繼續說，「給霍金斯的信件，我當然會寄出去，因爲它是你的。你的信件對我是神聖的。請你原諒，我的朋友，我不小心開了封緘。你不要再闔上麼？」他把信伸出給我，禮貌一躬，遞給我一個乾淨的信封。我只能再寫好信封封上，默默遞還給他。當他走出屋子時，我能聽見鑰匙輕輕轉動的聲音。一會兒後，我過去試門，門鎖上了。

一兩個小時後，伯爵靜靜走入房間，他的來到喚醒了我，我是在沙發上睡過去的。他表現得非常有禮貌，非常歡喜，見到我睡了一覺，他說，「所以，我的朋友，你是累了？上床去睡吧，那裡最能讓你休息到。我今晚可能沒法跟你聊，因爲有許多事要做，但我請你一定要睡。」我走進我的房間就寢，而且說來奇怪，一覺無夢。絕望有它鎮定自己的方式。

5月31日——今天早上我醒來時，我想我要從我的袋子拿些紙和信封準備好，留在我的口袋裡，以便萬一我碰到機會，可以寫下來，但又發生讓我驚訝的事，又是一次震驚！

每張紙都消失了，連我所有的筆記、我的備忘錄，與鐵路和旅行相關的紀錄、我的信用狀；事實上，所有一旦我走出城堡，就可能對我有用的東西，都不見了。我坐著深思一會兒，想起一些事，趕緊搜尋我的旅行皮箱以及放置了我的衣物的衣櫥。

我穿著旅行的西服不見了，外套和毯子也是。我哪裡也找不到它們蹤影。這看來像是什麼新的邪惡計劃……

6月17日——今天早晨，我坐在床沿敲醒我的腦子時，聽見庭院外面沿岩石道路一路傳來鞭子脆響和馬蹄跺地的聲音。我滿心喜悅趕到窗前，見到兩輛大型雷特推車驅馳入院子，每輛都由八匹健壯的馬拖著，每對馬前頭坐了位斯洛伐克車伕，頭戴他的寬邊帽子、腰上纏著釘了釘扣的大皮帶、身披骯髒的羊皮，足登高靴。他們手中也拿著他們的長竿。我向門跑，打算下樓嘗試穿過大廳跟他們碰面，因爲我想那條通道可能爲他們打開了。又是一次震驚，我的門從外面反鎖了。

於是我跑到窗口向他們大叫。他們愚蠢地往上看我，指指點點，但就在那時，瑟克利人的「將軍」出來了，他看見車伕們指我的窗口，隨之說了些什麼，車伕聽了都笑起來。此後我不管做什麼，不論哀叫還是苦求，車伕連看都不看我一眼。他們堅決地轉開身。大推車裝了大大的方形箱子，以粗繩作把柄。箱子顯然是空的，斯洛伐克人搬動時很輕鬆，箱子被粗魯搬動時也發出大大的共鳴聲。

當箱子全部被卸下，在庭院的一個角落排成一大堆後，瑟克利人給了斯洛伐克人一些錢，車伕們在錢上吐了口水求好運，各自慵懶地回到他的馬頭邊。不久之後，我聽見他們鞭子劈啪作響，聲音漸行漸遠。

6月24日，晨起之前——伯爵昨晚離開我比較早，把他自己鎖進他屋子。我膽子一上來，就跑上旋轉樓梯，往窗外看，窗口向南。我想我應當盯住伯爵，因爲有些事在進行。瑟克利人在城堡裡某處紮營，正在做某種工作。我曉得是這樣，因爲每一陣子，我便聽見遠方傳來鶴嘴鋤和鐵鍬鋤土的悶悶的聲音，不論是在做什麼，這定然是某些冷酷的惡作最後的活動。

我在窗口待了大約不到半小時後，見到有個東西從伯爵的窗口出來。我身子往後一倒，仔細觀看，見到整個人體出現。這回他竟然穿著我旅行到這裡時穿的整套衣物，肩上掛著我看見那些小姐帶走的可怕的袋子，讓我再度震驚。他想做什麼這下子路人皆知了，而且還穿我的服裝做！那麼，這便是他罪惡的新計謀了，他要讓別人以爲看見我，這樣他既可留下我在鎮上或村裡郵寄我自己信件的證據，又可將他做的任何壞事讓當地人將我歸爲罪魁禍首。想到可能發生這樣的事情，令我憤怒難當，而且是利用我被關在這裡，名符其實是個囚犯，卻沒有法律保護，甚至罪犯的權利和安慰都沒有。

我認爲我該看到伯爵回來，於是頑固地坐在窗口良久。然後我開始注意到，在月亮的光芒裡，漂浮著一些古怪的小斑點。斑點像是最微小的塵土，它們旋轉著、旋轉著，集成某種星雲的樣子。我看著看著，心中昇起一份慰藉的感覺，一種平靜悄然覆上全身。我做出比較舒適的姿勢，傾倒在窗凹上，以便好好享受這段空中舞塵奇景。

某個聲音讓我起身。從遠方下面山谷某處我見不到的地方，傳來犬隻低低的哀吠。隨犬吠聲似乎敲在我耳裡繞響，空中漂浮的灰塵雲河也在月光中舞出新形狀。我感覺自己努力傾聽某種我本能的呼喚。不，我的靈魂正在奮鬥，而我半憶半忘的覺察力正在奮力回應這呼喚。我快被催眠了！

灰塵舞得越來越快。當雲塵舞過我身邊，進入空闊的幽暗，月光似乎顫抖起來。雲塵越集越密，直到它們似乎集聚出昏暗的幽靈形狀。此時我驚起，整個人清醒過來，完全掌握自己的感覺，尖叫著從那裡跑開。

那些幽靈形狀在月光中逐漸實現，定睛看去，是我被注定要送上老命的那三位鬼小姐。

我逃進我自己的臥室，感覺安全些，這裡沒有月光，油燈也燃得明亮。

兩三個小時過去了，我聽見伯爵屋子裡不大安靜，有點像尖嚎被迅速壓制的聲音。接著是寂靜，一片死寂，令我打起寒顫。我心臟狂跳，試了試門，但我被鎖在我的監獄中，什麼都無能爲力。我坐下開始哭泣。正當我坐著一籌莫展，忽然聽到外面院子裡傳來一名婦女痛苦哭叫的聲音。我衝向窗戶，一把推上去，從窗格間窺視出去。

那裡，的確是有位頭髮蓬亂的婦人，雙手捧心，好像跑得上氣不接下氣的人那樣。她靠著大門的角落。當她看見我的臉，衝向前，用惡毒的嗓音吼叫，「妖怪，還我孩子來！」她雙膝猛地落地，舉起雙手，以絞緊我心臟的語氣哭叫出相同的詞句。接著她撕扯頭髮、搥胸頓足、呼天搶地。終於，她往前衝，雖然我看不到她，但我能聽見她赤手空拳拍打大門的聲音。

在頭上高處，大概在塔上，我聽見伯爵用他刺耳、金屬般的低語叫著。他的呼叫似乎獲得四處遠近傳來的狼嗥回應。沒多少時間，一群狼已湧上來，好像蓄滿的水壩洩洪一般，穿過寬寬的城堡入口，直下庭院。

聽不見女人哭叫的聲音。狼嗥也很短。狼群不久便一隻隻奔離，邊舔著嘴。我無法為她感到可憐，因為我現在知道她的孩子碰上什麼事了，而她死了還比較好。我該做些什麼呢？我可以做些什麼呢？我怎麼才能逃脫這恐怖的夜、陰暗和懼怕呢？

6月25日，早晨——沒有經歷過暗夜苦熬的人，是不會知道晨光有多麼甜蜜溫暖的。當太陽今天早晨高高爬上我窗戶對面大門門楣時，陽光觸及的高點，對我而言似乎是從諾亞方舟飛出的鴿子停腳的地方那樣。我的恐懼從我身上脫落，好像一件蒸汽服裝在溫暖陽光中溶化了似的。

我必須趁白天勇氣還在我身上時，採取某種行動。昨晚我事先寫好日期的一封信件交遞出去了，那是將要把我的存在跡象從地球抹除的索命系列的第一封。我別再想了吧。行動！

我總是在夜間遭到騷擾或威脅，或者墮入危險或恐懼。我尚未在白天見過伯爵。有沒有可能是，別人醒來時他便睡覺，而別人睡覺時他便醒來？如果我能進他屋子就好了！但沒有可能。門總是鎖著的，我沒有辦法。

不，有一個辦法，如果我敢的話。他的身體能去的地方，為什麼別的身體不能去呢？我親眼看見他從他的窗口爬出去。為什麼我不能模仿他，從他的窗口進去呢？這樣做機率接近絕望，但我的需要還更加絕望。我要冒這個險。最糟糕也不過是死，而人死可不比牛死，而且我所畏懼的此後還是可能讓我碰上。願上帝幫助我完成任務！珍重，米娜，如果我失敗的話。別了，我忠實的朋友和再生父親。再會，所有人，最後最後，米娜！

同日，稍後——我努力過了，天助我也，已經安全回到了這個房間。我必須有條有理地寫下每個細節。我趁我勇氣剛升起，直接走到南邊的窗戶，立即從這邊出去。石頭很大，切割得很粗，石頭間的灰泥在時間的磨損下，已經剝落。我脫下靴子，冒險走上絕望之途。我往下看了一次，但瞥了一眼之後就不再往下看，以免萬一等下突然瞥見底下可怕的萬丈深谷，會讓我不支墜落。我相當清楚伯爵窗戶的方向和距離，一有機會便儘量朝那個方向前進。我沒有感到頭昏眼花，我想我是太激動了，直到我發現自己站在窗台上，努力拉上窗框前，時間似乎短得荒謬。不過，當我彎下身，划腳穿過窗口時，心中激動不已。接著我四處尋找伯爵，卻驚喜交集地發現，房間是空的！屋內幾乎沒幾件雜物，似乎從來沒用過。

傢俱的款式與南邊房間大致相同，鋪滿著灰塵。我尋找鑰匙，但鎖裡找不到，任何別的地方也找不到。我唯一找到的是在一個角落堆了老高的金子，各種各樣的金子，羅馬和英國、奧地利和匈牙利，還有希臘和土耳其的金錢，覆著層灰，好像在地裡面藏了很久似的。我注意到的沒有一件少於三百年的歷史。還有鏈子和裝飾品，有些鑲了珠寶，但全都老舊而髒污。

屋子的一角有扇重重的門。我試了下門，因爲既然我找不到房間鑰匙或外面門的鑰匙——那是我主要的查尋對象——我便必須進一步檢查，否則我所有的努力均將徒然。門是開的，穿過一條石頭走道後，通往一條圓形樓梯，階梯陡峭的往下。我戰戰兢兢地舉步下樓，樓梯暗暗的，只靠石壁上的孔縫照明。梯底有條隧道般的黑暗甬道，裡面傳來中人欲嘔的要命惡臭，是新翻的舊土臭氣。我走過甬道時，惡臭越來越接近，氣味越來越濃烈。最後，我拉開一扇微開的重門，隨即發現自己在一座毀壞的老教堂裡，這裡顯然被當作墓園。屋頂已殘破不堪，有兩個地方通往穹頂，但地面最近被掘開，泥土被置放在大木箱中，顯然是斯洛伐克人帶來的那些木箱。

附近沒有人，我搜尋每吋土地，以免錯失機會。我甚至往下走進光色昏暗的墓穴，儘管如此做令我的靈魂都悚慄起來。我走進兩個墓穴，但除了老棺材的斷片和堆堆塵土，什麼也看不見。不過，在第三個墓穴，我有了發現。那裡，在總計五十個的一個大箱子中，在一堆新掘起的泥土上，躺了伯爵大人！他不是死了便是睡著了。我分辨不出來，因爲他眼睛張開得跟石頭一樣，但沒有死亡時的那種遲鈍感，面頰雖然慘白，又有生命的溫暖。嘴唇跟平常一樣紅。但沒有動作的跡象，沒有脈搏，沒有呼吸，沒有心跳。

我彎在他身上，看有沒有任何生命跡象，但徒勞無功。他不可能在那裡躺了很久，因爲泥土的氣味幾個小時便會消散。箱子旁邊擱著箱蓋，四處穿著些孔。我想他可能隨身帶了鑰匙，但當我去搜尋時，看見那對死魚般的眼睛，以及眼中雖死猶恨的神情——儘管那對眼睛看不到我或我的存在——嚇得我立時從那鬼地方逃竄，並穿窗離開伯爵房間，再次沿城堡牆壁爬行上去。我回房後，一頭栽上床猛喘，努力想這一切。

6月29日——今天是我最後一封信的日期，伯爵用行動證明他眞要寄，因爲我再度見到他由同一窗口出城堡，還穿了我的衣裳。當他用蜥蜴的方式沿牆壁下爬，我眞希望有把槍或什麼致命武器，可以將他毀滅。但恐怕任何人手操作的武器都不會對他有什麼作用。我不敢等他回來，因爲我害怕看到那些古怪的姐妹。我回到圖書館，在那裡一直閱讀到睡著。

我被伯爵喚醒，他以最冷酷的表情看著我說，「明天，我的朋友，我們必須分離。你回到你美麗的英國，我回去做一些事，此後我們可能永不相遇。你的家書已經寄走了。明天我不會在這裡，但你旅途需要的一切都會準備好。瑟克利人早晨會來，他們在這裡有些自己的勞務，也會來些斯洛伐克人。他們走了以後，我的馬車會來接你，並將你載去博戈隘口，搭乘從布可維納到比斯垂茲的驛馬車。但我希望我會見到你在卓九勒城堡多待些時刻。

我懷疑他，決定測試他有多眞誠。眞誠！寫到這樣的魔物，用這兩個字似乎褻瀆了字神，因此我直截了當地問他，「爲什麼我今晚不能走呢？」「因爲，親愛的先生，我的馬車夫和馬出去辦事了。」「但我會走得很愉快的，我想立即離開。」他擠出如此柔軟、滑順、惡魔般的微笑，我心中立時知道那份油滑底下藏了些把戲。他說，「那你的行李呢？」「我不在乎行李。我可以日後再請你寄還。」

伯爵站起來，打躬作揖到令我擦眼睛的地步，似乎一片眞心地跟我說，「你們英語有句話我覺得是最知心了，這句話的精神正是我們貴族的座右銘：『客來歡迎；客去速送。』隨我來，親愛的小友。你在我這兒一刻也不違拗你意思讓你多等，雖然我眞哀傷啊，你要走，還那麼突然的想走。來！」他莊重肅穆地提著燈，在我前方引我下樓，走過大廳。突然，他停下腳。「聽！」

一片狼嗥傳來近處。嗥聲幾乎隨他手一升便冒出來，就像大交響樂團的樂聲隨指揮的指揮棒一揮而作。他停留片刻，繼續莊重地走向門，抽下門栓，解開重重的鏈子，將門拉開。我大吃一驚，門竟然沒鎖。我疑心四顧，但見不到任何鑰匙。門開始打開，外面的狼嗥越來越大聲、越憤怒。他們紅紅的下顎，格格響的齒牙以及跳躍時露出鈍爪的腳，穿門而來。我當下知道，此時向伯爵抗爭無濟於事。有如此的盟友任他指揮，我什麼也不能做。

但門仍然繼續慢慢地打開，只有伯爵的身體站立在門隙。我靈光一閃，想到這可能是我被死神帶走的時刻和手段。我將被送給狼吻，而且是我自找的。這個念頭邪惡到伯爵都認爲夠味的地步了。我當機立斷，大聲呼喊，「關門！我等到天明。」接著以手遮面，掩藏失望的苦淚。

伯爵粗壯的胳膊一揮，門轟地關上，大門栓鏘鋃鎖上，大廳一陣迴響。

我們默默回到了圖書館，一兩分鐘後，我回自己房間。我看見卓九勒伯爵的最後一眼是他在對我親吻他的手，眼中閃著得勝的紅光，以及在地獄的猶大也可能引以爲傲的微笑。當我在我房內就要躺下時，我覺得聽見門邊有些耳語。我躡腳走去門邊傾聽。除非我的耳朵聽錯了，否則我聽見伯爵的聲音：「回去！回妳們自己地方！妳們時間還沒到。等一下！有點耐心！今晚是我的。明晚是妳們的！」

接著傳來一陣甜美的低聲浪笑，我登時怒髮衝冠，一把拉開門，當場見到外面三個可怕的女人在舔嘴唇。我一現身，她們一齊發出恐怖的大笑，跟著跑掉。我回到我房間，雙膝撲地。所以結局就這麼近了？明天！明天！主啊，幫助我，還有那些疼愛我的人！

6月30日——這些也許是我在這本日記所寫的最後一些話了。我一直睡到黎明前一刻，一醒來便雙膝落地，因爲我決定，如果死神來臨，我要讓他發現我已準備好了。終於，我感受到空氣中那微妙的變化，知道早晨已來到。接著是受歡迎的雞鳴，我感覺自己安全了。我滿心歡喜地開了門就順大廳跑。我看見過門沒鎖，而現在逃脫之路就在我眼前。我雙手急得打顫，解開門鏈，將巨大的門栓甩在身後。

但門文風不動。絕望佔領了我。我把門拉了又拉，雖然它大，仍將它搖得在它的門扉裡簌簌作響。我能看見門栓掛上了。我離開伯爵以後它被鎖上了。

然後狂野的慾望在我心中升起，不計風險要取得鑰匙，於是當場決定再爬一次牆壁，進去伯爵的房間。他可能殺我，但死亡現在似乎是各種厄運中比較愉快的選擇。我毫不考慮便衝去東邊窗戶，跟上次一樣沿牆壁爬下，進入伯爵房間。室內是空的，但那不出我所料。我哪裡也見不到一把鑰匙，但那堆金子還在那兒。我走進角落的門，沿曲繞的樓梯而下，順黑暗的通道去老教堂。我現在夠清楚到哪裡找我要找的妖怪了。

大箱子在原處，緊靠牆壁，但箱蓋放上了，沒有固定，不過釘子已經放在旁邊，準備好給錘擊下去。我曉得我必須近他身體取鑰匙，所以我揭開箱蓋，將箱蓋靠牆放。隨之我看見令我魂飛魄散的景象。伯爵躺在那裡，但看來好像他的青春恢復了一半。白髮和白髭變作了鐵灰色。面頰比較滿了，白皮膚底下似乎透著寶石紅。嘴比平常還紅，因爲唇上還留著一大片鮮血，自他嘴角滴下，沾滿了下巴和頸子。甚至那雙深邃、灼燒的眼睛也似乎好好安在圓鼓鼓的肉中，因爲眼瞼和底下的眼袋都膨脹起來。看起來這整個可怕的生物簡直就是狼吞虎嚥了不知多少血液。他躺在那兒彷彿一隻污穢的水蛭，因充飽而力盡。

我曲身碰觸他時禁不住發抖，一有接觸，身中每個感覺都是反感，但我必須搜尋，不然我就完了，接下來的夜晚，我的身體便可能在一場相似的戰爭中，淪爲那三位恐怖女人的饗宴。我遍摸伯爵全身，但找不到鑰匙的跡象。接著我停手注視伯爵，那張腫脹的面孔上浮著譏嘲的微笑，差點叫我發瘋。這便是我在幫著轉進倫敦的生物，在那裡，或許在未來的好些世紀，他可能帶著成千萬上百萬的同類，滿足他對血液的飢渴，創造持續擴大的新邪魔圈子，肆虐無能爲力的民眾。

光想到這裡便讓我瘋狂。我心中立時升起不得了的慾望要將這樣的妖怪逐出世界。我手頭沒有致命武器，但我抓住一把工人用來填裝箱子的鐵鏟，高舉空中，鏟緣向下，鏟向那張可憎的臉孔。但當我正鏟時，那顆頭轉動一下，眼睛望著我，發出萬毒之王「邪眼雞蛇」熊熊的凶光。此景似乎癱瘓了我，鐵鏟在我手裡一轉，偏離他臉孔，僅只在前額上切出一道深刻的傷口。鐵鏟從我手上落下，橫跨箱子，當我去扯鏟子時，忙中有錯，鏟緣刮到箱蓋邊緣，讓箱蓋又倒下來，遮住了那魔物，不復得見。

我最後的一瞥見到那張腫脹的面孔，沾著血污，咧嘴塑著個惡毒的笑，一副到了十八層地獄還是那樣笑的樣子。我想了又想下一步該怎麼做，但腦子似乎起了火，只是在絕望的感覺逐漸籠罩下等待著。枯等之際，我聽見遠方傳來一首吉普賽歌曲，唱歌的快活聲音漸行漸近，他們的歌唱聲中夾雜著輪子重重滾動的聲音和鞭子劈啪作響的聲音。伯爵講到的瑟克利人和斯洛伐克人來了。我看了四周和裝了那卑鄙身體的箱子最後一眼，從那裡跑開，趕入伯爵房間，決定門一打開之時便往外衝。我豎起耳朵傾聽，聽見樓下鑰匙在大鎖中磨轉的聲響，接著是重重的門退開的聲音。一定有一些其他方法進出，不然便是某人有一把鑰匙可打開鎖著的一扇門。

然後傳來許多腳踩地的聲音，逐漸消逝在一條走道裡，發出鏘鏘的回聲。我轉身再往下奔去墓穴，我可能在那裡發現新入口，但此刻那裡似乎吹來一陣猛烈的風，通往迴旋梯的門被重重吹上，震得楣石上的塵土一陣飛揚。當我跑去推開它時，發現門關得緊緊的，再也打不開。我再度淪爲囚犯，命運之網把我包得越來越緊。

我寫字時，樓下通道傳來許多腳踩地和重物放下的聲音，無疑是那些裝了重重泥土的箱子。再來是榔頭錘擊的聲音。這是箱子在被釘牢。現在我又能聽見重重的踩地聲沿大廳遠去，跟在後面的是其它許多閒散的腳步聲。

門關上了，鏈子嘰咯鎖上。鑰匙在鎖裡磨轉。我能聽見鑰匙被拔出來，接著另一扇門打開又關上。我聽見鎖和門栓咯吱咯吱響。

聽！重重的輪子滾出了庭院，夾雜著鞭子劈啪聲與瑟克利人的合唱聲，馬車順岩石路漸行漸遠。我是單獨和那些可怕的女人在城堡中了。呸！米娜是女人，但她完全不同。她們是地獄的惡魔！

我不要與他們單獨在一起。我要攀爬下城堡牆壁到還沒試過的地方。我要隨身帶一些金子，以免後來需要它。我也許能在這個嚇死人的地方找到出路。

然後離開回家！趕上最快和最近的火車！離開這被詛咒的地方，這被詛咒的土地，這魔鬼和他的子女依然以血肉之腳行走的土地！

至少上帝的慈悲強過那些妖魔，而懸崖高又陡峭。崖腳可讓人像人一樣入眠。再會，所有人。米娜！

67 強納生・哈克的日誌

米娜・莫瑞

第5章

米娜・莫瑞寫給露西・威斯騰納的信

5月9日

我最親愛的露西，

請原諒我這麼遲才回信，實在是前一陣子，工作壓力讓我喘不過氣來。在學校當助理老師有時實在很累。多希望現在就能和妳一塊在海邊，可以自由自在地聊天或是做做白日夢。我最近工作很認眞，因爲我想跟上強納生的學業，我非常賣力的習速記，苦練了好一陣子。如此一來當強納生和我結婚後，我就能幫他。學成了我就能用速記法把他說的話記下來，再用打字機打出來。至於打字，我最近也在努力練習。

我們有時會改用速記法寫信給對方，而他現在在海外旅遊，也一直以速記寫日記。當我在妳那邊時，我也會以速記寫日記。這不是一般的日記，不是那種趁星期天窩在角落回想整個禮拜發生的事，然後寫滿兩頁的那種，而是隨時隨地只要我想寫就可以寫的。我想別人不會對我的日記感興趣，我也不是爲了他人而記。只是想也許哪天記了什麼值得分享的事，可以拿給強納生看。但這日記主要我還是把它當作練習簿。我會試著學女記者的口吻，記下些訪談紀錄、或是寫些記敘文或是試著筆錄對話。聽說只要稍加練習，一個人就可以記下一天中所有經過的事、聽過的話。不管這傳聞是不是眞的，妳拭目以待吧。當我們下次見面時，我要跟你分享我的小計畫。我剛剛才收到從外西凡尼亞寄來的信，是強納生匆忙寫就的短箴。他說他很好，大概一個禮拜後就會回家。我好期待聽他說說旅途中的趣事。在陌生的國度裡遊歷一定很棒。不知道有沒有機會強納生可以帶我一起去那邊玩。十點的鐘聲響起來了，晚安。

你親愛的

米娜上

回信時務必告訴我妳所有的近況。妳好久沒寫信給我了。我可是聽到了一些傳言，特別是關於某位高、帥、捲髮的紳士……，妳可要從實招來。

露西．威斯騰納寫給米娜．莫瑞的回信

占丹街十七號

星期三

我最親愛的米娜，

我必須說，妳罪我太少回信實在不公平。自從上次分開，我已經給妳寫了兩封信。而妳上一封回信也只是妳的第二封。而且，我也沒有什麼值得報告的，實在是沒什麼會讓妳感興趣的。

城裡此時氣候宜人，我們常去畫廊看畫，或是去公園散步、騎馬。至於那位高個兒捲髮的男士，我猜是上次跟我一起去聽音樂會的那位。不知是哪個人又在多嘴多舌了。知道侯伍德先生吧。他經常到我們家拜訪，跟家母有許多共同的話題，很談得來的那位。我們不久前會見一位男士，假如妳還沒跟強納生訂婚，他其實是位很適合妳的理想伴侶呢。他英俊、家境富裕、出身又好，是醫生，又聰明。想想看！他才二十九歲，名下就擁有並管理一間很大的精神療養院。是侯伍德先生介紹他給我認識的，之後他就常來家裡拜訪。我認爲他是我見過最剛毅沈著的人。永遠是一副泰然自若的神情。可以想見在看病人時，他會是多麼地具有權威。他有個有趣的習慣，喜歡好奇地直盯著人臉瞧，好像試圖看出妳在想什麼。他試著想看穿我，但這不是我往自己臉上貼金，他可要碰上個大難題。這是我自己照鏡子時發現的。有試過仔細觀察妳的臉嗎？我有，而且我告訴妳這還蠻有意思的。沒試過的話，可以試試，會帶給妳想像不到的樂

趣。他說我給了他一個有趣的心理學功課，我謙虛的想我確實如此。妳知道的，我不太注意最新流行什麼服飾。服飾好煩人。這又是俚語，別介意。亞瑟常常掛在嘴邊。好吧好吧！米娜，我把一切都跟妳說了。從小我們就分享彼此所有的秘密。我們之間是一起吃、一起睡，哭和笑也在一起的情誼。既然說了，就讓我全都告訴妳吧。喔，米娜，你猜到了嗎？我愛他。我在寫這信時，臉還在紅。雖然我知道他也愛我，可是他從沒開口對我這麼說過。但是，米娜呀，我好愛他，好愛他！好啦，能講出來，讓我鬆了好大一口氣。我好希望現在就能和妳在一起，就像我們以前坐在壁爐旁那般，而我就能告訴妳我現在的心情。我都不知道我怎能把這些寫出來給妳看，即使妳是我最好的朋友。我好怕我會停筆，好怕我會把這信給撕了，但不行，我是眞的想告訴妳一切。期待馬上接到妳的回音，聽到妳的想法。米娜，爲我的幸福祈禱吧。

露西上

附記：用不著我提醒要幫我保密喔，再一次道晚安。

露上

露西・威斯騰納寫給米娜・莫瑞的回信

5月24日

我最親愛的米娜，

謝謝、謝謝再謝謝妳甜蜜的回信。好感激能把我的心事告訴妳而妳也能體會。親愛的，福無雙至、禍不單行。這成語說得眞準。到今年九月我就要滿二十歲了，今天之前，從來沒有人正式向我求過婚。今天一來卻來了三位。妳能想像嗎！一天三樁求婚！多可怕啊！我眞的好替另兩位可憐的傷心人難過。啊，米娜，可是我也開心得不知如何自處。天啊天啊，三樁求婚!!!但是，看在老天爺的份上，千萬別跟其他女孩說。她們愛誇大和胡思亂想，她們聽了可能會感覺，若是她們在家的第一天沒有六樁以上的求婚，就很受傷、很被輕視。米娜，妳和我都訂有婚約，即將冷靜地接受爲人妻、爲人母的職責，虛榮對我們如浮雲。另外，我一定要告訴妳這三位求婚的人，但親愛的，務必對任何人保密，當然除了強納生。妳當然可以告訴強納生，換作是我，我也一定會告訴亞瑟。妻子不應該對丈夫有所隱瞞。妳應該也同意我這看法吧？所以在這一點上，我也該對妳公平。男人喜歡女人像他們一樣行事公正，特別是喜歡他們的妻子如此。不過，恐怕女人並不總是如她們應當的那般公正。

好了，親愛的，我從頭開始說起。一號求婚者在就要午餐時來訪。他就是我跟妳提過的那位擁有一間精神療養院的醫生，他的全名是約翰．舒華德。他有著堅毅的下巴、寬闊的前額。雖然外表冷靜，但不管他怎麼藏，我看得出來他內心緊張。他很明顯的試著在言行上自制，但是卻差點坐到自己的軟絲帽上，一位冷靜的男士是不會這樣的；接著，爲了想冷靜下來，他又把玩起手術刀，這差點讓我尖叫出聲。最後，他決定開門見山，他告訴我，儘管才認識我這麼一點點，可是對他來說我已經非常重要；若能有我的幫忙與鼓勵，他的生命會有極大的不同。

那時他本來正要接著講若是我無法照顧他，他將會有多麼悲哀，但是當他看到我在流淚，就止住了。跟我道歉說他不該這麼魯莽，不該這麼爲我增添困擾。然後他突然靜了一下，接著問，未來我有沒有可能愛上他。當我將頭輕搖，我看到他的手也在顫抖。他遲疑了一下，問我是否已經有意中人？他很禮貌地說他並不是想拿走我的自信。只不過若是一位小姐的芳心還無所屬，男士們就還可以抱一絲絲希望。啊，米娜，然後我覺得不能耽誤他，我有義務跟他說我已有意中人。於是對他直說。他聽完後站起身，握起我的雙手，以一種非常堅強與嚴肅的神情對我說，他祝我幸福，如果我有任何需要，他願意當我最好的朋友，聽候差遣。啊，親愛的米娜，我怎能止住我的淚，請原諒這信上的淚痕。被人求婚本該是喜氣洋洋的事。但是當你看到那位眞心愛你的可憐男士，帶著一顆破碎的心離去，而且知道，無論此刻他怎麼說，我將永遠從他的生命中消失，這眞的讓人快樂不起來。親愛的，我現在寫不下去了。我現在的心情，快樂中卻夾雜著悲傷。

晚上

亞瑟剛離開。比起剛才停筆時，我心情平復許多，可以繼續說下去了。

嗯，親愛的，二號求婚者在午餐之後來訪。他是位很好相處的人，遠從美國德州而來。他外表看來年輕有活力，讓人無法想像他已有許多在各地冒險的經歷。我同情莎劇〈奧塞羅〉裡面的黛絲狄蒙娜，可憐的她竟然被一個黑人把毒液灌進她耳裡。我想我們女人眞是怯懦，我們只能期待有位紳士能把我們從恐懼中救出來，然後就嫁給他。我現在知道，假如我是一個男生，而且想要一個女孩愛上我時，該怎麼做了。喔，不，我不是眞的知道，妳瞧，墨利斯先生告訴我他的遊歷；亞瑟卻從沒這麼做，然而——

嗨呀，我講得有點太早了，不管了。昆西．墨利斯來訪時見我獨自一人。啊！好似每位男士總能知道女孩何時一人獨處。不過也有例外。像亞瑟試了兩次要找機會與我獨處，我也儘可能的幫他，對此我不羞於承認。我要先說墨利斯先生平常講話並不會使用粗俗俚語，他知書達禮，不會這樣對陌生人說話。不過，他發現說些美國俚語能逗我發笑，以後當我在場且沒有閒雜人等時，他就會用些好玩的俚語。親愛的，恐怕有些還是他自己發明的；因爲那些俚語跟他要隱射的情境還眞是太貼切了。不過誰知道，俚語本來就是這樣用的。我不知道自己是不是可以說些俚語。不知道亞瑟會不會喜歡，就我所知從沒聽他用過這種俚語。回到正題，墨利斯先生坐到我身旁，看來跟平常一般開心，但我還是看得出他非常緊張。他握起我的手，以從未有過的溫柔語氣說道：「露西小姐，我自知配不上你。但假如妳已經將一切準備好，卻只痴痴地等待一位不知何時會出現的眞命天子。何不考慮與我成婚，讓我們一起攜手，共創未來？」

啊，他態度看來一派輕鬆，這讓拒絕他不像拒絕舒華德先生那樣令人爲難。所以，我儘可能輕鬆地說，我目前並不考慮我的婚事，也沒有什麼重擔需要人分擔。他接著說要向我道歉，不該用輕率的口吻對我提起人生大事，如果他剛剛冒犯到我，希望我能原諒。他此時態度變得認眞，這卻讓我飄飄然。我想沒錯，他今天是來求婚的。然後，親愛的，在我還來不及開口之前，他開始滔滔不絕地傾訴心中愛意。他看來如此眞心。平時總看他笑笑的，我從不知他有如此誠摯的一面。我想是從我神情中看出了什麼，他突然停下。然後含情脈脈地問我是否能接受他的一片眞心？他說：「露西，我知道妳個性坦誠不虛僞。若不是我認爲妳心無所屬，我本不該像現在這樣跟妳告白。不過，我是不是錯了，如果當我是妳的好友，請坦白告訴我，妳是否已經有了心上人？如果有的話，我將永遠不再糾纏。只願妳能把我當作最忠誠的朋友。」米娜呀！當我們女人對男士而言毫無價値時，爲什麼他們還能表現出如此高貴的情操？之前，我開玩笑時還差點要嘲弄起這位紳士的一片癡心。我控制不住淚水決堤。親愛的，不好意思讓妳收到這封淚濕過的信，我眞覺得難過。爲什麼不能讓一個女孩嫁給三位男士，或更多位，讓這些煩惱迎刃而解？不過這太離經叛道，我不該說出口。雖然還淌著淚，但我努力地看著墨利斯先生的雙眼，對他直說。「是的，我的確有位意中人，儘管他尚未對我吐露愛意。」對他坦白是對的，因爲我看他臉上表情變得柔和，他伸出雙手與我交握，熱切地說道：「眞是我勇敢的小女孩。妳比世上任一個女孩都値得被珍惜。我想他是痴痴地在等一個能擄獲妳芳心的機會。我親愛的，別流淚。別爲我流淚，我很快就會恢復，沒那麼容易被打倒。那位身在福中不知福的幸運傢伙如果還這麼遲鈍，我一定饒不了他。小女孩啊，妳有勇氣又坦誠，雖然我們當不成情人，但我可以當妳的好友嗎？這更加難得，因爲情人總難免自私。親愛的，從今以後，我可能就要這樣形單影隻的好一段日子。最後，妳能施捨我一吻嗎？這吻會常留我心驅散黑暗。妳知道，只要妳想，妳就可以這麼做的，因爲那另一位好傢伙——他一定是個好傢伙，不然妳不會愛他——還沒跟你開口求婚哩。」米娜，這眞動人，多麼有勇氣又體貼。對待競爭對手，他又顯得如此高尚，不是嗎？看到他眼裡的悲傷，於是我傾過身去輕輕一吻。他站了起來把我雙手握在手心，低頭看著我羞紅的臉，然後說：「小女孩啊，我握著妳的手，妳吻了我，這是再堅定不過的友誼象徵了。感謝你對我這麼好、這麼坦誠。再會。」像對我祝賀一般，他用力地握了一下我的手，然後拿起帽子，直走離開房間，沒有停頓、沒有回望、沒有一顆淚珠或是一絲顫抖。而我又忍不住開始號啕大哭。啊，為什麼這樣好的男人卻被命運捉弄，無法幸福？明明還有許多女孩為他傾倒。若是我尚未傾心某人，我也會愛上他。但我已心有所屬，不可能動搖，親愛的，這又讓我為他難過。跟妳說了這一大堆話後，我心情好低落，等我能開心一點時，我再提筆告訴妳第三號求婚者的事。

永遠愛著妳的

露西上

附記：喔，至於第三位求婚者是誰，還需要我說嗎？到現在我都還有點無法置信。從他進房間到他雙手環抱著我、親吻著我，感覺才只一瞬。我好快樂好快樂，我又何德何能擁有如此的幸福。我現在不寫不代表我對上帝的榮寵不知感恩，我衷心地感謝祂，賜與我這麼一位完美的情人、完美的丈夫、完美的朋友。我一定會再寫信詳述。

再會。

舒華德醫師的日記（以留聲機紀錄）

5月25日——今天完全沒有食慾。吃不下、睡不著，只能寫日記自遣。從昨天求婚被拒到現在，腦袋一片空白。這個世界上好像不再有什麼足夠重要、值得努力的事情。只有寄情工作、轉移心思才能擺脫這種情況，於是我開始診視病人。我挑選了一位最讓我想深入研究的病患。他的案例是如此的離奇而有趣，讓我決心想盡可能的深入瞭解。今天的我似乎更能貼近他神秘的精神狀態。比起以往，我更加深入而全面地質問他，讓我成爲最能掌握他幻覺的主人。我現在看出來，我這樣的做法其實有些殘酷。我像是希望他能維持在這樣的瘋顛狀態——這本是我在對待病人時，應該避之唯恐不及的作法，跟要避開地獄的大口一樣。（備忘：在何種情形下，我不應避開地獄呢？）凡是在羅馬的都待價而沽（Omnia Romae venalia sunt.）。地獄有價！對智者而言，一個字就夠了！若我的直覺沒錯，這病例應該值得仔細地追蹤下去，所以我最好開始著手進行，記錄如下：

病人姓名：倫飛德；年齡：五十九歲，生性熱血、體力過人、有點病態的容易激動，三不五時就會陷入憂鬱，然後執著於某個我還無法搞清楚的想法。我推測這種熱血的生性和隨之而來的燥動，如果一直發展下去，最後可能會讓他變成一個危險的人，假如他不自私的話，就很可能危險。自私的人對自己和敵人都以安全爲上。關於這點我的觀點是，如果一個人顧慮的核心是圍繞著自我，那麼向心力和離心力是平衡的，他對自己和對別人的作用力是均等的。但如果中心換成了某種責任或使命感等等，此時離心力會大到無法擋，而只有意外或一連串的意外方有可能產生平衡。

昆西．墨利斯寫給亞瑟．侯伍德公子閣下的信

5月25日

亞瑟，我的摯友，

你還記得我們以前的冒險之旅嗎？在馬克薩斯島外試圖靠岸，在的的喀喀湖畔舉杯互祝健康，在大草原上生起營火、包紮傷口、談天說地。我又準備了許多奇聞可講述，美酒可暢飲，還有一些傷心事可與你分享。你願意明天晚上再到我家聚聚嗎？我料定你能來。據我所知，某位小姐已預定赴另一場晚宴，因此你想必有空。這次聚會只有你、我和另一位我們在韓國的老友——傑克．舒華德。他也會來，我和他都有心事想要借酒澆愁，也想要舉杯祝賀某位全世界最幸福的男人，他贏得了世上最珍貴的一顆芳心。我們一定竭誠的歡迎你，並且為我們的健康乾杯。如果你太沉醉於某一雙眼眸，我們發誓一定會識相地把你留在家裡的。來吧！

你永遠的

昆西．墨利斯上

亞瑟·侯伍德發給昆西·墨利斯的電報

5月26日

每次都要算我一份。我也有許多故事可說，你們倆準備洗耳恭聽吧。

亞瑟上

第6章

米娜・莫瑞的日誌

7月24日，惠特比——露西與我約在車站碰面，她看起來好極了，比以前更加甜美可人，我們一起坐車到她們位於新月鎮的房子。小鎮美麗怡人，埃斯克河流過深谷，河道在接近港口的地方變得寬闊。橋墩龐大的高架橋橫跨河口碼頭，越橋而觀，景象看來比實際的距離遠一些。山谷綠意盎然，地勢陡峻，當你在任一側的高地時，除非你靠得夠近，才可能看到下方山谷，否則一看就是直接看到對面。對岸屬於舊市區——離我們遠的那一邊——紅頂的屋舍錯落有致，就像是圖畫中的紐倫堡。再過去一點是經過丹麥人摧殘的惠特比修道院遺跡，正是作家沃特・史考特詩作《瑪米恩》（Marmion）場景的一部份。遺址佔地極廣，由美麗與浪漫的元素堆砌而成，份外雅致。傳說，從其中一個窗口可以見到一位白衣女士❶。另有一間教區教堂，周遭圍繞著滿是墓碑的墓地。我覺得這是惠特比最漂亮的地方，因爲它就在小鎮上方，港灣的景色盡入眼簾，沿著港口一路望下去，可以看到凱特尼斯灣角延伸入海中。港口的地勢陡降，兩旁的堤岸有些坍塌，部份墳墓亦頹圮了。

墳墓延伸出去到下方遠端的沙灘小路設有步道，路旁有座椅供人停歇，大家一坐就是一整天，恣意享受漂亮的風景與徐徐微風。我準備要多來這邊坐坐並做些工作。好像現在，我膝上擱著書，一邊寫字一邊聽著旁邊三位年長男士講話。他們好像無所事事，成天就在這兒八卦聊天。

港口就在我的腳下，遠端有一道長長的花崗岩壁伸展入海中，到盡頭變成外彎的弧形，中間有座燈塔。沿著港口外面建有穩固的海堤。近端這邊的港灣，海堤反方向朝內彎曲，盡頭的地方也有一座燈塔。兩座碼頭之間有狹窄的開口通入港灣，然後又突然變寬。

漲潮時分風景優美，但當潮水退去，港灣變成淺灘，只有埃斯克河流轉在沙岸間，間或有岩石穿插。港口外圍的這一邊，從南邊燈塔後方陡然伸出約半英哩的巨大礁石，盡頭的地方有一個是附有警示鐘的浮標，天氣惡劣時，會擺盪過來，並隨風飄出近似悲鳴的聲音。

❶譯註：根據正統的惠特比傳說，白衣女士是指希爾達女士的鬼魂，希爾達後來被封為聖人，死於西元680年11月17日。她是惠特比女修道院的第一任院長。

傳說船隻如果在海上迷航就會聽到鐘響。迎面有位長者走來，我得抓住機會問個清楚……長者非常有趣，他的年紀一定非常非常大，整張臉龐像樹皮一樣皺褶扭曲、凹凸不平。他說自己將近一百歲了，滑鐵盧戰役時是格陵蘭漁船船隊的水手。我想他必定非常多疑，因爲當我開口詢問他有關海上鐘聲和修道院的白衣女士等傳說時，他粗魯地回答道：「小姐，別自找麻煩，那都是一些老掉牙的東西。不過請注意，我沒說一切都沒發生過，我的意思是，那些都不是我那時代的事啦。說給旅人遊客隨便聽聽很好，實在不適合像妳這樣的淑女。從約克和里茲到這邊走走的遊客低俗不堪，不過來這兒吃吃醃鯡魚，喝杯茶到處逛逛，不然就是買些便宜無用的黑玉，什麼都相信。眞不知道是誰這麼多事，對他們講些有的沒有的，就連報紙也盡寫些蠢話。」

我認爲他是個打聽八卦的好對象，便要求他告訴我以前捕鯨的事情。他琢磨了老半天，才要準備開口，鐘聲敲響了六點。他連忙費勁起身說道：「小姐，我得回家了，孫女已經把茶準備好。她可不耐等待，一拐一拐地走過那些階梯可要我好些時間，一梯一梯的好多；還有小姐，我時候到了肚子就會很餓。」

他步履蹣跚地走開，看得出來有點慌張，儘可能以最快的速度爬著階梯。這些階梯正是當地的一大特色，從鎮上直通到教堂，蜿蜒出優美的弧線，我沒數過到底有多少階，應該有好幾百階吧。坡度非常平緩，馬匹也能輕易地爬上爬下。我想當初的鋪設一定與修道院有關。我也該回家了。露西她媽媽出去訪友，由於只是例行性的拜訪，我就沒有隨行。這時她們應當已經到家了。

8月1日——我與露西在一小時前來到這裡，與我的老朋友相談甚歡，另外還有總是與他形影不離的二位先生。顯然地，他是三人之間的發言人。我想他年輕時一定非常剛愎自用。

他從不承認任何事，也跟每個人抬槓。如果無法在口舌上辯過別人，就採取嚇唬政策，然後把對方的沉默視為贊同自己的觀點。

穿著白色麻布連身裙的露西甜美可人。自從到這兒之後，氣色一直很好。我注意到，每當我們一坐下來，老人家們必定趕緊坐在她身邊。露西對他們友善親切，我想他們當下全都愛上了她。就連我的老朋友也舉手投降，放棄與她爭辯，改而給我加倍的時間發言請教。我逮住機會問他傳說的事，他馬上以類似傳道的方式滔滔不絕，我得努力跟上速度好記下來與寫下來。

「盡是一些蠢話，什麼鎖啊、貨物啊，木桶啊之類的廢話。這些詛咒啊、鬼魂啊、死亡預兆啊、妖怪啊，之類亂七八糟的鬼話，只適合講給小孩和沒見識的女人聽，嚇他們哭，跟氣泡般言不及義。這些東西和全部的標示啊、神跡啊、警語啊，都是由牧師、壞學者還有招徠觀光客的鐵路局杜撰出來，嚇唬笨蛋的，好讓他們乖乖聽話，我一想起來就火冒三丈。將這些謊言印成紙張成為講壇上佈道的工具還嫌不夠，竟然還刻在墓碑上面。抬頭看看四面，看看妳們在什麼樣的氣氛裡面。這些石頭頭抬得高得不得了的高踞在此，歪歪倒倒的，只是因為背負了瞞天大謊。「這裡躺著某某某」，或是「對某某某的無盡思念」，事實上，泰半的墳墓住著的只是些無名小卒；對他們的回憶也不過像是風中之燭，與無盡的思念差遠了。全都是謊言，各式各樣的謊言！上帝啊，當最後的審判那天降臨，當這些人穿著壽衣跌跌撞撞走過來，死命拖著自己的墓碑，想要證明過去的豐功偉業，還亂得眞夠古怪咧；有些人因慌亂顫抖，雙手因躺在海水裡面被泡得滑溜，差點就抓不穩呢！」

從這老傢伙志得意滿的口吻，還有他看著老友、亟待認同的方式，我知道他在「刻意炫耀」，我趕緊開口插話鼓勵他繼續講下去。

「噢，斯威爾斯先生，你在說笑吧？這些墓碑寫的難道全都不是眞的？」

「十之八九是胡扯！說不定有極少數眞的還不錯，但是還要扣掉對死人的溢美之辭，老是有人把自己的東西，即使如香膏碗一般淺薄，他也要形容成如大海一般寬闊。但整個來說，就是一派胡言。談談妳自己吧，妳這外地人是要來看看修道院的嗎？」

我覺得最好不要駁斥他，於是點點頭。雖然聽不太懂他說的方言，但我知道與教會有關。

他繼續道：「妳相信所有這些石頭全都是立給死在這裡的人的嗎？」我再次表示同意。「喏，謊言就是打這出來的。怎麼說哩，這些墓碑裡面，有幾十個可就像老鄧店裡面禮拜五晚上的草莓盒子哪。」

他輕輕推了一下其中一個夥伴，三人咧嘴大笑。「我的老天，不然是怎麼哩？瞧瞧那邊那個，就是矗立在那堆墳土上的那個，妳唸唸看！」

我走過去唸道：「愛德華・斯彭斯拉夫，船長，一八五四年四月於安德列斯海岸外遭海盜謀殺，時年30。」我走回來，斯威爾斯先生續道：「我倒想知道是誰這麼好心帶他回來？在安德列斯海岸外遭海盜謀殺！但是他的屍體卻葬在這兒？我能數出幾十個葬身在格陵蘭大海的人名給妳聽，」他指一指北方又說，「難道是潮水把他們衝回來的嗎？」睜大妳年輕的雙眼，看看那塊妳身邊的石頭，寫滿了謊言的小字，「這個叫做布雷思韋特・洛厄里的傢伙，我認識他父親，二十多歲時在格陵蘭外海〈活潑號〉上面失蹤。還有安德魯・伍德豪斯，一七七七年淹死在同一個海域；還有約翰・帕克斯頓，隔年在費爾韋爾角溺斃；還有老約翰・羅林斯，他祖父跟我一起出過海，五十多歲淹死在芬蘭灣。妳認爲這些人在敲喪鐘的時候，都能及時趕回家嗎？我看未必。告訴妳，等他們到了這裡，他們早已擠成一堆、歪七扭八了，跟好久以前在冰上打仗一樣；那時候啊，我們從早到晚打來打去，還想用北極光包紮傷口呢！」這顯然是當地的玩笑話，老人說著說著咯咯笑起來，他的伙伴興致盎然的跟著起鬨。

「可是，」我問道，「你說的不一定都是對的吧，一開始你說，所有的可憐人，或是他們的靈魂，在審判日到來時必須背負著自己的墓碑。你覺得一定得這樣嗎？」

「不然請小姐妳告訴我，他們的墓碑是做什麼用的？」

「讓親人高興啊，我認爲！」

「讓親人高興，妳認爲！」他的語氣極爲輕蔑。「親人們知道這些是經過竄改的謊言，而且在這兒的每個人也都知道這全是謊言，他們怎麼能高興得起來？」

他指著我們腳旁的座椅下方、靠近峭壁邊緣擺在地上的石板道：「唸一唸平躺著的石碑上面的句子！」

從我的位置看過去，那些字剛好是反過來的，但是露西比較正對著那些字，她彎過身去唸道：「永懷喬治・坎農，一八七三年7月29日於凱特尼斯懷抱著光榮復活的希望，墜崖而死。傷心的母親爲了摯愛的兒子而豎立此墳。」「他是他媽的獨生子，而他媽是個寡婦！」「眞的，斯威爾斯先生，我實在看不出有任何可笑的地方！」露西非常認眞且有些嚴厲地道出她的評論。

「妳看不出任何可笑的地方！哈！那是因爲妳不了解，這個傷心的母親像是來自地獄的貓一般怨恨她的兒子，就因爲他古怪反叛，沒啥前途。兒子一樣恨她，所以選擇了自殺，以免母親能從爲他買的保單中獲得賠償金。他拿著用來嚇烏鴉的槍，不過這次的對象不是烏鴉，朝著自己的腦袋轟的一下，然後才跌下岩石，引來一窩馬蠅和吃腐肉的烏鴉。至於光榮復活的希望，我倒是經常聽他扯著想下地獄，因爲他的母親非常虔誠，確信自己一定會上天堂，他可不想玷汙了她的所在。現在，妳還是不覺得這塊石頭，」他邊說邊用枴杖重重敲著它，「不過是一串謊話？當天使加百利看到這個小喬治氣喘吁吁地穿越山谷，背馱著墓碑當作證據，絕對會失聲大笑。」

我不知道該說些什麼，但是露西轉移話題，提高聲調說，「噢，爲什麼你要告訴我們這些？這可是我最喜愛的座位，我可不願離開它，現在我卻發現自己得繼續坐在自殺的人墳墓上面。」

「我的小美人兒，那並不會傷害妳，而且可憐的小喬治看到如此端莊的小姑娘就坐在他的腿上，不知會有多高興。絕對不會傷害妳。怎麼說呢，我一有時間就來這裡坐坐，前後將近有二十年，他們可從沒傷害過我。只要妳不要隨口亂講，別講躺在下面的人，也別講沒躺在那裡的人！不然，等妳們看到墓碑通通跑掉，這個地方光禿禿的跟田收割以後一樣的時候，一定會被嚇死。啊，鐘聲響了，我得走了。小姐們，很榮幸爲妳們效勞！」接著一拐一拐地走遠了。

露西和我又坐了一會兒，眼前的景色是這麼的美麗，我們手牽著手坐著欣賞，她對我又詳細說一遍亞瑟的事，和他們即將舉行的婚禮。這讓我有點心痛，因爲已經整整一個月沒有收到強納生的消息了。

同一日——我非常傷心難過，於是獨自上來這邊。又沒有來信。希望強納生沒事才好。時鐘剛敲了九響。我看著鎮上的點點燈火，有時按街道成排輝耀，有時孤燈獨照。燈光沿著埃斯克河上行，消失在峽谷的凹處。從我左邊望去，接鄰修道院的是一整排舊屋子的黑色屋頂，視野因此受阻。羊群在我後面的田中哞哞叫，下方石板路上毛驢踢踏的蹄聲也清楚可聞。碼頭上的樂隊生澀地奏著老掉牙的華爾茲舞曲，沿著碼頭再往前，後街上救世軍樂團也在演奏。兩者都聽不到另一方的演奏，只有坐在上面的我同時聽得到也看到他們。強納生到底在哪裡，他是不是也在想著我？多希望他就在這裡。

舒華德醫師的日記

6月5日——了解倫飛德愈多，發現他的案例益發有趣。他後天養成的特質非常豐富，包括自私自利、遮遮掩掩及意志堅定。

我希望我可以知道他意志堅定的目標爲何。他似乎胸有成竹，有些既定的計謀，但是我還完全不解。喜愛動物算是正面的補償特質，但是事實上，他對動物的態度有時轉變得令人好奇，不得不讓我有時覺得他只是超乎異常的殘忍。他的寵物種類也很奇怪。他最新的嗜好是抓蒼蠅。他的手邊已經有許多蒼蠅，我不得不對他提出勸誡。令我驚訝的是，他並沒有如預料般勃然大怒，只不過認眞的接受事實，他想了一下，然後說：「可以給我三天嗎？我會清理乾淨。」當然，我答應了。我得好好看著他。

6月18日——現在他的研究對象轉爲蜘蛛，他捉了幾隻體型龐大的傢伙放在一個盒子裡。他餵蜘蛛吃蒼蠅，蒼蠅的數量急速減少，不過他把自己一半的食物拿來吸引外面更多的蒼蠅飛到房間。

7月1日——他的蜘蛛現在變得跟蒼蠅一樣成爲大麻煩，今天我一定要他全部清除乾淨。他好像很難過，我只好說，無論如何也要清除一些，他高興地接受了。和過去一樣，我給他同樣的時間使蜘蛛減量。他讓我覺得很噁心，每當他看到以腐敗食物爲食的可怕綠頭蒼蠅，吃得飽飽得嗡嗡飛進房間，就一把抓住，高興地把玩，捏在食指和拇指間一下子，在我還來不及意會到他要做什麼，張口就把蒼蠅吞進肚子裡。

我為此責備他，但是他輕聲地爭辯道，蒼蠅有益健康且非常衛生，蒼蠅是生命，強壯的生命，可以帶給他生命的力量。這給我一些想法，或者說只是想法的雛形而已。我一定要注意看著他如何清除他的蜘蛛。很明顯，在他心底深處有某些問題，他有一本小筆記本，老是在上面快速寫下東西。翻開來看，筆記本滿滿都是數字，泰半是單個數字成一串，加總後，再把總數列成串，又加總，好像他是在「集中」處理什麼帳目，就像查帳員一樣。

7月8日——他的瘋狂有脈絡可尋，在我心底的理念雛型也在成長，很快地就會有一個完整的想法。然後，噢，下意識的思考！你必須給你那意識的兄弟一道牆。

連續好幾天不與外界接觸，以便仔細注意任何的細微變化。情形跟以前一樣，除了他已與部分的寵物分開，並有了種新寵物。

他想辦法弄來一隻麻雀，而且已經稍稍馴服了牠。他馴服的方法很簡單，這從蜘蛛已經減少了看得出來。剩下的蜘蛛倒也吃得飽飽，因為他照常以自己的食物誘捕蒼蠅。

7月19日——事情有些進展。我的朋友現在有了一窩的麻雀，蒼蠅和蜘蛛幾乎已經滅絕。當我走進來，他向我跑過來，說想請我幫個大忙，一個非常、非常大的忙。他對我說話時就像是一條搖尾乞憐的狗。

我問他是幫什麼忙，他的聲音和舉止流露出興高采烈的心情，說道，「就一隻小小貓，一隻可愛、小巧、毛色光亮又頑皮的小小貓，我可以跟牠玩，教牠，餵牠，餵牠，再餵牠！」

對他的要求我已有準備，因爲我早注意到，他的寵物大小與生命力不斷地向上提升，我並不在意他那窩被馴養的漂亮麻雀會否跟蒼蠅與蜘蛛的下場一樣。於是我說會幫他留意，接著問他想不想養一隻大一點的貓而非小貓咪。

他的熱切暴露出他心裡所想的，回答道：「噢，想啊，我想要一隻大點的貓！我只是怕你不答應才先要求只要小貓咪的。沒有人會拒絕我養一隻小貓咪的，對不對？」

我搖搖頭，說目前恐怕不可能，但是我會留意。他的臉垮下來，我看到危險的訊號，他倏地露出兇猛的扭曲表情，意味著要動手殺人。這人是個不成熟的殺人瘋子。我要利用他對禮物的渴望測試他，觀察他反應如何，然後我就會知道得更多。

晚上10點——我再度來訪，發現他坐在角落沉思。當我進來時，他到我面前跪下來，懇求我讓他擁有一隻貓，說這貓會是他的救星。

然而我堅定地告訴他不行，於是他一語不發，又回到角落啃手指。明天早上我該早點來看他。

7月20日——在看護巡房以前，我已經看過倫飛德。他已起床，嘴巴哼著曲子。在窗邊愉快又優雅地撒著以前留下的糖，很顯然的，捕蠅行動再次展開了。

我四下尋找麻雀，但沒看見蹤影，問他鳥到哪裡去了。他一動也不動地回答我說，牠們全都飛走了。房間裡留有一些羽毛，他的枕頭上有一滴血。我沒說話，只是告訴看護，今天他有任何不尋常的地方，絕對要向我報告。

早上11點——看護剛才告訴我說倫飛德很不舒服，嘔出一大堆羽毛。「醫師，我確信，」看護說，「他把那些鳥吃掉了，而且是生吞活剝！」

晚上11點——我今晚給倫飛德打了一管強烈鎮靜劑，連他都非沉睡不可，然後拿走他的筆記本瞧一瞧。一直盤旋在我腦子裡的想法，已經完全成型，理論已獲得證明。

這個殺人瘋子屬於奇特的一種。我想我應該爲他創造一種全新的分類，稱他做「食肉〈活生生的動物〉狂」。他欲想的是盡其所能的汲取生命，爲自己安排了一種累積的方式達到這樣的目的。他讓蜘蛛吃下大量的蒼蠅，接著再拿許多蜘蛛餵鳥，然後想要養一隻貓來吃鳥。他的下一步是什麼呢？

實驗還差一點就要完成。只需找到一個充分的動機即可結束。儘管以前人們嘲笑活體解剖，但是看看今天的成果是這麼豐碩！何不再進一步探究科學中最困難和最重要的部分，亦就是關於腦部的知識呢？

如果我甚至只擁有一個這樣的心靈的秘密——要是我有一把能打開甚至只是瘋子的想法的鑰匙——說不定我就能進一步將自己的科學學派發展到新的高度，令伯登・桑德森❷的生理學或是費希耶❸的人腦解析顯得微不足道。但願我能找到那個充分的動機！我必須阻止自己想太多，不然可能會受到誘惑。一個好的動機也可能會讓我淪爲實驗品，因爲我自己的腦袋搞不好

❷譯註：John Burdon-Sanderson 1826-1905，測量心臟電流輸出功率的生理學家

❸譯註：James F. Ferrier，1808-1864，蘇格蘭的形而上哲學家

也是天生異常？

這個人的思緒是多麼的有條不紊啊！瘋子總是在自己的範圍內行事。我很好奇，依他的算計，一個人的價值等同幾條生命呢，說不定就值那麼一條。他已經精確地將舊記錄計算完畢並且結帳，今天又開始另一個新紀錄。我們之中有幾個人能夠每一天都開始另一個新的紀錄呢？

對我來說，我整個的生命隨我的新希望而告終，不過是昨天的事，而我眞的開始了一個全新的紀錄。所以要知道我這輩子是獲利還是虧損，怕要到鐵筆判官對我的分類帳戶做總結算時，才會知道吧！

噢，露西啊，露西，我不能生妳的氣，我也不能生朋友的氣，他的幸福都屬於妳，我只能絕望地等待，然後繼續工作。工作！工作！

要是我也像那邊我可憐的瘋朋友一樣，有一個強烈的動機，一個良善的、無私的好動機讓我努力工作，那就眞的是幸福了。

米娜・莫瑞的日誌

7月26日——我焦慮難安，能在這裡表達自己，可以撫慰我的心；就像一個人對自己低語，同時也聆聽。然後與書寫不同的速記符號，也有些關係。露西和強納生的狀況，讓我不快樂。我已經好一陣子沒有收到強納生的來信，本來非常擔心，但是昨天，仁慈的好人，親愛的霍金斯先生，捎來一封他的信。我先前寫了封信問他有沒有強納生的的消息，他說附寄的信剛剛收到。就那麼短短一行字，加註了日期及發信地點卓九勒城堡，信上說他正準備啓程返家。這不像是強納生。我不了解怎麼會這樣，這讓我擔心。

然後，露西也是，雖然她一切都好，但是最近又恢復了夢遊的舊習慣。她的母親與我討論，決定每天晚上都要鎖上我與露西房間的門。

威斯騰納太太以爲夢遊的人老是會跑到屋頂，或是走到懸崖邊，接著被突然喚醒，在絕望的哭叫聲中墜落，空氣中迴盪著叫聲。

可憐的她，隨時擔心著露西，她還告訴我她的丈夫，也就是露西的父親，也有相同的習慣，如果沒有人及時阻止，半夜會起床穿衣然後走出去。

露西即將在秋天結婚，她已經在計畫要如何裝扮以及家裡要如何佈置。我十分能體會，因爲我也在做同樣的事。強納生與我只有兩個人，打算要過著簡單的生活，即使如此，也要精打細算才能讓收支平衡。

侯伍德先生，全名是亞瑟．侯伍德公子閣下，是葛德明爵士的獨生子。爵士的身體不適，如果健康狀況漸有好轉，他這做兒子的能走開，就會盡快趕來。我想親愛的露西無時無刻不在計算他來的時刻。

她想帶著他坐在峭壁墓地的座椅上，帶他認識美麗的惠特比。我敢說，使她坐立難安的是這份等待；待他抵達，一切就會沒事了。

7月27日——還是沒有強納生的消息。不知道爲什麼，我愈來愈擔心，衷心希望他會捎信來，只是隻字片語也好。

露西夢遊的情形益發嚴重，每一晚，我都被她在房間四處走動的聲音吵醒。幸好天氣很熱，她不至於感冒。儘管如此，擔心與睡眠頻頻中斷令我疲憊不堪，變得很緊張而且無法入睡。感謝上帝，露西的健康狀況一直有進步。侯伍德先生突然被叫喚回去探視父親，老人家的病情十分嚴重。露西因爲要晚點才能看到他而悶悶不樂，但是她的外觀並沒有受到影響。她的身子結實點了，臉頰上有著可愛的玫瑰粉色。原來的蒼白臉龐已不復見。祈求這樣的情況能持續不變。

8月3日——又一個星期過去了，強納生還是音訊全無，霍金斯先生也沒有他的消息。噢，希望他不是病了。我看著他上次那封信，感到有點不對勁。看起來不像是他寫的，卻又是他的筆跡。沒有什麼不對啊。

上個禮拜，露西的夢遊症狀稍微減輕，但是出現了一種我無法了解的奇怪堅持，甚至在夢遊時好像都在看著我。她試著開門，發現門是鎖著的，就在屋裡四處搜尋鑰匙。

8月6日——又過了三天，還是沒有消息。拖延令人心煩。如果我能知道該寫信去那兒，或是該到哪裡找他，就會覺得比較放心。但是自從上次那封信之後，再也沒有人收到他的消息了。我只能向上帝祈禱，祈求能耐心等候。

露西比以前更加激動，不過其他方面都還好。昨晚天氣惡劣，漁夫說暴風雨就要來臨。我應該嘗試觀察天氣，學習認識各種徵兆。

今天的天空灰濛濛，當我正在寫日誌，厚厚的雲層籠罩住凱特尼斯灣的上方高空，遮蔽了太陽，一切都是灰色，唯一的例外是綠色的草地，如綠寶石一般點綴其間，地上的灰色土石，天上灰色的雲，僅在遙遠的邊緣暈染著從雲隙照射下來的陽光，飄浮在灰色的海面，伸展的點點沙洲就像一個個灰色形影。大海發出低吼，翻滾著覆蓋在巨浪的陰影與沙地之上。海上瀰漫的霧氣向內陸緩緩撲來，地平線在灰色的水氣中模糊不清。雲霧堆疊有如巨石，非常壯觀，海上迴旋著噗噗聲響，聽起來像是末日樂章。沙灘上處處可見黑色的身影，有時被霧氣半遮蓋住，如同「走動的樹」。漁船加速返航，隨著海浪上下起伏，疾駛入港。我看到斯威爾斯先生朝我走來，從他高舉帽子的姿勢我知道他要開口說些什麼。

這位可憐的老先生的改變令我動容。他在我旁邊坐下，以非常溫和的語氣說道，「小姐，我有些話想要告訴妳。」

我看得出他渾身不自在，所以我握住那滿是皺紋的雙手，請他直說無妨。

他讓我握著手，開口說道，「恐怕在過去幾個星期，我對妳說的話，那些有關死者及其他的話語有些過份，想必對妳影響極大。不過我希望妳知道，而且希望直到我死後妳都還能記住，那並不是我真正的本意。我們這些老傢伙已經是廢物了，是一隻腳已經踏進墳墓的人了，根本不願意去想這事，我們也不想嚇唬自己，所以我故意表現得毫不在乎，也好讓我自己開心點。但是，上帝保佑，小姐，我並不怕死，一點也不怕，只是如果可以的話，我不想死。我的時間不多了，因爲我眞的老了，一百歲對任何人來說都已超出預期。我隨時都會死去，死神的鐮刀已經霍霍在旁。妳知道，我沒辦法控制一直想說這事，這習慣也不會有所改善。很快地，有一天，死亡天使就要爲我吹起喇叭。但是親愛的，妳應該要開開心心地歡迎他！」他看到我的淚珠，「如果他今晚就來找我，我也不會不理他。其實生命永遠在等待其他尚未發生的事，而不是手邊忙碌的事。我們唯一可以信賴的等待就是死亡。我很快樂就要看到它，看著它朝我而來。妳可能還在遲疑與觀望，它就翩然抵達。也有可能帶著失落、毀滅，傷心與悲痛，跟著海上的陣風一起吹來。妳看！妳看！」他突然大喊道：「風裡的訊息，不論是聽起來、看起來、嘗起來或是聞起來都像是死亡。主啊，當您召喚我時，容我愉悅地回應！」他虔誠地抬起手臂，舉高帽子。嘴巴唸唸有詞像在禱告。經過幾分鐘的沉默，他起身握一握我的手，吐出祝福的話語，然後與我告別，蹣跚地走遠了。我深受感動，心底十分難過。

很高興海防隊員此時在面前出現，他把望遠鏡夾在胳膊下，如同平常一樣停下來與我聊天，但眼光不時盯著一艘陌生的船。

「我看不懂她在幹什麼，」他說，「看起來像是艘俄籍船隻，不過漂流的樣子詭異透了，全然不知方向在哪兒。她好像是看到風暴就要來了，可是沒法決定要往北方外海開去，還是就在這裡入港停歇。再看那裡！她被操控得好奇怪，舵手好像完全不管舵輪；風往哪吹，就往哪改變方向。明天這個時候，就會聽到更多她的消息了。」

卓 九 勒 伯 爵

第7章

《每日電訊報》的剪報，8月8日（*黏貼在米娜·莫瑞的日誌中*）

特派員報導

惠特比

本地有史以來最嚴重亦最突然的大風暴之一剛告結束，造成的結果既奇怪又獨特。風暴來臨之前，悶熱無風，但在八月溽暑也算平常。星期六晚上的天氣出奇地好，大批的度假人潮昨天擠滿了馬爾格雷夫森林、羅賓漢灣、里格磨坊、朗斯維克，斯坦瑟斯以及惠特比周遭。蒸汽船〈艾瑪號〉與〈斯卡伯勒號〉來來回回不停穿梭，自惠特比出發或是抵達當地的「遊客」人數超乎尋常。一整天的豔陽高照，下午以後開始轉變，造訪東岸峭壁教堂墓地與眺望臺的民眾，注意到在汪洋大海的北、東方高空捲起一片「馬尾雲」直至西北方，一副快要下大雨的樣子。由西南方吹拂而來的風勢溫和，氣壓計標示爲「二級輕風」。

值勤的巡防人員與觀察當地天氣超過五十年的資深漁夫雙雙預測，暴風雨將隨時來臨。夕陽如此的美麗，映照出色澤亮麗的雲彩，不少人沿著舊教堂墓地的峭壁旁步道散步欣賞美景。太陽掉落在一大片黑壓壓的凱特尼斯山之前，盤據在西方的天空，伴隨著多采多姿的顏色慢慢下山，涵蓋了夕陽該有的全部色彩——火紅色、紫色、粉紅色、綠色，淡紫色與深淺不一的金黃色，光線遮蔽的範圍有限且不集中，但黝黑如墨，型態各異，描繪成巨大的陰影。畫家當然不會錯過這麼好的機會，命名爲〈暴風雨的序曲〉的素描展將在明年五月替「皇家藝術學院」與「皇家協會」的牆面增添風采。

許多船長決定把不同等級、暱稱做「圓石」或「騾子」的船隻暫時停靠在岸，直到風暴過去。晚上，風勢減緩，到了午夜，悶熱的空氣異常的寧靜，緊張壓抑的氣氛影響到本性比較敏感的人。

海上閃爍的光芒寥若晨星，平日緊緊綁縛在海岸的沿海蒸汽船，面向著海面停駐在岸；不過仍可見到零星光點。唯一可清楚辨識的是一艘船帆齊揚的外籍斯庫納縱帆船，看來正朝向西行。主事者不知是愚蠢還是無知，眾人談論不歇，並不斷以燈號示警降速，以免發生危險，但對方似乎視而不見。待黑夜完全降臨，她的風帆依然高掛，在波浪起伏的海面上載浮載沉。

『彷彿畫上海洋中，一艘畫上去的船一樣地靜止。』❶

將近十點，靜謐的空氣變得沉悶起來，四周安靜無聲，即便是內陸小羊的咩咩聲或是城鎮的狗叫聲都聽得一清二楚；在碼頭演奏充滿法式情調的樂團，活生生地破壞了大自然的靜謐展現的大和諧。午夜剛過，奇怪的聲響來自海面，迴盪在空中成怪異、微弱，空洞的隆隆聲。

毫無預警地，暴風驟然襲來。大自然以迅雷不及掩耳的速度、無法瞭解的原因徹底改變。巨浪濤天，一波洶湧過一波，很快地，如鏡面般的海洋怒吼翻滾，好似要吞噬一切的怪物一般。銀白色的浪頭奮力拍打著海岸的沙灘，沖刷著傾斜的峭壁。另一陣浪頭衝進碼頭，泡沫橫掃了惠特比港口燈塔的提燈。

怒吼的風聲恍若雷鳴，風勢是如此強勁，即使是壯碩的硬漢也無法站穩腳步，或是抓住冰冷的鐵柱不放。後來發現，有必要將觀賞的人潮完全清離碼頭，否則這個夜晚形成的災害恐將增加數倍。海上大片的濃密霧氣正在此時飄向內陸，無異雪上加霜，提高危險的程度。白色的雲霧恍若魑魅，既潮濕又冰冷，不難想像在大海中失去生命的靈魂，正以那些又冰又濕的死亡之手碰觸他們活著的弟兄。隨著繚繞濃霧的輕拂，許多人不由自主地打起寒顫。

當濃霧散去，藉由耀眼快速的閃光得以一窺海面，雷鳴轟隆隆作響，整個天際因暴風雨的襲擊震顫不已。

有些景象壯麗無匹，觀之令人屏息——如山脈一般高的海面衝起白色浪花，風暴似要攫取

❶譯註：語出Samuel Taylor Coleridge的〈The Rime of the Ancient Mariner〉，全句為"Day after day, day after day, / We stuck, nor breath nor motion;/ As idle as a painted ship/ Upon a painted Ocean"

這些浪花，迴旋上天；分散各地的漁船拖著風帆，趕緊在疾風到來前衝進港灣避難；不時可見海鳥被暴風打斷的白色翅膀。東岸峭壁的頂端新裝設的探照燈尚未正式啓用，負責人下令立即加入救援行列，趁著奔流的霧氣暫歇的空檔掃視海面。一艘舷緣已被海水覆蓋的漁船飛也似地衝進港灣，藉著燈光的幫助安全入港，避開了撞上碼頭的悲劇。當每一艘船都平安地進港避難，岸上的群眾歡聲雷動，聲音幾乎要蓋過疾風，旋即又消逝在風中。

不久之後，探照燈在不遠的地方發現一艘斯庫納縱帆船，張開全帆，就是先前的那條船。此時的風向轉東，岸上的觀眾莫不爲船隻的危險處境捏把冷汗。

距離縱帆船與港口之間是一大片平坦的暗礁，也是許多船隻遇難的地方，暴風正吹打著帆船的船尾，這樣的情況下到不了港口的入口。

此時適逢漲潮，浪潮是如此激烈，淺灘的凹槽肉眼可見，全帆揚起的縱帆船遭遇急速的衝激，套句一位經驗老道的水手的話：「她一定得找到什麼地方躲，即使是地獄也行。」迄今見過最重的濃霧突地來到，潮濕的霧靄如灰幕一般遮蔽萬物，此時僅剩聽覺器官還有功用，暴風的怒吼、轟隆的雷聲，還有巨浪發出低沉的轟轟聲，聲音之大更甚以往。探照燈的燈光固定在東碼頭的海港入口，照射著預期出現驚心動魄的一幕之處。

風向突然轉成東北風，殘留的濃霧融化在強風中。接著，說也奇怪，洶湧的波濤猛然起伏，在疾風之前，將全帆張揚的縱帆船安全地掃進港口。探照燈緊緊跟隨，舵輪上綁著一具屍骸，低垂的頭部隨著帆船上下顚簸來回飄浮，除此之外別無他物，驚恐的畫面嚇壞了所有的人。

旁觀者發現，這艘奇蹟般入港的帆船竟是由死者的一隻手所操舵，敬畏之心油然而生。不過，一切發生得太快，遠超過記者下筆的速度。帆船並沒有因此停下，而一路衝過港口，撞上由浪潮與風雨沖刷的沙石堆，衝進東岸峭壁下方、碼頭伸出的東南方，當地人稱爲「泰特丘碼頭」的角落。

船隻撞進沙堆時的力道驚人，發出激烈的撞擊聲，每一條帆桅、繩索與支索因拉扯而緊繃，部份上方桅木和帆索重摔在地。最奇怪的是，當船靠岸的那一剎那，一條大狗好似被震動彈出，自底下跑上甲板，一路往前，從沙堆上的船頭跳出去。

牠直接衝向峭壁，墓地靠近東岸碼頭的小徑是如此險峻，以致有些惠特比方言稱爲「平躺石」的扁平墓碑，在懸壁掉落的地方竟眞的凸出來。狗的身影消失在黑暗中，而探照燈照不到的地方，顯得益加黑暗。

船隻撞上泰特丘碼頭時，碼頭空無一人，附近的居民不是已經上床休息就是外出至上方的高地。港口東岸值班的海防員立刻趕赴碼頭，第一位登上船隻。操控探照燈的人員在港口的入口處掃照而見不到什麼後，將燈光轉向已然破爛的船隻，鎖定不動。海防員跑向船尾，走近舵輪，蹲下身看個究竟，隨即跳開，狀似震驚不已。這樣的反應刺激了大眾的好奇心，許多人開始奔跑過去。

經由吊橋，從西岸峭壁到達泰特丘碼頭是段不遠的距離，還好，讀者諸君的特派員體力尚佳，將大夥遠拋在後。不過，當我終於抵達目的地，碼頭已經擠了一群人，海防隊與警察將人群阻擋在外，不許登船。在隊長的好心幫忙下，身爲特派員的我順利爬上甲板，是親眼看到死去的水手綁縛在舵輪的少數人之一。

海防員的激烈反應，或者說是敬畏，非常容易理解，如此的景象不是每天都會發生的。水手的一隻手包住另一隻，整個人經由兩隻手固定在一根舵輪輻上。底下那隻手與輪輻之間有著一個十字架，串住十字架的念珠緊繞著手腕與舵輪，手腕與舵輪再由繩索綁縛起來。可憐的船員本來應該坐在座位上使盡全力控制船隻，但是隨著海浪拍打、摧殘著風帆，扯動舵輪，令他被上下左右來回拖行，結果綁縛的繩索磨入肉中，深可見骨，一片血肉模糊。

現場的狀況正確地描繪記錄了下來，從東艾略特廣場三十三號趕來的外科醫生J．M．卡芬在我之後抵達現場，他仔細檢查後表示，人已過去至少有兩天的時間。

死者的褲子口袋有一個瓶子，瓶口小心地封死，裏面只有一小張捲起來的紙，後來證明是航海日誌補遺。

據海防隊員的了解，死者應該是自己綁住雙手，利用牙齒打的結。由於第一位登上遇難船隻的平民是海防隊員，這爲後來的海軍法庭省了些事；按照規定，第一位登上遇難船隻的平民有權擁有船上的貨物，但海防隊員卻不算一般平民。到底誰有這個權利早已吵得不可開交，一位年輕的法律系學生堅稱船東的財產已被破壞殆盡，他的物業已經不屬於財團法人不動產永久管理的範圍，因爲舵柄〈委託財產的象徵〉竟繫於死者之手。

無庸置疑地，死去船長的遺體後來自他堅守崗位至最後一刻的地方，備極哀榮地移到停屍間，等待進一步的驗屍；他的堅定不移，猶如年輕的卡薩畢安卡一般高貴❷。

驟然的暴風已經停歇，風勢稍微緩和，人潮也逐漸散去，天空染紅了約克郡的荒涼大地。

關於在暴風中奇蹟般地衝進港口而破壞無遺的這艘帆船，我將在下次的報導中提供詳細的介紹與說明。

惠特比

8月9日——故事的後續比昨晚在疾風中發現的船隻經過本身還要精彩。這艘斯庫納縱帆船是俄羅斯籍的〈狄米特號〉，由瓦那出發。船上除了壓艙的銀沙之外，實際貨物極少，不過是許多體積龐大、裝滿土石的木箱。

收貨人是惠特比的事務律師畢林頓先生，住址是新月鎮七號。今天早上他親自登船點收交寄的貨品。

俄羅斯領事以租船契約人的身份，暫時保管船隻，並支付港口所有的必要費用等等。此間今天的話題全部圍繞在奇異的巧合上。商業局的官員嚴格監督每件事情皆依法辦理，由於此事再離奇，當局也要將之視爲曇花一現的事處理，因此顯然他們決定不要留下日後讓人抱怨的原

❷譯註：Felicia D. Hermans（1794-1835），在〈Casabianca〉一詩中描述一個勇敢的年輕人"The boy stood on the burning deck/ Whence all but him had fled;/ The flame that lit the battle,s wreck/ Stone round him o,er the dead"。

因。

船隻登陸時上陸的狗兒更是討論的焦點所在，在惠特比地位崇高的「保護動物協會」嘗試照顧狗狗，但是結果令人失望，狗兒已消失蹤影，好像從城鎮中蒸發。也許是因爲驚嚇過度跑到荒郊野外藏起來也不一定。

一些人對此甚感憂心，深怕狗兒會變成兇惡的野獸，進而攻擊人類，造成危險。住在離泰特丘碼頭不遠的煤商養了一條混種獒犬，上午稍早的時候，被發現死在主人庭院對面的馬路上。生前有打鬥的跡象，看得出來對手甚是殘暴，狗兒的喉嚨被扯破，內臟被尖銳的爪子割開。

稍晚——在商業局檢查人員的幫忙下，筆者有幸翻看〈狄米特號〉的航海日誌，日誌內容按照時間順序記載，直到事發前三天，除卻對失蹤人的記述，並無其他特別有趣的內容。最引人注目的是，今天當做呈堂證供的那張藏在瓶子裡的紙條。將紙條展開的那兩人說了些更奇怪的話，但是恕筆者無幸得知。

由於沒有隱瞞的必要，我獲准刊登日誌的內容，公開予大眾閱讀，僅只省略航海駕駛與貨物管理技術的細節部份。船長在死亡之前似乎就因某種驚嚇而抓狂，這樣的驚嚇一直伴隨著整個航程。因爲時間緊迫的關係，本文乃透過俄羅斯領事書記的翻譯口述，內容自然無法反應全部的事實。

〈狄米特號〉航海日誌 *從瓦那駛往惠特比*

寫於7月18日，事情變得異常詭異，我該仔細記下，以供著陸時參考。

7月6日上船，載運著貨物、銀沙與裝土的箱子。中午時分出發。東風，清爽，全部工作人員，五名船員……兩名大副、一位廚師與我自己〈船長〉。

7月11日黎明進入博斯普魯斯海峽，接受土耳其海關檢查。付完紅包後一切順利，於下午四時離開。

7月12日穿越達達尼爾海峽。海關人員增多，一旁並有海軍巡邏艦。又得塞紅包。手續繁雜，但是速度很快，我們隨即離開。夜幕低垂時分通過群島。

7月13日橫渡馬塔角。工作人員對某事不滿。狀似害怕，但不願明說。

7月14日，海員更加不安。他們性格穩定，俱是合作過的夥伴。大副問不出所以然。他們只是聲稱船上有「某種東西」，並劃十字。

7月16日，一早接獲大副報告，工作人員佩特羅夫斯基失蹤。原因不明。昨晚負責看守左舷四小時，待埃慕拉莫夫接班時已不見人影，舖位上也沒人。船員騷動不安更甚以往，異口同聲表示，他們認爲船上有「某種東西」，除此之外，不願多說。大副的耐心快到極點。擔心麻煩即將爆發。

7月17日，昨日，工作人員奧爾加雷跑到我的船艙，驚惶失措地說船上必定有位陌生人。

因爲夜晚大雨滂沱，他只好待在甲板室値勤，看到一位不像是工作人員的瘦高男子，從艙梯走上來，沿著甲板前行，然後消失無蹤。他小心尾隨來到船首，卻空無一人，艙口門已全部鎖上。我擔心他不明所以的害怕會影響至其他人。爲了安撫恐懼，我決定今天要徹頭徹尾的搜查船隻，任何地方都不放過。

稍晚，我集合了全部人員，明白說道，既然他們懷疑船上有人，乾脆仔仔細細搜查一次。起初，大副很不以爲然，認爲是愚蠢的行爲，只會讓工作人員的士氣更加低落，聲稱只要利用絞盤棒就可讓大家遠離麻煩。我讓他負責掌舵，其他的人肩並肩、拿著提燈徹底搜查任何能夠躲藏的角落，最後只剩下大木箱。全體人員鬆了口氣，心情愉快地返回工作崗位。大副皺眉以對，但未發一語。

7月22日——惡劣的氣候持續了三天，大家忙著控制船隻，沒有時間害怕。好像早已把驚恐拋諸腦後，大副亦恢復活力，不再口出惡言，大聲讚美著船員在嚴峻的天氣下優異的表現。經過直布羅陀，穿越海峽。諸事順遂。

7月24日——此船似乎蒙有厄運。減少一位人員的情況下，我們進入比斯開灣，氣候沒有轉好，昨夜，又有一位不見蹤跡。與第一個人一樣，他也是在値勤時失蹤便再也沒看到。大家驚恐莫名，不敢單獨値班，建議改爲兩人一班。惹惱了大副。我擔心也許是大副，也許是其他人員，遲早會發生衝突。

7月28日——四天勞什子的日子亂七八糟，再加上暴風雨的肆虐。所有的人都未闔眼，全部累癱了。沒有值班的適合人選，其他人也不清楚該如何值班。二副自告奮勇當班，好讓大家休息個把鐘頭。強風漸弱，海象仍惡，但比較感覺不到顛簸了，因船比較穩定了些。

7月29日——另一場悲劇。今晚由單人值班，因大家疲憊不堪，沒法兩人一起值班。早班人員前去甲板換手卻只見舵手一人。聽到尖叫，所有人趕到甲板。仔細的尋找，但沒有任何發現。現在二副不見了，工作人員重陷慌亂。大副與我準備好武器，好應付各種突發狀況。

7月30日——最後一夜。所有人都非常高興英國就在眼前。天氣不錯，全帆張開。我因疲憊不堪，陷入沉睡，直到大副叫醒我說值班人員與舵手都不見了，只剩下我自己、大副與兩名船員。

8月1日——整整兩天的濃霧覆蓋了一切，看不到其他船隻。我本想抵達英倫海峽後想法子發訊求援或是航向某處。現在已經沒力氣揚帆，趁著暴風前趕緊前進。不敢放下船帆，深怕再也張不開。我們正逐步走向可怕的命運。大副比別人更沒士氣，他堅強的本性似乎回頭對付了他自己。其他的人已不再害怕，忍耐地麻木工作，心裡已做好最壞的打算。他們是俄羅斯人，大副則來自羅馬尼亞。

8月2日，午夜——才剛入睡，就被門外傳來的叫聲吵醒。濃霧中伸手不見五指。我跑到甲板正巧撞到大副。他告訴我他也是聽到叫聲跑上來，沒見到值班的人。又少了一人。老天爺！幫幫忙！大副認爲我們應該已經過了多佛海峽，因爲趁著霧散去的時候，他看到北岬❸，

❸譯註：英國東南方的路岬

就是在此時聽到叫聲。果眞如此，我們應該在北海附近，濃霧圍繞不散，只有上帝能帶領我們走出去，然而上帝似乎棄我們於不顧。

8月3日——午夜，我前去與舵手交班，但是沒人在那。風勢穩定，船隻也沒有逸出航線。我不敢離開，大聲叫著大副。很快地，他穿著內衣衝上甲板。眼光狂亂，面容枯槁，看來已失去理智。他走向我，嘴巴靠近我的耳朵，好像深怕空氣會偷聽他的話，聲音嘶啞地低語：「它在這裡。我知道它就在這裡。昨晚值班我見到它，好像是個人，又高又瘦，臉白得跟鬼一樣，就站在船頭，看著外面。我悄悄地爬到它後面，一刀砍過去，可是刀子劃過它身體，空得跟空氣一樣。」他一邊說一邊拿著刀子在空中用力揮舞。接著說：「但是它就在這裡，我一定會找到它。八成躲在船艙裡，也許其中一個箱子裡。我要把箱子一個個拆掉，看個究竟。你好好掌舵。」他看我一眼，警告意味濃厚，把手指放在嘴唇上走下去。海上波濤洶湧，我無法離開舵輪。我看到他重新在甲板出現，工具抵在胸口，手拿著提燈下樓，朝艙口走去。他神智不清，身體僵硬，徹底瘋了，我如何阻止也沒有用。拆開箱子無妨，單據記載的是「泥土」，就算把東西扯出來也沒關係。於是我原地不動，小心掌舵，並寫下這些記錄。唯一可以信賴的只有上帝，就等霧散去吧。如果我沒法在這樣的風勢下將船駛往某個港口，我會收一些帆，於原地靜候，發出求救的訊號……

現在幾乎一切都完了。正當我開始希望大副出來後能冷靜點，忽然聽到他在船艙裡用力敲打東西的聲音；勞動一下也好，對他有益；艙口突然傳來驚駭的慘叫，我心頭一涼，他飛也似地跑上甲板，完全瘋掉，眼睛骨碌碌地轉動，臉龐因害怕而抽搐，叫喊著：「救救我！救救我！」，然後轉身望著一片濃霧。接著，害怕已經變成絕望，他以穩定的聲音對我說：「你最好也來，船長，不然就太遲了。他在這裡，我知道秘密是什麼了，大海會幫助我逃離他，只有這個辦法。」我還來不及發出聲音，或是往前一步抓住他，他已跳上舷牆，往大海縱身一跳。我想我也知道秘密爲何了。這位瘋子把全體人員一個一個地解決，自己再尾隨其後。天父啊！幫幫我！當我到達港口該如何解釋這些驚駭的過程？當我抵達港口？我到得了港口嗎？

8月4日——濃霧依舊籠罩，看不到太陽的影子。我知道太陽已經高掛，那是我的職業本能，我也不知道爲什麼知道。我不敢下樓，不敢離開舵輪，整夜守在此地，透過朦朧的夜色，我見到它，應該說是他！上帝啊，請原諒我，我覺得大副最後的選擇是對的，死得要有尊嚴。水手就應該葬身於深藍的海洋，這點沒有疑問。然而我身爲船長，絕不能棄船逃亡。我要阻撓這個魔鬼、這個怪物，我力氣衰退時，要把我的雙手綁住舵輪，然後一起綁上他——它！——不敢碰的聖物。然後，不論是順風還是逆風，我都可以拯救我的靈魂，也不會污衊我船長的身份。我越來越衰弱了，夜晚越來越近了。假如他再看到我的臉，我會來不及行動……假如船最後還是沉了，希望有人撿到這個瓶子，好讓眞相得以大白。如果不幸……唉，那所有人都會明白我盡忠職守的決定。希望上帝、聖母與聖眾幫助這可憐無知的靈魂善盡職責……

當然，棺雖已蓋，論尚未定。缺乏證據獲致結論，抑或記述者本人才是兇手，答案依然未解。當地人普遍認定船長是英雄，決定舉行公開的葬禮。已經安排將他的遺體由一列船隻順埃斯克河而上鳴砲致敬，短暫停留後再運回泰特丘碼頭，循著修道院的階梯，抵達峭壁上的墓地，永遠安息。百艘以上船隻的船東已經提出申請，希望能護送他最後一程。

從來也沒有人見過那隻大狗，眾人對之哀悼不已，我相信在現下的情況，鎮上的人絕對會願意認養。喪禮將於明日舉行，又有一篇〈海洋之秘〉將劃下句點。

米娜‧莫瑞的日誌

8月8日——露西整夜難眠，我也沒有闔眼。可怕的暴風雨吹襲著煙囪頂的排煙管，發出轟隆隆的聲音，讓我十分害怕。當一陣強風襲來，就像是從遠處傳來的槍聲。奇怪的是，露西竟然沒被吵醒；但是她夜裡起身兩次，並著上裝。幸好每次我都及時醒來，想辦法不要吵醒她，將她的外衣趕緊脫掉，帶回床上睡覺。夢遊對露西來說實在很奇怪，她的意志力一旦向身體屈服，她的意向——如果還有意向的話——亦隨之消失，而她便完全照她的日常生活動作去做。

我倆一早起來便直驅港口，想知道昨晚發生什麼事。港口的人寥寥無幾，雖然太陽高照，空氣清新宜人，巨大的海浪依舊猙獰險惡，激起的泡沫亮麗如雪花，奮力湧進港口的入海口，好似惡漢穿越人群一樣。我心底有點高興強納生昨晚不在海上，而在陸地。然而，他到底在海上還是陸上？他現在人在那兒呢？情形怎麼樣？我越來越替他擔心。但願我知道自己該做些什麼，能做些什麼！

8月10日——那位可憐船長的喪禮於今日舉行，場面悲淒動人。港口的船隻全部到齊，船長們抬著棺槨，由泰特丘碼頭一路前往墓地。露西與我早早便來到我們的老位置，船隊沿著河岸上至維阿達克特，又再走下來。我們所在的位置視野極佳，可憐的船長就安息在不遠的地方，全程的經過盡入眼底。

露西看起來甚是哀傷，整個過程坐立難安，我以爲是夜晚的夢境在影響她。有件事非常詭異：她總是不願對我承認有任何不安的原因，或許連她自己也搞不清楚吧。

露西會如此不安還有另外一個原因。今天早上，斯威爾斯老先生被發現死在我們的位置附近，頸骨折斷。醫生說，他顯然是受到驚嚇而從座椅跌落，因爲他臉部的表情驚愕恐懼，令圍觀者害怕不已。眞是可憐的老人！

甜美又敏感的露西受到的影響最大。她剛才爲一樁小事感到悶悶不樂，我沒大注意那事，儘管我非常喜歡動物。

經常上來欣賞船隻的一位先生帶了一隻狗。那隻狗兒總是跟他在一起。他們都很安靜，我從未看過他發脾氣，也沒聽狗狗吠叫過。喪禮進行時，狗兒不願與主人待在一起，而保持幾碼的距離，主人就坐在我們旁邊，狗狗卻不停地吠叫長鳴。一開始，主人輕聲安撫，後來口氣越來越兇，終於氣極敗壞。但是狗狗毫不理會，一股勁兒地狂吠，甚是憤怒，目露兇光，毛髮直豎，像是宣戰的貓咪尾巴。

主人最後惱羞成怒，跳下去踢牠，用力拉扯牠的頸背，半拖半拉地丟向椅子所在的墓碑。狗兒撞上石頭後顫抖不已。牠沒有試著逃跑，只是退縮發抖著蹲伏下來，害怕的樣子十分可憐，我試著安撫牠卻無用。

露西與我一樣，憐憫之心油然而生，不過她沒有伸手撫摸狗狗，僅用痛苦的表情盯著牠瞧。我眞是擔心她過於多愁善感，在社會上難以立足生活。我確定她今晚一定會做夢，把所有的景象混在一起：死人駕船駛入港口、那人的樣子、緊縛著十字架與念珠綁在舵輪上、感人的喪禮與這隻一下憤怒一下恐懼的狗——這些提供了夢境多樣的題材。

我想最好的方法是讓她帶著疲憊的身軀上床，所以我要帶她沿著峭壁遠遠走到羅賓漢灣，再轉回來。這樣一來，她應該沒有力氣起床夢遊了吧！

第8章

米娜・莫瑞的日誌

同一天，晚上十一點——噢，眞是累壞了。若非寫日記已是例行公事，今晚壓根兒也不想打開本子。露西和我共享了美好的散步時光。啓程沒多久，她便笑逐顏開，我想或許是因爲在燈塔附近田裡，那幾隻對著我們嗅鼻子走過來，把我們嚇得驚慌失措的可愛牛隻吧。我相信我們忘了一切，除卻，當然，內心的害怕，而那似乎讓舊日盡成過往雲煙，給了我們個嶄新的開始。我們在羅賓漢灣一間古色古香的雅致小餐館喝著「下午茶」，凸窗就位在岸邊滿佈海草的岩石堆一旁。我想我倆驚人的食量一定會嚇壞「新女性」，男人到底比較寬容，幸虧有他們！之後，我們漫步回家，中間停下數次暫歇腳步，野牛引起的驚嚇仍揮之不去。

露西疲憊不堪，我們只想趕緊爬進被窩。但是，年輕的助理牧師卻在此時來訪，威斯騰納太太留他下來共進晚餐。露西和我爭奪灰頭土臉的麵粉廠主人寶座，我知道這是一場硬仗，但是我贏得很光榮。希望某日，主教們能集合起來，培養出一批新的助理牧師，無論別人如何地誠摯邀約，也絕對不會答應留下晚餐，並且看不出女孩家的疲態。

露西呼吸平順地睡著了。她的雙頰比平日紅潤許多，看起來，噢，是如此甜美。如果侯伍德先生只不過在客廳看到她一眼便墜入愛河，那我很想知道，對現在的露西，他會怎麼說。那些「新女性」作家應該倡導一個新觀念，讓婚前的雙方瞧瞧彼此睡覺的模樣。不過我想即使在未來，「新女性」也不會屈就答應，她喜歡主動出擊，而結局一樣美好，倒也足堪安慰。今晚我眞是歡喜，露西似乎好多了。我眞的相信她已經走過陰霾，而且我們也克服了夢遊的麻煩。如果能有強納生的消息，我就會更開心了……願天主賜福並保佑他。

8月11日——再次打開日記本。思緒翻騰，無法入睡，只好寫寫東西。適才的冒險是一場令人痛苦的經驗。才一闔上日記，我便墜入夢鄉……突然間，我睜開眼睛，可怕的恐懼感襲上心頭，身旁空盪盪的。室內一片闃黑，我看不清楚露西的床位，悄悄地穿過房間尋她。床是空的。我點燃火柴，發現她不在房裏。房門關著，但是沒有上鎖，與睡前的狀態一樣。最近，露西母親的身體狀況愈來愈糟，我怕吵醒她，隨便披上幾件衣服便趕緊出門尋人。就在離開房門之際，靈光一現，也許她穿的衣服可以透露出夢遊的地點。睡袍表示在屋內，連身裙則是外出服。睡袍與連身裙都在原地，「感謝老天，」我自言自語道，「只穿著睡衣跑不了多遠。」

我急忙下樓看看起居室，沒人！其他的房間也沒有，一股涼意自心底升起。最後，我走向大門，大門沒關。雖然並非敞開，但是沒有上鎖。這家裏的人十分小心，每天晚上都會鎖門，我擔心露西像以前一樣跑出去了。沒時間多想，莫名的恐慌已蓋過一切。

我抓了件又大又沉的披肩便往外衝。來到新月鎮上，時間剛好一點，四下無人。我沿著北坡疾走，仍然沒見到期望中的白衣女子。來到碼頭上方西岸峭壁的邊緣，我望向港口對岸的東岸峭壁，搞不清楚是希望還是害怕，看到露西坐在我倆最喜歡的地方。

滿盈的月色皎潔明亮，移動的烏雲帶來光影的變化。陰影遮蓋住聖瑪麗教堂與周遭，一瞬間，我什麼也看不見。待雲霧散去，眼前出現的是修道院的廢墟，光線如鋒利的刀劍閃過，教堂與墓地的模樣逐漸清晰可辨。無論我在期待什麼，都沒有讓我失望，銀色的月光映照著白雪公主，斜倚在我們最喜歡的座位上。緊跟在後的雲霧速度過快，明亮的天空突然轉黑，視線所及的範圍因此變窄，我似乎看到白色人影的椅子後面站了個彎著身軀的黑東西。那到底是人還是野獸，我也說不上來。

等不及再次確定，我跑下陡峭的樓梯直抵碼頭，沿著鮮魚市場走到橋樑，這是通往東岸峭壁唯一的路徑。城鎮安靜無聲，完全不見人影。這倒好，我可不希望有任何人看到可憐的露西現下的模樣。時間與距離似乎永無止盡，我的雙膝顫抖，氣喘噓噓地登上修道院永遠沒有盡頭的樓梯。我的腳程很快，但是雙腳卻覺沉重如鉛，彷彿身體的每個關節都已遲鈍生銹。

好不容易爬到頂端，從近距離可以清楚看到椅子與白衣人，即使陰影的短暫遮蔽也無礙。毫無疑問，有個又長又暗的什麼東西，彎在斜倚的白色身影上方。我害怕地叫喚著「露西！露西！」，而不知什麼東西抬起頭，從我的地方，我看到一張白臉和閃爍的赤眼。

露西沒有回答，我趕緊跑到墓地的入口處。走入墓地，教堂介於我與座椅之間，剎那間，她的身影消失無蹤。等到我再跑進視線，雲霧已散去，明亮的月光下，我看到露西半倒著，頭靠在椅背上。只有她一個人，附近沒有任何其他生物的跡象。

我彎身看她，發現她仍在熟睡。她的雙唇綻開，呼吸得不若平常柔順，而是伴隨著長而沉的喘息，好像每次吸氣都要用力把肺裝滿似的。當我走近，沉睡中的她抬起手，拉高睡衣的衣領包住脖子，同時身上發出一些顫抖。我急忙用溫暖的披肩將她團團圍住，拉緊披肩邊緣，裹住她頸項，深怕僅著單薄衣物的她會因冷冽的夜晚而受寒。我擔心會突然吵醒她，爲了能讓自己騰出雙手扶持她，我在她包覆著披肩的脖子處別上一只大別針。著急的我想必笨手笨腳，不小心戳到或刺到了她，因爲她的呼吸漸漸平穩後，她又不時地伸手摸摸喉嚨，發出呻吟。我小心翼翼地確定披肩都已緊縛，脫下自己的鞋子套在她的腳上，然後才輕聲叫喚她。

最初，她沒有反應，慢慢地，睡得愈來愈不安穩，間或呻吟嘆氣。隨著時光飛逝與其他諸多因素，我想趕緊帶她回家，只好用力搖晃她直到她終於睜開眼睛。看到我，她一點兒也不訝異，當然啦，這會兒她根本不知道自己身在何處。

露西永遠是美美地醒來，即便在這種時候，她的身軀想必已經凍僵，對身穿薄衫在夜晚的墓地驚醒有點兒害怕，仍然不失一貫的優雅。她微微發抖著靠向我。當我開口請她立刻跟我回家，她一語不發站起來，就像個順從的小孩。走著走著，地上的石頭刺痛了我的雙腳，露西發現我在瑟縮。她停下腳步，堅持要我穿回鞋子，我當然不肯。等我們走到墓地外面的小徑，路上的水坑遺留著暴風雨的遺跡，我把雙腳踩進泥巴，用兩隻腳互相抹泥，這樣一來，在回家的路途，沒有人會注意到我光著腳丫子——假使會碰到什麼人的話。

算我們運氣好，一路上沒有遇見半個人。我們曾看到一位男士，有些醉醺醺的模樣走在前面一條街。我們躲在門後，直到他消失在陡坡上的空地，蘇格蘭人喚做「wynds」的院子。我的心跳急促，好像就要昏厥過去一樣。我很擔憂露西，不僅僅是她的身體狀況，還有她的名譽，萬一今晚的故事傳開了該怎麼辦。我們終於安抵家門，雙腳洗淨後，我們不約而同地脫口感謝上天，接著我把她塞進被窩。進入夢鄉之前，她拜託，近乎是苦苦哀求我，不要對任何人洩露關於今晚夢遊的一個字，即使是她的母親也不例外。

一開始我有點兒猶豫，繼之想起她母親的健康情形，想到她會如何擔憂，想到故事如果傳開，不知會被加油添醋到何等地步，於是我想答應露西的請求比較明智。希望我的決定是對的。我鎖上房門，把鑰匙緊緊套在手腕上，這樣便不會再被打擾了。露西發出輕微的鼾聲，黎明的光影已高掛在海洋遠方的天空……

同一天，中午——一夜無事。露西睡得很晚，直到我叫喚才醒過來，睡覺的姿勢完全沒有改變。昨晚的冒險似乎沒有造成任何傷害，相反地，還帶來不少好處，比較起過去數個星期，今天早上她的臉色好看多了。倒是我非常抱歉，因爲我的笨拙，安全別針刺破了她。事實上，傷得還不輕呢，喉嚨的傷口明顯。一定是被我捏到一塊肉，直接刺穿，才會留下一兩點被針刺過的傷痕，一滴血液還留在睡衣的邊緣。我向她致歉，問道傷口痛不痛，她笑出聲，拍拍我說一點兒感覺也沒有。還好傷口很小，不會留下疤痕。

同一天，晚上——今天一整天都很愉快。天空無雲，陽光普照，伴隨著涼風徐徐。我們來到馬爾格雷夫森林享用午餐，威斯騰納太太坐車，我和露西則沿著峭壁的步道緩行至大門與她會合。我內心有些難過，若是強納生也在身邊該有多好！但是現在我所能做的只有耐心等待。傍晚時分，我們漫步走進賭場劇院，司波爾和麥肯錫的音樂美妙動人；晚上早早便上床睡覺。露西看似比這些日子還要安靜，馬上沉沉睡去。我得像以前一樣將房門鎖上，鑰匙收好，不過我想今晚應該不會有問題才對。

8月12日——我錯了。夜晚我起身兩次，就爲了制止露西出去。即便人在睡夢中，她對房門被關起來一事也顯得不耐煩，抗拒著不願回床。天才濛濛亮我就醒了，聽到小鳥在窗外吱吱喳喳的叫聲。露西的眼睛也張開了，我很高興地發現，她比昨天的樣子又好些，從前快樂的模樣又回來了，她鑽進我的被窩，訴說著亞瑟。我對她說我很擔心強納生，她試著安慰起我來。她的安慰有點奏效，雖然說安慰無法改變事實，卻可讓人變得更加堅強。

8月13日——又是鎭日無事，跟以往一樣，我將房門鑰匙繫在腕上。半夜我又醒來，發現露西坐在床上，面對著窗戶，沉睡依舊。我躡手躡腳起身，拉開窗簾，向外望去。月色如鏡，柔和的光線照亮了海面與天空，營造出一股神秘的安寧美感，遠非任何文字可堪形容。一隻巨大的蝙蝠倏然飛進我與月光的空間，如旋轉的陀螺來來去去。有時是那麼地靠近我，不過，也許是看到我而受驚，又迅速飛越海港，朝修道院而去。我從窗口走回來，露西已經躺在床上，好夢正酣。一整晚沒有再醒來。

8月14日——鎮日在東岸峭壁看書與寫東西。露西似乎與我一樣，也愛上了這個地方，每次要回家吃中飯、喝下午茶或是晚餐，都得三催四請才願意離開。就在今天下午，露西吐出一句奇怪的話語。我們正在回家吃晚餐的路上，依照慣例，總會先從西碼頭爬到陡坡的最上方，停下來欣賞風光。低矮的太陽逐漸下山，剛好掉落在凱特尼斯山的後方。紅色的光芒投射在東岸峭壁與舊修道院，沐浴在一片玫瑰色的美麗晚霞中。我倆靜默無聲，突然間，露西喃喃自語道：

「又是他的紅眼睛！一模一樣！」突如其來的話語嚇了我一大跳。我稍微轉過頭，假裝望向別處，看見露西半夢半醒似的，臉上的怪異表情我無法參透，只好什麼也不說，只是跟隨著她的視線游移。她似乎從我們自己的座位上方望下去，而一個黑影獨自坐在座位上。剎那間，這位陌生人的大眼睛似乎燃燒著火焰，讓我有點兒害怕；但再看一眼，幻覺又消失了。聖瑪麗教堂在我們座位的後方，紅色的霞光照在教堂的窗戶上，隨著太陽西沈，光線的折射與反射的變化不停移動。我開口想引起露西注意這個特異的效果，她逐漸回神，只是樣子依舊悲傷。或許她想到那個可怕的夜晚，那個我們從未觸及的夜晚。於是我保持沉默，而我們踏上回家晚餐的歸途。露西頭痛欲裂，早早便上床睡覺。待她入睡之後，我獨自外出散步。

沿著峭壁西行，我想起強納生，心中充滿著甜蜜的哀傷。走上歸途，皎潔的月亮已高掛天空，雖然陰影遮蔽了我們位處的新月鎮這半邊正面，但並不影響視線，我隨意抬頭望著房間的窗戶，看到露西的頭伸出來。我打開手帕向她揮舞。她動也不動。就在那時，月光爬過房子一邊，照在窗戶上。我清清楚楚可以看到露西的頭倚靠在窗台，雙眼緊閉，睡得很熟，而就在窗台上她身邊，有個看來像是隻大鳥的什麼東西。我擔心她會著涼，趕緊衝上樓；當我來到房間，她卻已經躺回床上睡覺，呼吸沉重。她用手握住喉嚨，彷彿這樣就不會傷風感冒。

我沒有叫醒她，只是把被子拉緊。確定房門已鎖，窗戶也關好。

她睡覺的模樣十分甜美，但面容比平時更加蒼白，雙眼底下露出憔悴扭曲的樣子，讓我憂心忡忡。我很想知道是什麼事情使她如此困擾難安。

8月15日——比平常起來得晚一些。露西精神不佳，疲倦萬分，僕人叫了也不起床。我們度過了愉快又驚喜的早餐時光。亞瑟父親的情形好轉許多，希望兒子儘速結婚。露西歡欣不已，她母親同樣高興，不過又突然悲傷起來。當日稍晚的時候，她母親向我解釋難過的原因。因爲露西不再只是她自己的寶貝，然而，知道很快就有人可以保護露西，她又十分開心。親愛的可憐人兒！她告訴我死期已近。她沒有告訴露西，並要我答應守密。醫生說最多只剩下數個月的時間，她微弱的心臟已無法繼續發揮功能。隨時隨地，甚至現在，一個突然的驚嚇便足以讓她駕鶴西歸。噢！幸好沒讓她知道露西夢遊的事。

8月17日——整整兩天沒有寫日記。我完全沒有拿筆的心情。愉悅的生活似乎籠罩在某種陰暗之下。強納生的消息付之闕如，露西的情況愈來愈差，她母親即將走入人生的終點。我不明白露西何以致此，飲食與睡眠都很正常，亦經常出門散步，卻一日比一日羸弱，臉色愈加蒼白。晚上，我聽到她用力喘氣的聲音。

夜晚，房門的鑰匙總是綁縛在我的腕上，但她還是會起身在房間踱步，坐在打開的窗台。昨晚我醒來的時候，發現她身體伸出去，怎麼也無法喚醒。她暈過去了。當我想辦法讓她醒過來，她虛弱不堪，長時間痛苦掙扎著呼吸，間歇著輕聲啜泣。我問她怎麼會坐在窗台，她卻搖頭轉身而去。

我確定她的不適並非安全別針造成的結果。剛才，趁著她沉睡，我注意到她喉嚨細小的傷口似乎並沒有痊癒。傷口仍在，而且比之前還要大些，邊緣還有淡淡的白色，如帶有紅心的白點。如果這些傷口一兩天之內還是好不了，我可要堅持延請醫生。

惠特比山繆爾·F·畢林頓父子公司寄給倫敦卡特·裴特森公司的信件

8月17日

敬啓者：

茲寄上「大北方鐵路」寄送的貨品清單。一旦於國王十字貨運站接獲貨品，即將同批貨品寄送波弗利特附近的卡法克斯。房子現已騰空，但此處附寄鑰匙，每把鑰匙均已貼好標示。

麻煩你從托運的貨品中取出五十個箱子，放置在半廢棄的房子內、粗略寫著「A」的地方。你的代理人將甚易辨認地點，因為正是房子以前的小教堂所在。運貨的火車在今晚九時三十分出發，將會於明天下午四點三十分抵達國王十字站。應客戶最速件的要求，請你的工作人員務必於指定的時間於車站等候，俾能立刻將貨物送往目的地。為避免貴單位因例行付款需求而耽誤時間，附上十英鎊的支票以利作業，收據請來函敬悉。若有剩餘，請將餘額寄回；若是不足，煩請你來信告知，自會補足差額。房屋的鑰匙請留在大廳，屋主自會以備用鑰匙入門後取走。

對於你的幫助，不勝感激。

你誠摯的

山繆爾・F・畢林頓父子公司敬上

倫敦的卡特・裴特森公司給山繆爾・F・畢林頓父子公司的回函

8月21日

敬啓者：

茲附上支票的餘款：一鎊十七先令九便士，如收據所示，敬請查收。貨品已按照指示安全送抵，並將鑰匙放在包裹內，置於大廳。

你誠摯的

卡特・裴特森公司敬上

米娜・莫瑞的日誌

8月18日——今天非常高興，坐在教堂墓園的座位上寫日誌。露西的狀況從來沒有這麼好。昨晚一覺到天明，完全沒有把我吵醒。雖然蒼白依舊，狀似無力，不過紅潤已重新爬上她臉龐。如果她有貧血，臉色自然不好，但她並沒有。露西是這麼的喜悅快樂，朝氣蓬勃，所有的不快沉默似乎已經雨過天晴，讓我想起那個夜晚，我在這個座位上找到她的那個夜晚，我又怎麼可能會忘記呢。

露西講給我聽的時候，邊用穿著靴子的腳跟玩笑地踢著墓石，她說：「我可憐的小腳那時沒踢得太大聲。我敢說可憐的斯威爾斯老先生一定會說，那是因爲我不想吵醒小喬治啦。」既然她交談的心情這麼好，我便隨口問她那晚到底是不是作夢。

在回答我之前，她先是深鎖眉頭，那個樣子著實令人疼愛，亞瑟就說，我隨著露西稱他亞瑟，他愛死了那個表情，我絕對贊同。接著她陷入回憶一般，悠悠地開口。

「那不是眞的夢境，一切是那麼地眞實。我不知道在害怕什麼，也不知道爲什麼害怕，就只是想到這兒來而已。雖然人在夢遊，但是我記得自己走過街道，越過橋樑。一條魚剛好跳起來，我還俯身瞧個究竟，還聽到好多隻狗長嗥的叫聲，我踏上階梯，感到整座城鎮似乎在一瞬間被狗叫所包圍。然後我模糊記得個什麼長長暗暗的東西，它有對紅眼睛，跟我們欣賞夕陽時看到的一樣，接著我立刻全身突然湧滿非常甜蜜又非常悲哀的感覺；然後我似乎墜入一片深綠海水之中，耳朵聽到唱歌的歌聲，好像是快要溺斃的人所聽到的聲音，接著所有的東西都從我身邊溜過。我的靈魂似乎離開了軀體，在空氣中四處漂浮。一度覺得西岸燈塔就在我的下方，接著感到痛苦不堪，好像身陷地震；回過神來，發現妳搖晃著我身體，我先看到妳搖我，然後才感覺到妳的存在。」

說完話後露西吐出笑聲，她說的讓我覺得有點不可思議，我專心聆聽，大氣也不敢喘一下。我不太喜歡她的故事，認爲她心思別放在這上面比較好，於是我倆轉到別的話題上，而露西又回到老樣子。踏上歸途返家，清新的涼風把她整個人緊緊圍住，蒼白的雙頰益顯紅潤。老夫人見到女兒，一陣開心，忙不迭地加入我們，整個晚上大家笑聲不絕。

8月19日——開心、開心、眞開心！並不是全然那麼開心啦。終於，有強納生的消息了。可憐的強納生原來是生病了，所以才沒有寫信來。現在我明白了，便不隱諱，也不顧忌對外明說我那麼擔心他了。霍金斯先生親筆寫信給我，噢，多麼慈悲的一個人。我準備今天早上離開，前去與強納生會合，若有需要，我會好好照顧他，再帶他一起回家。霍金斯先生建議我們不妨就在國外那兒完婚。讀完那好心修女寄來的信，淚水濕透了我胸襟。信件就放在我的胸口，那是強納生的化身，必須靠近我的心胸，因爲他就在我的心中。旅程已規劃妥善，行李也打包完畢。只消換件衣服就可以上路。露西會把我的皮箱帶到倫敦寄放，然後我再請人去拿，因爲有可能……，哦，我不能再寫下去了，我要把話留下來，說給強納生，我的丈夫聽。看到他本人之前，這封信就是我最好的慰藉。

布達佩斯聖約瑟夫及聖瑪麗醫院的阿嘉莎修女，給威漢米娜·莫瑞小姐的信

8月12日

親愛的女士，

強納生·哈克先生因體力不佳，要求由我代筆寫信給妳。感謝天父、聖約瑟夫和聖瑪麗，他的情況已漸有起色。因爲嚴重的腦膜炎，他接受我們照顧已近六個星期。他希望我能將他的愛傳達給妳，並且讓妳知道，我已代他誠惶誠恐地通知住在埃克希特的彼得·霍金斯先生，就他延遲表達歉意，還有他所有的工作業已完成。他希望能在我們位於山丘上的療養院休息數個星期，然後打道回府。但是他表示身上的盤纏皆已告罄，而他希望能支付住在這裡的醫療費，以造福眞正需要的後人。

眞摯的

獻上我的關愛與祝福

阿嘉莎修女

附記：趁他正在熟睡之際，讓我多告訴妳一些細節。他把妳的事全告訴我了，還說不久你們即將成婚。願天父祝福你們二位。據醫生說，他承受過劇烈的恐懼，狂言囈語的咆哮令人心驚，講到些什麼狼啊、毒藥、鮮血，又是什麼鬼魂、惡魔，還有的我不敢說出口。妳得小心，將來很長的時間，他都不能再受到刺激，否則也許還會有明顯的後遺症。我們應該及早通知妳，但是我們對他、與他的親友皆一無所知，不知該通知那一位。他搭上從克勞森堡出發的火車，站長告訴警衛，他衝進車站，大聲叫嚷著要車票回家。他們觀察他暴烈的態度舉止，儼然是位英國人，於是給了他一張可以坐到最遠一站的火車票。

請記得一定要小心照顧他，他是這麼地和善有禮，我們都非常喜歡他。他的身體狀況愈來愈好，相信不久即將復原。但是爲了他的安全，請務必要小心關照。我祈禱聖約瑟夫與聖瑪麗，願你們的婚姻美滿幸福。

舒華德醫師的日記

8月19日——昨晚，倫飛德的情況劇變。快要八點的時候，他開始興奮起來，像狗指示獵物位置一樣四處嗅聞。看護被他的模樣嚇壞，由於知曉我對他的興趣，遂鼓勵他開口說話。倫飛德對看護向來彬彬有禮，有時太過有禮，有如奴隸。然而，今晚，看護對我說，他的姿態傲慢，完全不理會他。

他唯一說的話是，「你算老幾？我不要跟你說話。主子就在旁邊。」

看護認爲是某種宗教狂熱使他突然改變。如果此假設爲眞，我們得多注意他惹麻煩，因爲身材魁梧、具有謀殺與宗教狂熱的人會倏忽變得非常危險。九點，我親自探視。他對我的態度與對看護的態度如出一轍，在他狂傲的自我感中，我與看護沒什麼不同。由外表觀之，像是宗教狂熱，接下來，他就會以爲自己是上帝了。介於人與人之間的細微差異，對一位無所不能的大神而言，是微不足道的。這些瘋人是如何暴露出他們自己的內在呀！眞正的上帝會注意不讓一隻麻雀摔落。但是從人類虛榮創造出的上帝，見不到老鷹與麻雀之間有何差異。噢，但願人類能夠明白！

經過半小時或更長的時間，倫飛德愈來愈焦躁不安。我沒有假裝在盯著他，但還是仔細保持觀察。突然，他的眼色瞬間改變，如同瘋人突然想到什麼，與我們常見的一樣，頭和背亦開始前後擺動，這療養院的看護可見多了。接著他又安靜下來，非常地安靜，死心地走到自己的床沿，坐下去，用空洞的眼神望著空中。

我想要知道他的冷漠是眞的還是只是假裝好玩，於是誘導他開口聊聊他的寵物，這個話題永遠都能引發他的興致。

一開始，他不搭腔，不久耐心用盡，暴躁地說，「管牠們呢！我才不管牠們去死。」

「什麼？」我說道，「你不是想告訴我你不要蜘蛛了吧？」〈蜘蛛是他最新的收集嗜好，筆

記本裡填滿了一排排的小數字。〉

倫飛德這次的回答令人摸不著頭腦，「伴娘等候即將到來的新娘的眼睛愉悅。然當新娘走近，伴娘在已經飽滿的眼中遂不再明耀。」

他不願解釋，只是一動也不動地坐在床上，我就這樣陪著他。

我今晚情緒低潮，心情欠佳。腦海裡不由自主都是露西，想著事情的發展有其他可能。若是不趕快睡覺，就會把三氯乙醛❶喝下去，沉睡不起。我要小心克制，不能讓這變成習慣。不！今晚我什麼都不能喝。我想著露西，不能讓這念頭玷污她。如果真的睡不著，就張眼失眠吧。

稍晚——很高興，我下了這決定，更高興的是，我照做了。我躺在床上翻來覆去，聽到鐘聲只響了兩下，此時，夜間警衛從病房過來，告訴我倫飛德跑不見了。我把衣服一套，立即衝下樓。我的病人這麼危險，可不能讓他在外面亂逛，他那些想法可能為陌生人帶來危險。

看護在等著我，他說十分鐘前不到，還透過門上的觀察窗看到他睡在床上。窗戶破裂的聲音引起他的注意，他跑進房，看見倫飛德的腳消失在窗邊，於是趕緊派人來找我。他只穿了他的夜衣，沒辦法跑遠。看護覺得看清楚倫飛德往那邊跑比追他還重要，因為如果他從門跑出大樓，就可能看不見倫飛德的影子。他個頭兒很大，沒法穿越窗戶。我人瘦，所以，在他幫忙下出去了，但我雙腳先著地，由於比地面只高幾英尺，所以未受傷。看護說病患向左邊跑出去後

❶譯註：開給兒童和老人的溫和鎮定劑。

直直往前，於是我加快腳步，盡全力往前跑。穿越樹叢後，我見到一個白色人影攀爬分隔我們和那廢棄房子地面的高牆。

我趕回療養院，要警衛馬上聚集三、四人，隨我一起進入卡法克斯莊園，以免我們朋友發生危險。我自己拿把梯子，翻越高牆跳到另一邊，剛好瞄到倫飛德的身影消失在房子後面轉角的地方，於是趕緊跟上前。在房子的那一頭，我看到他用力壓著小教堂包鐵的橡木舊門。他好像在對什麼人說話，但我怕靠得太近去聽他說些什麼，會把他嚇跑。追逐一群迷失方向的蜜蜂，與跟蹤一名沒穿衣服、又突然逃家欲大發的瘋子大不相同！不過，幾分鐘之後，我看得出他完全沒有留意四周，便慢慢走近，當從院裡趕來的幫手已經爬過牆，逐漸包圍住他，我也更接近他。我聽到他說……

「我在這兒等待您的吩咐，主人。我是您的奴僕，如果我忠心不貳，就會得到獎賞。我從遙遠的地方崇拜您已久。現在，您就在附近，我等您的命令，您不會棄我於不顧吧，敬愛的主人，您會給點什麼好東西吧？」

他反正是個自私的老叫化，即使當他相信他是眞神，心中想的還是只有麵包和魚肉。他的瘋狂形成驚人的綜合體。當我們靠近去抓他，他頑抗如老虎，力量如此之大，不像是普通人，倒像是一頭野獸。我從來沒有見過一位瘋人可抓狂至此，希望這也是最後一次。還好我們及時明白他的力量大小與危險性高低。這麼強大的力量與堅定的意志，若沒有將他關好，不知會造成多大的傷害。現在，他終於安全了。即使「越獄王」傑克．謝坡德穿上了束身背心，被鎖在軟墊房間的牆上，也無法逃脫。他的叫聲有時很恐怖，但是繼之而來的沉默更令人毛骨悚然，因爲每一個轉身、每一個動作，他都是眞想謀殺。

剛才，他終於開口講些聽得懂的話了，「我會有耐心的，主人。就快來了，來了，來了！」

聽到他的暗示，我也來了。我的心情過於激動，無法入睡，寫日記可安撫心靈，幫助平靜，今晚，可以好好睡一覺了。

露西・威斯騰納

第9章

米娜·哈克寫給露西·威斯騰納的信

布達佩斯，8月24日

我最親愛的露西，

自從我們在惠特比車站一別，想必妳一定急著想知道後來的情況。

親愛的，我直接來到赫爾，搭船前往漢堡，然後再轉乘火車抵達這裡。對旅程中的點滴，我毫無印象，心中掛念的是不久之後就可以見到強納生，我也知道往後將花費精力照料他，應該趁機多多補眠。沒想到的是，強納生竟變得如此的蒼白疲憊，羸弱不堪，眼神中擁有的決心已然不再，我曾對妳提過、寫在他臉上的高貴也已消失。現在的他形銷骨立，過去的記憶一片空白；至少，他希望我是這麼相信他，而我將絕口不問。

他受到的驚嚇無法以言語描述，我擔心他若是盡力想回憶過往，對他來說只是在傷口灑鹽。阿嘉莎修女是位好人，更是天生的好護士，她告訴我，強納生希望能透過她，將發生的事一五一十說給我聽，但是修女只在胸前劃十字，說自己永遠也不會透露一個字。因爲病患的囈語是屬於上帝的秘密，如果護士因職業的關係得悉內容，她應該尊敬別人對她的信賴……

阿嘉莎修女甜美可親，心地良善。第二天她看出我的困惑，主動提及造成強納生亂吼亂叫的原因，對我說：「親愛的，我只能告訴妳這麼多。這並非強納生咎由自取，也不是妳，未來的強納生夫人所造成的。他一直沒忘記妳，也沒有忘記對妳的承諾。他所恐懼的是很大、很可怕的東西，沒有一個活人能夠處理。」我確實相信修女認爲我可能嫉妒我可憐的心上人愛上了另一個女孩。想想看，我吃強納生的醋！然而，親愛的，讓我偷偷告訴妳，當我知道他變成這樣與其他女性無關時，眞是樂翻了。我現在就坐在他的床沿，看著他睡著的模樣。哦，他醒來了！……

他醒過來後問我要他的外套，好像要找什麼東西。我詢問阿嘉莎修女外套在那兒，她拿來強納生所有的物品。我見到筆記本就在其中，正想開口要求強納生讓我看看內容，因爲我知道也許能從中找到一些蛛絲馬跡。他從我的眼光讀出我的心思，說想一個人靜靜，要我去窗邊一下。

不久，他叫我回來，愼重其事的說道：「威漢米娜，」我當下知道他可不是在開玩笑，自從向我求婚之後，他再也不曾這樣叫我的名字，「親愛的，妳當知我對夫妻的互信做何解釋，他們之間不該有秘密，不該有任何隱瞞。我遭受的打擊甚深，一旦想努力憶起到底是什麼原因，卻只感到頭暈目眩，我也不知道那一切是不是都是眞的，還是只是一個瘋子的夢境。妳知道我感染過腦膜炎，那有可能讓我變成瘋子沒錯。秘密就在這裡，但我不想知道答案。我只想與妳結婚重拾生活。」因爲，親愛的露西，我們已經決定完成需要的手續之後儘速完婚。「威漢米娜，妳可願意分享我的無知？手上的筆記本給妳保存，妳若想知道裏面寫些什麼，儘管打開翻看；除非出現嚴肅的責任落在我身上，逼迫我重溫惡夢，否則無論是沉睡或醒來，神智清醒或不清，都絕對不要讓我知道其中的內容。」他萬分疲憊的躺回床上，我把本子壓在他的枕頭下，輕輕吻了他。我已麻煩阿嘉莎修女請求修道院院長讓我們在下午行禮結婚，正等候她的回覆……

修女回來告訴我，英格蘭教區教會已指派牧師前來，我們在一小時內，或是強納生醒來之後即可完婚。

露西，時間非常緊促。我感到非常隆重，但也非常非常快樂。強納生一小時多一點後醒來，萬事俱備，他在床上靠著枕頭撐起身子。他回答「我願意」是那麼地堅定、那麼地毅然決然。我幾乎說不出話，內心因快樂而充滿，即使是這麼簡單的幾個字也吐不出來。修女們是如此可親，哦！天父在上！我永遠也不會忘記她們，更不會忘記降諸於自己肩上沉重卻甜美的責任。讓我好好告訴妳我的結婚禮物。牧師與修女們後來離開，好讓我與我的丈夫獨處，噢！露西，這可是我頭一回寫下「我的丈夫」四個大字！我從他的枕頭底下抽出本子，以白紙包好，取下我脖子上的淡藍色緞帶，用一節緞帶把它綁好，再用蠟在結上封好，封印用的是我的結婚戒指。我親了一下包好的本子，拿給我先生看，告訴他，記事本將維持這樣原封不動，象徵我倆在未來生活的互相信賴，除非爲了他的緣故，或者某些嚴肅的職責的緣故，否則我絕對不會打開。他執起我的手，包覆在他的手裏，露西，這可是他第一次握著他妻子的手，然後對我說，這是全世界最珍貴的東西，如果有需要，他願意再走一次來時路，就爲了贏得我。然後這可憐的人想要提到過去，不過記不得發生的時間，而如果他一開始不但混淆月份，連年份都搞不清楚，我可一點兒也不會意外。

親愛的，我啞口無言，我只能告訴他我是全世界最快樂的女人，我無以回報，只能全力奉獻我自己、我的生命與我全然的信任，而隨著這些，我付出我這輩子的愛和責任。親親露西，當他吻著我，用他那無力的雙手擁我入懷，那儼然就是我倆莊嚴的誓約。

親愛的露西，妳知道爲什麼我要如此鉅細靡遺地告訴你全部的經過嗎？不僅因爲是我歡喜莫名，而且因爲一直以來妳是我的至親。當妳離開校園準備踏入眞實的生活，我有幸身爲妳的好友與諫友。希望妳能透過一位愉悅妻子的眼光認識肩負的責任，好讓妳也能擁有美好快樂的婚姻生活。親愛的，萬能的天父啊！希望妳的日子美好無憂，沒有嚴峻的挑戰，沒有遺漏的責任，沒有猜忌。我不願祝福妳萬事順遂，因爲那不過是海市蜃樓，永遠不會成眞，但我衷心希望妳能如我現在一般快樂歡喜。再會，親愛的，我將立刻投郵，也許很快就能再次提筆給妳寫信。容我先暫時告別，因爲強納生已經醒來，我得去照顧我的丈夫了。

永遠愛妳的
米娜・哈克

露西・威斯騰納給米娜・哈克的信

惠特比，8月30日

最最親愛的米娜，

獻上我無盡的愛與吻，希望妳與妳的丈夫能盡快回到自己的家。也希望你們趕快回家後，很快就能來我們這裡。強納生一定很快就會痊癒，這裡的空氣很好，我不就是這樣恢復的嗎？現在的我胃口奇佳，活力充沛，睡眠飽滿。妳一定會很高興知道，我已不再夢遊了。一個星期以來，晚上一上床以後，我整夜都沒有起床。亞瑟說我愈來愈胖。對啦！我忘記告訴妳，亞瑟他人正在這裡。我們鎮日散步、坐車兜風、騎馬運動、划船遊湖，打球釣魚，我愛他更甚以往。他告訴我愛我更深了，但是我懷疑他的話，因爲那時他說愛我已到極限。這當然是我隨便說說啦。他在那裡叫我了。暫時不給妳寫了。

愛妳的露西

附記：媽媽要我向妳問好。可憐的媽媽，她身體似乎好轉許多

再附記：我們將於九月二十八日結婚。

舒華德醫師的日記

8月20日——倫飛德這病例變得愈來愈有趣。他現在已經安靜下來，偶爾會有情緒風暴停歇的時候。自從他首次動手之後的第一個星期，他一直激動難安。然後一晚，正當月亮升起，他開始安靜下來，不停地喃喃自語：「現在，我可以等，我可以等。」

看護跑來告訴我，我急忙下樓一探究竟。他仍然綁著束身背心，待在佈滿安全軟墊的房間，不過臉上滿溢激情的表情已經消失，流露出原有的懇求目光——甚至帶著畏縮、柔和的目光。我很滿意他的現況，於是要人替他鬆綁。看護有點猶豫，最後還是默然接受我的要求。

奇怪的是，病患對看護的猜疑頗具幽默感，賊頭賊腦的盯著他們，對我附耳低語道：「他們以為我會傷害你！眞是好笑！那些白痴！」

這位可憐的瘋子把我與其他人分別看待，讓我多少感到安慰，然而，我依然不解他的想法。我倆之間可有相似之處，所以能，好像能，立場一致？或是他必須從我這裡獲得莫大的好處，所以不能不為我想？我稍後一定要參透答案。今晚他一個字也不會說。即使用小貓咪或大

貓都誘惑不了他。

他只會說：「我不要貓，現在我有許多事得想想，我可以等。我可以等。」

不久之後我即離開。看護告訴我他一直都很安靜，直到曙光乍現前，然後他又開始焦躁不安，終於還是激動難抑，最後突然用盡全力，陷入一種昏迷狀態。

三個晚上的情形一模一樣，白天的時間激昂萬分，自月亮升起直到日出又非常安靜。原因何在我一點頭緒也沒有。其間應該受到某些來來去去的影響。對了，今晚何不來玩玩理智人與瘋子大對決。之前，他在沒有我們的幫助下逃脫過；今晚，有了我們的幫助，他更該逃脫才是。我們要給他一個機會，身邊的人手都要準備齊全，以防萬一。

8月23日——「預期不到的事總會發生。」迪斯雷利對生命眞是瞭若指掌。即便把籠子打開，籠中鳥也不會飛翔，我們精心的安排全然無用武之地。無論如何，我們證明了一件事：安靜的狀態可維持一段時間。以後，可以嘗試每天將他鬆綁數個小時。我對夜間看護人員說過，他若安靜下來，只要關在軟墊房間直到日出前一小時即可。縱使他的心靈不能享受到，但這可憐傢伙的身軀應該會有如釋重負的感覺才是。嚇！又是預期不到的事！看護通知我他又逃跑了。

稍晚——另一場夜晚大冒險。倫飛德狡猾地等到看護人員進房檢查，再以迅雷不及掩耳的速度從他旁邊衝下走道。我要看護們跟著他。他又進入廢棄房子的空地，待在同樣的位置，緊靠著舊禮拜堂的門。當他看到我非常生氣，若非看護及時抓住他，我大概已命喪他手了。就在我們用力抱住他時，奇怪的事發生了。他突然間加倍使勁，下一秒又安靜下來。我仔細端詳，但實在看不出有何異狀；繼而，我跟隨著他的目光望向星空，除了有隻大蝙蝠拍動著翅膀劃破天空，詭異地朝西飛去之外，什麼都沒有。蝙蝠總是迴旋飛舞，但是這隻不同，好像明瞭目標何在，或爲何而去地往前直飛。

病人愈來愈沉靜，不久，他開口說道：「你不需要綁著我。我會乖乖的。」我們走回房子，一路無話。他的安靜讓我感到一絲不祥，我不會忘記今晚發生的事……

露西・威斯騰納的日記

8月24日，希靈罕——我得學學米娜把東西寫下來，這樣一來，當我們碰面時就有聊不完的話題，只是不知道那會是什麼時候了。我非常不快樂，眞希望她能再來陪陪我。昨天晚上我好像又夢遊了，就像在惠特比那時一樣。也許只是轉換環境或是又回到家的關係。一切是那麼的黑暗恐怖，我什麼也不記得。只感到恐懼莫名，全身軟弱虛脫。亞瑟來吃午餐，看到我的模樣很傷心，我壓根兒也沒辦法快樂起來。今晚，我想要睡在媽媽的房裡，得找個藉口試試看。

8月25日——另一個糟糕的夜晚。媽媽好像不喜歡我的請求。她自己好像也不舒服，而無疑她會怕我擔心。我試著張眼不睡，但只維持一下子，鐘響十二點時，我從瞌睡中醒來，可見得我一定睡著了。窗戶發出某種刺耳的刮擦或拍打的聲音，不過我沒注意，也沒印象，所以一定是睡著了。惡夢連連，希望我記得住夢境的內容。今天早上我虛弱不堪。臉色異常蒼白，喉嚨刺痛。肺部一定那裡有問題，一直吸不到空氣。亞瑟來看我時我該高興點，不然看到我這樣，他一定很難過。

亞瑟給舒華德醫師的信

8月31日，阿爾伯馬爾旅館

親愛的傑克，

麻煩幫個忙。露西生病了，雖然沒什麼特別的惡疾，但是她看起來糟透了，並且每況愈下。我問過她原因，我不敢問她母親，怕她擔心，這對她脆弱的身體無異於雪上加霜。威斯騰納夫人告訴我，她因心臟疾病大限將至，不過可憐的露西毫無所悉。我確信有什麼東西在啃噬我心愛的女孩的心。每當我一想起她便心煩意亂，看著她讓我心痛不已。我告訴她我會請你過去探視，一開始她當然不肯——我知道爲什麼，老友——不過最後她終於首肯。我知道，這對你有點艱難，老朋友，但是爲了她好，我得毫不遲疑地開口請你去看看。明天下午兩點，請你來希靈罕一起吃午餐，以免引起威斯騰納夫人懷疑；用餐後，露西與你會有獨處的機會。我會來喝下午茶，然後我們可一起離去。我十分焦急，你一看了她，我就想單獨見你，趕快知道結果。別爽約！

亞瑟・侯伍德給舒華德醫師的電報

9月1日

被叫來看我父親，他身體更糟了。正在寫。利用今天寄送到林恩的晚郵將詳情告我。必要發電報亦可。

舒華德醫師寫給亞瑟・侯伍德的信

9月2日

親愛的老友，

立刻告訴你關於威斯騰納小姐的健康情形，沒有任何就我所知的重大疾病。不過她的臉色眞的很差，與我上次見面的樣子大相逕庭。你得知道，我沒有足夠的機會進行我想做的檢查。由於彼此認識，即使是醫學或習俗的原因還是有些不便。我最好把詳情盡量告知，由你自己在一個程度內下結論。以下是探病經過與我的建議。

威斯騰納小姐看起來非常快樂。她母親也在場，不到幾秒鐘我就發現，她所言不實，只爲了怕母親擔心。我毫不懷疑，即使她不知道，但也猜到了必須要多小心。

用餐時間只有我們三人，我們竭盡所能地努力快樂，皇天不負苦心人，最後還眞的滿高興的。之後，威斯騰納夫人想要休息，我與露西便起身離開，來到她的閨房，僕人忙進忙出，她的笑容不斷。

然而，房門一關上，面具立刻滑落，她癱坐在椅子內，深深地嘆口氣，用手矇住眼睛。我見到她心情低落下來，立刻抓住機會開始問診。

她非常溫和地對我說：「我無法告訴你我有多痛恨談論自己。」我安慰她醫生有保密的義務，而且你非常擔憂。她馬上了解我的意思，直截了當說道：「隨便你要對他說什麼。我不在乎自己，但是我在乎他。」所以啦，我是知無不言。

很明顯地，她臉上沒有血色，但又沒有常見的貧血症候；一個偶然的機會，讓我得以眞正驗個血，她想打開卡住的一扇窗，不小心被碎玻璃割傷。雖然只是小事一樁，剛好有幾滴血讓我檢驗。

驗血報告十分正常，並可據此推斷她的身體很健康。其他的狀況也不錯，沒有需要擔心的地方，但是哪裡一定有問題，我的答案是心理方面的問題。

她主述有時呼吸困難，經常昏睡，惡夢不斷，但完全沒有記憶。她說小時候曾經夢遊，住在惠特比時再度發生，有一次她在大半夜走到東岸峭壁，還是莫瑞小姐找到她的。不過她確信再也沒有夢遊過。對此我沒有把握，但知道怎麼做最好。我去信給老朋友，住在阿姆斯特丹的凡赫辛教授，邀請他前來，他是全世界最瞭解稀奇病症的專家；你說過凡事要經過你的同意，所以我向他提過你的名字，以及你與威斯騰納小姐的關係。親愛的老友，一切都按照你的希望，若有其他能幫上她忙的地方，我非常樂意。

我知道，凡赫辛欠我一個人情，一定會答應幫忙。所以，不管他基於什麼理由前來，我們都得接受他的意思。他這人看似專斷，但其實是因爲他比任何人都明瞭自己在說什麼。他集哲學家與玄學家於一身，也是他那一代最優秀的科學家之一；我也相信他心胸開闊，遇事沒有成見。凡赫辛的意志如鋼鐵堅硬、沉著冷靜、果斷不屈，富有自制力，具有最慈悲與最眞誠的心研究理論與行醫，從他高貴的工作知識可以窺知他對改善人類的努力，他的眼界正如他的博愛一樣寬廣。透過這些描述，你當瞭解我對他的信賴。我已請他盡快過來。我與威斯騰納小姐約好明天在哈洛德百貨公司見面，免得讓她母親對我迅速的再次造訪心生疑竇。

你永遠的
約翰・舒華德

亞伯拉罕・凡赫辛，醫學士、公共衛生博士，文學博士與其他其他，給舒華德醫生的信

9月2日

親愛的好友，

一接到你的來信我便上路，我能立刻動身眞是運氣好，這樣便不致錯待信任我的人。要是運氣沒這麼好，那信任我的人便倒楣了，因爲好友一開口，我即飛也似地去幫助他心愛的人。告訴你的朋友，當我們的另一位朋友因爲太緊張，不小心滑落刀子使我受傷，你是如何迅速地

用力吸吮我因壞疽而中毒的傷口，而，當他需要我的幫助，你爲他們求援時，他所有的大幸運，還不及你的面子哩。不過，爲他，你的朋友，做事，是額外的樂事；我是爲你而來的。因此，爲我在大東方旅館準備房間，以便我就近幫忙，同時麻煩安排明天與小姐見面的時間不要太晚，因爲我當天還得趕回來。若有需要，三天之內我可以再過去看看，停留時間可較長。到時見，約翰老友。

凡赫辛

舒華德醫師給亞瑟・侯伍德公子的信

9月3日

親愛的亞瑟，

凡赫辛已經來過又走了。他與我一起到希靈罕，謹愼的露西安排她母親外出午餐，我們得以與她單獨相處。

凡赫辛從頭至尾仔仔細細地檢查了露西，他會向我報告，我再告訴你，因爲當然我並非全程陪伴。我恐怕得說，他非常關切這事，但說他需要好好思量一番。我告訴他關於我們的友誼以及你對我的信賴。凡赫辛說道：「你得把你的想法全部告訴他。如果你能夠猜得到我的想法，也請一併告知。不！我可不是開玩笑。這件事一點兒也不好笑，而是生死攸關的大事，也許還不止。」我問他那是什麼意思，因爲他看起來非常認眞。說這話時我們已回到城裡，趁他返回阿姆斯特丹之前喝杯茶。不過他什麼也不願透露。亞瑟，你別對我生氣，他的緘默表示他正在思考應該怎麼做對露西最好。我確信當時機成熟，他自然會全盤托出。所以我跟他說，我只會簡單記下這次的造訪，就像我為《每日電訊報》所寫的短特稿似的。他不置可否，單單提到倫敦的煤塵比起當年他唸書時的狀況好多了。如果他時間允許，明天我就會拿到報告。無論如何，我會收到一封信。

提到這回的拜訪，露西比我第一次看到時歡喜得多，當然，臉色也好很多。你擔心的蒼白臉龐已逐漸好轉，呼吸也正常。她對教授很親切〈與平時待人一樣的甜美〉，努力讓他感到無拘無束，不過，我看得出這可憐的女孩怎麼掙扎做出那一切。

相信凡赫辛也注意到這點，因為他濃眉下閃過的快速眼光我非常熟悉。他隨後開口談天說地，就是不碰到我們與疾病的話題，如此無盡體貼的表現讓露西做出來的快樂終於變成真正的快樂。接著非常自然地，他把話題帶到這次的造訪，誠懇地敘述道：

「親愛的小姐，能夠見到甜美如妳是我莫大的榮幸，雖然我有見不到的地方，但妳受到的關愛確實很多。他們對我說妳心情鬱悶，臉色蒼白如紙，但我嗤之以鼻。」他對著我彈指作響續道：「但妳和我得証明旁人大錯特錯。」他指著我，目光與動作就像他有次在他班上指著我，或是之後在特別的場合提點我時一模一樣，「他每天面對著瘋人，讓他們恢復快樂，回到親愛的家人身邊，怎麼可能會瞭解年輕小姐呢？那要做好不容易，而且，噢，是有酬報的，因為我們能給予人這樣大的快樂。但是年輕小姐！他沒有妻子也沒有女兒，而年輕人不會把心底的事告訴同輩，而會對像我一般的老人講述，因爲我們已經歷並瞭解這麼多的哀傷與導致的原因。所以啦，小朋友，我們把他趕到花園抽根煙，然後就妳跟我兩個人聊聊。」我聽到暗示，信步走開，不久，教授在窗邊叫我回去。他臉色凝重，說道：「我小心地檢查過，沒有任何官能性的病因。我贊成你的看法，她以前嚴重失血，現在倒是沒有問題。但是她的狀況完全不符合貧血的症候。我請她派遣僕人過來，請教幾個問題，好確定沒有遺漏的地方。只是我非常清楚她會說什麼。然而，一定有什麼原因，正所謂事出必有因，我得回家好好想想。你每天都要拍個電報給我，一有答案我會立即返來。這病——感覺不舒服就是有病——吸引了我，那位甜美的年輕小姐也吸引了我。我會再次回來，是因爲她的魅力，而不是爲了你或是疾病。」

如我所言，他閉上了嘴巴，即使只有我們倆也不發一語。亞瑟，我已把所有經過都描述給你聽。我會嚴密觀察。你那可憐的父親想必已逐漸康復。親愛的老友，兩位至愛同時生病，必讓你痛苦萬分。我知道你身爲人子的責任，你也必須好好盡孝。若事態有所轉變，我會立刻通知你前來露西這裡，所以，不要過份著急，等我的消息。

舒華德醫師的日記

9月4日——我們對那食肉狂病患的興趣仍高。只有昨天突然爆發過一次，在一個非常不尋常的時間。就在正午不久之前，他開始躁動不安。看護對症狀知之甚詳，立刻請求支援。幸好幫手火速及時趕到，正午時分，他變得激動煩躁，如此地孔武有力，看護得用盡全力才能制止。然而只經過五分鐘，他又逐漸安靜下來，最終陷入憂鬱狀態，直到現在。看護對我說他在激動時的尖叫異常可怕。我走進病房時，雙手忙不過來，因爲得照料被他驚嚇到的其他病患。說實在的，我非常瞭解那叫聲的影響，連我坐在稍遠的地方聽到時都感到不安。現下是院內晚餐時間過後，我那位病人卻蜷伏著坐在角落，臉上的表情呆滯慍怒，充滿了憂傷，看似暗示了些什麼，而不是直接顯示了什麼狀況。但那是什麼，我不大能瞭解。

稍晚——病患情況又有變。我在五點探視，發現他與往常一樣快樂滿足。正在抓蒼蠅，把牠們吃進肚子，同時不停地在門邊軟墊的邊緣劃指痕，記錄戰績。看到我，他跑過來對自己惡劣的舉止道歉，並以非常卑微、乞求的態度要我帶他回他自己房間，再拿他的筆記本。我認爲照他意思做很好，所以他回到自己房間，窗戶打開。窗台都是他喝茶時留下的糖，引來一大堆的蒼蠅。現下他又不吃蒼蠅了，改而跟過去一樣，抓起牠們放進盒子裡，同時已經正在搜尋他房間的角落，找一隻蜘蛛的蹤跡。我試圖引導他說說過去幾天的事，任何線索對我都可能是莫大的幫助，不過他毫不理會。有一兩陣子，他看來非常悲傷，發出飄渺的聲音，好像是在喃喃自語，而不是對我講話。

「一切都結束了！一切都結束了！他不要我了，除了自立自強以外沒有救了！」然後他突然間轉向我，堅決地說道：「醫生，你對我這麼好，可以再多給我一點糖嗎？我想這對我很好耶。」

「那蒼蠅呢？」我問道。

「對啊！蒼蠅也喜歡糖，那我喜歡蒼蠅，所以也喜歡糖。」人們誤以為瘋人不會討價還價呢。我給了他加倍的份量，讓他變成世上最快樂的一個人，我這麼想。眞希望我能看穿他的心思。

午夜——情況又有變。我剛從威斯騰納小姐那裡回來，她好了許多。我站在大門口看著夕陽，再次聽到他的尖叫。他的房間位置就在同一側，所以聽起來比早上清楚許多。我正沉醉在倫敦霧朦朦的夕陽美景，火紅的亮光，漆黑的陰影，完美的色澤搭配著比水溝的污水還髒污的雲朵，這才發現我自己這棟老舊建築物的陰暗恐怖，以及裡面的悲哀呼吸聲與我必須忍受的不幸心情。突然聽到他的叫聲著實嚇了我一跳。跑到他的房間，太陽剛好下山，從窗戶可以見到火紅圓碟正沉沒。隨著夕陽愈落愈低，他的激昂亦愈趨緩和；太陽終於落下，而他的身子也從包圍的手中滑落，躺在地板一動也不動。瘋人神智的恢復力量實在令人驚奇，不過才幾分鐘，他冷靜地站起來，看著四周。我渴望知道他的下一步，暗示看護們不要困住他。他直接走向窗戶，掃掉糖屑，然後拿起裝著蒼蠅的盒子，在窗外徹底倒乾淨，再把盒子丟掉。接著關上窗戶，走回來坐在床上。這一切讓我驚訝不明，便開口問他：「你不再養蒼蠅了嗎？」

「不」，他回答道，「這些廢物煩死人了！」他的案例實在是太有趣了。我衷心盼望能抓到一絲他的想法，或是導致他突然發狂的原因。等一下！如果我們能發現，為何今天的發狂是發生在正午與夕陽時分，也許就能獲得此許蛛絲馬跡。難道太陽的週期會對某些自然現象，產生有害的影響？——就像有時月亮對其他現象造成影響那樣？以後看吧。

舒華德在倫敦發給阿姆斯特丹的凡赫辛的電報

9月4日——

病人今天的狀況好多了。

舒華德在倫敦發給阿姆斯特丹的凡赫辛的電報

9月5日——

病人的情況大幅改善。胃口很好，可自然入睡，精神亦佳，面容愈見紅潤。

舒華德在倫敦發給阿姆斯特丹的凡赫辛的電報

9月6日——

情況急轉直下。事不宜遲，請立刻趕來。待見到你再發電報給侯伍德。

第10章

舒華德醫師給亞瑟・侯伍德公子的信

9月6日

親愛的亞瑟，

今天的消息不怎麼樂觀。早上，露西身體又不舒服。值得高興的是，威斯騰納太太因爲擔心女兒的健康，找我商量。趁此機會，我告訴她我的老師，偉大的專家凡赫辛剛巧要來我這裡，我可請他一起照顧露西。所以我倆現在可自由進出，不必害怕會引起她的猜疑。任何的驚嚇都可能誘發夫人突然死亡，這對露西衰弱的身軀，八成會有慘重的後果。我們困難重重，全部都是；但上天啊，請保佑我們安然度過這一切。若有任何需要，我自然會告訴你；若是沒有收到我的隻字片語，那是因爲我也在等消息。

你永遠的
約翰・舒華德草

舒華德醫師的日記

9月7日——凡赫辛與我在利物浦街碰面的第一句話是：「你可有告訴小姐的至愛、我們的小友任何消息？」

「沒有，」我回答道：「就像電報寫的，我想等碰到你再作打算。只有簡單告訴他你來訪，因爲威斯騰納小姐身體不適。以及若有需要，我會通知他，如此而已。」

「沒錯，好友，」他說道，「你做的一點兒都沒錯！他最好先不要知道，或許他永遠也不該知道。我是這麼期望，但是他若應該知道，就讓他知道全部詳情吧。約翰好友啊，讓我警告你，你處理的都是瘋人。其實，所有的人在某些方面都有發瘋的傾向；既然你已經戰戰兢兢處理你的瘋人了，不差再加上上帝的瘋人——剩餘的世界。你不會告訴病患你要做什麼與爲什麼要做吧，也不會對他們敘說你的想法吧。同樣的，你將把你的知識保存在適當的地方，它可以休息的地方——它能與它的同類聚集、生養的地方。你和我目前將把我們知道的保存在這裡，和這裡。」他伸手碰觸我的胸口與額頭，再摸摸自己相同的地方。「我知道自己在想什麼，一段時間後，自會透露給你知道。」

「爲什麼不是現在？」我問道。「也許我們可以決定一些事情，這樣不是比較好？」他看著我說道：「約翰好友，玉米種下去了，還沒有成熟之前，大地之母的乳汁在穀子裡了，而金黃的陽光尚未塗亮黍穗時，農夫扯下穗來，在他粗糙的雙手間磨搓，吹開綠色的皮殼，叫嚷著；「嘿，這株玉米品質優良，成熟後豐收可期。」

我對他說我聽不懂。他伸手過來，好玩地拉扯我的耳朵，就像很久以前在課堂上戲耍我一樣，說道：「好農夫那時會如此地斬釘截鐵，意味著他心裡已經有底了，可是是到那時才有底的。但是你不會見到，好農夫將種好的玉米挖掘出來，確定是否生長無誤。那是小孩子在玩家家酒遊戲，以之爲他們生計的人是不會這樣做的。你現在懂了嗎？我友約翰？我已播下玉米，剩下的就看大自然是否讓它發芽，有些可能性，而我等待著結穗的到來。」他確定我了解了意思，談話戛然而止。接著他鄭重地說道：「你向來是個小心的學生，筆記內容總是比其他學生的詳盡，你那時只是學生；現在你是老師了，我相信那個好習慣還在。記住，我的朋友，知識勝過記憶，記憶是比較不可靠的。即使你沒有保持那好習慣，讓我告訴你，威斯騰納小姐的例子也許，注意哦，我是說也許，會讓我們和一些人大感興趣，到其他人無法等閒視之的地步。所以好好記下這個案例，不要小覷枝微末節。我建議你把自己的疑慮與疑惑一起記下，俾將來對照你猜對多少。我們是從失敗，而不是從成功中學習。」

當我向他描述露西的症候時——那些症候跟以前一樣，但變得顯著了很多很多——他表情凝重，但一語不發。他隨身帶了一個裝滿器材與藥品的包包，如同以前他在課堂上所說的，「工欲善其事，必先利其器。」那是教授的百寶箱。

威斯騰納太太迎接我們進屋。她雖然驚慌，但沒有想像得那麼嚴重。大自然善心大發時，連令人恐懼的死亡，也為我們準備了一些解藥。這裡，雖然任何的驚嚇都可能致她於死，但她卻是如此地鎮定，不知是什麼原因，即使是她深愛的女兒產生了可怕的變化，但她畢竟不受什麼影響。就像是自然之母在外來的身軀四周，包覆了遲鈍的組織，俾阻絕惡魔入侵，以免身軀因接觸而受傷。如果說這是種有道理的自私，那麼在我們責備自我主義的缺點之前，應該先想一想，其中是否蘊含著更加深刻的根源。

我運用這個階段精神病理學的知識，規定她現在絕對不能與露西在一起，也不可以多想她的病情，除非絕對需要。她欣然同意，如此乾脆得讓我再次見到自然之手為求生而戰。凡赫辛和我給帶進露西的房間裡。如果我昨天看到她是覺得受到驚嚇，那麼我今天看到她則是感到恐怖。

她臉色死白，粉筆灰般的慘白。連嘴唇和牙齦的鮮紅似乎都褪去了，臉骨也明顯突起。看或聽她呼吸讓人感到痛苦。凡赫辛的臉變得像大理石般，雙眉皺得幾乎在鼻子上碰到。露西躺著不動，似乎沒有力氣說話，所以我們都沈默了一會。然後凡赫辛示意我，我們安靜走出房間。我們一關上門，他立刻走到走道隔壁的房間，房門是開著的。他一把將我拉進去，然後把門關上。「我的天！」他說。「這太可怕了。沒有時間可以浪費。她會因爲只是缺血讓心臟正常運作而死。一定要立刻進行輸血。是你還是我？」

「教授，我比較年輕強壯。一定要由我來。」

「那麼馬上準備。我會把我的袋子拿來。我準備好了。」

我和他一起下樓，我們走著，大廳門上傳來敲門聲。我們到了大廳，女傭才開了門，亞瑟馬上就走進來。他衝到我面前，急切的低聲說，「傑克，我好焦急。我從你的信字裡行間讀到，一直非常不安。爸爸好多了，所以我親自跑來這裡看。這位先生不是凡赫辛醫師嗎？先生，我非常感激你能過來一趟。」

當教授剛看到他的時候，教授生氣他在這種時候打斷，但是現在，他好好看了他結實的身體，見到他體內所散發出的強烈的年輕男子氣概，於是他的眼睛亮了起來。教授毫不停頓，伸出手來對他說，

「先生，你來得正是時候。你是我們親愛小姐的情人。她的狀況不好，非常、非常糟糕。不，我的孩子。不要這樣。」因爲他的臉色突然變得蒼白，幾乎是暈過去地癱坐在椅子上。「你要幫助她。你能比任何一個人做得更多，而你的勇氣是你最佳的幫手。」

「我能做什麼？」亞瑟聲音粗啞地問道。「告訴我，我會去做。我的生命是她的，爲了她，我連身體的最後一滴血都會奉獻。」

教授有非常幽默的一面，從我以前所獲得的瞭解，我能從他的答案察覺一絲幽默在滲透。

「我年輕的先生，我沒有要求這麼多，沒有要到最後一滴血的地步！」

「我要做什麼？」亞瑟的眼裡有火焰，張開的鼻孔顫抖著表達意願。凡赫辛拍拍他肩膀。

「來吧！」他說。「你是個男人，我們就需要男人。你比我好，也比我的朋友約翰好。」

亞瑟看起來一頭霧水。教授繼續親切地解釋。

「年輕小姐的狀況很糟。她需要血，她一定要有血，否則就是一死。我的朋友約翰和我討論過，我們正要進行我們所說的輸血，將一個人血脈中飽滿的血液輸往另外一個血液乾枯的人的血脈中。約翰原本要捐出他的血，因爲他比我年輕強壯。」亞瑟抓住我的手，沈默中緊緊握住。「但是現在你在這裡，你比我們更有用，不管是老的還是小的，我們已經焦思苦想好久了，人已不大管用。我們的神經不夠平穩，我們的血液不及你的澄澈！」

亞瑟轉向他說，「如果你知道我會爲她而死有多麼高興的話，你就能瞭解……」他聲音哽咽，停了下來。

「好孩子！」凡赫辛說。「不久你會高興你爲她奉獻你的愛。來吧，不要說話。你可以在手術結束前親吻她一下，但是你一定就要走，一定要在我指示後離開。甚麼話都不要跟夫人說。你知道她的，不能受任何驚嚇，只要有一點點風聲透露，都會造成驚嚇。來吧！」

我們都上樓走到露西的房間。亞瑟按照指示留在外面。露西轉過頭來看著我們，什麼話都沒說。她沒有睡著，但她只是太虛弱而說不出話。她用眼睛對我們說話，就這樣。

凡赫辛從他的袋子裡拿出一些東西，一件件擺在看不到的小桌子上。他接著混好一劑麻醉藥，走到床邊，高興地說，「現在，小姐，這是妳的藥。像個乖孩子一樣喝下去。你看，我把你扶起來，這樣就容易吞下去。對。」她照做飲下藥。

藥效等了這樣久才發揮，讓我震驚。事實上，這顯示她虛弱的程度。等睡意開始在她眼皮上跳躍，這段時間似乎永恆無盡。但是最後，麻醉藥開始發揮效力，她陷入沈睡。教授覺得滿意時，他叫亞瑟進來，要他脫掉外套。然後他說，「在我把桌子搬過來的時候，你可以輕吻她一下。我友約翰，過來幫我！」如此他彎下身去靠近她時，我們兩人都沒看。凡赫辛轉向我說，「他這麼年輕健壯，血液這麼純淨，我們不需要過濾血液。」

接著凡赫辛以流暢但精確的方式，進行手術。隨輸血進行，像是生命般的東西開始回到可憐的露西的臉頰，而透過亞瑟逐漸蒼白的臉色，他臉上的喜悅似乎要發光。過了一會，我開始感到不安，因爲亞瑟開始出現失血的跡象，雖然他是這麼健壯的人。這讓我想到露西的血液系統不知枯竭得多麼厲害，亞瑟這般地耗弱只能讓她恢復一點點。

但是教授的臉不動聲色，站著觀看，眼睛一下直盯著病人，一下盯著亞瑟。我可以聽見自己的心跳。他現在輕聲說。「別動。夠了。你來照顧他。我來看她。」

一切結束後，我可以看到亞瑟變得有多虛弱。我包紮傷口，扶著他的手帶他離開，凡赫辛似乎腦袋後面長了眼睛，沒有轉身便說話。「我想，勇敢的情人，值得再給他一吻，現在就該給他。」他現在完成了手術，將枕頭調整放在病人的頭下。在他調整的時候，一條她似乎常常掛在脖子上的黑色絨布細帶子，由一顆她的情人給她的舊鑽石所扣著的，被拉高了一點，露出她喉嚨上的紅色印記。

亞瑟沒注意到，但是我可以聽到低沈的斷斷吸氣聲，是凡赫辛流露情緒的跡象。他當時什麼都沒說，但轉向我說，「現在帶我們勇敢的年輕情人下樓去，給他一點葡萄酒，讓他躺一下。然後亞瑟一定要回家休息，多睡、多吃，才能再找他來給他所愛的人他所給過的東西。他絕對不能留在這裡。等一下！先生，我會認爲你焦急著想知道結果。那麼把好消息帶回去吧：手術非常圓滿成功。你這次救了她一命，你可以回家，心裡重擔可以放下，我們得到的就是最好的結果啦。等她康復，我會告訴她一切經過。她會因爲你爲她所做過的一切而更加愛你。再會。」

亞瑟離開後，我走回房間。露西睡得安穩，但她的呼吸變強。隨著她的胸部起伏，我看到床單移動。凡赫辛坐在她的床邊，專心看著她。絨布帶子再次覆蓋了紅色的印記。我小聲問教授，「你覺得她喉嚨上的疤痕是什麼？」

「你覺得是什麼？」

「我還沒檢查，」我回答，接著解開帶子。就在頸靜脈上方有兩個孔，不大，但是看起來也不對勁。沒有疾病的跡象，但是邊緣是白的，看起來是舊傷，好像被擦挫過似的。傷口讓我立刻想起，不論它們是什麼，都有可能是造成失血的原因。但是這個想法一出現我就放棄，因爲這不太可能。女孩那樣蒼白，表示在輸血手術前所留下的這個傷口所造成的失血，一定早就把整張床染得血紅。

「怎麼樣？」凡赫辛說。

「嗯，」我說。「我不知道是什麼東西。」

教授站起來。「我今晚一定要回阿姆斯特丹一趟，」他說。「那裡有我需要的書和東西。你一整晚都一定要留在這裡，一定不能讓你的視線離開她。」

「我要有個護士嗎？」我問。

「你我兩人是最佳護士。你一整晚都要看守。注意要她一定吃飽，確定她不會被打擾。你一整個晚上絕對不能睡覺。我們以後可以睡，你跟我要盡快回來。然後我們就可以開始。」

「可以開始？」我說。「你到底是什麼意思？」

「等著看！」他回答，很快離開。他一下又回來，頭探進門裡，豎起一根手指警告著說，「記得，她由你看管。如果你離開她，發生危險，你此後就再也沒法安眠！」

舒華德醫師的日記（續）

9月8日——我和露西整個晚上一起熬夜。麻醉藥的效用持續到傍晚，她自然醒來。她和手術前的樣子看起來不同。她的心情甚至不錯，充滿快樂的情緒，但是我能看出她先前曾經相當虛弱的跡象。我告訴威斯騰納夫人凡赫辛博士要我和她一起熬夜時，夫人幾乎對這個想法嗤之以鼻，指出她女兒體力已重新恢復，而且精神很好。然而，我很堅持，並且替我徹夜看護的工作做好準備。當她的女傭準備讓她就寢時，我剛用完晚餐，走進房間，拿了把椅子坐在她床邊。

她一點也沒有反對，但是無論我何時看到她的眼神，她都感激地看著我。經過好一段時間，她似乎逐漸沈入睡眠，但是她似乎努力讓自己清醒，趕走睡意。顯然她不想睡覺，所以我馬上切入這個主題。

「妳不想睡覺？」

「不想。我害怕。」

「害怕睡覺！為什麼？這是我們大家都想要的事。」

「啊，如果你像我一樣，如果睡覺對你像是恐怖的預兆的話！」

「恐怖的預兆！妳說的是什麼意思？」

「我不知道。噢，我不知道。恐怖的地方就在這裡。耗弱我的東西在睡夢中來襲，害我一想到睡覺就害怕。」

「但是，我親愛的女孩，妳今晚要睡覺。我在這裡看著妳，我可以保證什麼事都不會發生。」

「啊，我可以信任你！」她說。

我抓住機會，說道，「我保證如果我看到任何妳做惡夢的證據，會立刻叫醒妳。」

「你會嗎？噢，你眞的會這麼做嗎？你對我眞好。那麼我要睡覺了！」幾乎話一說完，她深深地嘆了口氣，往後一倒，睡著了。

一整晚我在她身旁看守。她沒有翻動，而是睡得很深沈、很寧靜，睡了個恢復精神和健康的一覺。她的嘴唇微微張開，胸部如同鐘擺規律得上下起伏。臉上帶著笑容，顯然沒有惡夢打擾她心靈的平靜。

一大早她的女傭過來，我讓她來接手看護工作，自己回家去，因爲我對很多事情焦急不安。我發了短電報給凡赫辛和亞瑟，告訴他們手術結果非常好。我自己有許多待完成的工作，花了我一整天的時間才做完。等到我能詢問自己的肉食癖病人時，天已經黑了。報告很好。他昨天從白天到晚上都很安靜。我吃晚餐的時候，凡赫辛從阿姆斯特丹發來電報，建議我今晚應該要去希靈罕，因爲在現場可能比較好，他說他晚上郵差送信時間就會動身，並且一早會和我會合。

9月9日——我到希靈罕的時候，覺得非常疲倦、筋疲力盡。兩個晚上我幾乎沒有闔過眼，我的腦子開始覺得麻木，表示大腦十分疲憊。露西已經起來，心情很好。她和我握手時，她眼神銳利地看著我的臉說，

「你今晚不准熬夜。你累壞了。我身體又好起來了。眞的，我好多了，如果有需要熬夜，應該是我跟你一起熬夜。」

這點我不跟她爭論，而去吃晚餐。露西和我一起去，她迷人的風采讓我感到輕鬆，我這頓

晚餐吃得很好，喝了兩杯頂級的葡萄酒。露西後來領我上樓，給我看在她隔壁的房間，裡頭暖洋洋的火燒得正旺。

「現在，」她說。「你一定要留在這裡。我會讓這扇門和我的房門同樣開著。你可以躺在沙發上，因爲我知道只要地上還有一個病人，你們醫生就沒有一個會上床。如果我有任何需要，我會叫你，你可以立刻到我這裡來。」

我無法不聽從她的話，因爲我累得跟狗一樣，而且即使試著熬夜，也熬不下來。所以，一聽到她再次向我保證，如果她要任何東西，她會叫醒我，我便躺到沙發上，忘記了一切。

露西・威斯騰納的日記

9月9日——今晚我覺得好快樂。過去身體一直很差，現在終於能思考和行動，就像東風在陰霾的天空吹刮許久後，感受到陽光一般。亞瑟也覺得與我非常親近。我似乎也覺得，有他在身旁感到溫暖。我認爲，疾病和軟弱是很自私的事情，會使我們變得自艾自憐，然而，健康和力量給予愛的自由，無論理智和感情，都能天馬行空。我清楚自己的想法。亞瑟也知道就好了！我親愛的，當你睡覺時耳朵一定會癢個不停，就像我醒著時一樣。昨晚多幸福啊！親愛的好醫師舒華德看著我入睡。今晚我不會擔心睡不著，因爲他就在身旁。謝謝大家對我這麼好。感謝上帝！晚安，亞瑟。

舒華德醫師的日記

9月10日——當教授的手放在我的頭上，我立刻完全醒來。這是我們在療養院學到的事情之一。

「我們的病人如何？」

「當我離開她，或者應該說當她離開我時，一切均安。」我回答。

「我們去看一下。」他說。我們一起下樓。

百葉窗是放下的，我輕輕拉起，凡赫辛則像貓走路一般，輕柔地走向床邊。

當我拉起百葉窗，晨曦灑入房間時，我聽見教授發出激動的噓聲，這是非常罕見的，我的心頭一驚，立刻驅前，他正好退後，大吼「我的老天啊！」神情痛苦到了極點。他舉手指向床舖，臉色從鐵青變成灰白。我覺得我的雙膝在打顫。

床上躺著的是可憐的露西，她似乎暈過去，臉色比以前更慘白。連嘴唇都變白，整個牙齦陷到牙齒後方，就像有些慢性病患者身後的情況一樣。

凡赫辛一直猛跺腳洩憤，但他與生俱來的秉性與多年來的修行克制他的憤怒，他再度輕輕放下腳來。

「快點！」他說，「拿白蘭地來。」

我跑到餐廳，拿了一小瓶白蘭地回來。他用白蘭地滋潤那可憐泛白的雙唇，我們一起搓揉手掌、手腕和心臟。直到他感覺到她的心跳，他痛苦的神情才緩和下來說：

「還不算太遲，心還在跳，但是很弱。我們的工作尚未完成。我們必須重新來過。小亞瑟不在這裡，這次我得找你了，約翰老友。」他一面說，一面從他的手提包裡拿出輸血器具。我已經脫掉外套，捲起襯衫袖子。現在手邊不可能有麻醉藥，其實也不需要。因此我們開始動手術，絲毫沒有耽誤。

即使捐血的意志堅定，但體內的血一下子被抽掉，仍然是種可怕的感覺。持續了一段時間，似乎不算短的時間後，凡赫辛比出一個警告的手勢。「不要動，」他說，「但我擔心，因為體力增強，她會醒過來，那會有危險，噢，很多危險。我必須採取預防措施，我要在她的皮下注射嗎啡。」然後他立刻照他的意思做。

可能是因為暈厥加上麻醉的關係，露西的情況不算太糟。能看到慘白的兩頰和雙唇漸漸恢復色澤，對我是一種引以為傲的感覺。除非親身經歷，沒有人能瞭解，從自己身上抽出血來，注入他所愛的女人血管中的那種感覺。

教授端詳我。「夠了。」他說。「已經夠了嗎？」我表示質疑。「你從亞瑟抽的血多很多。」他回答時帶著一抹苦笑。

「他是她的愛人，她的未婚夫。而你還有許多工作要爲她及其他人做，這個禮物非常足夠。」

我們結束手術後，他過去看露西的情況，我則用手指壓住抽血傷口。因爲我覺得暈眩、有一點不舒服，便躺下來等他有空過來看我的情況。他慢慢幫我包紮傷口，送我下樓，並倒了一杯酒給我。等我離開房間時，他走過來低聲說：

「記得，什麼都不要說。如果我們可愛的小伙子忽然出現，就像以前一樣，不要對他說，否則會嚇壞他，而且會使他嫉妒你。不能對任何人說！」

當我回頭時，他仔細看著我，然後說：「你的情況沒那麼糟，進房間躺在沙發休息一會兒，早餐多吃一點，然後過來我這裡。」

我照著他的指示去做，因爲我知道，這些指示非常正確明智。我已經盡一己之力，我接下來要做的，就是保持體力。我覺得非常虛弱，弱到沒有精神研究所發生的事。我在沙發上睡著，然而不斷在想，露西的情況怎麼會倒退回去，她怎麼被吸了那麼多血，而沒有任何明顯的跡象。我大概在夢中不斷想像，所以，時睡時醒，想的都是她喉嚨上的小孔，還有這些孔邊緣爛爛的模樣——縱使它們很小。

露西睡了一整天，她醒來時活力充沛，雖然不像前一天那麼好。凡赫辛看過她後出去散步，留我看守，並嚴格規定，我不能離開她半步。我可以聽到他在大廳說話的聲音，他問最近的電報局怎麼走。

露西和我閒聊，她似乎對發生的事情毫不知情。我試著逗她開心。當她母親來看她時，似乎也沒看出異樣，而對我表示感激說：

「你為我們做了這麼多，舒華德醫師，我們欠你太多，不過，你現在眞的要保重，不要透支自己。你看起來也很蒼白。你需要一名妻子照顧你一下，你眞的需要！」當她說這話時，露西臉都紅了，雖然只是片刻，因為她衰弱的血管撐不住如此罕見的失血的頭部太久。當她轉過來以誠懇的眼神看我，臉上恢復慘白。我微笑點頭，以手指貼著雙唇。她鬆了一口氣，躺回枕頭。

凡赫辛大約兩小時後回來，立刻對我說：「你現在回家去，吃飽喝足，使自己強壯起來。我今晚待在這裡，我會親自守在這位小姐身旁。你和我必須注意這個病例，不能讓其他人知道。我有重大的理由，但不要問。你可以自己去想，即使假想最不可能發生的情況也無妨。晚安。」

大廳兩名女傭問我，要不要她們輪班守護露西小姐。她們懇求我。當我說，凡赫辛醫師希望他和我輪流值夜時，她們拜託我代為向那位「外國紳士」求情。她們的好意令我非常感動。也許是因為我現在很虛弱，也許是因為露西為人好，她們有心報答。我一次又一次看到女性溫良的美德。我及時回到這裡，吃了頓過了時候的晚餐，然後輪值我的班，一切均安，我打理好之後等待入眠。終於睡了。

9月11日——今天下午我到希靈罕，發現凡赫辛精神奕奕，露西又更好。我抵達後不久，一個從國外寄來的大包裹送來給教授。他滿心歡喜打開來，是一大束純白的花束。

「這是給妳的，露西小姐。」他說。

「給我的？太好了，凡赫辛醫師！」

「是的，親愛的，不過，不是給妳觀賞的，這些是藥。」露西皺起眉頭。「只不過，這些花不是用來熬藥，也不會做成令人作嘔的形式。所以，妳不需要虧待妳漂亮的鼻子，而我也不需要向亞瑟小友解釋，他必須忍耐看著他心愛的美人被折騰。啊哈，我漂亮的小姐，這話讓這根那麼可愛的鼻子又完全直起來了。這是醫藥用途，但妳不知道怎麼用。我會把它放在妳的窗戶，或者作成漂亮的花環，戴在妳的脖子上，助妳好眠。沒錯！它們就像忘憂花，讓妳忘卻煩惱。它聞起來就像遺忘河水，也像西班牙征服者在佛羅里達尋找的青春泉。」

當他一面說，露西一面端詳這些花朵，並且聞一聞味道。結果，她把花束拿到一邊，用半開玩笑、半生氣的語氣說：

「拜託，教授，我想你只是在開我玩笑吧，這些花只是普通的大蒜花。」

出我意料之外，凡赫辛站起來，嚴峻的下巴緊繃、兩道濃眉深鎖，他以非常嚴肅的口吻說：

「我是說正經的！我從不開玩笑！我這麼做是有嚴肅目的，我警告妳，不要潑我冷水！請保重，如果妳不為妳自己，也要看在別人的份上。」看到露西真的嚇壞了，他口氣變溫和說：

「小姐，我的親愛的，不要怕我，我這麼做都是為妳好，這些花雖然很普通，但對妳大有益處。瞧，我親自把它們放在妳房間。我也會親自做成花環爲妳戴上。但不要說出去！不要告訴其他人，省得引起許多好奇的問題。我們必須服從，而保持沈默是服從的一部分，服從可以使妳健康，讓妳重回愛的懷抱。現在坐起來一會兒。約翰老友，跟我來，你得幫我用大蒜裝飾房間。這是來自哈倫的寶貝，這是我的朋友凡德普在玻璃屋全年栽種的花草。我昨天拍電報給他，否則不會有這些東西。」

我們帶著花進入房間。教授的這種作法看起來很古怪，我從來沒有聽過這種配藥學的方法。首先，他把窗戶關緊，把花固定在插梢上。接著，他拿起一撮花，捻碎灑在所有窗框，好像要使每一口空氣都充滿大蒜的味道。他在桌子的上下方及各個桌沿都灑上，壁爐四周也如法泡製。這對我而言實在太怪誕了，所以我立刻說：「教授，我知道你的每項做法都有理由，不過，這的確令我很困惑。還好我們這裡沒有無神論者，否則他可要說，你在做什麼阻止惡靈進來的符咒。」

「我或許就是在這麼做！」他平靜地說，並開始爲露西做花環，好讓她能戴在脖子上。

然後我們等露西睡前梳洗出來，當她上床時，他走過去親自爲她戴上大蒜花環，最後對她說：

「保重，不要動這些東西，即使覺得房間密閉，今晚也不要開窗或開門。」

「我保證。」露西說，「對於你們二位的好意我有千萬個感謝！我何德何能受到這麼好的朋友賜福？」

當我們搭乘停在屋外的小馬車離去時，凡赫辛說：「今晚我可以好好睡一覺了，睡一個我想要的好覺，連續兩晚的旅行，白天拼命作研究，一整天神經緊繃，晚上還要值夜，完全沒有闔眼。明天清晨你來找我，我們一起來看這位漂亮小姐，我下的『符咒』非常強哦！」

他似乎非常自信，但我記得，兩個晚上前我也自信滿滿，結果卻一塌糊塗，因此我反而覺得有一股莫名的畏懼和恐怖。這是我的弱點，優柔寡斷使我不敢對朋友直說。但是我眞的有如此強烈的感覺，就像強忍的眼淚一樣。

卓 九 勒 伯 爵

第11章

露西・威斯騰納的日記

9月11日——他們全都對我這麼好。我相當愛那位親愛的凡赫辛醫師。我滿好奇他爲什麼對這些花這麼急切。他確實嚇到了我，他是那麼強烈。但是他一定是對的，因爲我已經從這些花感受到舒適了。不知怎麼的，我今晚不畏懼孤獨，能夠不覺恐懼的去睡覺。我不會介意窗外出現任何拍打的聲音。噢，最近我老是輾轉難眠，那些對睡眠的抗拒、失眠的痛苦，或者恐懼睡著的痛苦，還有那些不知名的恐懼！有些人多麼幸福，生活沒有恐懼，沒有忌憚，睡眠對他們是每夜到臨的祝福，美夢之外什麼也不帶來。好，今晚我在這裡，盼望著睡眠，「戴著處女花環與少女花瓣」，和奧菲莉亞在〈哈姆雷特〉裡一樣躺著：我以前從來不喜歡大蒜，但今晚它讓我滿歡喜的！它的氣味裡有著和平。我感覺睡眠已經來到。晚安，各位。

舒華德醫師的日記

9月12日——拜訪柏克萊旅館，見到了凡赫辛和平常一樣，按時起了床。跟旅館訂的馬車已在等候。教授拿了他的提包，現在他總是隨身帶著它。

一切要寫得一清二楚。凡赫辛和我八點鐘到達了希靈罕。這是個可愛的早晨。明亮的陽光和所有初秋的清新感好像在說大自然每年例行的工作完成了。葉子正轉成各種美好的顏色，但尚未開始從樹上落下。我們入宅時，遇見了威斯騰納夫人從晨間起居室走出來。她總是起得很早。她溫暖地招呼我們，說：

「您們會很高興聽到露西比較好了。這寶貝孩子還在睡。我仔細看了她房間，也看了她，但沒走進去，省得打擾到她。」教授微笑，看起來相當歡悅。他摩著雙手說，「啊哈！我想我診斷對了病情。我的治療生效了。」對這她回覆說，「您不可以把所有功勞都算在您自己身上，醫師。露西今天早晨的情況一部分是我的功勞。」「您什麼意思，夫人？」教授問。

「我晚上對這寶貝孩子很擔心，就進了她房間。她酣然甜睡，連我進去都沒讓她醒來。但房裡悶得不得了。到處有好多那些味道好重、好可怕的花，而且就在她脖子上還繞了一串。我恐怕那很重的臭味那虛弱的寶貝孩子會受不了，我就把它們全拿走了，又打開一點窗戶，讓一些新鮮空氣進來。您一定會對她很高興的，我有把握。」

說完，威斯騰納夫人離去走進她的閨房，她一大早通常在那裡用早餐。她講完話，我看住教授的臉，見到臉色變成死灰。那位可憐的夫人在場時，他還能自制下來，因爲他知道她的狀況，而一場震驚可能造成甚麼樣惡作劇的後果。當他爲她開門讓她走進房間時，實際上是對她微笑著。但夫人一消失，教授便突然而大力的拉我走進餐廳，把門關上。

然後，我這輩子第一次看見凡赫辛崩潰下來。他啞然絕望地將雙手高舉頭上，接著無能爲力地以拳擊掌。最後他坐在椅子上，雙手包著他的臉，開始啜泣，那高聲的乾泣似乎發自他的心底。

然後他再次舉起臂膀，好像在向整個宇宙籲求。「老天！老天！老天！」他說。「我們做了什麼，這個可憐的東西做了什麼，要我們這麼樣苦惱？我們裡面還是有人要承受這命運？承受這古代異教世界傳下來的命運？結果這樣的事必須發生，而且是這樣的發生嗎？這位可憐的母親，一心爲她女兒好，竟一無所知的做出丟掉她女兒身體和靈魂的這種事，而我們不能告訴她，我們甚至不能警告她，不然她就會死，然後兩人都會死。噢，我們怎麼這麼苦惱！惡魔所有的力量是這麼樣的對付我們！」

他突然跳起來。「來，」他說，「來，我們必須看情形行動。惡魔搞鬼也好，沒有惡魔也好，所有惡魔一起來也好，都沒關係。我們還是必須跟他戰鬥。」他去大廳門拿他的提包，然後我們一起上去露西的房間。我再度拉起窗簾，凡赫辛走去床邊。這次他看那張同樣蠟白得可怕的可憐面孔時，沒有驚動。他的神色換成了嚴厲的悲傷和無邊憐憫。

「跟我預期的一樣。」教授呢喃著，一邊發出他那嘶嘶噓噓的呼吸聲，道盡箇中三昧。他一語不發離去並鎖上門，然後開始在小桌上攤出工具，再次準備輸血。我老早就知道有這必要，便開始脫下我的外套，但他伸手警告我停下來。「不！」他說。「今天你必須動手術。我來供血。你已經輸過血，人虛弱了。」他講話時，脫下他的外套，捲起襯衫衣袖。

又一次手術。又一次麻醉。又一次那灰暗的面頰恢復了一些血色，睡眠恢復了規律的呼吸。這回輪到我觀察，而凡赫辛自己捐血及休息。此刻他利用機會告訴了威斯騰納夫人，未諮詢他之前，不能從露西的房間除去任何東西，告訴她花有醫療價值，呼吸蒜花的氣味是整套治療的一部份。然後他親自接手這個病例，說他今晚和明晚會看守，並且會通知我何時來。

又一小時後，露西醒了過來，看來清新而明亮，雖然受了可怕的考驗，但似乎未變得很糟。這一切意味什麼呢？我開始想知道，我長期習慣在精神不正常的人中過日子，是不是開始影響到我自己的腦子了。

露西．威斯騰納的日誌

9月17日——四個平靜的日夜了。我已經再變得強壯許多，幾乎自己都不認識了。那好像是我經歷了某個長久的夢魘，剛剛才醒過來見到美好的陽光和感覺到我附近的早晨新鮮空氣。我有種模糊的半記憶，好像焦慮地等待和恐懼了許久，那彷彿一片黑暗，裡面甚至希冀的痛苦都沒有，使得當前的困厄不會更加尖刻。還有長期的遺忘，以及回復到生命中，好像潛水的人游過一大片水面後浮起來。不過，由於凡赫辛醫師一直跟我在一起，所有這惡夢似乎都已過去了。那些過去常嚇得我不知所措的噪音、拍打窗戶的聲音、似乎如此緊挨著我的遙遠的聲音、那些不知道從哪裡傳來、命令我做我不知道是些什麼的刺耳聲音，通通都停止了。現在我上床一點兒也不怕睡著了。我甚至不會設法保持清醒。我變得已經相當喜歡大蒜，每天都有一箱從花城哈倫運來給我。今晚凡赫辛醫師要走開，他必須在阿姆斯特丹待一天。但我不需要人看我。我人已經夠好了，可以一個人在這裡。

爲了母親的緣故，和親愛的亞瑟，還有所有我們體貼的朋友，感謝上帝！這個改變我連感覺都感覺不到，因爲昨晚凡赫辛醫師在他的椅子裡睡了很久。我醒來時，發現他睡著了兩次。但我不怕再回去睡覺，雖然樹枝或蝙蝠或什麼東西幾乎是惱怒地拍打著窗戶玻璃。

〈帕爾摩街日報〉9月18日

大野狼逃脫——

我們採訪記者的歷險記

在動物園與管理員所做的採訪

歷經多次詢問和幾乎一樣多的拒絕，同時永遠使用〈帕爾摩街日報〉這幾個字作爲某種護身符後，我設法找到了動物園丘陵地園區的部門管理員。湯瑪斯・畢爾德住在象棚後方圍場的一棟小屋中，我找到他時，他正坐下來喝茶。湯瑪斯和他太太是好客的人，年長而膝下猶虛，而如果我享受到的慷慨招待算平常的話，那麼他們的生活一定相當舒適。直到晚飯結束，我們全都滿意了，管理員才肯辦他所稱的公事。然後等桌子收拾了，他點燃了煙斗，開始說：

「現在，先生，你可以繼續問我你想知道的事了。請你原諒我吃飯前拒絕談工作上的事。我開始問我們管區所有的狼和胡狼和鬣狗問題之前，都先給牠們喝茶。」「你什麼意思，問牠們問題？」我詢問，希望讓他變得健談幽默。

「用竿子敲牠們腦袋是一種方式。搔牠們耳朵是另一種方式，好像男士們想要對他們的女朋友炫耀一下時那樣。我不大介意小題大作，牠們晚餐前我用竿子輕輕拍頭，但在我試著搔牠們耳朵之前，我先等待牠們——比喻的說——都喝了牠們的雪莉酒和咖啡才動手。注意喔，」他帶著哲學味地補充說，「我們和牠們動物有些同樣的本性。就好像，剛才你來問我關於我工作上的問題，而我那時脾氣不好，你只問了半個問題，我還沒能回答，就覺得你大驚小怪了。甚至在你諷刺的問我，我是不是想要你去問園長你能不能問我問題時——沒有冒犯你的意思喔

——我有沒有叫你下地獄去?」「你有。」

「然後你說你會打我報告，說我講髒話，讓我光火起來。幸好老太婆來打圓場，我不打算打架；然後我等食物，而且唉叫得跟狼和獅子和老虎一樣。但主愛你心，現在既然這老女人餵了一大塊她的茶餅到我肚裡，又用她的老茶壺灌了我，而我又點燃了煙草，那你就可以盡量搔我的耳朵，甚至不會聽到我咆哮一聲了。把你的問題丟過來吧。我知道你來是爲什麼，爲了那隻這裡逃跑的狼。」

「正是這問題。我要你告訴我你對牠的看法。請告訴我事情怎麼發生的，等我知道事實後，我將請你說你認爲這事的起因是什麼，還有你認爲這整件事將會怎麼結束。」「好的，長官。這裡就是這整個故事。這隻我們叫做「狂戰士」的狼是三隻從挪威到江拉克的灰狼中的一隻，我們四年前把牠買下。牠是隻行爲良好的好狼，從來不惹大麻煩，我滿驚訝牠會比這裡其他動物更想跑出去。不過，你可不能信任狼，就跟不能信任女人一樣。」

「你可別介意他的話，先生！」湯姆太太開心大笑插嘴說，「他照料動物太久啦，要是他自己沒變得像隻狼一樣，可眞是老天保佑!不過他不會做什麼壞事啦。」

「很好，先生，我昨天最先聽見騷亂是在餵食後大約兩個小時。我正在猴子窩裡爲一頭生病的小美洲獅做窩。但當我聽見吠聲和嗥叫，我立刻走開。看吧，狂戰士在那邊瘋狂一樣扯著鐵條，好像牠想出去似的。那天沒什麼人，附近只有一個人，一個高高瘦瘦的傢伙，一個鷹鉤鼻，還有一副尖尖的鬍子，裡面有幾根白的。他看起來冷冷的，眼睛發紅，我不大喜歡他，因爲好像牠們是對他不高興。他手上戴了小羊皮手套，指著動物對我說，「管理員，這些狼好像對什麼東西不高興。」

「也許是你，」我說，因爲我不喜歡他擺出的那樣子。他沒有跟我預期的那樣生氣，只是傲慢的皮笑肉不笑一下，露出滿嘴白白的利牙。「噢，是啊，牠們不會喜歡我。」他說。「噢，會的，牠們會喜歡的，」我模仿他說，「牠們總是喜歡在差不多下午茶的時候，啃一兩根骨頭，去清理牠們的牙齒，你可有一大袋骨頭呢。」「嘿，這事眞怪，當動物看見我們講話時，牠們都伏下，而當我走去狂戰士那邊，牠跟平常一樣讓我撫摸牠的耳朵。那個男人走過來，老天保祐他可別把他的手伸過來撫摸那老狼的耳朵！」「小心，」我說，「狂戰士動作很快。」

「沒關係，」他說。「我習慣牠們！」「你也是這一行的嗎？」我說，脫下我的帽子，因爲買賣狼等等動物的人是管理員的好朋友。

「不，」他說，「不完全是做這一行，但我養了好幾隻當寵物。」這麼說著，他跟爵爺般禮貌地拿高帽子，走開了。老狂戰士繼續看著他，直到牠看不見，然後走去躺在角落，一晚上不肯出來。嘿，昨天晚上，月亮一上來，這裡的狼就開始嗚嗚叫，沒個什麼鬼讓牠們好叫的，附近什麼人都沒有，除了一個人顯然是在公園路的公園裡面什麼地方在叫狗。我出去了一兩次看有沒有問題，是沒問題，然後嗥叫停止了。就在十二點前，我上床睡覺前到處看一看，而當我來到老狂戰士的籠子對面時，我看見鐵條彎了，散得亂七八糟，籠子也空了。那就是我全部

大塊 LOCUS 文化 **讀者服務卡**

謝謝您購買本書！

如果您願意收到大塊最新書訊及特惠電子報：

- 請直接上大塊網站 **locus**publishing.com 加入會員，免去郵寄的麻煩！
- 如果您不方便上網，請填寫下表，亦可不定期收到大塊書訊及特價優惠！請郵寄或傳眞 +886-2-2545-3927。
- 如果您已是大塊會員，除了變更會員資料外，即不需回函。
- 讀者服務專線：0800-322220；email: locus@locuspublishing.com

姓名：________________ 性別：□男 □女

出生日期：____年____月____日 聯絡電話：____________

E-mail：________________________

您所購買的書名：________________________

從何處得知本書：1.□書店 2.□網路 3.□大塊電子報 4.□報紙 5.□雜誌 6.□電視 7.□他人推薦 8.□廣播 9.□其他

您對本書的評價：

(請填代號 1.非常滿意 2.滿意 3.普通 4.不滿意 5.非常不滿意)

書名____ 內容____ 封面設計____ 版面編排____ 紙張質感____

對我們的建議：________________________

10550

台北市南京東路四段25號11樓

大塊文化出版股份有限公司 收

地址：

市 縣

鄉/鎮 市/區

路 街

段

巷

弄

號

樓

(請寫郵遞區號)

廣告回信

台灣北區郵政管理局登記證

北台字第10227號

確實知道的。」

「有任何人看到任何東西嗎？」「我們的管理員當中的一個大約那時正一路唱歌回家，當他看見一隻大灰狗從公園邊緣出來。至少，他這麼說，但我自己不大相信，因爲如果他做了，他回家後對他的太太可是一個字也沒講，並且他是在狼逃脫的消息傳出去以後，我們整夜爲狂戰士搜尋公園，才想起見到了什麼東西。我自己相信的是，他唱的歌弄昏了他腦袋。」「現在，畢爾德先生，你能在任何情況下解釋狼逃脫的原因嗎？」「嗯，先生，」他說，帶著某種懷疑的謙遜，「我想我能，但我不知道你怎麼會對這理論滿意。」「我當然會。如果一個人像你有這樣多和動物相處的經驗，都還不能大膽提出一個好猜測，那還有誰敢試？」「好吧，那麼，先生，我這麼解釋這件事，我覺得這裡狼逃跑——只是因爲牠想出去。」從湯瑪斯和他的妻子對這個笑話開心大笑的方式，我能看出它以前生過效，而這整個解釋僅只是精心製作的推銷手法。我沒辦法跟可敬的湯瑪斯開玩笑，但我想我知道一個買他的心的更有把握的辦法，因此我說，「現在，畢爾德先生，我們認爲那第一個半鎊金幣已經給賺走了，而那個金幣的兄弟，就在你告訴我你認爲什麼事將發生後，等著被拿走哪。」「你是正確的，先生，」他輕快地說。「我知道，你會原諒我跟你開玩笑，但這個老女人對我擠眼睛，是在告訴我要我繼續。」「嘿，我可從沒要你說！」老太太說。

「我的看法是這樣。那隻狼正躲在某個地方。那個管理員記得說牠正往北邊跑得比馬還快，但我不相信他，因爲，你看，先生，狼不會跑得比狗快，牠們天生不是生成那樣的。狼在故事書裡面是美好的動物，而我敢說，當牠們成群結隊，是能發出惡魔般的噪音。但主保佑你，在眞實生活裡，狼只是非常低等的生物，不及一條好狗一半的聰明或大膽，更不及一條好狗四分之一會打架。這匹狼不習慣打架，甚至不大會養活牠自己，牠更可能是在公園哪個地方躲著發抖，而如果牠會想事情的話，應該會想牠要到哪裡去找牠的早餐。也可能牠到了某個區域，在煤炭地窖裡。我的天，要是哪個廚娘看到牠的綠眼睛從黑暗裡面望著她，難保她不會嚇得把蘭姆酒灑得一地！如果牠拿不到食物，牠一定會去找的，而牠有可能及時找到一家肉店。如果牠找不到，然後哪個保母跟個士兵出去逛，把嬰兒留在嬰兒車裡面——那好，如果人口調查時又少了個嬰兒，我可不會驚奇。就這麼多。」

我正把半鎊金幣遞給他時，某個東西從窗戶旁冒了起來，畢爾德先生的臉頓時驚訝得拉長一倍。「上帝保祐我！」他說。「老狂戰士自己回來了！」他去門邊開門，對我似乎是再多餘不過的行動了。我總認爲，一隻野生動物在與我們人類因某個障礙而好一段時間見不到面後出現，看起來總是好得不得了。這次個人經驗，又增強而不是減弱了那個想法。

不過，畢竟，習慣成自然，因爲畢爾德和他的妻子都不再多想那隻狼了，就像我不再多想狗一樣。那隻動物本身平靜而行爲端正得好像那位所有圖畫中的狼的爸爸一樣——那位小紅帽的前友人大野狼，用化妝騙取她的信任。

整個場面是無以言喩的喜劇和悲愴的混合。那隻癱瘓了倫敦半天、令城裡所有孩子站在鞋裡發抖的邪惡的狼，在那裡懷著有點兒懺悔的心情，被接受和寵愛得像是某種詭計多端的敗家子。老畢爾德無盡溫柔關懷的檢查牠全身，當他完成了對向他懺悔的狼的檢查，他說，「咳，我知道這可憐的老傢伙會碰上一些麻煩。我不是一直這麼說嗎？看看牠的頭全都給切傷，卡滿了碎玻璃。牠一定是爬過了什麼鬼牆壁還是什麼的。允許人們在他們的牆壁頂上放破玻璃瓶眞是可恥。這就是那麼做造成的後果。來，狂戰士。」他把狼帶走，鎖在一個籠子裡，餵了牠一大塊肉，足可滿足一隻肥胖的小牛的基本需要，然後走開去報告。我也走開，去獨家報導今天有關動物園奇怪的逃脫事件的新聞。

舒華德醫師的日記

9月17日——晚餐後，我在書房裡詳細記帳，在其他工作的壓力下，以及多次拜訪露西後，我的帳已是一團亂。門突然被撞開，我的病人跟著衝進來，他的臉因激動而變形。我如遭雷擊，因爲病人像這樣自動進入書房，幾乎是沒聽過的事。

瞬息之間，他直接朝我過來。他手上握著把晚餐刀，我看情形不對，便設法讓桌子擋在我們之間，以免危險。不過，他對我而言是太快、太強壯了，在我能拿到我的帳簿之前，他已經攻擊我並將我的左腕切了道大口子，情形相當嚴重。

不過，在他能再攻擊之前，我用右手拿到帳簿，而他則攤開四肢，躺在地板上。我的手腕不停流血，滴流到地毯上，形成一個小小池。我見出我的朋友沒打算進一步下手，於是專心包紮我的手腕，但一直機警地看著那倒臥的身體。當看護衝進來，我們將注意力轉向他，他做的事立時令我噁心起來。他趴在地上，像狗一般在地板上舔我受傷的手腕流下的血液。他很輕鬆便給綁起來，然後出乎我意料的，相當安詳地跟著看護走了，只是口裡不斷重覆著：「血液是生命！血液是生命！」

我當前正巧最怕失血。我最近失了太多血，有損我身體，然後露西的病和病情可怕的發展帶來的長期緊張也正在壓迫我。我是過度激動和疲乏了，我需要休息、休息、休息。開心的是，凡赫辛未召喚我，因此我不必放棄我的睡眠。今晚我可沒辦法不好好睡一下。

凡赫辛從安特衛普發到卡法克斯給舒華德的電報

（寄至蘇克塞斯郡的卡法克斯，由於未註明郡名，故遲發二十二小時。）

9月17日——今晚一定要到希靈罕。如果不能一直看護，要經常訪視和監看蒜花放好。非常重要，不可有誤。到達後，會儘快跟你在一起。

舒華德醫師的日記

9月18日——剛上火車往倫敦去。凡赫辛的電報一來，讓我心慌意亂。平白損失了一晚上，而我由苦澀的經驗知道一晚上可能發生什麼事。當然有可能一切都還好，但什麼事可能已經發生了呢？肯定有些恐怖的厄運正罩在我們頭上，而每個可能的事故都會阻撓我們設法做的一切。我將隨身帶著這個滾筒，這樣我可以在露西的留聲機上完成我的紀錄。

露西・威斯騰納留下的備忘錄

9月17日，夜晚——我寫下這些，並留給大家看，以免任何人因爲我而碰巧惹上任何麻煩。這是今晚發生的事情精確的紀錄。我感覺我要虛脫死亡了，幾乎沒有力氣寫東西，但即使我寫的時候死了，也一定得寫好。我和平常一樣上床睡覺，注意看了花給安置得跟凡赫辛醫師指示得一樣，然後很快睡著了。

我被窗戶傳來的拍打聲吵醒，那拍打聲從米娜在惠特比的懸崖將我自夢遊中救出以後，就開始了，現在我對這聲音清楚得很。我不害怕，但我確實希望舒華德醫師在隔壁房間中，凡赫辛醫師是這麼說他會在那裡的，以便我能叫他。我設法入眠，但辦不到。然後我那對睡眠的老恐懼又來了，而我決定保持清醒。在我不想睡眠來的時候，它會倔強地設法到來。所以，由於我恐懼獨處，遂打開房門向外喊叫：「有人嗎？」沒有答覆。我怕把母親吵醒，於是再關上我的門。然後在外面灌木那裡，我聽見有點兒像狗吠的叫聲，但更加猛烈而深沈。我走到窗邊往外看，但什麼都看不到，只有一隻大蝙蝠，牠顯然一直在用牠翅膀拍擊窗戶。於是我再上床，但決定不要睡著。此時門打開了，母親往裡看。見到我動來動去沒有睡，她進來坐在我旁邊。她比平常更甜、更溫柔地對我說：

「我爲妳感到心神不安，親愛的，所以進來要看妳都給弄得好好的。」我怕她坐在那裡會著涼，便要她進來跟我一塊睡，於是她上床，躺在我身邊。她沒有脫下她的浴衣，因爲她說她只待一會兒，就回她自己的床。當她躺在我的臂膀裡，我也躺在她臂膀中，那拍打和撲擊的聲音又來到窗戶那裡。她受到驚動，有點被嚇到，叫出來，「那是什麼？」

我設法撫慰她，終於成功，讓她安靜躺了下來。但我能聽見她那可憐的親愛的心臟依舊跳得很厲害。一會兒後，灌木叢又傳出嗥叫聲，很快，窗戶那兒發出爆裂聲，地板上立時散了一大片碎玻璃。窗帘被衝進來的風吹得倒飄，而在破窗格的開口冒出了一隻大灰狼瘦削的頭。母親嚇得呼天搶地，拼命坐了起來，胡亂猛抓幫得上她的任何東西。她抓住的東西裡面，一個是凡赫辛醫師堅持我繞住頸子的花環，她從我頸上扯下來。母親坐直了一兩秒鐘，指著狼，她的喉頭裡發出奇怪而可怕的咯咯聲。然後她翻身摔倒，好像慘遭雷殛，她的頭還撞上我的前額，令我頭暈目眩了一陣子。

屋室和周圍一切似乎都在轉動。我眼睛死盯著窗口，但那隻狼把頭抽回去，接著無數個星星點點似乎從打破的窗戶吹進來，轉著繞著，好像旅人描寫沙漠裡西蒙風（阿拉伯地方挾帶灰沙的熱風）捲起時的沙柱。我設法動起來，但我身上像被下了某種符咒，而親愛的母親可憐的身體，似乎已經變冷，因爲她親愛的心臟已停止跳動，這景象把我壓得喘不過氣來，有一陣子，我什麼都記不起來了。

我再恢復知覺之前，時間似乎不長，但非常、非常可怕。附近某個地方，一陣喪鐘敲響。鄰里的狗全都嗚叫起來，而在我們的灌木叢，似乎就在外面，一隻夜鶯在歌唱。我痛苦、恐懼和衰弱得發昏和愚笨起來，但夜鶯的聲音似乎像是我逝去的母親聲音回來安慰我一般。聲音似乎也吵醒了傭人，因爲我能聽見他們赤腳在我門外踩得答答作響。我叫喚傭人，他們進來，當他們看見發生了什麼事，躺在我床上我身上的是什麼，他們紛紛尖叫起來。風從殘破的窗戶衝進來，門砰的一聲關上。傭人將我親愛的母親的身體抬起來，在我起來後，將她放在床上，覆上被單。他們全都如此驚嚇而緊張，我只好要他們去餐廳，每個人喝杯酒。門一時突然大開，迅即關上。傭人尖叫，然後全部一起跑去餐廳；我將僅剩的一些花放在我親愛的母親的胸前。當花擺好在那裡的時候，我記起凡赫辛醫師告訴我的話，但我不喜歡將花移開，此外，我會有些傭人現在可以跟我坐在一塊。我很驚訝傭人都沒有回來。我呼喚他們，但沒有回音，因此我去餐廳找人。

當我看見發生了什麼事，心臟立時沉下去。他們四腳朝天、無能爲力地躺在地板上，呼吸沉重。一瓶剩下一半的雪莉酒在桌上，但四處有著一股古怪、刺激的氣味。我心中懷疑，檢查了雪莉酒瓶。它聞起來像鴉片，而看著餐具櫃，我發現母親的醫生給她使用的瓶子——噢！生前給她使用的瓶子——是空的。我怎麼辦？我怎麼辦呢？我回到房間和母親在一起。我無法留下她，而且我孤獨一人，只有睡著的傭人作伴，而他們還被不知什麼人下了麻醉藥。單獨與死人在一起！我不敢出去，因爲我能聽見狼的低嗥從殘破的窗戶飄進來。

空氣似乎充滿了小點，漂浮、盤旋在從窗口吹進的氣流中，而燈光燒成藍色而昏暗。我怎麼辦呢？上帝今晚保護我！我將把這些紙藏在我胸前，有人來安葬我的時候，會發現它。我親愛的母親去了！我也該去了。再會，親愛的亞瑟——如果我活不過這個夜晚的話。上帝保護你，親愛的，上帝幫助我！

約翰・舒華德醫師

第12章

舒華德醫師的日記

9月18日──我立即驅車前往希靈罕，並且早到了。我將馬車留在大門邊，獨自沿路往前走。我輕輕敲門並儘可能小聲地撳門鈴，以免打擾露西或她的母親，並希望只有一名僕人前來應門。一會後，沒人應門，我又敲門撳鈴，仍然沒人應。我罵聲僕人懶惰，這時候還在賴床，因爲現在已經十點，於是又撳鈴敲門，這回更加不耐煩，但還是沒有反應。至此我只責備了僕人，但現在可怕的恐懼感襲上我心頭。這份孤寂會不會又是一條似乎在將我們越纏越緊的命運鎖鏈呢？我會不會來得太遲，這裡眞的已成喪宅呢？我曉得，如果露西病情可怕的復發了，遲個幾分鐘、甚至幾秒鐘，都可能意味她要受幾小時的危險，於是我繞房屋走，試試看能不能發現任何入口。我找不到任何進屋的辦法。每扇門窗都被門牢鎖上，我喪氣地回到門廊。正當此刻，我聽見四隻被驅馳的馬腳劈劈啪啪奔來的聲音。馬匹在大門停腳，幾秒鐘後，我遇見凡赫辛沿路跑過來。他見到我時，吐口大氣，「所以是你，剛到吧。她怎麼樣？我們是不是太遲了？你沒收到我的電報嗎？」

我儘量迅速有條理地回答，我一早才收到他的電報，一分鐘沒等就來這裡，而到現在還沒法讓屋裡任何一個人聽見我。他停下來，舉起帽子嚴肅地說，「那恐怕我們是太遲了。神意難違！」他發出慣有的療癒能量繼續說，「來，如果沒有進去的路，我們就必須開一條出來。時間現在全是我們的了。」

我們繞到屋後，見到一個廚房窗口。教授從他的提包取出一把外科小鋸，遞給我，指向護著窗口的鐵條。我立即開始鋸，很快便切斷三根。然後我們用一把薄薄的長刀推開窗框的扣環，打開窗戶。我先幫助教授進去，跟著自己進去。廚房和僕人房很近，兩間房都沒有人。我們邊走邊試所有房間，後來到了餐廳，在百葉窗透出的昏暗光中，發現四名僕婦躺在地板上。沒有必要想她們死了沒有，因為她們如雷的鼾聲和房裡刺激的鴉片氣味，讓人不會懷疑她們的情況。

凡赫辛和我面面相覷。當我們走開時，他說，「我們可以等一下再照顧她們。」接著我們上樓到露西房間。我們在門邊停了一會傾聽，但聽不見任何聲音。我們白著臉、抖著手，輕輕打開門，進房。我怎麼描寫眼前的景象呢？床上躺了兩名婦人，露西和她的母親。她母親躺在最裏面，身上蓋著條白被單，被單邊緣被穿過破窗戶的風吹得翻起，露出扭曲的白臉，一副恐怖的神色還固著在臉上。她身邊躺著露西，臉是白的，扭曲得更厲害。原來圍繞她脖子的花，我們發現換到了她母親胸前，她的脖子光了出來，露出我們以前注意到的兩個小傷口，但看起來白得、爛得恐怖。教授一語不發彎在床上，他的頭幾乎碰到可憐的露西的乳房。接著他快轉一下頭，做出傾聽的姿勢，然後跳起來站住，對我大喊，「還不太晚！快！快！把白蘭地酒拿來！」

我飛身下樓，回來時帶了白蘭地酒，仔細聞了又嘗了它，以免酒也像我在桌上發現的那瓶雪莉酒一樣摻了麻醉劑。女傭仍然在重重呼吸，但更加不安定，我想麻醉正在消退。我沒有停留去弄清楚情形，而直接返回凡赫辛那裡。他像另一次一樣，在她的嘴唇和牙齦上，還有她手腕和手掌上，擦抹白蘭地酒。他對我說，「這我能做，現在所有能做的就是這些。你去弄醒那些女傭。拿一塊濕毛巾甩她們臉孔，用力甩。讓她們暖起來，生個火，洗個熱水澡。這個可憐人幾乎跟她旁邊的人一樣冷了。我們能做更多事情之前，先得把她弄暖起來。」

我立即走開，很容易就讓三名女傭醒轉過來。第四人只是個年輕女孩，麻醉藥顯然影響她比較大，因此我將她拖上沙發，讓她繼續睡。

其他人起初一臉茫然，但隨記憶回復，她們開始歇斯底里地哭叫和啜泣。不過，我嚴厲制止她們，並不准她們講話。我告訴她們，丟掉一條命已經夠糟了，而如果她們拖延，露西小姐也會犧牲掉。於是，女傭們哭哭啼啼去了，雖然衣衫不全，還是忙著準備火和水。幸好，廚房和爐火還可用，也不缺熱水。我們沐浴一番，將露西照原樣搬出，將她放進澡盆。我們正忙著揉搓她肢體時，大廳門傳來敲門聲。一名傭人跑開，匆匆再穿些衣裳，趕去開門。然後她回來對我們低聲說，有位紳士帶來侯伍德先生的口訊。我吩咐她簡單告訴他必須等候，因爲我們現在什麼人也不能見。她走開去傳話，而我一心忙著工作，立時將來人忘得一乾二淨。

傾我所有的經驗，從未見過教授工作得如此賣命。我知道，他也知道，這是一次與死神你死我活的戰鬥，我在一次短暫休息時跟他這麼說。他以一種我所不瞭解的方式回答我，但他臉上掛著最嚴肅的神情。「如果一切就那樣，我會就到此爲止，停下來，讓她平靜的去，因爲我從她眼中見不到生命的光明。」言畢，他繼續工作，只要可能的話，便更加瘋狂的賣力。

此刻，我們兩個都開始意識到熱量開始發揮一些作用了。露西的心跳透過聽診器聽得比較清晰了一些，她的肺我們也感覺得到些運動了。凡赫辛的面孔幾乎放著光，當我們將她從浴盆舉起，將她捲進一條熱毛巾拭乾，他對我說，「第一局我們贏了！將軍！」我們將露西帶進另一間屋室，屋裡現在已打理好，將她放在床上，又灌了幾滴白蘭地酒下喉。我注意到凡赫辛繞她喉頸栓了條柔絲手帕。她仍然沒有知覺，而且跟我們見到她時情況一樣糟──如果不是更糟的話。

凡赫辛叫進來一名女傭，告訴她陪著露西，眼睛別離開她，直到我們回來爲止，然後向我示意走出房間。「我們必須商討一下該做些什麼。」我們下樓時他說。在大廳裡他打開餐廳門，我們走進去，他小心地將門在他身後關上。窗簾打開了，但百葉窗葉片都已彎下，一如英國下層婦女總是嚴格遵守的死亡禮節。房間因此一片昏暗。不過，還亮得夠我們用。凡赫辛的嚴肅被他困惑的神色消除了一些。他顯然在絞腦汁，所以我等了一會，接著他開口說：

「我們現在該做些什麼呢？我們要去哪裡找人幫忙呢？我們必須再輸一次血，而且要快，否則那個可憐女孩的生命就連一個小時也不値得救。你已經精疲力盡，我也是精疲力盡。我不敢相信那些女人，縱使她們有勇氣捐血。我們要到哪裡去找願意爲她打開他靜脈的人呢？

「我到底是有些什麼毛病呢？」

聲音發自屋子對邊的沙發，那語氣頓時讓我放鬆，心中一陣喜悅，因爲那是昆西・墨利斯的口氣。凡赫辛剛聽到聲音時，惱怒地起身，但聽到我高叫：「昆西・墨利斯！」並且伸出雙手衝向他，臉孔頓時柔和下來，眼中出現高興的神色。

「什麼風把你吹到她這裡來了？」我們雙手相接時，我哭出來。「我猜亞瑟是那陣風。」他遞張電報給我。——「沒收到舒華德的消息三天了，焦急得不得了。走不開。家父病情還是一樣。寄話告訴我露西的情況。別擱延。侯伍德。」

「我想我來得正是時候。你知道你只要告訴我做些什麼就夠了。」凡赫辛邁步向前，抓住他的手，直視他眼睛說，「女人遇到麻煩時，男子漢的血是世上最好的東西了。你是男子漢沒有問題。嗯，惡魔可能拼命跟我們作對，但我們需要男子漢的時候，上帝就會派他們來。」

我們再次做那恐怖的手術。我硬不下心跟著看所有細節。露西受過可怕的驚嚇，這回比以前顯露得更清楚，因爲雖然大量血液進入她的靜脈，但她的身體並未如前幾次那樣對治療起反應。她爭回生命的奮鬥令人見之聞之色變。不過，心臟和肺臟的功能都改善了，凡赫辛一如以往爲她做了嗎啡的皮下注射，效果也良好。她的暈厥變作沈睡。教授負責觀察病人，我則與昆西・墨利斯下樓，派一名女傭付錢給在外頭等候的馬車伕。

我喝一杯酒後，留下昆西躺著休息，並告訴廚娘準備一頓豐盛的早餐。接著我想起一件事，回到露西現在的房間。當我輕聲進門，發現凡赫辛手裡拿著一兩張筆記紙。他顯然已看過紙上寫些什麼，正將手按著眉頭，用心思索。他臉上透出副堅決而滿意的神情，像是解決了一個疑點。他將紙遞給我，只說，「我們搬露西去沐浴時，從她胸前掉下來的。」

我看了紙上的字後，站著看住教授，一會後問他，「蒼天在上，這一切什麼意思？她那時或者現在瘋了嗎？還是有什麼樣可怕的危險嗎？」我大惑不解，一時不知還能說些什麼。凡赫辛伸手拿紙說：

「現在別費心思。暫時先忘記吧。時候到了你會知道和瞭解的，但要過些時。現在，你找我是要說些什麼？」這將我帶回現實，我回神過來。

「我來談死亡證明的事。如果我們做得不恰當、不明智，可能會有審訊，而那張紙便必須呈堂。我是希望我們不要有審訊，因爲如果審訊，肯定會要可憐的露西的命——如果那時她還有命的話。我知，你知，另一位照顧她的醫生也知道，威斯騰納夫人有心臟病，我們可以證明她死於心臟病。我們何不立即塡好證明，然後我自己將證明帶去登記處，再去找殯儀社。

「好，喔，約翰我友！想得眞周到！眞是，露西小姐，如果說跟她作對的仇敵令她哀傷的話，至少愛她的朋友可以讓她快樂一些。一個、兩個、三個，全都爲她打開了靜脈，還有一個老人。啊，我知道，約翰我友。我不瞎！你這麼做我更加愛你！現在去吧。」

在大廳裡我遇見了昆西，我拿著份給亞瑟的電報，告訴他威斯騰納夫人過世了，露西也病了，但現在已經好些，凡赫辛和我跟她在一起。我告訴他我正要去哪裡，他跟著我趕出去，當我將出門時，他說，「你回來時，傑克，行不行跟我講兩句話，就我們兩個人？」我點頭回他，隨即出門。我做死亡登記時毫無困難，又與當地殯儀業者約好晚上過來量棺材並安排後事。

我回來時，昆西在等我。我告訴他，我一知道了露西的情況，就去找他，隨即先上她房間。她仍然在睡覺，教授也似乎未從他在她身邊的位子移開。從他把他手指豎到唇前，我推測他預期她不久後醒來，同時怕干擾她自然醒來。於是我下樓去見昆西，將他帶進早餐房，那裡窗簾沒有放下，氣氛稍微愉快些，或者說比起其它房間，比較沒那麼不愉快。

就我們兩個人時，他對我說，「傑克．舒華德，我不想在我沒有權利的地方，硬將自己擠進去，但這不是普通情況。你知道我愛那個女孩，想與她結婚，但雖然那全都過去了，我仍然禁不住爲她感到焦急。她是哪裡不對勁了？那位荷蘭人，他是個老好人，我看得出來，你們兩個走進房間時他說，你們必須再輸一次血，而你和他都筋疲力盡了。現在我很知道你們醫生會開秘密會議，而一個人不應期望知道醫生私底下在討論些什麼。但這不是平常事，不論如何，我已經做了我那一份。不是那樣麼？」「是那樣。」我說。他繼續說，「我相信你和凡赫辛兩個都已經做了我今天所做的。是不是如此？」「是如此。」

「我猜亞瑟也加了一份。當我四天前在他那裡見到他時，他看起來怪怪的。自從我在南美大草原，有匹我很喜歡的母馬一晚上倒下去沒了命以來，就沒見過那麼快垮下去的東西。一隻他們稱作吸血蝙蝠的大蝙蝠在夜裡咬了牠，在咽喉和靜脈打開的情況下，她身體裡面血液不夠讓她站起來，結果我只好看她躺著，用一顆子彈穿過她身體。傑克，如果你可以在不背信的情形下告訴我，亞瑟是第一個，對不對？」

那個可憐的傢伙講話時看來急切得不得了。他是在爲他愛的女人擔心而受折磨，加上他又完全不清楚情況，似乎籠罩著她的可怕的奧秘，更加深了他的痛苦。他的心臟正在滴血，而想要讓他不至於崩潰，得花上他所有的男子漢精神，而他可是有一缸子那種精神的。我回答前停了一下，因爲我認爲我不能透露教授希望保持秘密的任何事情，但他已經知道如此之多，以致我沒有理由不回答，於是我回答了同一句話。

「對。」

「而這件事已經進行了多久？」「大約十天。」「十天！那我猜，傑克．舒華德，那個我們全都愛的漂亮小可憐，那段時間已經在她的靜脈裡注入了四個大男人的血液了。老天，她整個身體受不住的。」接著他挨近我，猛烈地半耳語說，「怎麼造成的？」

我搖搖頭。「那，」我說，「就是關鍵所在。凡赫辛簡直就是對此狂熱，而我也一籌莫展。我連猜都沒把握。出現了一連串小情況打壞了我們好好照顧露西的所有規劃。但這些不會再發生了。我們會在這裡等到一切都變好，或者變不好。」昆西伸出他的手。「算我一份，」他說。「你和荷蘭人告訴我做什麼，我會照辦。」

「當露西在下午醒來，她的第一個動作是伸手摸她胸前，令我意外的是，她拿出了凡赫辛交給我閱讀的紙張。細心的教授將紙張放回了原來的地方，以免她醒來時會受到驚動。她的眼光接著落到凡赫辛和我身上，並歡喜起來。她又環視房間，見到她身處何處，隨即發起抖來。她大叫一聲，可憐的一雙瘦手掩住她蒼白的面孔。

我們兩個瞭解這是什麼意思，她已經完全清楚她母親已經死亡。於是我們盡力安慰她。同情無疑緩和了些她的激動，但她思考力和精神非常低落，微弱地默默啜泣好一段時間。我們告訴她，我們兩個至少有一個現在會一直跟她在一起，這似乎讓她得到一些安慰。近黃昏時，她打起盹來。此時一件非常怪異的事發生了。睡眠中，她將紙張從她胸前取出，撕成兩半。凡赫辛跨步過去將紙片從她手上取走。不過，她繼續做撕扯的動作，好像紙張仍然在她手裡似的，最後，她舉起雙手，張開十指，做出撒紙片的動作。凡赫辛似乎很驚訝，他的眉頭聚起來，好像在想事情，但什麼也沒說。

9月19日——昨晚一整晚她都睡得斷斷續續，始終害怕睡著，每回醒來便更衰弱些。教授和我輪流看守，而我們一會兒也沒讓她脫離看顧。昆西．墨利斯一聲也沒吭出他的意向，但我知道他整夜都在屋內繞圈踱步。

日光照進時，探照的光明顯示了可憐的露西殘餘的力量。她幾乎無法轉動她的頭，而她能吃下的那一點養料似乎對她沒什麼好處。她有時睡著了，凡赫辛和我便注意到她在睡和醒之間的區別。她睡著時看起來比較堅強，雖然也比較憔悴，而她的呼吸也比較柔和。她那張開的嘴露出蒼白而上縮的牙齦，使她牙齒看起來確定比平常長而尖銳。當她醒來，她柔和的眼神確定改變了她的表情，因爲她看來像她自己，只不過已然垂危。下午時她請求見見亞瑟，我們便發電報給他。昆西去車站接他。

當他抵達時，將近六點鐘，夕陽正圓滿而溫暖，紅光自窗戶洩入，爲蒼白的面頰增添了顏色。亞瑟看見她時，一腔柔情頓時噎滿胸懷，我們無一人能講話。在過去的幾小時內，片段的睡眠，或說其實是昏迷情況，變得越來越頻繁，以致可供交談的醒覺時間也變短了。不過，亞瑟在場似乎具有興奮作用。她重新振作了一點，跟他講話時，比從我們到達以來要更爽朗。他也一樣打起精神，儘量歡愉地講話，如此充分利用了時間。

現在將近一點鐘了，他和凡赫辛坐在她身邊。我在一刻鐘後要接他們的班，現在我正將這段錄入露西的留聲機。他們將設法休息到六點。我恐怕明天我們就會結束看護，因爲她受到的震驚太大了。這可憐的孩子沒法振作起來。願上蒼幫助我們所有人。

米娜・哈克寫給露西・威斯騰納的信

（她未打開）

9月17日

我最親愛的露西，

上次收到妳的信以來，還是我寫信給妳以來，如隔三秋。雖然我有不是的地方，但我知道，當妳讀了我所有的消息以後，妳會體諒我的。嗯，沒問題，我得回我的丈夫了。當我們到達埃克希特時，有輛馬車在等我們，裡面坐著霍金斯先生——雖然他痛風發了。他把我們帶回他的房子，那裡有我們的房間，全都美好舒適，我們一起用餐，餐後霍金斯先生說，

「親愛的孩子，我要舉杯祝福你們兩個健康發達，萬事如意。你們兩個我從小就認識了，還眼看著你們長大，討人喜愛又讓人驕傲。現在我要讓你們在我這裡成家。我走了以後既沒小雞又沒孩子，一切都隨風而去，我就在遺囑裡把一切都留給你們了。」強納生和老人握緊手時，親愛的露西，我哭了。我們的晚上是非常非常愉快的一晚。

「所以我們就在這裡了，安居在這棟美麗的老房子裡，而從我的臥室和客廳，我都能看到附近大教堂的大榆樹，大大的黑枝幹襯著大教堂黃黃的舊石塊，我還能聽見頭頂上的白嘴鴉整天呱呱叫、喋喋不休地說閒話，就像白嘴鴉那樣——也就像人那樣。我不必告訴妳，妳也知道，我現在忙著安排事情和主持家務。強納生和霍金斯先生整天都忙，因爲強納生現在是合夥人了，霍金斯先生想要告訴他關於客戶的一切。

「妳親愛的母親怎麼樣了？但願我能跑去城裡一兩天看妳，親愛的，但我還不敢去，我肩上擔的事太多了，而且強納生仍然需要照顧。他骨頭上開始長肉了，但那場長病讓他虛弱得不

得了。甚至現在他有時還會突然從睡眠中驚醒，全身顫抖，直到我哄他回復他平常的寧靜。不過，感謝上帝，這些情況隨日子過去，已經越來越少見，總有一天會完全消逝，我相信。現在我已經告訴妳我的消息了，換我問妳。

妳什麼時候要結婚呢？在哪裡？誰主持結婚典禮？妳要穿什麼？還有會是公開的婚禮嗎？還是私下舉辦？通通都告訴我，親愛的，告訴我所有事情，因爲凡是妳感興趣的事，我都會很珍視。強納生要我代轉他的「恭敬」給妳，但我不認爲從重要的霍金斯與哈克法律事務所小股東傳達「恭敬」就夠好了。而因爲妳愛我，他也愛我，我也以這個動詞所有的語氣和時態愛妳，所以我乾脆改爲把他的「愛」轉給妳。再會，我最親愛的露西，祝福妳。」

你的
米娜・哈克

醫學博士、皇家外科醫師學院院士、愛爾蘭國王王后醫學院院士等等派屈克・漢納西給約翰・舒華德醫學博士的報告

9月20日

我親愛的先生，

遵照你的願望，我附寄一份報告，將留給我負責的一切事務的情況讓你知道。關於病患倫飛德，又有新情況報告。他又爆發了一次，本來可能有可怕的結局的，但老天保佑，幸好未發

生不愉快的結果。今天下午，一家運輸公司的運貨車和兩名男子拜訪地面緊靠我們的房子的空房子，你還記得，就是病患逃過去兩次的房子。那兩人在我們的大門旁逗留，詢問門房他們要怎麼走，因爲他們是陌生人。

我自己那時正從書房窗戶往外看，飯後一根煙，見到他們當中一個朝房子走過來。當他經過倫飛德房間的窗口時，病人開始從裡面斥罵他，罵各種難聽的話。那人似乎滿正派，告訴他「壞嘴的乞丐閉嘴」便滿意了，而我們的人卻指責他搶他，還想謀殺他。我打開窗戶，向那人做姿勢要他別在意，於是他看了看整個地方，確定他到了什麼樣的地方以後，滿意地說，「主保祐你，先生，我不會介意瘋人院裡面有人對我說什麼話。我可憐你和院長必須和一隻像那樣的野獸住在這棟房子裡。」

然後他夠客氣的問路，我告訴了他那棟空房子的大門在哪裡。他聽了走開，身後跟著我們的人滿口的威脅和詛咒和謾罵。我下來看能不能想出他發怒的任何原因，因爲他通常是這樣一個行爲端正的人，除了他猛烈發作時，從沒這種動作出現。出乎我意料之外，我發現他相當鎮定，舉止十分和善。我設法讓他談這件事，但他平淡地問我是什麼意思，導致我相信他完全忘了這回事。然而，我抱歉的說，那僅只是表現他狡猾的又一事例，因爲半小時不到，我又聽到他的聲音。這回他從他房間的窗戶闖了出去，並沿路跑開。我叫護理員跟隨我，跑著追他，因爲我怕他想要搗蛋。

我的憂恐是有道理的，因爲我看見早先經過沿路而下的同一輛運貨車，上面堆了些大木箱。貨車工人拭著前額，滿臉通紅，好像在做劇烈運動。我還沒能趕上他們，那位病人已衝向他們，將當中一人拉開貨車，開始拽著他的頭，敲擊地面。假如我當時未抓住他，我相信他當場就已經殺了那人。另一個傢伙跳下貨車，用他重重的鞭子末端戳他的頭。他戳得很猛，但倫飛德似乎不介意，卻也抓住他，還跟我們三個拼鬥，把我們來回拉扯得好像我們是小貓似的。你知道我絕不是輕量級的，而另兩位也都是魁梧漢子。起初他悶不吭聲的打鬥，但當我們開始佔上風，護理員把束身背心套在他身上，他開始吼叫，「我要打走他們！他們不可以搶奪我！他們不可以慢性謀殺我！我要爲我的主人戰鬥！」以及各種各樣類似的胡亂嚷叫。他們花了好大功夫才將他拖回院裡，將他放進軟墊房。一名看護，哈地，斷了一根手指。不過，我把手指處理好了，他現在沒事了。

兩名運輸工人起初大聲威脅要爲損害提起訴訟，好好懲罰我們。不過，他們的威脅混雜了一些間接的道歉，好像在解釋他們爲什麼被一個虛弱的瘋子打敗。他們說，如果不是因爲他們花了太多力氣搬運和抬重箱子去貨車，他們早就把他擺平了。工人又舉出另一個打敗的原因，說他們的職業讓他們髒得、累得不得了，從他們勞動的場地到任何公開娛樂的地點距離也太遠。我相當瞭解他們的意思，在喝了一杯烈酒後，或者說好幾杯同樣的酒後，每人手裡又塞了枚一鎊金幣，他們隨即改口說病人的攻擊不算什麼，又發誓說如果可以碰到像寫這封信給你的『這麼讚的好兄弟』，他們哪天遇到一個更壞的瘋子都無所謂。

我留下了他們的姓名和地址，萬一哪天需要他們。資料如下：傑克・斯摩列，住址：大渥沃斯區喬治王路的杜丁租賃公寓；湯瑪斯．史涅林，貝司諾葛林區蓋德街彼得法利巷。他們均受雇於哈利斯父子搬家運輸公司，地址在蘇活區的橙色大師圍場。

我將向你報告這裡發生的任一件值得注意的事，如果有任何要事，亦將立即發電報給你。

信任我，親愛的先生

你忠誠的

派屈克．漢納西

米娜．哈克給露西．威斯騰納的信

（她未打開）

9月18日

我最親愛的露西，

我們遭到了如此哀傷的打擊。霍金斯先生非常突然的過世了。有些人可能想不到我們如此悲傷，但是我們兩個都已如此愛他，所以他走眞好像我們失去了父親似的。我從不知道我父親或母親是誰，所以這位親愛的老人走掉，對我眞是打擊。強納生十分沮喪。他不僅哀痛，是深深的哀痛，因爲這位親愛的好人和他做了朋友一輩子，現在到了最後，還待他如己出，留給他我們這種平凡出身的人做發財夢也無法企及的財富，除此之外，強納生哀痛還有一個原因。他說這樣帶給他的重責大任令他緊張。他開始懷疑自己。我設法逗他歡喜，而我對他的信念幫助他相信了他自己。但傷他最深的還是他所受的莫大震驚。

噢，像他擁有這樣親切、簡單、高尚、堅強本性的一個人，擁有這讓他能在幾年內在我們親愛的好朋友援助下，從書記升爲老闆的本性的一個人，竟然受到這樣的傷害，以致他生命力量的精華都消失了，這眞太造化弄人了。原諒我，親愛的，如果我在妳的幸福當中，讓妳爲我的麻煩擔心。但親愛的露西，我必須告訴某個人，因爲向強納生硬撐出勇敢和快樂的樣子，是在折磨我，而我在這裡沒人能傾訴。我怕去倫敦，這我們後天非得去不可，因爲可憐的霍金斯先生在他遺書中交代，他要與他的父親葬在一起。由於完全沒有親戚，所以強納生必須作主祭人。我會設法跑去看妳，最親愛的，即使只有幾分鐘。原諒我爲妳帶來麻煩。全心祝福妳，

你摯愛的
米娜・哈克

舒華德醫師的日記

9月20日——今晚唯有決心和習慣能讓我記下一段。我太淒慘了，心情太低落了，對世界以及裡面所有的東西太噁心了，包括生命本身，以致即使我此刻聽見死亡天使的翅膀在拍動，我也不會在乎。而死亡天使最近一直有目的的在拍動那些冷酷的翼。露西的母親和亞瑟的父親，現

在又是……讓我繼續工作吧。我按時接替凡赫辛對露西的看顧。我們也要亞瑟去休息，但他起初拒絕。直到我告訴他，我們應當會要他在白天幫助我們，還有我們不能全都因缺乏休息而崩潰，以免露西受苦，他才同意去休息。

凡赫辛對他很親切。「來，我的孩子，」他說。「跟我來。你病了，人虛弱，又很哀傷，精神很痛苦，還要付出力氣輪班，我們都知道。你不能一個人，因爲孤獨會讓人充滿恐懼和驚慌。到客廳來，這裡有大大的火，還有兩張沙發。你躺一張，我躺一張，我們互相同情，互相安慰，即使我們不講話，即使我們睡覺。」

亞瑟隨他走出去，回頭渴望地望著露西的面孔，那張面孔躺在她枕頭裡，幾乎比最白的細亞麻布還白。她躺著不怎麼動，我環顧室內，見到一切如常。我能見到教授在這間房裡跟在其他房裡一樣用了大蒜達成他的目的。整個窗框均發出大蒜的臭氣，露西的脖子也是，環繞在凡赫辛讓她戴著的絲手帕上，是一串臭味相同的大蒜花。

露西呼吸得有些像在打鼾，她的臉孔也是在最糟的狀況，張開的嘴露出蒼白的牙齦。她的牙齒在昏暗不定的光中，似乎比它們在早晨時更長、更鋒利。特別是，在光的某種把戲下，犬齒看起來比其他牙齒長而尖銳。

我坐在她身旁，現在她不安地移動著。同時，窗戶傳來某種鈍鈍的拍打或觸擊聲。我輕手輕腳走向窗戶，從窗簾角偷看出去。外面滿月正散著光輝，我能看見聲響是發自一隻大蝙蝠，牠在空中盤旋，無疑是被光所吸引，雖然光很昏暗，牠每一會兒便拍翅敲觸窗戶。當我回到我的位子，我發現露西已稍微移動，並且將大蒜花從她喉間扯開。我儘量將大蒜花放回去，坐著看她。

她醒了過來，我照凡赫辛規定的給她食物。她只吃了一點，而且吃得很慵懶。她在病中一直明顯而無意識的爲求生、求力量而奮鬥，但現在看起來她似乎不再奮鬥了。每當她神志清楚時，她便將大蒜花壓近她，我看到覺得很奇怪。而每當她進入那慵懶的昏睡狀態，呼吸得像打鼾，她便將花拉開，但當她醒來又抓得緊緊的，這裡面就一定透著古怪了。我沒有可能弄錯，因爲在接下來的長時間裡，她睡了醒、醒了睡的次數很多，而兩種動作重覆了許多次。

凡赫辛六點鐘來接我的班。亞瑟那時已打起盹，他和藹地讓他繼續睡。當他看見露西的臉孔，我能聽見吸氣的嘶嘶聲，他對我尖銳的耳語說，「把窗簾拉起來，我要光！」接著他彎下來，臉幾乎接觸露西的臉，仔細地檢視她。他把花拿開，將絲手帕從她喉部抽掉。這麼做時，他往後驚退，我能聽見他突然高叫，「我的老天！」那話其實被悶在他的喉頭裡。我也彎下身看，當我注意到時，一陣古怪的冷顫襲上我全身。喉頸上的傷口完全消失了。

足足有五分鐘，凡赫辛站著看住她，面上表情極其嚴肅。接著他轉向我，冷靜地說，「她要走了。不會再多久。注意聽我說，她死時神志清楚還是在睡眠中，會有很大區別。把那個可憐的男孩叫醒，讓他來見最後一面。他信任我們，我們也答應了他。」

我去餐廳將亞瑟叫醒。他發昏了一會兒，但當他見到陽光從窗簾流洩而入，他以爲他遲了，並露出恐懼的樣子。我向他保證露西還在睡覺，但儘量柔和地告訴他，凡赫辛和我擔心即將要辦後事。他用手遮住面孔，在沙發邊滑下身跪在膝上，保持那姿勢或許一分鐘，他的頭埋著，祈禱，肩膀則哀傷地搖動著。我握住他的手，幫他抬起身。「來，」我說，「我親愛的老哥兒，拼命堅強起來。那對她將是最好和最容易的。」

當我們進入了露西的房間，我能看見凡赫辛已經以他一貫的先見之明，正將一切事擺平，並使每件事看起來儘可能讓人滿意。他甚至已梳過了露西的頭髮，所以那些頭髮以其慣常的金黃波浪躺在枕頭上。當我們進入房間，她張開眼睛，看見他，輕聲耳語，「亞瑟！噢，我的愛，我眞高興你來了！」正當他彎身親吻她，凡赫辛向他做動作要他退後。「不要，」他低語，「還不要！握她的手，那將安慰她更多一些。」

於是亞瑟握住她的手，跪在她身邊，而她露出她最美的神情，所有柔和的線條均搭配她秀麗如天使的眼睛。然後她的眼皮逐漸闔上，沉入睡眠。她的胸部柔和地稍微上下起伏，一呼一吸得像個疲憊的孩子。

然後在不知不覺間，我在夜間注意到的那奇怪的變化又來了。她呼吸得像打鼾，嘴張開，蒼白的牙齦後收，令牙齒看起來更比以往長而尖銳。在半睡半醒之間，她模糊而不自覺地張開了她的眼睛，那雙眼現在既呆鈍又僵硬，她用柔軟而妖嬈的嗓音說起話來，是我從未自她的嘴唇聽過的：「亞瑟！噢，我的愛，我眞高興你來了！親吻我！」

亞瑟熱切地彎下身親吻她，但說時遲那時快，凡赫辛猛撲到他身上，用兩隻手捉住他脖子，以我從未想到他可能擁有的力量將他拽回去，並實際用力將他幾乎扔到房間另一邊。他跟我一樣，都被她的聲音震驚到了。「絕不能這麼做！」他說，「爲了你活著的靈魂和她的！」他站立在他們之間，好像獅子陷入絕地一般。

亞瑟完全被嚇到了，一時間顯得手足無措，不知該說些什麼，然後在任何暴力衝動掌控他之前，他回到身處的地方和場合，默默站著，等待。我的眼睛固定在露西身上，凡赫辛也一樣，接著我們見到一道痙攣，好像出自憤怒，像陰影般在她的面孔上掠過。鋒利的牙鉗緊在一塊。然後她的眼睛閉上，沉重地呼吸。

不一會兒，她張開雙眼，眼神極盡溫柔，伸出她可憐、蒼白的瘦手，牽住凡赫辛巨大的褐手，扯近她，親吻一下。「我眞實的朋友，」她說，聲音微弱，但含著不可言喻的悲愴，「我眞實的朋友，也是他的！噢，保衛他，也給我平靜！」

「我發誓會這麼做！」他莊嚴地說，跪在她身邊，單手高舉，如同宣誓一般。然後他轉向亞瑟，對他說，「來，我的孩子，把她的手握起來，親吻她前額，只吻一次。」他們四目相接，代替唇的依偎，就此分開。露西眼睛閉上，一直在側嚴密觀看的凡赫辛抓住亞瑟的臂膀，將他拉開。露西的呼吸再變得像打鼾，然後突然之間完全停止。「結束了，」凡赫辛說，「她死了！」

我抓緊亞瑟臂膀，帶領他到客廳，他坐下，以手遮面，以見之令我幾乎崩潰的方式嗚咽起來。我回到露西房間，見到凡赫辛仔細看著可憐的露西，面上從未如此嚴峻過。她的身體已出現一些變化。死亡已還給她部份的秀麗，因她眉頭和面頰已恢復了一些流動的線條。甚至雙唇亦失去了死白。好像血液，既已不再需要保持心臟跳動，便跑去讓死亡的尖刻儘量不要顯得那樣粗魯。

「她睡著時我們以爲她要死了；
她死了，我們以爲她睡了。」❶

我站在凡赫辛身邊說，「啊，可憐的女孩，她終於得到平靜了。結束了！」他轉向我，極其嚴肅地說，「不是這樣，唉呀！不是這樣。才剛開始呢！」當我問他什麼意思，他只搖搖頭回答，「我們什麼都還不能做。等著看吧。」

❶譯註：語出Thomas Hood（1799-1845）的The Death-Bed,原文為Our very hopes belied our fears,/Our fears our hopes belied | /We thought her dying when she slept,/And sleeping when she died!

卓九勒伯爵

第13章

舒華德醫師的日記（續）

葬禮安排在接下來這一天，以便露西和她母親可以合葬。我參加了所有陰森的儀式，那位文雅的殯儀承辦人證明了，他的部屬也有一些他自己的諂媚本事，不論這是好是壞。甚至爲亡人做最後服務的那女人，從死者房間出來時，也以專家口吻對我機密地說：

「她眞是具非常美麗的屍體，先生。照料她眞是榮幸。說她會爲我們公司加強信譽，絕沒有言過其辭！」我注意到凡赫辛從未離現場很遠。他能這樣，是這個家庭陷入一片混亂所造成的。附近沒有親戚，而且由於亞瑟次日必須回去處理他父親的葬禮，因此我們無法通知任何一位應當告知的人。在這些情況下，凡赫辛和我遂自作主張檢查文件，等等。他堅持自行仔細檢閱露西的文件。我問他爲什麼如此，因爲我擔心他身爲外國人，可能不大瞭解英國法律規定，所以可能無意間造成一些不必要的麻煩。他回答我：

「我知道，我知道。」你忘記我既是醫生也是律師啦。但這並不是完全爲法律。你避開驗屍官時知道那一點。我要避開的還不止他呢。也許還有更多文件，譬如這個。」他邊講邊從他的口袋書裡取出一直在露西前胸的備忘紙，就是她在睡眠中撕毀的紙張。

「當你找到任何與已故的威斯騰納小姐的律師相關的東西，將她所有文件封好，今晚寫信給他。我呢，我在這間房裡和露西小姐的舊房間看守整夜，我自己尋找可能有的東西。她本人的想法落入陌生人手中不好。」我繼續我這部份的工作，在半小時後發現威斯騰納小姐律師的姓名和地址，並寫信給他。這位可憐小姐所有的文件都放得有條有理。關於埋葬地點，她給了明確指示。當凡赫辛突然意外地走進房，我手上這封信都幾乎沒有封好，他說，「我能幫你嗎，我友約翰？我沒事了，如果我可以，願意爲你服務。」「你找到你要的東西了嗎？」我問。

對這他回答，「我沒有尋找任何特定的東西。我只希望找到所有現存的東西，而我也的確只找到了些信件和幾份備忘錄，還有一份新寫的日記。它們現在都在我這裡，關於它們，我們暫時什麼都別提。我明晚將見那可憐的小伙子，得到他許可後，我將使用一些。」當我們完成了手上的工作，他對我說，「好，現在，約翰我友，我想我們可以上床了。我們需要睡眠，你和我都是，需要休息恢復體力。明天我們將有很多事要做，但今晚不需要我們了。唉！」

就寢前，我們去看可憐的露西。殯儀承辦人確定是把他的工作做得很好，因爲房間給變成了一間小靈堂。房內到處是美麗的白花，死亡給修飾得儘量不讓人起反感。床單末端覆蓋在臉上。當教授彎下身，輕輕將它翻過來，我們兩個都爲眼前的秀麗動容。高高的蠟燭發出的光，亮得足以照清她的臉龐。露西所有的可愛在死亡時都回到了她身上，而剛逝去的幾小時，不但未留下「化一切爲腐朽的手指」❶的痕跡，反倒恢復了生命的美麗，直到我確定無法置信，眼前所見竟是一具屍體。

教授面色嚴峻。他不如我愛她，他眼裡不必有淚水。他對我說，「留在這裡到我回來，」隨即離開房間。他回來時，手上滿是從停在大廳、一直沒打開的箱子取出的野生大蒜，將大蒜花安置在床上、床邊等等地方。接著他從衣領裡面脖子上取出一個金色的小十字架，放在她嘴上。他將床單恢復原狀，然後我們走開。

我正在我房內更衣時，門上傳來預告的輕拍聲，他接著進門，並立即開始講話。「明天晚上以前，我要你帶給我一套解剖刀。」「我們必須驗屍嗎？」我問。「也必須，也不必須。我想要動手術，但不是你想的那樣。現在讓我告訴你，但不能向別人講一個字。我想要切下她的頭並取出她心臟。啊！你是外科醫師，還嚇得這樣！我見過你手或心臟一個顫都不打，就動了

❶譯註：指死亡。

令人發抖的生死攸關的手術。噢，但我不能忘記，我親愛的朋友約翰，你愛她；我也沒有忘記，要做手術的是我，而你不能幫忙。我希望今晚動手術，但爲了亞瑟，我不能這麼做。他父親葬禮明天結束後，他可以得空，然後他會想要看她，看她遺體。然後，當她封好棺，爲次日準備好了，你和我將趁所有人睡著後來這裡。我們將鬆開棺材蓋的螺絲，動我們的手術，然後把一切歸回原位，如此天知地知，你知我知。」

「但爲什麼要這麼做呢？這個女孩死了。爲什麼沒有必要而去毀損她可憐的身體呢？而如果沒有必要做解剖，由之得不到什麼，對她、對我們、對科學、對人類知識沒什麼好處，爲什麼還要做呢？沒有這些益處，去解剖就是怪異了。」

他將手放在我肩膀上，無盡溫柔地回答，「約翰老友，我哀憐你泣血的心，而因爲你心如此流血，我更愛你。如果我能，我願自己擔下你承受的負擔。可是有些事你不知道，但你日後會知道，並且因知道而祝福我，雖然那些事不是什麼愉快的事。約翰，我的孩子，你和我交朋友許多年了，然而你曾經見過我做過什麼沒道理的事嗎？我可能犯錯，我只是人，但我相信我做的一切。當大麻煩來時你請我來，豈不是爲了這些道理嗎？是爲這些道理！當我不准亞瑟親吻他愛人，雖然她快死了，並且用我所有力量把他扯開，你豈不驚奇嗎？不，豈不恐懼嗎？你是恐懼！然而你看見了她是怎麼感謝我，用她那麼美麗、瀕死的眼睛、用她如此微弱的聲音，而她還親吻我粗糙的老手並祝福我？看見了！難道你沒有聽見我對她發誓，好讓她閉上她感恩的眼睛？有！

「嗯，我對我想做的所有事情，都有好理由。你信任我許多年了。你過去幾星期也相信了我，雖然有些事很奇怪，你很有理由懷疑。再相信我一點，約翰老友。如果你不信任我，那我必須告訴你我所想的，而那或許並不好。而如果我工作時得不到朋友信任——不管有沒有信任，我都要工作——我工作時心情便會很沈重，噢，當我需要所有的幫助和勇氣時，會是如此孤獨！」他停下片刻，繼續鄭重地說，「約翰我友，我們未來還有奇怪而可怕的日子。讓我們不要二分，而是合而爲一，如此我們可爲良善的目標服務。你不會對我沒信心吧？」

我執住他手，向他許諾。他走開時，我爲他開門，看他回房，關門。當我靜靜站著時，見到一名女傭沿通道默默走，她背對著我，所以沒有看見我，她走進露西躺下的房間。這幅景象感動了我。奉獻心是如此罕見，而我們對那些不待要求便獻心給我們所愛的人，是如此感激。這裡出現一位可憐的女孩，放下她對死亡自然有的恐懼，單獨去到她心愛的女主人棺架旁邊，好讓那可憐的黏土不致在躺下永息時感到孤寂……

我定然睡得很久很熟，因爲當凡赫辛進我房間把我喚醒，已是日上三竿。他走到我床邊說，「你不必爲解剖刀麻煩了。我們不解剖了。」「爲什麼不？」我問。因爲他昨夜的鄭重令我印象極深。「因爲，」他嚴峻地說，「太遲了，或者太早了。看！」此時他舉起那根小金十字架。「這在晚上被偷了。」「怎麼被偷了，」我好奇地問，「既然你現在拿在手上？」

「因爲我從竊取它的那無用小人那裡拿回來了，那搶奪死人和活人的女人。她遲早要受報應的，只不過不是透過我。她完全不知道她做了些什麼，由於無知，她只曉得竊取。現在我們必須等待。」他說這話時走開，留給我一個新秘密去思考，一道新謎題去解答。

午前是慘淡時光，但律師中午到了：「侯曼、桑斯、馬昆德暨立德迭爾律師事務所」的馬昆德先生。他非常和善，非常感謝我們已做了那些事，並接手所有我們未完成的細節。午餐時他告訴我們，威斯騰納夫人早已預期她自己猝死於心臟病一段時間了，並已將她的後事安排得一清二楚。他告訴我們，除了一件露西父親的財產，現在在沒有直系後人的情況下，限定歸回其家族的一個遠親之外，整座莊園，包含不動產以及動產，均完全留予亞瑟・侯伍德。他跟我們講了這麼多後繼續說：

「坦白講，我們已盡力預防這樣的遺囑處理方式，並指出某些意外情況可能讓她女兒要不身無分文，要不就不自由到無法履行婚約。眞的，這件事曾經逼到我們幾乎起衝突的地步，因爲她問我們到底準不準備執行她的願望。當然，我們當時別無選擇，唯有接受一途。我們守住了原則，而藉由事件的邏輯，一百次我們會有九十九次證明我們的判斷正確。

不過坦白講，我必須承認在這種情況下，任何其他形式的處理都不可能照她願望執行。因爲她先她女兒死亡，後者應可擁有財產，而縱使她只比她母親多活五分鐘，在沒有遺囑的情形下——而在這種情況下遺囑實際上不可能出現——她的財產在她死亡時應該會以『無遺囑死亡』的方式處理。在此情況下，葛德明爵士雖然是如此親愛的朋友，仍將沒有主張繼承的權利。而繼承人既爲遠親，將不大可能基於對一位全然陌生的人動感情的理由，放棄他們的正當權利。我保證你們，親愛的先生，我對這結果眞是歡喜，完完全全的歡喜。」

他是個好人，但他對這樣大的悲劇如此小的一部分感到歡喜——這是他眞正感興趣的部分——正是同理心有其局限的最佳教材。

他沒有留很久，但說他當天稍晚會來見葛德明爵士。不過，他的到來對我們有些安慰，因爲這保證了我們不必再畏懼別人對我們的任何行動加以批評。亞瑟預計五點會到，所以還差一點點到五點時我們去看死者房間。那的確是死者房間，因爲現在母女兩人都躺在裡面。殯儀承辦人表現他的專業，將他的物品做了最佳展示，現場已瀰漫靈堂的氣息，立時令我們心情低落起來。凡赫辛下令遵守之前的安排，解釋說，因爲葛德明爵士很快就會來，讓他單獨見他未婚妻留下的一切，對他感覺會比較不那麼折磨。

殯儀承辦人似乎對他自己的愚蠢感到震驚，並努力將事情恢復到我們前一夜保持的狀況，以便亞瑟來時，可以讓他不必受到太大的驚嚇。

可憐傢伙！他看來哀傷而心碎得絕望。甚至他英勇的男子氣概似乎也在他備受磨練的情感張力下，縮起來了一些。我知道，他對他父親非常眞心而忠實，而在這個時候失去他，對他是痛苦的打擊。對我，他跟往常一樣熱誠，對凡赫辛，他是禮貌得甜美。但我無法忽視他在克制些什麼。教授也注意到了，向我示意帶他上樓。我照做了，將他留在房門旁，因爲我感覺他很想與她單獨在一起，但他抓住我胳膊，將我帶進去，沙啞地說：

「你也愛她，老友。她把一切都告訴我了，在她心中沒有一位朋友有比你親近的地位。你爲她做的這一切，我不知道如何感謝。我還無法思考……」講到這裡，他突然崩潰，雙手繞住我肩膀，將頭放在我胸前哭起來「噢，傑克！傑克！我怎麼辦？我好像突然失去了整個生命，世界那麼大，可是似乎沒什麼好讓我活下去了。」我儘量安慰他。在這種情況下，男人不需要太多表示。握一把手、繞肩按一下臂膀、同聲一泣，就是讓男人窩心的同情表示。我默默不動站著，直到他哀泣逐漸消逝，然後我對他輕聲說，「來看看她。」

我們一起移到床邊，我將細麻布從她臉上揭開。天哪！她是多麼美麗。每小時似乎都讓她越變越美麗。那令我有些畏懼而驚奇。而至於亞瑟，他人顫抖起來，終於難以置信得打起寒顫，好像得了瘧疾似的。最後，等了很久，他虛弱地對我耳語，「傑克，她眞的死了麼？」

我哀傷地向他肯定確是如此，接著，因爲我感覺如此可怕的懷疑不應持續比我能制止的更長一點兒的時間，因此繼續說，死亡之後臉孔往往變得柔和，甚至會回復青春美貌，而死亡前若有任何深刻或過長的痛苦，特別會如此。我似乎相當替他驅走了任何懷疑，而他在臥榻旁跪了一會，愛意綿綿、目不暫捨地看她一陣子後，轉身到一側。我告訴他一定得再會了，因爲棺材必須準備好，於是他回去將她死亡的手牽起、親吻，接著傾身，吻她前額。他走開，邊走邊情深似海地從肩上回頭望她。

我把他留在客廳，告訴凡赫辛他已與露西道別，於是凡赫辛去廚房告訴殯儀承辦人的手下繼續準備，並鎖上棺材。當他再從房間出來，我告訴他亞瑟的問題，他回答，「我不驚奇，剛才我自己都懷疑了一會兒！」我們一起用餐，我可見到可憐的亞瑟正強顏歡笑。凡赫辛整段晚餐時間均沈默不語，但當我們點燃雪茄時他說，「爵士閣下……，」但亞瑟打斷他。

「不，不，別這樣，老天爺！無論如何還不要這樣。原諒我，先生。我沒有出言不遜的意思。只是因爲我最近才喪失至親。」教授非常溫柔地回答，「我那麼稱呼只是因爲我有些疑惑。我不能稱呼你『先生』，而親愛的孩子，我已習慣以亞瑟這名字愛你。」亞瑟伸出手，溫暖地抓住老人的手。「隨便你稱我什麼，」他說。「我希望我能永遠擁有『朋友』這頭銜。你對我可憐的愛人那樣好，眞讓我對你感激得說不出話來。」他停片刻，繼續說，「我知道她比我還瞭解你的善良。而如果我很魯莽，或者在你那樣做時有任何不當的地方，」——教授點起頭——「務必請你多包涵。」

他嚴肅而和藹地回答，「我知道那時要你徹底信任我會讓你爲難，因爲要信任這樣的暴力需要瞭解，而我相信你現在不信任我，無法信任我，因爲你還不瞭解。而日後還可能有更多時候，我會要你在你無法、不可以、還不能瞭解時，要你信任我。但你對我完全信任的時刻終將來臨，那時你將好像陽光照射進來一般地明瞭。然後你將爲了你自己的緣故、爲其他人的緣故，以及爲了我發誓保護的親愛的她的緣故，從頭到尾祝福我。」

「的確，的確，先生，」亞瑟溫暖地說。「我將完全信任你。我知道也相信你有非常高尚的心腸，而你是傑克的朋友，也是她的朋友。你喜歡做什麼就做什麼。」教授清清他的嗓子兩三聲，好像要講什麼話，終於他說，「我現在能問你一些事嗎？」「當然可以。」「你知道威斯騰納夫人把她所有的財產都留給你了？」「不，可憐的夫人，我從未想過這件事。」

「因爲都是你的，所以你有權利照你意思處理。我想要你允許我閱讀露西小姐所有的文件和信件。相信我，這不是只爲好奇。我有她肯定會准許的動機。它們全都在我這裡。我在我們知道一切都是你的之前，拿走了它們，以免外人接觸它們，透過她的字句探入她靈魂。如果可以的話，我將保留這些文件。甚至你也還不能看這些東西，我將把它們保存好。一個字也不會遺失，同時時候到了，我就把它們還給你。我要求的事很難，但你要這麼做，你願不願意，爲了露西的緣故？」

亞瑟熱誠地說，就像他一貫的作風，「凡赫辛醫師，你可以照你意思做。我感覺這麼說，我是在做我親愛的人會准許的事情。我將不會問難你，直到時候到了。」老教授站起來嚴正地說，「你是對的。我們全都會有痛苦，但這將不會全是痛苦，這個痛苦也不會是最後的一切。我們和你，尤其是你，親愛的孩子，甘來之前必須苦盡。但我們必須勇敢，而且不自私，盡我們的責任，結果就都會很好！」

那晚我睡在亞瑟房中的一張沙發上。凡赫辛根本沒有上床。他走來走去，好像在巡邏房子，而且從未讓露西躺在棺材裡的那間房離開他視線，那間房遍撒了野大蒜花，蒜花重重的氣味壓過百合和玫瑰的香氣，濃郁地襲入黑夜。

米娜・哈克的日誌

9月2日——在往埃克希特的火車上。強納生在睡覺。上次寫好日誌似乎才只是昨天，然而那時和此刻有多大差別！那時在惠特比，整個世界在我面前，強納生離得老遠，音訊全無，而現在，嫁給了強納生。強納生成了律師、他事務所的合夥人、有錢了。他事業的主人，霍金斯先生過世埋葬了，而強納生受到另一個可能傷害他的打擊。不知哪一天他可能問我這件事，而一切都隨風而逝。我的速記已經生鏽了，看看暴發能對我們造成什麼樣的影響！所以也許再把功夫磨一下也好。

喪禮非常簡單隆重。那裡只有我們自己和僕人、一兩位他埃克希特的老朋友、他倫敦的代理以及一位代表約翰・派克斯頓爵士的紳士，派克斯頓爵士是法律聯合學會會長。強納生和我手牽手站著，心中感覺我們最好、最親愛的朋友離我們而去了……

我們搭乘開往海德公園角落的巴士靜靜回到城裡。強納生想說帶我進去公園南邊騎馬會讓我覺得有點興趣，所以我們坐下。但那裡人非常少，而看著這麼多空椅子令人徒增哀傷和蒼涼。那使我們想起家中那張空椅子。所以我們起身，沿皮卡迪利大道前行。強納生牽著我手臂，就像往日我去學校前他習慣做的那樣。我感覺這非常不恰當，因爲你對其他女孩教了些年禮儀和規矩後，自己很難不賣弄一下專業。但這是強納生，他是我丈夫，而我們沒見到任何人看見我們，縱使他們看到了我們也不在乎，因此我們繼續走。我看到一位非常美麗的女孩，戴了頂大車輪帽，坐在朱利安諾餐廳外的輛雙座四輪馬車上，就在那時，我感覺強納生把我手臂抓得好緊，弄痛了我，他低著呼吸說，「老天爺！」

我始終爲強納生的健康焦急，因爲我恐懼他再神經緊張的發作。所以我趕快轉向他，問他什麼打擾了他。他非常蒼白，眼睛似乎凸出來，一半恐懼一半驚訝地盯住一位高瘦男子，那名男子有個鷹鉤鼻和黑黑的落腮鬍，鬍子底部尖尖的，他也在觀察這位俏麗女孩。他看她看得如此專心，竟沒有看見我們，所以我好好打量了他。他的面孔不善，粗糙而殘忍，欲望很強的樣子，一副大白牙，在如此紅的嘴唇對比下，看來更加的白，而且尖尖的好像動物牙齒。強納生繼續盯著他，直到我害怕那人會注意到。我怕那人會不高興，他看來如此猛烈而斜門。我問強納生他爲什麼受到干擾，他回答，「你看見那是誰了嗎？」顯然認爲我知道得跟他一樣多。「不，親愛的，」我說。「我不認識他，他是誰？」他的回答似乎令我悚然一驚，因爲他說得好像他不知道他是在跟我，米娜，說話似的。「是那人本人！」

我可憐的愛人顯然在害怕些什麼，非常害怕。我相信他要不是有我依靠和支持，他人大概已經沉下去了。他繼續盯著。一名男子拿了個小包裹從店裡出來，交給那位女孩，她隨即駛開。那名黑暗男人眼睛繼續盯在她身上，當馬車沿皮卡迪利大道駛去，他尾隨在後，並且叫了輛有蓋的雙座小馬車。強納生繼續看住他，然後好像對他自己說：

「我相信那是伯爵，但他已經變年輕了。我的上帝，如果眞是如此！噢，我的上帝！我的上帝！我早知道就好了！我早知道就好了！」他對他自己感到如此沮喪，以致我恐怕問他任何問題會讓他腦袋一直在這主題上兜圈子，因此我保持沈默。我靜靜移開身子，他握著我臂膀，自然跟我移動。我們稍微走遠一點，然後走進「綠園」坐一陣子。就秋天來說，今天算熱的，一塊蔭涼地有個舒適的座椅。強納生凝望著虛空幾分鐘後，閉上眼睛，很快入睡，頭靠在我肩上。我想這對他是最好了，因此沒有打擾他。大約二十分鐘後他醒過來，相當開心地和我說：

「啊呀，米娜，我睡著了麼！噢，請原諒我這麼粗魯。來，我們到哪裡去喝杯茶吧。」他顯然已忘記關於那黑暗陌生人的一切，如同他在病中也忘記過這個事件讓他記起的一切。我不喜歡這種墮入遺忘的情形，那可能對腦子造成傷害或使舊傷持續。我不能問他，以免我造成的害處比好處多，但我必須想辦法弄清楚他在海外旅行時發生的事情。時候到了，我恐怕，我必須打開那包裹，知道寫了些什麼的時候到了。噢，強納生，如果我做錯了，你會，我知道，原諒我的，那可是爲了你自己的緣故啊。

稍後——這次回家，每一方面都哀傷。房裡空空的，對我們如此好的親愛人兒不見了。強納生在他的病輕微復發之下，依然蒼白而頭昏眼花。現在，來了封凡赫辛發的電報，天曉得他是誰。「威斯騰納夫人五天前過世了，露西前天也過世了。她們兩位都是今天下葬。請節哀順變。」噢，幾句話裡面藏了多少哀慟！可憐的威斯騰納夫人！可憐的露西！走了，走了，再也不會回到我們這兒了！還有可憐、可憐的亞瑟，失去了他生命中這樣甜蜜的人！願上帝幫助我們全部擔負我們的煩惱。

舒華德醫師的日記（續）

9月22日——一切都結束了。亞瑟回到林恩去了，帶了昆西．墨利斯跟他一起。昆西眞是個好傢伙！我打心底相信，露西去世讓他遭受的痛苦跟我們任何一個人都一樣，但他獨自忍受這一切，在精神上好像勇敢的維京人一般。如果美國能繼續培育出那樣的人，她定然會成爲世界的強國。凡赫辛在躺著休息，準備上路。他今晚去阿姆斯特丹，但說他明晚回來，說他只想做一些只能由他個人做的安排。如果他能辦好，他那時將停下來跟我會合。他說他在倫敦有工作要做，那可能花他一些時間。可憐的老傢伙！我擔心上星期的緊張壓力連他那鋼鐵般的力量也吃不住了。整個葬禮期間，我能見到他一直拼命在苦撐。

當一切結束了，我們站在亞瑟旁邊，這可憐傢伙，講著他在輸血給露西靜脈的手術中的經過。我看見凡赫辛臉上忽白忽紫。亞瑟說他從那以後感覺好像他們倆眞的結婚了，而她在上帝眼中已是他妻子。關於其它手術，我們沒一個吭一個氣，日後也沒一個會吐露半個字。亞瑟和昆西一起前去火車站，凡赫辛和我來這裡。我們二人一坐進馬車，他立時歇斯底里地發作。他從此以後對我一直否認那是歇斯底里，並堅持那只是他幽默感在非常可怕的情況下的表現。他笑到哭出來，我必須拉下窗帘，以免給任何人看到我們，做出錯誤判斷。接著他哭泣起來，直到他又開始笑，終於又哭又笑，一如婦人。我作勢對他嚴厲，如同一個人在這種情況下對待婦女一般，但那沒有效果。男人和婦人在表現神經力量強盛或虛弱時是如此不同！然後當他臉孔再變得凝重嚴肅時，我問他爲什麼笑得如此開心，又爲什麼在這麼個時刻。他的回答是他典型的方式，既符合邏輯又有力量又神秘。他說：

「啊，你不能體會的，約翰老友。不要認爲我不哀傷，雖然我大笑。看見了吧，即使我笑得噎住，還是哭泣了。但我哭的時候，也不要以爲我全是難過，因爲笑聲還是一樣會來。永遠記住，在你門口敲門說：『我可以進來嗎？』的笑聲不是眞實的笑聲。不！他是位國王，而他想來就來，愛怎麼來就怎麼來。他不詢問任何人，他不選擇什麼時刻恰當。他說，『我就在這裡。』看哪！我爲那位如此甜蜜的女孩難過得要命，正是個例子。雖然我又老又破舊，但我給她我的血液。我付出我的時間、我的技術、我的睡眠。我讓我的其他受害者想要讓她擁有一切，然而我又能在她墓前大笑，當泥土從教堂司事的鍬滑落到她棺材上，對我的心臟說『砰、砰！』時還是笑，直到心臟將血液送還我的面頰。我的心爲那個可憐的男孩流血，那個親愛的男孩，要是我有幸我的孩子還活著的話，年紀將跟他如此相仿，而他的頭髮和眼睛也將如此相近。」

「你瞧，你現在知道爲什麼我如此愛他了。然而當他說些觸動我的爲人夫之心的事時，又使我的爲人父之心對他升起超過對其他人的盼望時，甚至你也無法如此觸動，約翰老友，因爲我們的經驗程度比較接近，而不似父子，然而甚至在這樣的時刻，『笑聲國王』仍然走到我身邊，對著我的耳朵又喊又叫：『我在這裡！我在這裡！』直到血液跳著舞回來，帶來一些陽光到我的面頰。噢，約翰我友，那是個奇怪的世界、一個哀傷的世界、充滿苦難、憂愁和麻煩的世界。然而當『笑聲國王』前來，他讓他們全都跟著他演奏的調子舞蹈。泣血的心、墓地的乾枯骨頭還有垂落時滾燙的淚水，全都配著他用他那張不帶微笑的嘴所做的音樂一起跳舞。而相信我，約翰我友，他來是好事，而且仁慈。啊，我們男人和女人像是從不同方向拉扯得緊繃的繩索。然後淚水來到，就像繩索上的雨水，它們讓我們鼓起勇氣，直到或許張力變得太大，我們終於斷裂。但『笑聲國王』如陽光般來到，再度緩和張力，而我們也能再繼續我們的工作，不論那是什麼工作。」

我不喜歡假裝聽不懂他的想法而傷害他，但因爲我尚不瞭解他發笑的原因，因此我詢問他。他答覆我時，面孔變得嚴厲，並以相當不同的口氣說：

「噢，那是這一切冷酷的反諷啦。這位如此可愛的小姐，身上繞著花環，看起來跟活著一樣姣好，直到我們一個個想知道她是不是眞的死了。她躺在那偏僻墓地裡如此美好的大理石陰宅，那裡休息了如此多她的親人，跟著愛她的、她也愛的母親一起躺在那裡，神聖的鐘聲響著『噹！噹！噹！』如此哀傷而緩慢，而那些聖潔的人，穿著天使的白色袍服，假裝讀著經書，然而他們眼睛從未放在扉頁上，我們全部則低著頭。都爲些什麼呢？她死了，是吧！不是嗎？」

「嗯，教授，」我說，「我怎麼看也看不出那有什麼好笑的。唉，你這麼一說，讓它比以前更難瞭解啦。但縱使葬禮很可笑，可憐的亞瑟和他的煩惱又怎麼樣呢？唉，他的心簡直就是破碎了。」「正是如此。他不是說將他血液輸入她靜脈使她眞的變成他新娘嗎？」「他是這麼說，而這對他是甜蜜而安慰的想法。」「相當如此。但有個困難，我友約翰。假如這樣，那別人怎麼辦呢？呵呵！那麼這位如此甜美的少女是一后四王嘍，而我，我那可憐的妻子雖已亡故，但在教會法律下還是活的，甚至我這對現在不存在的妻子保持忠實的丈夫，都成了重婚者啦。」

「我也見不出那有什麼好笑的地方！」我說，而我對他說這些事，並不特別感到高興。他把手放在我胳膊上說，「約翰老友，如果我讓你痛苦，原諒我。我感情受傷時不會表現給其他人看，只表現給我能信任的你看，我的老友。如果我想要笑的那時候，你能仔細看我的心；如果笑聲來到時你能仔細看我的心，如果你現在能仔細看我的心——當『笑聲國王』已收好王冠，以及他的一切，因爲他要遠去，離我遠遠而去，而且久久不回——那你便可能是最同情我的人。」

他溫柔的語氣令我爲之動容，便問他爲什麼這樣。「因爲我知道！」現在我們各自散開了，許多長長的日子，寂寞將坐在我們屋頂上孵著寂寞。露西躺在她家族的墳裡，那個偏僻墓園裡高貴的死亡家族，遠離熙熙攘攘的倫敦，空氣新鮮、太陽在漢普斯德山丘上升起而野花自動綻放的倫敦。如此我能完成了這個日記，而只有上帝知道我會不會再寫。如果我再寫，或如果甚而我再打開這日記，那也將是處理不同的人和不同的主題了，因爲這裡在結尾，我生命的浪漫史已講完，在我回去接續我生命的工作前，我哀傷而沒有希望地說，

——完——

〈西敏寺報〉，9月25日

漢普斯德神秘事件

漢普斯德一帶目前正因一系列離奇事件而驚恐，事件情節類似頭條新聞作家的作品如〈肯辛頓恐怖〉、〈女刺客〉或〈黑衣女〉等。過去兩、三天，發生了幾樁幼兒離家迷路或到野地遊玩忘記返家的案件，所有案件中，孩子都太幼小，無法自行報告任何讓人聽得懂的案情，但他們共同的說詞是他們都跟一位「漂漂夫人」在一起。

他們失蹤的時間總是在夜晚。兩案中，兒童直到第二天早晨才被找到。附近的人普遍相信，由於第一個失蹤的孩子說他不見的原因是一位「漂漂夫人」要他去跟她散步，此後別人便採納這個名詞，在適當時機使用。這個情形，因小孩子目前最喜愛的遊戲是彼此用詭計誘惑別人失蹤，而更加自然。一名記者寫稿告訴我們，看一些小娃扮成「漂漂夫人」，眞是滑稽透頂。他說，我們有些諷刺漫畫家可以比較現實和照片，由之從怪誕的反諷中汲取教訓。這位「漂漂夫人」在這些戶外的表現會成爲如此受歡迎的角色，實在是很符合人類本性的一般原則的。我們的記者天眞地說，甚至莎翁名角愛倫・特里，也無法比這些髒臉小孩假裝、甚而想像他們自己就是「漂漂夫人」那樣迷死人。

不過，這個問題可能有嚴肅的一面，因爲所有這些孩子都在晚上失蹤，其中一些在喉頸部位受到輕微撕傷或某種傷害。這些創傷像是田鼠或小狗咬成的那樣，雖然個別看來沒多大重要，但傾向於顯示，不論哪種動物造成這種傷害，顯然自有一套系統或方法。管區員警已接獲指示，嚴密注意漢普斯德荒地區內和附近的迷路孩子，特別幼童，以及附近可能有的任何野狗。

〈西敏寺報〉，9月25日，號外

漢普斯德恐怖事件

又一孩童受傷

「漂漂夫人」

我們剛接到消息指出，又一名昨晚走失的孩童，直到早晨方在漢普斯德荒地射擊者小丘這邊的荊豆樹叢下被發現，此處或許比其他區域較無人跡。孩童喉頸有像其他案件中見得到的相同微小傷口。孩童異常虛弱，看來相當憔悴。他稍微回神後，也講出被「漂漂夫人」引誘離去的同一故事。

卓 九 勒 伯 爵

第14章

米娜・哈克的日誌

9月23日——一夜輾轉難眠後，強納生好些了。我好高興他有許多工作做，因爲那讓他的腦袋不會一直想可怕的事，而噢，我很欣喜他現在不會被他新職位的責任壓垮。我知道他對他自己很眞實，而現在我是多麼驕傲地看見我的強納生高昇到他今天的地位，並且在所有方面擔起落在他身上的責任。他將整天不在，很晚才回來，因爲他說他不能在家吃午餐。我的家務事做好了，所以我將拿來他的旅外日誌，把自己鎖在我房間裡閱讀它。

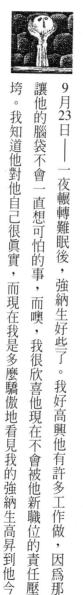

9月24日——我昨晚無心寫東西，強納生那可怕的紀錄令我如此沮喪。可憐蟲！他一定不知怎麼受苦了，不論那是眞苦還是只是想像。我想知道那裡面是否有任何一點眞實。他是不是腦筋發燒燒壞了，然後寫下所有那些可怕的事，還是對那一切他有一些原因？我想我永遠不會知道，因爲我不敢跟他講開這個主題。然而我們昨天看見的那個人！他似乎相當確定是他，可憐的傢伙！我想這是葬禮讓他沮喪，並使他的腦袋退回到某些思路上去了。

他自己完全相信那一切。我記得他怎麼在我們的婚禮之日說，「除非某個嚴肅的責任落到我身上，要我回到那苦澀的時刻，不論睡著或醒著、瘋狂或神志正常……」串過那一切，似乎有些連貫性……那可怕的伯爵正來到倫敦……「如果那樣，而他眞來到倫敦，帶著成千上萬的手下」……可能有個嚴肅的責任，而如果責任來到，我們絕不能由之退縮……我要準備好。我此刻就要準備我的打字機，開始謄錄。然後如果有需要的話，我們將已爲別人的眼睛準備好。而如果這些謄稿有需要的一天，那麼，或許如果我準備好了，可憐的強納生那時便可能不會沮喪，因爲我能爲他講話，而他永遠不會爲這事而煩惱或擔心一點點。如果強納生徹底克服了他的神經質，他可能會想要告訴我那一切，而我便能問他問題，發現事情，然後看我如何能安慰他。

凡赫辛給哈克夫人的信

9月24日

（密件）

親愛的夫人，

我祈求你原諒我寫這封信，鑑於我是如此遙遠的朋友，而竟寄給你露西·威斯騰納小姐過世的訊息，葛德明爵士閣下仁慈，授了權給我閱讀她的信件和文件，因爲我深深關注某些非常重要的事情。在那些信件裡面，我發現了一些你寄出的信件，顯示出你們是多麼要好的朋友，而你是如何愛她。噢，米娜夫人，以那愛，我祈求你，幫助我。我要求是爲其他人好，希望能彌補大錯，消除許多可怕的麻煩，那些麻煩可能比你知道的要大得多。我可以來看你嗎？你可以信任我，我是約翰·舒華德醫師和葛德明爵士閣下（從前是露西小姐的亞瑟）的朋友。我現在必須保持私密，不給任何人知道。如果你特許我來，並告訴我何時來到何處，我會立即來埃克希特看你。我祈求你的原諒，夫人。我閱讀了你寫給可憐的露西的信，而且知道你多麼好，你的丈夫又遭受了怎麼樣的苦。所以我祈求你，如果可能的話，不要讓他知道，以免造成傷害。再次求你寬恕，並原諒我。

凡赫辛

哈克夫人給凡赫辛的電報

9月25日——如果你能趕上十點一刻的火車，請今天前來。你任何時候拜訪，都能見你。

威漢米娜·哈克

米娜・哈克的日誌

9月25日——凡赫辛醫師來訪的時間近了，我禁不住感覺非常興奮，因爲我不知怎麼的期待這會澄清一些強納生的哀傷經驗，而且親愛的露西病危時他在場照顧，他能告訴我關於她的一切。那是他來的理由。是與露西和她的夢遊有關，不是與強納生有關。那我現在將永不知道事情的眞相了！我多麼傻。

那可怕的日誌抓住我的想像力，將一切染上一些它自己的色彩。當然那是與露西有關。那個習慣回到了那可憐的人兒身上，而那峭壁上的可怕夜晚一定是讓她病了。我後來事忙，幾乎已經忘記了她後來是怎麼的不適。她一定告訴了他她在峭壁上的夢遊冒險，而我知道那整件事，而他現在要我告訴他我知道的，好讓他能瞭解。我希望我沒跟威斯騰納夫人露半點口風沒做錯。如果我的任何行動，甚至負面的行動，爲可憐的親愛的露西帶來傷害，我都永遠不該原諒自己。我也希望凡赫辛醫師不會責備我。我最近已有如此多麻煩和憂慮，我感到現在已無法再忍耐了。

我想偶爾哭一陣對我們都有好處，可以清理空氣，好像雨一樣。或許是昨天閱讀日誌讓我起了煩惱，然後強納生今天早晨又出門離開我一整天，是我們結婚以來第一次分開。我眞希望這個寶貝蛋會照顧好他自己，不會有什麼事發生在他身上。兩點鐘了，醫生很快就會到這裡了。除非他問我，否則我將絕口不提強納生的日誌。我很高興已將我自己的日誌打好了字，如果他問到露西，我可以遞交給他。那將省下許多詢問的時間。稍後——他來了又走了。噢，多麼奇怪的會面，這一切是如何令我的腦袋旋轉。我感覺像在夢中。那一切可能是眞的嗎？甚至只是其中一部份？如果我沒先讀強納生的日誌，我應該覺得一點可能性都沒有。可憐、可憐、親愛的強納生！他一定遭受了傷害。求求你，好上帝，但願這一切不會再讓他煩惱。

我將設法把他從那裡面救出來。但如果能確定知道他的眼睛和耳朵和腦子沒有欺騙他，而那一切是眞實的，這對他甚而可能是安慰和幫助，儘管眞相可怕而後果嚴重。襲擄他的有可能是懷疑，而當懷疑消除了，不論眞相獲得證實是在現實中還是在夢中，他都將更加滿意，更能忍受震驚。如果凡赫辛醫師是亞瑟和舒華德醫師的朋友，如果他們又把他從荷蘭一路帶來照看露西，那他一定是聰明人和好人。我從會見他的經驗確實感覺他人好又仁慈，本性又高尙，那麼當他明天來時，我可得好好問問他強納生的事情。然後，求你，上帝，讓所有這些哀痛和憂慮有個善了。我過去常希望練習採訪。強納生在〈埃克希特新聞〉的朋友告訴他，這樣的工作裡，記憶是一切，你必須能確切地寫下幾乎每個說出的字，即使你必須後來才修潤它。這是一次罕見的採訪。我將設法將它逐字記錄下來。

敲門聲傳來時是兩點半。我兩手一握鼓起勇氣等待。幾分鐘後，瑪麗打開門，唱聲「凡赫辛醫師」。我起身鞠躬，他走向我，是中等體重的一個人，體型健碩，肩膀掛在寬廣、深厚的胸腔上方，頭部非常均衡地擺在體幹上方，頭也非常均衡地座於頸子上。頭的樣子立即予我思想豐富和神通廣大的聯想。頭部看來高貴、大小適中、寬廣而耳後很大。面上刮得很乾淨，露出一個堅硬的方下巴、一張剛毅機動的大嘴和夠大的鼻子，鼻樑直，但鼻孔翕動得很快而靈敏，當大大的濃眉下沈、嘴緊閉時，似乎會變寬。前額寬廣而明亮清爽，先幾乎直直的往上，然後在兩個分得很開的凸塊或隆脊上往後傾斜開來，如此的前額令淺紅的頭髮不可能從上面鋪下來，而是自然地往後方和側方垂下。深藍的大眼睛分得很開，眼神隨此人的心情或敏捷或溫柔或嚴厲。

他對我說，「哈克夫人，是不是？」我躬身承認。「就是米娜・莫瑞小姐？」我再承認。「我來看的是米娜・莫瑞，就是那可憐的親愛的孩子露西・威斯騰納的朋友。米娜夫人，我來是爲了過世的人。」「先生，」我說，「你既是露西・威斯騰納的朋友和幫手，對我便不能再有更好的資格提出要求。」我隨即伸出手，他接下我的手，溫柔地說，「噢，米娜夫人，我知道那可憐的小女孩的朋友一定善良，但我還沒想到是這樣——他禮貌地一躬，結束他的話。我問他他想看我是爲什麼，於是他立即開始說話。

「我閱讀了你寫給露西小姐的信。原諒我，但我必須從某處開始詢問，而我又找不到人去問。我知道，在惠特比時你是跟她在一起。她有時寫日記，你不必看起來驚奇，米娜夫人。日記是在你離開之後開始寫的，而且是模仿你，在那些日記裡，她追蹤某些事，推斷出是一次夢遊所造成的，還記載是你救了她。因此我大惑不解地來到你這裡，請求你大發善心，告訴我你記得的一切。」

「我想，凡赫辛醫師，我能告訴你那一切。」「啊，那你記事情、記小事的記性很好？年輕小姐不都是這樣的。」「不那麼好，醫師，但我當時全都寫了下來。你喜歡，我可以拿給你看。」「噢，米娜夫人，我會感激你的。你會幫上我大忙。」我禁不住想迷惑他一下，我想這是那仍然留在我們口中的那枚最早的蘋果❶的一些味道，於是我將速記日記遞給了他。他感恩地一躬拿走日記說，「我可以看嗎？」

「如果你想看的話，」我儘量假裝害羞地回答。他打開日記，整張面孔垮下來一會兒。然後他站起來鞠躬。「噢，你這好聰明的女人！」他說。「我早就知道，強納生先生是很感恩的人，但看吧，他的妻子有所有的良好特質。請問你可不可以尊敬我、幫助我把它讀出來？唉！我不懂速記。」此時我的小玩笑已經結束，而我幾乎已感羞恥，於是我從工作籃子取出打好字的拷貝，遞給他。

「原諒我，」我說。「我禁不住，我想你是希望問有關親愛的露西的事，而且你可能沒時間等待，不是爲我，而是因爲我知道你的時間一定很寶貴，所以我用打字機爲你打了出來。」他取去拷貝，接著眼睛閃耀起來。「你是這麼好，」他說。「那我現在可以看嗎？我看了以後，可能想問你一些事。」

「當然沒問題，」我說。「仔細看完，我這就要人做午餐，然後我們就能邊吃，你邊問我問題。」他鞠個躬，安然坐定在一張椅子上，背迎著光，全心進入文件，而我去監看傭人做午

❶譯註：指亞當和夏娃在伊甸園中偷吃的禁果。

餐，好讓他不受干擾。我回來時，發現他在屋裡倉促來回踱步，面上因興奮而大泛紅光。他衝向我，抓住我兩隻手。

「噢，米娜夫人，」他說，「眞不知我虧欠你多少？這份文件好像陽光一樣，它幫我打開了門。我腦袋發昏，我眼睛發花，這麼多的光，然而雲總在光之後滾進來。但你不瞭解，無法領會。噢，但我感激你，你這如此聰明的女人。夫人，」他非常嚴肅地說，「如果亞伯拉罕・凡赫辛能爲你或你的什麼人做任何事，都請你告訴我。如果我能以朋友的身份爲你服務，那將是樂趣和歡喜的事；以朋友的身份，我所曾經學會的一切，我所能做的一切，都將是爲你與你所愛的人。生命中有黑暗，有光明。你是其中一道光明。你將擁有愉快、美好的生活，你的丈夫也將享你的福。」

「但，醫師，你過獎了，你還不認識我。」「不認識你！我這個老人、研究了男人和女人一輩子、以腦子和所有屬於腦子的和所有從腦子生出來的東西當我專業的人，會不認識你！我還已經讀了你如此好心寫給我的日記，那裡面每行字都呼吸出眞相。我，閱讀了你寫給可憐的露西如此甜美的信，告訴她你的婚姻和你的信任，會不認識你！噢，米娜夫人，好女人每天、每小時、每分鐘都講述那些天使能聽的事，來展現她們的生命。而我們希望認識好女人的男人，擁有某種天使的眼睛。你的丈夫本性高尚，你也高尚，因爲你們信任，而信任在生物天性卑鄙的地方是無法立足的。而你的丈夫，告訴我他的情形。他還相當好嗎？所有那些熱病都好了嗎？他還身強體健嗎？」

我在這裡見到可以問他關於強納生事情的引子，於是我說，「他幾乎復原了，但他對霍金斯先生的過世很是沮喪。」他打斷我，「噢，是的，我知道。我知道。我看了你最後兩封信。」我繼續：「我想這令他沮喪，因為我們上星期四在城裡時，他受到某種震驚。」「震驚，就在腦子發燒後這麼短的時間！那不好。是什麼樣的震驚？」

「他認為他看見了某人，讓他回想起可怕的事，叫他腦子發燒的事。」講到這裡，整件事似乎一下子淹沒了我。對強納生的哀憐、他經歷的恐怖、他的日記整個可怕的奧秘，還有從此以後讓我揮之不去的恐懼，一時全部湧上心頭。我想我歇斯底里了起來，因為我撲的跪下，向他高舉雙手，祈求他讓我丈夫好起來。他抓住我的手，把我拉起來，讓我坐在沙發上，然後坐在我旁邊。他將我的手握在他手中，噢，如此無限親切的對我說：

「我的生活是如此貧瘠而寂寞，如此充滿工作，以致我一直沒有時間交朋友，但自從我被我的朋友約翰・舒華德召喚到這裡，我認識了這麼多好人，見到這樣多高貴的事情，讓我比以前更加感覺到我生活的寂寞，而這寂寞還隨歲月增長。那麼，相信我，我來這裡是充滿了對你的尊敬，而你已給了我希望，不是我在尋找些什麼東西的希望，而是仍然有好女人可讓生命愉快，她們的生活和眞理能為將來的孩子作良好示範的那種希望。我很高興，高興我能在這裡對你發揮一些用處。因為如果你的丈夫受苦，他受的苦是在我的研究和經驗範圍之內。我向你許諾，我會盡我一切能力高興地為他做事，全部為使他的生命堅強而充滿男子氣概，而你的生活也幸福美滿。現在你必須吃東西了。你過勞了，或許也過於焦慮。你丈夫強納生不會希望見到你如此蒼白的，而他喜歡的不能如願，對他就不好。所以爲了他的緣故，你必須吃和微笑。你告訴我了露西的事，所以現在我們不再講它，免得那讓我們煩惱。我今晚將留在埃克希特，因爲我想要好好想想你告訴我的事情，而當我想好了，我會問你問題，如果我可以的話。然後，你也將儘量告訴我你夫婿強納生的煩惱，但現在還不要。你現在必須吃東西，稍後再跟我講一切事情。」

午餐後，當我們回到客廳，他對我說，「現在請告訴我關於他的所有事情。」現在要與這位了不起的學者談話了，我不由得開始擔心他會認爲我是個虛弱的傻瓜，而強納生是瘋子，那些日誌全是如此奇怪，結果我猶豫起來。但他是如此和藹而親切，而且他已承諾幫忙，而我信任他，因此我說，「凡赫辛醫師，我要告訴你的是如此奇怪，你絕不能嘲笑我或我丈夫。我從昨天就滿腦子疑慮得發熱。你必須對我親切，不要認爲我愚蠢得對一些非常奇怪的事甚至曾經半信半疑。」

他以他的態度和他的話向我保證說，「噢，我親愛的，只要你知道我來這裡是爲了甚麼奇怪的事，會笑的人將是你。我已學會不要小看任何人的信念，無論那有多奇怪。我設法保持開放的心靈，生活中普通的事是無法關上它的，僅有奇怪的事，非比尋常的事，會讓人懷疑他們是不是發瘋或者神經不正常的事。」

「謝謝，千恩萬謝！你幫我心裡卸下了千斤重擔。如果你容許我，我拿張紙給你看。它很長，但我打好字了。那將告訴你我和強納生的煩惱。那是他在國外時的日誌的拷貝，以及發生的一切事情。我不敢就那說任何話。你自己去讀，自己去判斷。然後當我看見你，或許你可以慈悲的告訴我你的想法。」「我答應，」我給他文件時他說，「我將儘快在早晨來看你和你的丈夫，如果我可以的話。」

「強納生十一點半將在這裡，你一定要來跟我們吃午餐，看他。你可以趕 3:34 的快車，那將讓你在八點以前到派丁頓。」他對我對火車不假思索的瞭解感到驚奇，但他不知道我已整理好進出埃克希特的所有火車班次，以便我能在強納生趕時間時幫上忙。於是他拿了文件離去，而我坐在這裡傻想，想些不知什麼。

凡赫辛寫給哈克夫人的信件（手寫）

9月25日，6時

親愛的米娜夫人，

我已拜讀你丈夫如此奇妙的日記。你可以毫無疑慮地睡覺了。雖然奇怪又可怕，但他寫的是眞的！我可以用我的生命發誓。那對其他人可能更糟，但對他和你則不必恐懼。他是高貴的人，而讓我從男人的經驗告訴你，一個人如果像他那樣爬下那道牆，進入那個屋子，咳，還又進去一次，定然不會是一個永遠受震驚傷害的人。他的腦子和他的心沒問題，這我能發誓，甚而在我見到他之前，所以放心吧。我將有很多其他事要問他。我今天來看你眞是老天保祐，因爲我一下子獲悉這樣多事情，以致我眼睛又花了，比以前還要花，而我必須思考。

你最忠實的
亞伯拉罕・凡赫辛

哈克夫人寫給凡赫辛的信件

9月25日，下午6:30

我親愛的凡赫辛醫師，

千恩萬謝你親切的信件，搬走了我心裡的大石頭。然而，如果那是眞的，世界上還有什麼可怕的事情，而如果那個人，那個妖怪，眞的在倫敦，是多可怕的事！我想著都恐懼。就在我寫這封信的時候，我接到強納生傳來的電報，說他今晚從隆塞司頓搭6:25的火車，10:18會在這裡，這樣我今晚就不會害怕。因此，是不是能請你不跟我們吃午餐，改成早上八點跟我們一起用早餐？假如這對你不會太早的話？如果你很趕，你可搭乘10:30的火車離開，那樣你會在2:35前抵達派丁頓。不要回覆這封信，因爲如果我未收到你回信，就表示你要來用早餐。

相信我

你忠實而感恩的朋友
米娜・哈克

強納生・哈克的日誌

9月26日——我從未想過要再寫這本日記，但時間到了。我昨晚到家時，米娜已將晚飯準備好，我們用完飯後，她告訴我凡赫辛到訪的事，說她已給他那兩份拷貝出的日記，而她對我是怎麼焦心。她拿醫師的信件指給我看，告訴我我寫下的全是眞的。那似乎讓我喜獲重生。讓我被擊倒的是我對整件事的眞實性起了懷疑。我感到無能爲力，墮入黑暗，不能信任。但，既然我知道了，我便不害怕了，甚至伯爵都不怕。他畢竟是想辦法到了倫敦，而我看見的就是他。他變年輕了，怎麼變的呢？如果凡赫辛眞是像米娜所說的那樣，那他正是要撕下伯爵假面具和獵逐他的人。我們睡得很晚，大談特談。米娜在穿衣服，我幾分鐘後就要去旅館帶他過來。

我想他見到我很驚訝。當我走進他的房間，自我介紹後，他抓著我肩膀，將我的臉對著光，銳利地細察後說，「但米娜夫人告訴我你生病了，你受過驚嚇。」聽見這位面貌堅毅的和藹老人稱呼我妻子「米娜夫人」眞是好笑。我微笑著說，「我是生了場病，我被嚇到過，但你已經把我治好了。」「怎麼治好的？」

「用你昨晚給米娜的信治好的。我一直在懷疑，然後一切都蒙上了不眞實的色彩，而我不知道該信任什麼，甚至我自己的感覺也無法信任。由於不知道要信任什麼，所以我不知道要做些什麼，只能繼續照我舊有的習慣去工作。舊有的習慣不再對我有用了，於是我不再信任自己。醫師，你不瞭解懷疑一切，甚至你自己，是怎麼回事。不，你不瞭解，有你那樣的眉毛是沒法瞭解的。」他似乎滿開心，笑著對我說，「哦！原來你是面相家。我在這裡每小時都學到新東西。我眞是非常高興來你這兒共用早餐。噢，還有，先生，請原諒我這個老人稱讚你太太，但你有她眞是幸福。」

我願意聽他稱讚米娜一整天，所以只點點頭，靜靜站著。

「她是上帝的女人，由他自己的手塑造出來，給我們男人和其他女人看，告訴我們有一個我們能進入的天堂，並且它的光可以就在這地球上。如此眞實、如此甜美、如此高尚、如此不自私自利，而自私自利，讓我告訴你，在這如此懷疑而只顧自己的時代可多著呢。而你，先生……我閱讀了所有給可憐的露西小姐的信，有幾封講到你，因此我認識其他人一些日子後便認識了你，但我從昨晚才見到你本人。你會把你的手給我吧，是不是？從此讓我們一生當朋友。」

我們握手，而他是那麼認眞、那麼親切，以致我哽噎得說不出話來。「而現在，」他說，「我可以請求你再幫些忙嗎？我有巨大的任務要做，一開始是知道狀況。這裡你能幫助我。你能告訴我你去外西凡尼亞之前的事嗎？稍後我也許要求更多幫助，不同的幫助，但一開始這就夠了。」「咳，先生，」我說，「你要做的和伯爵有關嗎？」「有關。」他鄭重地說。

「那麼我是全心全意跟你在一起。因爲你搭10:30的火車，所以你不會有時間閱讀，但是我去拿那捆文件。你可以帶著走，在火車上看。」早餐後，我送他去火車站。我們分手時他說，「如果我請你來，也許你可以到城裡來，並且帶米娜夫人一塊？」「你需要的話，我們兩個都會來的。」我說。

我幫他買好了早報和倫敦昨晚的晚報，而當我們在車廂窗戶講話，等火車開動時，他已在翻動報紙。他的眼睛似乎突然盯住其中一份〈西敏寺報〉，我由顏色知道是那份報，然後他臉色變得相當白。他專心地閱讀些什麼，對他自己呻吟著，「我的老天！我的老天！那麼快！那麼快！」我不認為他當時還記得我在場。就在那時，笛聲響了起來，火車開始開動。這讓他回過神來，他傾身出窗外揮手，叫著，「幫我轉達愛給米娜夫人。我會儘快寫信。」

舒華德醫師的日記

9月26日——果眞，世事無所謂定局。我說「完」還不到一星期，然而我又在這裡重新開始寫了，不過說成繼續做紀錄比較正確。直到今天下午，我才有理由思考做了些什麼。倫飛德基本上已變得跟他往常一樣神志正常。他已經開始他那蒼蠅惡作，而他也剛開始他那蜘蛛作業，因此他沒給我找任何麻煩。我接到亞瑟的一封信，星期天寫的，從那裡我推測他還經得起壓力。昆西．墨利斯跟他在一起，那很有些幫助，因為他自己精神好得冒泡。昆西也給我寫了幾句話，從他我聽說亞瑟正開始恢復他過去輕鬆的心情，所以我對他們暫時可以讓腦袋休息了。至於我自己，我正恢復過去的熱勁，帶勁地安心做我的工作，如此我可公平地說，可憐的露西留給我的創傷已經復原了。

然而，現在一切都重新打開了，而結果怎麼樣，只有上帝知道。我想凡赫辛也認爲他知道，但他一次將只洩出一點剛夠引起求知慾的訊息而已。他昨天去埃克希特，在那裡待了一整夜。今天他回來了，並幾乎在大約五點半時跳進屋子，將昨晚的〈西敏寺報〉塞入我手中。

「你認爲那怎麼回事？」他往後站，交叉雙臂問我。我仔細看了報紙，因爲我眞的不知道他什麼意思，但他把報紙拿回去，指著關於孩童在漢普斯德被引誘走的那段報導。那對我沒什麼大意義，直到我讀到一段描述他們的喉頭出現刺破的小傷口的文字。一個念頭閃進我腦袋，我抬起頭看他。「怎樣？」他說。「那像是可憐的露西的傷口。」

「你怎麼想這些報導呢？」「就只是有一些共同的原因。不論是什麼傷害了她，也傷害了他們。」我不大瞭解他的答覆。「間接說是對的，但直接說就不對。」「你什麼意思，教授？」我問。我有些看輕他的嚴肅，因爲，畢竟，休息了四天，又不用火燒般焦慮，確實有助恢復人的精神，但當我看見他的面孔，我又清醒過來。從來沒有——甚至在我們對可憐的露西絕望之時——他也不曾看起來更嚴厲過。

「告訴我！」我說。「我不能隨便提出意見。我不知道要想些什麼，我也沒有資料供我進行推測。」「你的意思是告訴我，我友約翰，你在出現了所有這些暗示以後——不僅是由事件表現的暗示，也由我提出的暗示——你對可憐的露西死因爲何，仍舊沒有懷疑？」「死於大量失血或壞血之後的神經衰弱。」「那血液是怎麼失去或壞掉的呢？」我搖了搖我的頭。

他走過來坐在我旁邊，繼續說，「你是聰明人，約翰老友。你善於推理，出語機智大膽，但你偏見太重了。你不讓你的眼睛看，也不讓你的耳朵聽，而你日常生活之外的事對你不重要。你不認爲，有些事是你無法瞭解，但有些人卻能見人所不能見的事嗎？有些舊事和新事是不能由人的眼睛來看而想像的，因爲他們知道，或認爲他們知道，一些別人告訴了他們的事情。啊，這是我們科學的錯誤，因爲它想要解釋所有事情，而如果它無法解釋，便說沒有什麼好解釋的。然而我們每天都見到我們附近有新信念出現，認爲自己是新的，其實卻是舊的，只是假裝自己年輕，好像歌劇院的窈窕淑女一般。我想你現在不相信肉體遷轉這回事吧？對不對？也不相信肉體實體化？對不對？也不相信靈體？對不對？也不相信他心通？對不對？也不相信催眠……」「相信，」我說。「夏克（Charcot）已經相當證明了那點。」

他微笑著繼續說，「那你對這滿意了。是吧？而那麼當然你瞭解催眠是怎麼運作的，並且能跟隨偉大的夏克的頭腦——呀，可惜他已不在世了——進入他影響的病患本人的靈魂。不瞭解嗎？那麼，我友約翰，我是不是要相信，你只接受事實，同時滿意於讓從前提到結論的過程一片空白？不是這樣嗎？那麼告訴我，因爲我是研究腦子的人，你怎麼會接受催眠卻排斥他心通呢？讓我告訴你，老友，今天在電子科學裡做的事，有些已被發現電的人視爲褻瀆，而他們自己不久之前還可能被當作巫師燒死。生命中總有奧秘存在。」

「爲什麼麥修撒拉（Methuselah）能活九百年，『老伯』（Old Parr）活到一百六十九歲，而那可憐的露西，在她可憐的靜脈裡還流著四個男人的血液，卻甚而一天也活不下去？而要是她能多活一天，我們便能救她。你知道所有生與死的奧秘嗎？你知道整個比較解剖學，因此而能說何以動物的特質存在於一些人身上，而不存在於其他人身上嗎？你可以告訴我為什麼，其他蜘蛛很小很快就死了，而一隻大蜘蛛卻在西班牙老教堂的塔裡居住了幾個世紀，而且長了又長，直到牠下來時，能夠喝下教堂所有的燈油嗎？你能告訴我為什麼在南美大草原，那裡和別的地方，會有夜間出沒的蝙蝠，去咬開並吮乾牛馬的靜脈嗎？為什麼在西方海中的一些島嶼上，會有蝙蝠整天吊在樹上，而那些看見的人描寫牠們好像巨大的堅果或莢，當水手因為熱在艙板上睡覺時，飛掠下來到他們身上，然後讓人在早晨發現水手都成了死人，白得跟露西小姐那時一樣？」

「老天爺，教授！」我起身說，「你的意思是要告訴我，露西是被這樣的蝙蝠咬到了嗎？而且這樣的事是在十九世紀的倫敦這裡發生的？」

他揮揮手示意我別講話，繼續說，「你能告訴我為什麼草龜能比幾代的人都活得久？為什麼大象能活著活著，看盡六朝興亡？為什麼鸚鵡只有被狗或貓或其他特定動物咬到才會死？你能告訴我為什麼所有時代和地方都有人相信，有些男人和女人是不會死的？我們全都知道，因為科學擔保了這些事實，是有蟾蜍被封閉在岩石中數千年，從世界年輕時就承著他封閉在那麼小的一個孔裡。你能告訴我印第安苦行人怎麼能讓他自己死亡和被埋葬了，他的墳墓被密封，上面種了玉米，玉米給收割了，然後人們前來拿走完整的封印？而那裡仍然躺著那印第安苦行人，沒死，還竟起身跟以前一樣走在他們裡面？」

我在這裡打斷他。我變得迷惑。他將我的頭腦如此塞滿了他那自然界的怪現象和可能存在的不可能的事的單子，以致我的想像力也開始發射了。我有一個模糊的想法，他應是正在教我某些課程，如同他從前在他阿姆斯特丹的研究室中常做的那樣。但他那時會告訴我答案，以便我腦中一直能有思想的對象。但我現在沒有他的幫助，然而我想瞭解他的話，因此我說：

「教授，讓我再當你寵愛的學生一次。告訴我正論吧，好讓你繼續時我能運用你的知識。現在我腦中像在跑走馬燈，思緒亂得跟瘋子一樣，神志不清，懂不了一個觀念。我感覺像是新手在霧中笨拙地通過沼澤，盲目地從一叢草努力跳到另一叢，不知自己跳到哪裡去。」

「那是個好意象，」他說。「很好，我告訴你。我的正論是這樣，我要你相信。」

「相信什麼？」「相信你不能相信的事。讓我說明一下。我曾經聽過一個美國人如此定義『信仰力』：『讓我們信任我們知道是不眞實的事的那種官能。』我接受那個人的定義的一點。他意思是我們要有開放的心靈，別讓一點點眞理阻擋了大眞理的洪流，好像一小塊岩石擋住一列火車似的。我們先得到小眞理，很好！我們保留它，我們重視它，但我們還是不能讓那得到小眞理的人以爲他得到的是宇宙中全部的眞理。」

「那麼你是想要我別讓某些早先的信念傷害我頭腦接受一些奇怪的事情的能力。我解讀你的教訓正不正確呢？」「啊，你仍然是我最喜愛的學生。教你是值得的。既然你願意瞭解了，你就已經踏出瞭解的第一步了。那麼你認爲那些在兒童的喉頭上那麼小的孔，是那咬出露西小姐身上的孔同樣的生物所造成的？」

「我是這麼假設。」他站起來嚴肅地說，「那麼你錯了。噢，但願是如此！但是唉！不是如此。更糟，更糟得多。」「看上帝份上，凡赫辛教授，你什麼意思？」我叫起來。他做出絕望的姿勢跌進椅子，兩肘架在桌上，以手掩面說，「小孔是露西小姐咬出來的！」

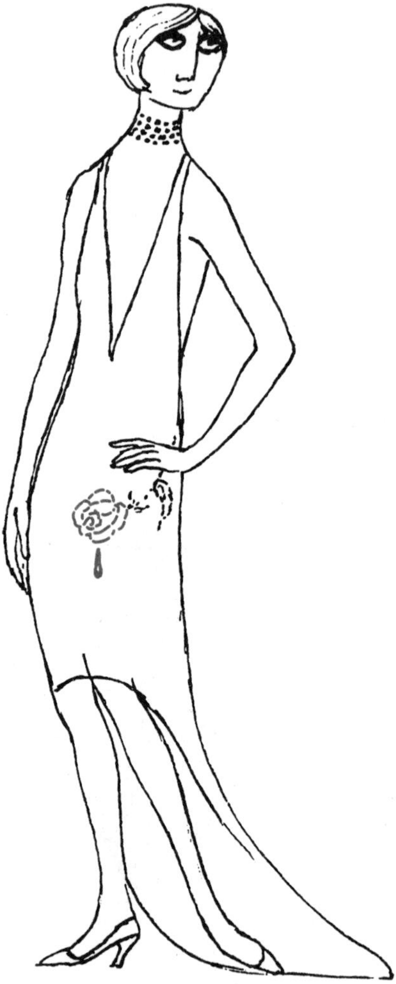

露西・威斯騰納

第15章

舒華德醫師的日記（續）

有一陣子我憤怒得不能自已。那好像是他在露西生前打了她一巴掌。我猛地一拍桌子，站起來對他說，「凡赫辛醫師，你瘋了嗎？」他抬起頭看著我，不知怎麼的，他臉上的溫柔立即讓我冷靜下來。「但願我是瘋了！」他說。「瘋狂還比較容

易忍受——跟這樣的眞相比起來的話。噢，我的朋友，你想，爲什麼我要繞這樣大圈子，爲什麼花這樣長時間告訴你這麼簡單的事？是因爲我恨你嗎？恨了你一輩子嗎？是因爲我希望給你痛苦嗎？是不是我想要報復你那時救了我的命，讓我不致慘死呢？咳，現在報復還太晚了！

啊，不是的！」「原諒我，」我說。

他繼續說，「我的朋友，那是因爲我希望輕輕幫你打破這個迷團，因爲我知道你愛那位如此甜美的小姐。但即使這樣，我還不期望你相信。立即接受任何抽象眞相是如此困難，我們相信的一直是眞相的『不存在』，因此我們會懷疑這可能是眞相。接受如此悲哀的具體眞相，還更加困難，而且還是露西小姐這樣的例子。今晚我去證明它。你敢不敢跟我來？」這令我講不出話來。人不喜歡證明這樣的眞相；拜倫將令人嫉妒的眞相摒除在外。

「並且證明他最痛恨的那眞相。」❶

他看見了我的猶豫，說，「這邏輯簡單，這回沒有瘋子的邏輯，在霧中的沼澤從一個草叢跳到另一個草叢。如果結果不是眞的，那麼證明後大家都安心了。最糟也不會傷害人。如果眞是這樣！啊，就有令人戒懼之處了；然而，正是戒懼能夠幫助我奮鬥的理想，因爲在那裡面需要一些信念。來，我告訴你我的提案。首先，我們現在到醫院去看那孩子。北方醫院的文森醫師——報紙說孩子在那裡——是我的朋友，我想也是你的，因爲你們在阿姆斯特丹時同班。如果他不讓兩個朋友看他病人的話，他會讓兩位科學家去看。我們什麼都不跟他講，只講我們希望知道些事情。然後——」

❶ 譯註：引述自拜倫的詩篇〈唐璜〉。

「然後呢？」他從他口袋取出一把鑰匙，舉起來。「然後我們，你和我，晚上就待在露西躺著的墓地。這是鎖墓園的鑰匙，我從棺材老闆那裡拿來給亞瑟的。」我的心臟開始下沉，因爲我感覺我們前面有一些可怕的考驗。然而，我什麼也不能做，因此我打起精神說，我們最好快些，因爲下午就要過去了。

我們發現那孩子醒著。他睡過了，並吃了些東西，整體而言還不錯。文森醫師將繃帶從他的喉上取下，給我們看刺孔。毫無疑問與露西喉頸上的刺孔類似。他的孔比較小，邊緣看起來比較新，如此而已。我們問文森他將刺孔歸因於什麼，他回答一定是某種動物叮咬所致，或許是隻老鼠，但就他自己而言，他傾向認爲是倫敦北方高地上爲數眾多的蝙蝠當中一隻咬出來的。「在那樣多無害的蝙蝠中，」他說，「可能有些來自南方的比較惡性的野生品種。某些水手可能帶了一隻回家，而蝙蝠設法逃脫了，或者甚至可能從動物園逃出一隻年輕的，或者吸血蝙蝠在那裡生了一隻。這些事確實會發生，你知道吧。才十天前一隻狼跑出去了，而我相信是往這個方向逃的。一個星期以後，孩子們在野地和這地方每條胡同裡什麼都不玩，只玩『小紅帽』，直到這個『漂漂夫人』恐慌到來，從那以後，那成了他們相當熱門的遊戲。連這個可憐的小傢伙，今天醒來時，也問護士他能不能出院。當她問他爲什麼想走，他說他想要和『漂漂夫人』玩。」

「我希望，」凡赫辛說，「你送這小孩回家時，會警告他父母嚴密注意他。這些遊蕩的想法最危險了，而如果這孩子再在外頭混一晚上，很可能會要他的命。但不論如何我想你不會讓他立刻走吧？」「當然不會，至少留他在這一星期，如果傷口不癒合，就更久。」我們到醫院探訪的時間比我們計算的久，而太陽在我們走出醫院之前，已經西斜。當凡赫辛看見天色已暗，他說，「不要急，時間比我想得要晚。來，我們找個能吃東西的地方，然後再上路。」

我們在「傑克斯措城堡餐廳」用晚餐，在場的食客有一小群自行車騎士和別人，他們和善地喧鬧著。大約十點鐘我們從旅店出發。那時天色非常暗，零散的街燈在我們走出它們各自的照明圈外之後，令黑暗益形顯著。教授顯然已記下我們要走的路，因爲他毫不遲疑地前進，但我呢，我對這塊地方相當沒概念。隨我們走遠，我們遇見的人越來越少，到了最後，當我們甚至只是遇見騎馬的警察去郊區例行巡邏，都有些驚奇。終於我們到達了墓地的牆邊，我們攀過牆。因爲天色非常暗，而整個地方我們似乎又很陌生，所以我們碰了些小困難才找到了威斯騰納家的墳墓。

教授取出鑰匙，打開搖搖欲墜的門，往後站，禮貌地，但相當不自覺地，向我示意走在他前面。在這樣陰森可怕的場合，這個禮讓有著趣味橫生的反諷。我的同伴，在仔細確定鎖是下扣落鎖，而不是彈簧鎖之後，快步跟上我，並謹慎地帶上門。如果是彈簧鎖的話，我們一定會很慘。接著他在他的包裡摸索，取出一個火柴盒和一根蠟燭，繼續點燃蠟燭。墳墓在白天，在新鮮花環陪襯下，看起來就夠猙獰而陰森了，但現在，幾天之後，當鮮花已消瘦凋謝，白色轉爲鏽色，綠色變作褐色，當蜘蛛和甲蟲恢復了他們習慣的優勢，當隨時間變色的石頭、塵土披覆的石灰、生鏽陰濕的鐵、失去光澤的黃銅和混濁的鍍銀將燭光反射出微弱的光，效果比想像的更加淒慘而污穢。那些微光無可避免地傳達了生命、動物生命，不是唯一會消逝的物事。

凡赫辛有條有理地做他的工作。他舉起蠟燭以便能閱讀棺材上的名牌，蠟淚從他手上方滴落到金屬上，凝結成一片白，如此找到了露西的棺材。他又摸索他的提包裡面，取出一把螺絲起子。「你要做什麼？」我問。「打開棺材。你會相信的。」

他立刻開始轉開螺絲，終於將棺蓋抬起，露出下方的鉛框。眼前景象對我幾乎是太過份了，這對死者的冒犯似乎跟在她生前睡眠中將她的衣物剝除一樣。我一把扣住他的手阻止他。他只說，「你會懂的。」又再在他袋裡摸索，取出一把細小的鋼絲鋸。他用螺絲起子用力向下一戳，刺入鉛板，我看得畏縮一下，這樣戳出一個小孔，但已大得足夠容許鋸尖刺入。我已期待會有一道氣體從一星期的屍體沖出。我們醫生，必須學習面對我們可能遇到的危險，早已必須習慣這樣的事情，我往門的方向後退。但教授一會兒也未停止。他沿鉛棺的一邊往下鋸了兩呎，然後橫著鋸，再沿另一邊鋸。他抓住鬆脫的凸緣的邊緣，往後向棺材腳彎曲，然後將蠟燭移入開口，向我示意往內看。

我靠近看。棺材是空的。這對我自然是意外，還相當嚇到了我，但凡赫辛無動於衷。他現在比任何時候都確定他的立場，因此大膽進行他的作業。「你現在滿意了嗎？約翰老友？」他問。我感覺到我本性中頑固的好辯性格醒過來，答覆他，「我很滿意露西的身體不是在那個棺材裡，但那只證明了一件事。」「什麼事，約翰老友？」

「身體不在那裡。」「這邏輯好，」他說，「聽起來是這樣。但你怎麼，你怎麼能，解釋它不在那裡呢?」「或許是偷屍體的人,」他我提出想法。「有些承辦喪事的人也許偷了它。」我覺得我講了些蠢話,然而那是我能提出的唯一眞實的原因。教授嘆口氣。「啊,好吧!」他說,「我們必須有更多證明。跟我來。」他將棺材蓋再蓋上,收好他所有的東西,放在提包裡,吹熄蠟燭,將蠟燭也放在袋子裡。我們打開門出去。他在我們身後關上門,鎖好。他將鑰匙遞給我,說,「你保留它好嗎?你最好是有把握些。」我笑了,那不是非常愉快的笑,我只能示意他保留鑰匙而跟他說,「一把鑰匙不算什麼,」我說,「複製的鑰匙很多,而且無論如何拿到這種鎖不難。」他沒說什麼,但將鑰匙投入他口袋。接著他叫我在墓園的一邊觀看,而他在另一邊觀看。我在一株紫杉樹後就位,並看見他黑暗的身形移動,直到中間的墓碑和樹遮住了我的視線。那是場孤寂的守夜。就在我就位後,我聽見遙遠的一座時鐘敲了十二響,接著陸續按時敲響一點和兩點。我覺得涼颼颼的,神經又緊張,又惱怒教授帶我來出這種任務,也惱怒我自己來這裡。我太冷了,也太睏了,以至於無法敏銳地觀察,但又沒有睏到足以背叛我的任務的地步,所以總體而言,我渡過一段慘淡、淒涼的時光。

突然,當我轉身時,我想我見到了有點像條白帶子的東西,在離墳墓最遠的墓園那邊的兩棵黑暗的紫杉樹間移動。同時,一大塊黑暗的東西也從教授那邊的地面移動,並匆促地走向白帶子。接著我也移動,但我必須繞過墓碑和用欄杆圍住的墳塋,終於我絆倒在墳堆間。天空一片陰暗,遠方某處傳來一隻公雞的早啼。稍遠一點,在一條稀疏的杜松樹外——那標示了到教堂的路——一個昏暗的白色身影往墳塋的方向掠過。墳塋本身由樹遮掩,而我無法看清身影在何處消失。我聽見我最初看見白色身影的地方傳過來實際運動的沙沙聲，走過去時，發現教授胳膊底下挾了個幼童。他看見我時，將幼童舉出來，對我說，「你現在滿意了嗎？」「不滿意。」我用我自己都感覺帶侵略味的方式說。「你沒見到孩子嗎？」

「是，那是個小孩，但誰把他帶到這裡來的？而且他受傷了嗎？」「我們會知道。」教授說，我們一陣衝動走出墓園，他帶著睡著的孩子。當我們走了些距離，我們進入一堆樹叢，點燃火柴，觀看幼童的喉頸。那裡沒有任何抓痕或傷痕。「我對了吧？」我勝利地問。「我們及時趕到。」教授謝天謝地的說。

我們現在必須決定要怎麼處理這孩子，於是就此討論。如果我們帶他去警察局，我們必須報告我們爲何在夜間到墓園去。至少，我們應當必須說明我們如何找到孩子。所以最後我們決定，將孩子帶去荒地，然後當我們聽見警察來到，便將孩子留在他一定會發現的地方。然後我們會儘快尋路回家。一切發展得很好。在漢普斯德荒地邊緣，我們聽見了一名警察重重的踩地聲，我們將孩子放在路上，等著，看著，直到他來回晃動他的燈，見到小孩爲止。我們聽見他驚訝的叫聲，然後我們靜靜離去。我們在「西班牙人餐廳」附近幸運地叫到一輛車，駛回城裡。我無法睡覺，因此記錄下這篇。但我必須設法睡個幾小時，因爲凡赫辛將在中午來我這裡。他堅持要我跟他再去遠征一次。

9月27日——我們爲我們的遠征找到一個適當的機會時已經兩點了。中午舉行的葬禮已徹底完成，最後留下的哀悼的人已經慵懶地離去，我們從一叢赤楊樹後面仔細看出去，見到教堂司事走出大門，將門鎖上。我們知道，我們希望的話，直到早晨都會安全，但教授告訴我，我們最多應當不會需要一個小時。我再度感受到那種可怕的現實，在這裡不論怎麼想像似乎都不對勁，而且我明確地體會到我們做這褻瀆的事會招致的法律危險。此外，我感覺這一切如此無用。打開一具鉛棺，看死了將近一星期的女人是不是眞死了，已經夠粗暴；現在，我們從親眼所見，已明明知道棺材是空的，卻又要打開墳墓，豈不蠢到極點。不過，我聳聳肩膀，沈默不語，因爲凡赫辛就是有辦法走他自己的路，不管誰向他進諫。他取出鑰匙，打開墓穴，再次禮貌地向我做手勢請我先走。這個地方不似昨晚那麼可怕，但噢，當陽光流洩進來，看來是多麼難以言喻的難看。凡赫辛走到露西的棺材邊，我跟在後面。他彎下身，再次將鉛板凸緣往後扳開，一支驚訝與沮喪之箭立時將我射穿。

露西躺在那裡，似乎就像我們在她葬禮前一夜見到的一樣。如果可能的話，她比任何時候都還更加光芒四射的美麗，而我無法相信她已經死了。嘴唇是紅色的，不，比從前還紅，而雙頰也綻放得如嬌花。「這是在變戲法嗎？」我對他說。

「你現在相信了嗎？」教授回答我說。他邊講話，邊伸出手，以令我發抖的方式，拉開死者的嘴唇，讓白牙露出。「看，」他繼續說，「牙齒比以前更鋒利了。用這個和這個，」他碰觸一枚犬齒和下方的另一枚，「小孩子可能被咬到。你現在相信了嗎，我友約翰？」好辯的敵意再度在我心頭甦醒，我無法接受像他提議的如此令人瘋狂的想法。於是，我又爭論地說，「她也許從昨晚就給放在這裡了。」這話說得我當時都感覺羞愧。「眞的？是這樣，是誰放的呢？」「我不知道。有人做了這件事。」

「然而她已經死了一個星期。大多數人過了這麼久不會看起來像這樣。」我對此無話可答，所以保持沈默。凡赫辛似乎未注意到我的沉默。無論如何，他既未顯出懊悔的神色，亦未得意洋洋。他專心地看著這死亡女子的面孔，翻起她眼皮看眼睛，又再翻開嘴唇並檢查牙齒。然後他轉向我說：「這裡，有個地方與所有紀錄不同。這裡有某種雙重生命，與一般生命不同。她在出神狀態、在夢遊中被吸血鬼咬到，噢，你跳起來了。你不知道那件事，我友約翰，但是你以後會知道那一切，而在出神狀態他最能來吸更多血液。在出神狀態她死了，也在出神狀態她變成活死人，所以那是她與所有其他例子不同之處。通常當活死人在家睡覺時，」他說話時，大大揮動他的臂膀來表示什麼對吸血鬼而言是「家」，「他們的面孔會顯示出他們是什麼，但這位如此甜美的已故的人，當她不是活死人時，她回到一般死者的烏有之鄉。那沒什麼不好之處，懂吧，所以那讓我下不了手，難以在她睡眠時殺她。」

他抬頭望著我，顯然見到我面孔上的變化，因爲他幾乎是喜悅地說，「啊，你現在相信了？」我回答，「不要一下子太用力地壓迫我。我願意接受。你要怎麼做這血淋淋的工作呢？」「我將切下她的頭，在她嘴裡塞滿大蒜，我也要用一根木樁刺穿她的身體。」

想到要如此毀損我曾經愛過的女人的身體，我不禁發起抖來。然而這個感覺不如我預期的那麼強。事實上，我是開始爲這種生命——這種凡赫辛稱呼的「活死人」——的存在而發抖，同時厭惡它。愛有可能是完全主觀的嗎？還是完全是客觀的呢？

我等待凡赫辛開始動作等了好一段時間，但他站著好像包裹在思想中似的。後來他啪的一聲關上他袋子的鎖扣說：「我一直在思考，也已經決定做什麼最好。如果我直接照我的意思，我現在就會做該做的。但接下來還有難上千倍的事，因爲我們不知道是些什麼事。這事簡單，她還沒喝到血，還沒生命——雖然那只是時間問題——而現在行動可永遠消除來自她的危險。但另一方面我們可能必須想要亞瑟的心，而我們怎麼告訴他這件事呢？如果你，已經見過了露西脖子上的傷口，見過了與在醫院的孩子身上如此相似的傷口；如果你，昨晚看見棺材是空的，今天卻裝滿了一個女人，她死了一整個星期，不但沒有腐爛，反而變得更嬌紅、更美麗；如果你知道這些，又知道了昨晚將孩子帶來墓園的白色身影，然而你仍不相信自己的感覺，那麼我如何能盼望對那些事一無所知的亞瑟，相信我呢？」

「當我在她臨終時，拉住他不讓他親吻她，他懷疑了我。我知道他原諒了我，因爲他以爲我基於某些錯誤的想法，而做了妨礙他應該做的道別，他也可能基於某些更錯誤的想法，以爲這個女人被活埋了，而最錯誤的以爲我們殺害了她。然後他便會爭辯說，將她殺死的是我們這些弄錯情況的人的想法，從此以後他每想到這裡便會怏怏不樂。然而他永遠沒辦法肯定是怎麼回事，那是最糟糕的情況。然後他有時會想，他所愛的她是被活埋的，那將爲他的夢帶來恐怖的色彩，幻想她一定遭受了什麼樣的痛苦，然後他又會想，我們也許是對的，而他如此心愛的人畢竟是個活死人。不！我告訴過他一次，從那以後我學了很多。現在，既然我知道那都是眞的，我現在更加千萬倍的知道，他必須苦盡，才能甘來。他，可憐的傢伙，必須親自經歷一個小時的天地變色，然後我們才能行動，挽回美好，重新帶給他平靜。我心意已決。我們走吧。你今晚回你院所的家，把一切照看好。我呢，我今晚將自己留在這個墓園過夜。明晚十點請你到柏克萊旅館跟我碰面。我將也延請亞瑟過來，還有那位捐血的那麼好的美國年輕人。等下我們都有工作要做，我跟你一起到皮卡迪利大道，在那裡用餐，因為我必須在日落前回來這裡。」於是我們鎖好墳墓離開，翻過墓園的牆，那不是什麼難事，駕車回皮卡迪利大道。

凡赫辛寫給約翰．舒華德醫師，留在柏克萊旅館他旅行皮箱內的便條

（未寄出）

9月27日

我友約翰，

唯恐發生什麼事，所以我寫下這段話。我獨自去那個墓園看守。活死人露西小姐今晚不出動，這讓我很高興，這樣她明天晚上就會更想出去。因此我將準備好一些她不喜歡的東西，大蒜和十字架等，並密封墳墓的門。她變成活死人還不久，一定會注意。而且，這些只是為了防止她出去。它們可能無法壓過她想進來的願望，因為那樣活死人便絕望了，而必須尋找阻力最小的路，不論那是什麼路。我整晚，從日落到日出之後，都會在場，如果見到有什麼可學的，我將學會它。我對露西小姐或從她那裡沒有什麼恐懼，但那使她成為活死人的人，他現在可有力量尋找她的墳墓和棲身之所了。

他很狡猾，我從強納生先生那裡，還有從他一路下來繞著露西小姐的生命，跟我們玩、唬弄我們的方式，知道他是這樣，而我們確實輸給他了。而且活死人很多方面很堅強，他手上總有二十個人的力量，甚至我們四個給了露西小姐的力量，也全都給了他。還有，他能召喚他的狼，而我不知道怎麼做。所以如果他這個晚上到這裡來，他會找到我。但其他沒一個人找得到我，直到爲時已晚。但也可能他不會試這個地方。他沒有理由這麼做，他的獵場比這活死女人睡覺、這個老人看守的墓園，獵物要多得多。

所以我寫下這些以防萬一……拿走跟這便條在一起的文件、哈克的日記還有其餘的文件，好好閱讀它們，然後找到這大號的活死人，切下他的頭，焚燒他的心臟，或者用木樁穿過它，好讓世界能從他得到休息。果眞如此，別了。

凡赫辛

舒華德醫師的日記

9月28日——睡個一夜好覺對人的影響眞是奇妙。昨天我幾乎已經願意接受凡赫辛的怪異想法，但現在這些想法在我腦中，又似乎顯得違背常識而蒼白無力。我毫不懷疑，他相信那一切。我想知道他的頭腦是否可能在任何方面失常了。當然所有這些神秘的事情，一定有些合理的解釋。教授是否可能自己做了那一切？他聰明得如此反常，萬一他失去理智，他能將他對於某一固執觀念的意向執行得非常美妙。我厭惡這麼想，而的確，另一方面，要是發現凡赫辛發瘋了，那也將幾乎是一樣大的奇蹟，但無論如何，我將仔細觀察他。我可能對這奧秘得到一些瞭解。

9月29日，早晨——昨晚，十時前一點，亞瑟和昆西走進了凡赫辛的房間。凡赫辛告訴我們全部人，他想要我們做什麼，但特別是對亞瑟講，好像我們所有的意願都集中在他身上似的。他一開始說，他希望我們全都跟他去，「因爲，」他說，「那裡有個嚴肅的責任要完成。你們對我的信件無疑感到驚奇吧？」這個問題是針對葛德明爵士。「我是驚奇。它讓我相當煩惱了一下。最近我家裡出了這樣多麻煩，我是多一事不如少一事。我也好奇你是什麼意思。昆西和我討論過了，但我們越談，越是困惑，到了現在，我能說我自己對什麼事都搞不清楚了。」「我也是。」昆西．墨利斯簡潔地說。

「噢，」教授說，「那你們兩位比我們的朋友約翰要接近起點了，他要能甚至到達起點之前，都還得走好長一段路哩。」顯然，我沒說一句話，他已經看出我又回到我原來的懷疑心態了。接著，他轉向另兩人，十分嚴肅的說，

「我今晚想要得到你們的允許去做我認爲的好事。我知道，這要求得很多，而當各位知道我提議去做的是什麼，你們那時才將曉得我要求得有多少。因此我可否請求各位在不知情的情況下答應我，以便後來，儘管你們可能對我惱怒一段時間——我不能跟我自己假裝沒有這種可

能性——但你們不會爲任何事責備自己。」「不管怎麼那很坦率，」昆西插口，「我爲教授回答。我不大懂他的意思，但我發誓他是誠實的，而那我覺得就夠好了。」「我感謝你，先生，」凡赫辛驕傲地說。「我已把你算作一位值得信任的朋友了，而這樣的背書對我是很珍貴的。」他伸出一隻手，昆西握住。接著亞瑟把話說開，「凡赫辛醫師，我不大喜歡『隔山買老牛』，這是蘇格蘭人講的，而如果那事關乎我作爲一個男子漢的榮譽，或者我作爲基督徒的信念，我便無法許下這樣的諾言。如果你能保證我，你打算做的不違背這兩件事，那我立即同意，雖則我拼了老命，也無法瞭解你在想些什麼。」

「我接受你的限制條件，」凡赫辛說，「而我要求你的僅只是，如果你感覺必須譴責我任何的行動，你會首先好好考慮，同時如果我要求的不違背你的保留條件，你便不說話。」「同意！」亞瑟說。「那很公平。而既然現在會談結束了，我能問你我們要做些什麼嗎？」「我要你們跟我到，秘密到金斯德的教堂墓園。」

亞瑟垮下臉，露出一種驚愕的表情說，「可憐的露西埋葬的地方？」教授點頭。亞瑟繼續說，「到那裡以後呢？」「進入墳墓！」亞瑟站起來。「教授，你是認眞的嗎？還是這是什麼古怪的笑話？原諒我，我看得出你是認眞的。」他再度坐下，但我能看見他坐得堅定而驕傲，猶如一個人被冒犯了似的。一片死寂，直到他再問，「到了墳墓以後呢？」「打開棺材。」

「這太過份了！」他說，惱怒地再站起來。「所有合理的事情，我都願意耐心處理，但這，這褻瀆墳墓的事，還是一位……」他相當憤怒地噎住。教授憐憫地看著他。「如果我能不讓你心痛，我可憐的朋友，」他說，「上帝知道我會願意這麼做的。但今晚我們的腳必須踩進坎坷的道路，否則以後，而且永遠，你所愛的腳必須走在火焰路上！」亞瑟滿臉發白往上看，說，「小心，先生，小心！」

「好好聽我要說些什麼豈不很好麼？」凡赫辛說。「然後你至少會知道我的目的的限制。我可以繼續嗎？」「那夠公平了。」墨利斯插口說。靜止一會後，凡赫辛繼續說，顯然很費力，「露西小姐死了，不是嗎？是！那麼就不可能對她做什麼壞事了。但如果她沒死……」亞瑟跳起來，「我的老天！」他叫出來。「你什麼意思？有任何錯誤嗎？她被活埋了嗎？」他痛苦地呻吟，縱使有希望也無法軟化那悲痛。「我沒有說她活著，我的孩子。我沒有這麼想。我最多只不過說，她可能是活死人。」

「活死人！沒活著！你什麼意思？這一切是惡夢，還是什麼？」「有些神秘，人只能猜測，只能一代一代慢慢解答。相信我，我們現在正碰到一個這樣的神秘。但我還沒講完。我能切下死了的露西小姐的頭嗎？」「皇天后土，不行！」亞瑟情緒爆發，哭叫起來。「天垮了我也不同意毀損她的屍體。凡赫辛醫師，你考驗我得太過份了。我對你做了什麼，你要這樣折磨我？那個可憐、甜蜜的女孩做了什麼？你會想要對她的墳墓這樣不敬？你瘋了嗎？說出這樣的話？還是我瘋了才會去聽這些話？別再膽敢去想這樣的褻瀆神聖了。我不會同意你做任何事的。我有責任要保護她的墳墓不受暴行，而老天在上，我會這麼做的！」

凡赫辛從他一直坐著的地方站起來，肅穆而嚴厲地說，「我的葛德明爵士閣下，我也有責任要做，一份對別人的責任，對你的責任，對死者的責任，而老天在上，我要去做！我現在要求你的只是你要跟我去，你用眼睛看、用耳朵聽，而如果我以後提出同樣請求，你不會比我更加熱切的希望完成那件事；然後，我將承擔我的責任，不論那在我看起來是什麼。然後，爲了遵從閣下的願望，我將呈交一份報告給你，由你處置，不論你希望什麼時候、在什麼地方。」他的嗓音破了一些，他繼續以充滿悲憫的聲音說話：

「但我祈求你，不要帶著憤怒跟我去。在我這長長的一輩子，做過的不愉快的事多得是，有時還令我心痛如絞，然而我從未碰過像現在這樣重大的任務。相信我，如果你對我改變主意的時刻到了，你一個眼色就可以抹掉這整個如此哀傷的時刻，因爲我會盡人事將你從哀痛中救出來。請想想看，我爲什麼要讓自己這麼辛苦、這麼哀痛呢？我從我自己的家園來這裡做我能做的好事，首先是取悅我的朋友約翰，然後幫助一位甜美的年輕小姐，我也是來愛她的。爲了她，我說這麼多讓我不好意思，但我是出於慈愛而說，我給了你也給了的，就是我的血液。我給了血液，雖然我不像你是她的戀人，而只是她的醫師和她的朋友。我給了她我的夜晚和白天，生前死後，而如果我這條老命甚至現在還能對她有好處——當她成了死的活死人——她還是可以免費擁有它。」他自豪地說，聽來既嚴肅又甜美，亞瑟聽得大受感動。他牽住老人的手，聲音破啞地說：「噢，這件事很難想，而且我無法瞭解，但是至少我會跟你去並等候。」

第16章

舒華德醫師的日記（續）

我們翻過低牆進入墓地時，剛剛十二點前一刻。夜色很暗，奔過天空的重重雲層凹處間，偶爾透出月亮的微光。我們全部保持緊密的距離，凡赫辛領隊稍微在前。當我們接近墳墓時，我仔細看住亞瑟，因爲我恐懼太接近裝滿如此悲哀的記憶的地方會讓他沮喪，但他忍耐得很好。我想目前這神秘的行動本身在某方面已抵銷了他的悲情。教授把門打開了，見到我們因各種理由自然遲疑下來，遂自己一馬當先進去。其餘的人魚貫而入，他將門關上。接著教授點亮一盞黑暗的提燈，指向一具棺材。亞瑟遲疑地跨步向前。

凡赫辛對我說，「你昨天跟我在這裡。露西小姐的身體在那具棺材裡嗎？」

「在。」教授轉身向其他人說，「你們聽見了，然而有一個人不相信我。」他取出螺絲起子，再度取下棺材蓋，亞瑟看著，非常蒼白但沈默。當棺蓋移開後，他跨步向前。他顯然不知道裡面有一具鉛棺，或者未想到這回事。當他看見鉛板上的破洞，血液一時衝上他的臉，但迅速又褪去，結果他的臉還是一片陰森森的蒼白。他仍然沈默不語。凡赫辛將鉛板扳回去，我們全都往裡看，並即刻畏縮起來。棺材是空的！有幾分鐘沒有人講一個字。緘默被昆西・墨利斯打破，「教授，我爲你回答。你的話是我要的一切。我通常不會要求這樣的事，我不會羞辱你到暗示有可疑之處，但這個奧秘已超出任何榮譽或羞辱的範圍。這是你做的嗎？」

我以一切我視爲神聖的對你發誓，我沒有移開她或碰觸她。已經發生的事情是這樣。兩夜前，我的朋友舒華德和我到這裡來，用意良善，相信我。我打開了那付棺材，然後又密封好，而我們發現它跟現在一樣，是空的。然後我們等待，見到一片白色的東西穿過樹間而來。第二天我們白天來這裡，而她躺在那裡。她不是那樣麼？約翰老友？」「是。」

「那天晚上我們及時趕上。又一個那麼小的孩子失蹤了，而我們發現他——感謝上帝——在墳墓間沒受到傷害。昨天我在日落前來到這裡，因爲日落時活死人才能動。我在這裡等了一整夜，直到太陽升起，但我什麼也沒見到。最可能的是因爲我在那些門的鐵箍上放了大蒜，那是活死人所無法忍受的，還有他們會避開的其他東西。就這樣我們發現這具棺材是空的。但相信我，到目前爲止怪事很多。你們跟我到外面等，別給人看見，別給人聽見，更加奇怪的事還沒出現哩。好吧，」講到這裡他關上他提燈的黑暗的擋片。「現在到外面去。」他打開門，我們魚貫而出，他最後出來，把門拉上鎖好。

噢！在那個墓室恐怖之後，這夜間的空氣似乎新鮮又純淨。看著雲朵交錯飄過，月光在穿梭不已的雲朵間時隱時現，好像一個人生活中悲喜雜陳，是多麼甜美。呼吸新鮮空氣，那不染一絲死亡和衰腐氣息的空氣，是多麼甜蜜。看那遠丘之外天空的紅光，聽那遠方表現一個偉大城市的生活的悶吼聲，是多麼具有教化作用。每個人都以他自己的方式表現嚴肅和感動。亞瑟靜默無語，我能看出他正努力去理解這個奧秘的目的和內在意義。我自己是頗有耐心，並且再度幾乎想拋棄懷疑並接受凡赫辛的結論。昆西・墨利斯以一種男子漢接受一切、以酷勇的精神接受一切，並不惜投入所有賭注的心態，露出淡然而鎮定的神情。由於無法抽煙，他給自己切了一大段煙草，開始咀嚼。至於凡赫辛，他正忙著做些確定的事。首先，他從他的提包取出一大堆看起來像威化餅般的薄餅乾的東西，那堆東西給仔細地捲在一塊白餐巾中。接著他用手取出兩把白色的東西，好像麵團還是油灰。他將威化餅般的東西捏得粉碎，用兩手揉入那一大塊麵團裡面。接著他拿著這塊東西，搓揉成一小條一小條的，開始將它們置入墳墓的門和門框間的空隙。我對這有些困惑，由於離他很近，於是我問他他在做些什麼。亞瑟和昆西也靠過來，因爲他們也感到好奇。

他回答，「我在封閉墳墓，好讓活死人進不來。」「你要用手上那些東西讓他進不來嗎？」「是的。」「你用的是什麼東西？」這回發問的是亞瑟。凡赫辛恭敬地舉起他帽子回答，「聖體。我從阿姆斯特丹帶來的。我獲得神父特准。」

這個答覆令我們之中最有懷疑傾向的人也驚慌了起來，而我們每個人都感覺，衝著教授如此認眞的目的，衝著能讓他因而使用對他最神聖的物品的目的，再不相信他就不可能了。我們默默恭敬地在墳墓各處就位，小心不被任何一個接近的人看見。我同情其他人，特別是亞瑟。我自己已經在前幾次拜訪此地時，練習過這恐怖的看守動作，然而直到一個小時前還不願意承認的我，也感受到我的心臟沈下去。從未見過墳塋看起來白得那麼陰森。柏、或紫杉、或杜松從未如此陰森地像是葬禮旁的樹木。樹或草從未如此不祥地波動或發出沙沙聲。樹枝從未如此神秘地咯吱咯吱響過，而遠方犬吠從未在夜間如此傳送過這樣悲慘的預警。

有一段長長的死寂，痛苦而空洞，然後從教授那兒傳來尖銳的「噝噝」聲！他指著前方，我們在紫衫行道樹的遠處看到一個白色身影前進，一個昏暗的白色身影，在他胸部抱了個不知什麼。那身影停下來，就在那時，一道月光落在奔湧的雲層上，清楚而驚人地照出一名黑髮婦女，一身壽衣。我們見不到她的臉孔，因爲她彎在一個我們看來是金髮的孩子身上。世界暫停下來，接著是聲尖銳的小小啼叫，就像孩子在睡眠中發出的，或者狗躺在火前作夢時所發的。我們開始往前移動，但我們見到教授站在紫衫樹後揮手警告，因此我們保持不動。然後，我們旁觀時，白色身影再度往前移動，現在近得夠我們看清楚了，而月光仍然照著。我自己的心變得寒冷如冰，而我能聽見亞瑟喘息，因爲我們認出了露西．威斯騰納的五官。露西．威斯騰納，然而變了那麼多。甜美被換成了堅硬、殘忍無情，純潔變成了妖嬈淫蕩。

凡赫辛跨步出來，我們依樣畫葫蘆，也開始推進。我們四人在墓門前排成一線。凡赫辛提起他的提燈，拉開擋片。由集中照射在露西面孔上的燈光，我們能見到她緋紅的嘴唇上沾著鮮血，血流滴落到她下巴，沾污了她純淨的細麻壽衣。我們恐懼得發抖。我能從顫抖的光見到甚至凡赫辛鋼鐵般的神經也不敵了。亞瑟在我旁邊，而如果不是我抓住他胳膊，撐住他，他大概已經倒下了。

當露西——我把我們面前的東西叫作露西，是因爲它擁有她的形狀——看見我們，她憤怒的咆哮一聲後退，如同貓被出其不意抓到時發出的叫聲，然後她的眼睛掃視我們。露西眼睛的形狀和顏色，但也是不淨而充滿地獄火的露西眼睛，而非我們所知的純淨、柔和的翦水雙瞳。在那一刻，我殘餘的愛變作怨恨和嫌惡。如果那時必須殺了她，我可以野蠻而歡欣地那麼做。當她看人時，她的眼睛燃燒出邪惡的光，面孔也浮上淫佚的微笑。噢，上帝，那令我看得發抖！她毫不在意地將到現在爲止她用力抓在胸前的孩子扔到地上，無情猶如惡魔，對著孩子咆哮，一如狗對著骨頭咆哮。

孩子尖聲哭啼，躺在那裡呻吟。那動作的冷血，令亞瑟不由自主地發出一聲呻吟。當她伸出臂膀、露出惡意的微笑，向他前進，他不由往後退，將他的面孔埋入手中。然而，她仍然邁進，並以夢幻、慵懶、妖嬈的優雅聲音說：「來我這裡，亞瑟。離開這些人，到我這裡來。我的臂膀渴望你。來，我們可以一起休息。來，我的丈夫，來！」

她的語調中有種惡魔味的甜美，某種玻璃杯被敲擊時發出的叮叮聲，甚至我們這些聽她對另一個人說話的人，腦子裡都響著那聲音。至於亞瑟，他似乎被咒住了，將他的手從他面孔移開，大張雙臂。她正爲那雙臂膀雀躍，不料說時遲那時快，凡赫辛陡然彈身向前，在他們之間舉著他的小金十字架。她望著十字架瑟縮，然後，面孔突然變形，充滿憤怒，衝過凡赫辛，好像要進入墳墓。不過，到了離門一兩英尺之內，她停下來，好像被一些不可抗拒的力量擋住。然後她轉身，面孔顯現在清楚的月光和提燈下，提燈現在已不再因凡赫辛神經緊張而顫抖。我從未見過一張臉因被難倒而出現如此猛烈的怨毒，而我也相信，這般怨毒將永不再爲肉眼所見。美麗的顏色變成了蒼白，眼睛似乎拋出地獄火的火花，眉頭皺起，皺紋好像美杜莎蛇髮的髮捲，而可愛、血污的嘴張成一個打開的正方形，好像希臘戲劇中的假面和日本能劇中的能面。如果一張面孔可能意味死亡，如果表情能殺人，那麼我們那一刻便見識到了。

而有整個半分鐘，感覺像是永恆，她僵在高舉的十字架和封閉她入墓的聖物之間。凡赫辛打破沈默問亞瑟，「回答我，噢，我的朋友！我要不要進行我的工作？」「照你意思去做吧，朋友。照你意思去做。再也不會有像這樣的恐怖了。」他從靈魂裡發出痛楚的呻吟。

昆西和我同時朝他走過去，並抓住他的臂膀。我們可以聽見凡赫辛將提燈放下時提燈關上的卡答聲。他走近墳墓，開始將他早先放置在縫隙的聖物拿掉一些。我們都看得驚心動魄，因爲當他往後站時，那個當時有著跟我們一樣眞實的肉體的女人穿過了一片刀刃都過不去的空隙。當我們看見教授鎭靜地在門邊恢復塞好那些麵條，我們全都高興得鬆了一口氣。當這做好了，他舉起孩子說，「現在來，我的朋友。我們到明天暫時不能做什麼了。中午有場葬禮，所以葬禮後不久，我們全部要來這裡。亡者的朋友兩點鐘全都會走了，而當教堂司事鎖門後，我們將留下來。然後有更多事要做，但是不像今晚這樣。至於這個小不點，他沒受多大傷害，到明晚就會好了。我們將把他留在警察會找到他的地方，跟另一夜一樣，然後我們回家。」

他走近亞瑟說，「我的朋友亞瑟，你受過慘痛的考驗了，但當你以後回顧，你將瞭解那怎麼是必要的。你現在是在苦水中，我的孩子。明天此時，祈求上帝，你將已通過苦水，並啜飲甜水。所以不要過份哀傷。直到那時我將不會要求你原諒我。」亞瑟和昆西跟我回家，我們一路上並設法互相逗別人開心。我們將孩子留在安全地方，感覺相當疲乏，因此我們多多少少睡了一下。

9月29日，晚間——十二時之前一點，我們三個，亞瑟、昆西．墨利斯和我自己，去接教授。我們不約而同穿上黑色衣物，看來滿怪異的。當然，亞瑟穿得一身黑，因爲他在重喪中，但我們其餘的人也本能地穿得一身黑。我們一點半前到達墓園，四處漫步，保持不被特別注意到，如此當挖墳的人完成了他們的任務，教堂司事也以爲每個人都走了，鎖上了門，我們便完全擁有了這地方。凡赫辛這回換掉了他上次的小黑提包，改而使用一個長的皮袋，有點像是板球袋。袋子明顯的相當重。

當我們獨自在墓園，並聽見最後的腳步聲順路消逝，我們沈默地跟隨教授去墳墓，好像聽到命令一樣。他打開門，我們走進去，並在我們身後關上門。然後他從他袋子取出提燈，將之點燃，又取出兩根蠟燭，點燃後，他燒熔蠟燭末端，黏附在其它棺材上，讓燭光亮得可以讓人工作。當他再度取下露西的棺材蓋，我們都往裡看，亞瑟顫抖得像白楊，並見到屍體躺在那裡，美麗一如生前。但我心中已無愛，只剩下對這佔據露西形體、卻沒有她的靈魂的東西的嫌惡。我可看見甚至亞瑟觀看時，他的面孔也變得嚴厲起來。那時他對凡赫辛說，「這眞是露西的身體，還是只是一個邪魔用了她的形體？」「這是她的身體，然而也不是。但等一下，你會見到她過去的樣子，以及現在的樣子。」

她躺在那裡，彷彿露西的夢魘，尖牙、血污而妖嬈的嘴，令人看得發抖，整個肉欲充斥而沒有精神的外表，宛如在對露西甜美的純淨發出惡魔的嘲笑。凡赫辛以他常見的流暢手法，開始從他的皮袋子取出各種各樣的物件，將它們放好備用。首先他取出一塊烙鐵和一些鉛管銲料，然後取出小油燈，油燈在墳墓一角點燃時，發出氣體，劇烈燃燒出藍色火焰；再來是他的手術刀，他放在手上；最後是一根圓形的木樁，大約兩英吋半或三英吋厚，三英呎長。木樁一端經燒焦硬化，並被削得很尖。與木樁一起的是一把重鍾子，好像家中在煤炭地窖用來打碎煤塊的那種。對我而言，醫生準備任何工作是既刺激又令人振奮，但這些物件對亞瑟和昆西的影響是導致他們有點兒驚駭。不過，他們兩個都保持勇氣，默然不語。

當一切準備好，凡赫辛說，「在我們做任何事之前，讓我告訴你們這些。這是從古人的傳說和經驗，還有所有那些研究了活死人力量的人來的。當他們變成這樣，隨變化而來的是不死的詛咒。他們死不了，而是必須一代一代的去增加新受害者，並使世界的罪惡倍增。因爲所有被活死人捕食而死的人，自己也會變成活死人，再捕食他們的同類。如此圈子越擴越大，好像投在水中的石頭造成的漣漪一般。」

「我友亞瑟，如果你在可憐的露西死前吻到了那一吻，或者，昨晚當你向她張開你的臂膀時吻到了她，等你時候到了死了，便可能變成吸血蝙蝠諾斯費拉圖（Nosferatu），這是在東歐的稱呼，並且會一直製造更多那些令我們如此充滿恐懼的活死人。這個如此怏怏不樂的親愛的小姐，事業才剛開始，那些她吸吮了血液的孩子，情形還沒有太壞，但如果她繼續以活死人的狀態活下去，他們會越來越失血，在她力量的控制下到她那裡，如此她用那張那麼邪惡的嘴吸取他們的血液。但如果她眞正死亡，那麼一切均將停止。喉頭上的小傷口會消失，而他們便可回去遊戲，完全不知發生了什麼事。但最讓人開心的是，當這位現在的活死人被弄成眞死人安息去了，那麼我們所愛的這位可憐小姐的靈魂便將重獲自由。她將不再在夜晚作怪，又在白天吸收晚上的收穫，變得更加卑劣，而是與其他天使在一起。所以，我的朋友，那下手打她讓她得自由的手，對她將是保祐她的手。這我願意做，但我們之中難道沒有人有更大的權利嗎？此後若能在中夜無眠時去想，『送她去星星之間的是我的手，那是最愛她的人的手，所有的手中她自己將選擇的手——如果她能選擇的話，』難道這不是令人喜悅的事嗎？如果我們之中有這樣一隻手，告訴我？」

我們全都看著亞瑟。他也看見了我們所做的一切之中，蘊藏了無限仁慈，並暗示此手應是會恢復露西成爲我們聖潔的記憶而非污穢的記憶的手。他跨步向前，勇敢地說——雖然他手在打顫，臉蒼白如雪，「我眞實的朋友，我從我破碎的心底感謝你們。告訴我我要做些什麼，我不會畏縮！」

凡赫辛將一隻手放在他肩膀上，說，「勇敢的小伙子！勇敢一下子，事情就成了。這個木樁必須穿過她。這將是可怕的考驗，可別不相信那不可怕，但時間很短，然後你的欣喜將超過你的痛苦。從這個冷酷的墳墓你將好像踩在空中般出去。但你一旦開始，就不能畏縮。只要想，我們這些你眞實的朋友繞著你，而我們一直爲你祈禱。」「繼續，」亞瑟嘶啞地說，「告訴我我要做些什麼。」

「將這根木樁拿進你的左手，準備好將樁尖對準心臟，右手拿好錘子。然後當我們開始爲死者禱告——我將先唸，我這裡有書，其他人跟著我唸——以上帝聖名敲下去，好讓我們所愛的死者一切安好，而那活死人逝去。」亞瑟拿走木樁和錘子，一旦他心意已決，他的手便絕不抖動，甚至不輕顫。凡赫辛打開他的祈禱書，開始唸，昆西和我儘量跟他唸。亞瑟將樁尖放在心臟上，當我看時，能見到白肉上的凹痕。然後他用所有力氣敲下去。

棺材中的那邪物蠕動起來，張開的紅唇發出醜陋而令人毛骨悚然的尖嚎。身體狂亂地震動、顫抖又扭轉。尖銳的白牙發出格格聲磨在一起，直到嘴唇被咬破，嘴巴染污著緋紅色的泡沫。但亞瑟絲毫不退縮，他看起來像是索爾（北歐神話中的雷神）的角色，他毫不抖動的臂膀一起一落，一起一落，將那慈悲的木樁越敲越深，而血液從被刺穿的心臟湧出，噴灑在它附近。他的面孔沈穩，高度的責任感似乎由之發出光芒。我們望著他的臉，勇氣油然而生，以致我們的聲音都似乎響徹小小的墓室。

然後身體漸漸不蠕動和顫抖，牙齒停止磨來磨去，面孔停止顫動。終於，它靜靜躺著，可怕的任務結束了。錘子從亞瑟的手上落下。要不是我們抓住他，他應當已經摔倒。黃豆大的汗珠從他的前額冒出，他的呼吸變成斷斷續續的喘氣。那對他的確是可怕的張力，而如果他未被超過人性的考量強迫做此任務，他永不可能經歷這一切。有幾分鐘，我們專心看著他，因此無暇看棺材。然而，當我們看棺材時，一陣驚奇的私語在我們之間傳開。我們注視得如此熱切，以致原先坐在地上的亞瑟都起身過來看，然後一道高興的奇異光芒從他面上放射出來，完全驅散了原先的恐怖陰鬱。

那裡，棺材裡躺著的不再是那我們如此懼怕並越來越恨的骯髒東西，恨到我們將毀滅她的工作視爲最有資格毀滅她的人的特權，而是我們在她生時所見的露西，面容無與倫比的甜蜜而純潔。的確，那張臉上有關心和痛苦和消耗的痕跡，就像我們在生活中會見到的。但這些對我們全都是珍貴的，因爲它們標示了她對我們所知的世界的眞實付出。我們全都感受到，如陽光般照在那消瘦的面孔和身體上的聖潔平靜，正是將永遠主宰的平靜的塵世標誌和象徵。凡赫辛走過來將他的手放在亞瑟肩膀上，對他說，「現在，亞瑟我友，親愛的小伙子，我是不是得到原諒了呢？」

他抓住老人的手到他手中，並舉高到他嘴唇，按向嘴唇，此時可怕的張力帶來的反應爆發出來，他說，「得到原諒了！上帝保祐你，你將我親愛的人的靈魂還給了她，也還給了我平靜。」他將手放在教授的肩膀上，頭埋進他胸前，默默哭泣一陣子，我們站在一邊動也不動。

當他抬起頭，凡赫辛對他說，「現在，我的孩子，如果你想的話，可以親吻她的嘴唇了，如果她能選擇，她會希望你這麼做的。因爲她現在不是咧嘴笑的惡魔了，不再是永遠的骯髒物事了。她不再是惡魔的活死人。她是上帝的眞實的死者，靈魂跟祂在一起！」

亞瑟彎下身親吻露西，然後我們將他和昆西送出墳墓。教授和我將木樁頂部鋸下，把樁尖留在體內。接著我們切下頭，將嘴塡滿大蒜。我們將鉛棺銲好，上螺絲鎖緊棺蓋，收好我們的物品後走開。當教授鎖門時，他將鑰匙給了亞瑟。外面空氣甜美，陽光照耀，鳥兒歌唱，似乎整個大自然都調到了另一個音調。到處都是開心和歡笑和和平，因爲我們自己在一個方面得到休息了，而我們都很高興，雖然那是帶著悲戚的喜悅。

我們離去前，凡赫辛說，「現在，朋友們，我們的工作完成一步了，這是最折磨我們自己的工作。但還有一項更大的任務，就是找出造成我們這一切哀痛的元兇，將他滅絕。我有我們可追的線索，但那是一樁長久的任務，也是困難的任務，而且那裡面有危險，和痛苦。你們全部不將幫助我嗎？我們已學會相信，大家都是，不是這樣嗎？而既然如此，我們還見不到我們的職責嗎？見得到！而我們還不痛陳諾言奮戰到底嗎？」

我們一個個輪流握住他的手，許下承諾。我們離去時，教授說，「兩夜之後，你們將與我見面，七點鐘與我友約翰一起用餐。我將懇求另兩人前來，你們還不知道的兩人，而我將準備好展開我們所有的工作和計劃。我友約翰，你跟我回家，因爲我有許多事要跟你請教，你能幫上忙。今晚我動身去阿姆斯特丹，但明晚就回來。然後我們的大搜索便開始。但我首先會說很多，好讓你們知道要做什麼和畏懼什麼。然後我們重新對彼此許諾。因爲我們面前有一項可怕的任務，而一旦我們的腳踏出去，就是背水一戰。」

卓 九 勒 伯 爵

第17章

舒華德醫師的日記（續）

當我們抵達柏克萊旅館的時候，凡赫辛發現一封電報正等著他：

「我將搭火車抵達，強納生在惠特比，有重要消息。——米娜．哈克」

教授很高興。「哇，那位美妙的米娜夫人，」他說，「女人中的珍珠！她將抵達，但我無法停留。她必須到你家，約翰老友。你必須在車站與她會面。順道拍電報給她，好讓她有所準備。」

在發電報的同時，他喝了一杯茶；喝茶時，他告訴我強納生．哈克在國外時寫的日記，以及哈克太太在惠特比的日記。「把這些日記拿去，」他說，「好好研究。當我回來的時候，你將是這些事實的專家，我們便能夠更深入調查。妥善保管，因爲日記裡面有許多寶藏。儘管你已經擁有像今天一樣的經驗，你還是需要所有的信念。這裡面講到的事情，」他一面說、一面把手鄭重按在那包文件上，「對你我，乃至許多人來說，可能是結束的開始；不然便可能聽起來像是活死人的喪鐘。我拜託你，以一種開放的心態讀完全部，而如果你能夠增加這些故事的情節，就加進去，因爲它至關重要。你已經記載了所有這些怪誕事情的日記，不是如此嗎？沒錯！那麼我們碰面時再來一起研究這一切。」然後他準備動身，很快便驅車到利物浦街。我則前往派丁頓，比火車到站早了大約十五分鐘抵達。

到站月台一片嘈雜後，人潮已經散去；我開始感到不安，唯恐錯過我的客人，此時，一位容貌甜美的女孩站在我的面前，匆匆一瞥說：「你是舒華德醫師嗎？」

「妳是哈克太太！」我立刻回答；她便伸出手來。

「我從可憐的露西的描述知道你；但是……」她突然停下來，臉上泛起一片紅暈。

我兩頰也泛起紅暈，這多少讓我們兩人感到自在一點，因爲這等於給了她一個心照不宣的回答。我把她的行李接過手，包括一台打字機，我打電話交代管家，立刻替哈克太太準備一間有起居室的大套房，然後我們搭地鐵到方丘契街。我們按時抵達。她當然知道，這個地方是精神病院，但我可以看出來，當我們進門時，她還是忍不住輕輕打顫。

她告訴我，如果可能，她想立刻來我的研究室，因爲她有好多話要說。所以，我在等她的同時，我得結束我的留聲機日記錄音。雖然凡赫辛留給我的文件攤在我面前，但我還沒有機會看。我必須找個讓她感興趣的事，如此一來，我才有機會讀這些文件。她不知道時間有多寶貴，也不知道我們手上的任務是什麼。我必須小心別把她嚇著。她來了！

米娜・哈克的日誌

9月29日——我梳洗後便下樓到舒華德醫師的研究室。我在門口頓了一下，因爲我聽到他好像在跟別人說話。不過，他既然要我趕快來，我便敲他的門，他一說：「進來。」我就進去了。

令我大感意外的是，竟然沒有人和他在一起。眞的只有他一個人，就在他桌子對面，有一台想必就是所謂的留聲機。我從未見過，眞的很有趣。

「但願沒有讓你久等，」我說；「但是我在門外聽到你在說話，我以爲有人和你在一起。」

「哦，」他笑著回答說，「我只是在錄我的日記。」

「你的日記？」我驚訝地問他。

「是的，」他回答。「我把日記錄在裡面。」他一面說，一面把手按在留聲機上。我好興奮，脫口而出：

「眞的嗎，這比速記還棒！我可以聽它播放嗎？」

「當然可以，」他很爽快回答，然後站起來準備播放。接著他停了下來，一臉愁容。

「其實，」他開始躊躇，「我只是把日記存在裡頭；裡頭全部——幾乎全部——是我的個案，這可能很尷尬——我的意思是……」他沒有繼續說下去，我試著不要讓他尷尬：

「你幫忙照顧親愛的露西到最後，讓我聽一聽她是怎麼過世的；我可以更瞭解她，我也會非常感激。她對我非常好。」

令我意外的是，他一臉吃驚地回答說：

「告訴你她的死因？萬萬不行！」

「為什麼不行？」我認眞地問道，可怕的感覺向我襲來。他又停了下來，我可以看出，他正在找理由。最後，他結結巴巴地說：

「你看，我不知道如何挑出日記特定的部分。」就在他講話時，他腦袋已靈光乍現，他用一種很單純的、不一樣的、童眞的聲調說：「我保證，我說的都是眞的。誠實的印度人！」我忍不住微笑，對之他做個鬼臉。「那時候我是有講啦！」他說。「不過，妳知道嗎，雖然我錄日記好幾個月了，但我從未想過，假如我想溫習特定部分，要怎麼找出來？」此時我相信，這位照顧露西的醫生的日記，或許有助於我們對那個可怕的「生物」，有更多認識，所以我大膽提出：

「那麼，舒華德醫師，你最好讓我為你作一份打字拷貝。」他臉色慘白地說：

「不不不！我絕不能讓你知道那個恐怖的故事！」

果然很恐怖;我的直覺是正確的!我想了一陣子,而當我打量那個房間,不自覺地尋找某些東西,或者某個機會,可以幫我忙時,忽然看見一大包打字文件放在桌上。他的眼神看出我的心思,也不假思索把視線投向那個方向。當看到那個包裹,他便明白我的意思。

「你不瞭解我,」我說,「當你讀過那些文件——我自己的日記,還有我丈夫的日記,那些是我打字的——你將會更瞭解我。在這次掃蕩群魔的任務裡,我不曾猶疑說出內心的每個想法;但當然,你還不瞭解我;我不應該要求你完全信任我。」

可憐的露西說的沒錯,他的確有高貴的人品。他站起身來,打開一個大抽屜,裡面放了一整排的空心金屬滾筒,筒外包了一層黑蠟。他接著說:

「妳說的很對,我之前並不信任妳,因為我不瞭解妳。但我現在瞭解妳;容我這麼說,我早就該瞭解妳了。我知道,露西跟妳提到我;她也跟我提到妳。我能否就以此作為補償?把這些蠟筒拿去聽吧——前半段是我個人的錄音,不致把妳嚇壞;妳會從之更瞭解我。到時候晚餐也準備好了。同時我也可以瀏覽這些文件,將更能瞭解特定事情。」他親自把留聲機拿到我的起居室,並為我調整好。我確定,現在我可以瞭解愉快的事;因為它將告訴我一個真愛故事的另一面,而我先前已瞭解其中一面……

舒華德醫師的日記

9月29日——我如此沈浸在強納生・哈克精彩的日記，以及他妻子的日記裡，以致完全忘了時間。當僕人喊開飯的時候，哈克太太並沒有下樓，我便說：「她八成太累了；晚一個小時開飯吧。」然後我繼續做我的事，當哈克太太進來時，我剛看完她的日記。她看起來很漂亮，但很悲傷，她的眼睛充滿淚水。這令我頗爲感動。天知道我最近大有理由流淚，但我沒法得到這種宣洩；現在這雙被淚水洗滌的明眸直入我心。我儘可能委婉地說：

「我很擔心，我可能使你悲傷。」

「哦，不，並沒有使我悲傷，」她回答說，「倒是你的悲傷令我更感動到無法言語。那台機器眞棒，但它的眞實也毫不留情。它用特有的語調告訴我，你內心的痛苦。就像一個向全能上帝吶喊的靈魂。不會有人再聽到的！瞧，我試著幫上忙。我已經用我的打字機把那些話打成副本了，現在再沒有其他人需要聽到我剛才聽到的你那些心跳了。」

「沒有人需要知道，從來就不需要知道。」我低聲說道。她把手放在我的手上，非常鄭重地說：「哦，但是他們必須知道！」

「必須！爲什麼？」我問道。

「因爲這是這個可怕故事的一部分，關於可憐露西之死的一部分，以及所有肇因的一部分；因爲我們面對的戰鬥，就是消滅這個地球上可怕的怪獸，我們必須具備所有的知識，以及所有能夠獲得的協助。我認爲，你給我聽的那些留聲筒的內容，比你想要讓我知道的還要多；不過，我可以看出，在你的錄音中，對這個黑暗的謎團有許多明亮的線索。你會讓我來幫忙，對吧？我知道一切回歸某個特定點；雖然我只看到九月七日的日記，我已經瞭解，可憐的露西如何被攻擊，她悲慘的命運如何被造成。自從凡赫辛教授和強納生及我見面後，我們兩人就日以繼夜的工作。他去惠特比搜集更多資訊，明天他將來這裡幫助我們。我們之間不能藏有秘密；必須以絕對的信任一起共事，我們一定會比在黑暗中摸索更加堅強。」她看著我的表情是如此懇切，同時展現出無比的勇氣和決心，我立刻爲她的希求所折服。「妳一定，」我說，「可以如妳所說的去做。如果我做錯了，請求上帝原諒我！還有可怕的事情尚未釐清；但我知道，爲了調查露西死因，已經歷盡千辛萬苦，眞相若不大白，妳是不會甘心的。這麼說吧，最後——最後的結局——才可以帶給妳平靜的光芒。來吃晚飯，爲了眼前的任務，我們必須讓彼此保持堅強；我們的任務萬分艱鉅。妳吃完飯後，可以瞭解其他的部分——如果有任何事情妳不清楚，即使我們在場的都覺得是顯而易見的——我都會回答妳所提的任何問題。」

米娜・哈克的日誌

9月29日——晚飯過後，我到舒華德醫師的研究室。他從我的房間拿回留聲機，我則帶了我的打字機。他為我準備了一張舒適的椅子，並調整留聲機的位置，好讓我不用站起來就可以接觸到留聲機，並教我想要暫停的時候如何停止機器。然後他坐在一張椅子上，刻意背向我，讓我儘可能自在，然後開始讀。我則把叉狀的金屬貼住耳朵聽。

在露西之死這個恐怖的故事——以及其他後續的事情播完後，我全身無力癱在椅子上。幸運的是，我不是那種很容易暈厥過去的體質。舒華德醫師看到我時，嚇得一叫，立刻跳起來，衝到食櫥，拿出一個方瓶，給我一些白蘭地，幾分鐘後我才回復過來。我的腦袋天旋地轉，幸好在一幕接一幕的恐怖畫面中，有一道神聖的光穿透，告訴我親愛的露西得到了最後的安息，否則我不認為我能承受這一切而不出醜。實在難以形容那種情節，實在太狂野、太詭異，如果我不知道強納生在外西凡尼亞的經歷，我實在難以置信。因此，我不知道該如何相信，我只好把注意力轉移到其他事情上，讓自己解脫出來。我拿開打字機的罩子，告訴舒華德醫師說：

「我現在把所有事情寫下來。我們必須在凡赫辛醫生來之前準備就緒。我已經打電話給強納生，要他從惠特比到倫敦時來這裡。就此案來說，日期最重要。我認為，只要我們把所有資料備妥，每個環節依時間排序，就做好大半了。你跟我說葛德明爵爺和墨利斯先生也會來。讓我們能在他們來的時候充分明說。」如此他將留聲機定在慢速度，我從第七捲開頭開始打字。我使用複寫紙，所以可以把日記打成三份副本，就像我做其他部分的拷貝一樣。我完成的時候已經很晚了，不過，舒華德醫師先去巡視病人，當他巡房回來，便坐在我身旁讀書，因此我工作的時候不會感到太孤單。他實在好體貼；這個世界上顯然有許多好人——即便世上也有怪獸。我離開他時想起來，強納生日記提到，教授在埃克希特車站看到晚報新聞時的焦急，因爲舒華德醫師有把報紙留檔，因此我向他借了〈西敏寺報〉和〈帕爾摩街日報〉，帶回房間看。我記得，當卓九勒伯爵抵達時，我把〈每日電訊報〉和〈惠特比報〉做了剪報，後來對我們對於在惠特比發生事件的瞭解，大有助益。所以我應該詳讀晚報，或許能找出新線索。我一點也不睏，而這項工作將使我保持安靜。

舒華德醫師的日記

9月30日——哈克先生九點鐘抵達。他在出發前收到他妻子的電報。如果能以貌取人，他真不是普通的聰明，而且精力充沛。如果他的日誌所言屬實——如果從其豐富經驗來作判斷，那他日誌一定是真的——那他也是一個勇氣十足的人。二度走下那間地下室，的確是膽識過人。在讀過他的日誌內容後，我期待見面的是雄赳赳氣昂昂的男子漢，沒想到今天來這裡的這個人，卻是位安靜、企業家型的紳士。

稍後——午餐過後，哈克和他妻子回到他們的房間。我不久前經過，聽到打字機的敲打聲。他們很認真。哈克太太說，他們正在串連現有每個證據的時序。哈克取得在惠特比這些箱子的收件人，以及在倫敦負責運送箱子的公司，二者之間的通信。他正在讀妻子繕打我日記的謄稿。

我在想，他們從中得到什麼心得。他來了……

眞奇怪，我從未想過，隔壁那棟房子會是那位伯爵的藏身處所！天知道，我們早該從病人倫飛德的行爲獲得了足夠的線索！購買這棟房子的信件和打字稿都在一起。如果我們早一點拿到這些，或許可以拯救可憐的露西！不能這麼想，這會使人抓狂！哈克已經回來了，並且在再度比對資料。他說，在晚飯前，他們將能拼出整個故事的來龍去脈。他認爲，此時我應該去看倫飛德，因爲到目前爲止，倫飛德一直是伯爵來來去去的某種指標。我還看不出這一點，但若我弄清了那些日期，我應該可以看出來。哈克太太把我的留聲蠟筒打字成稿，眞是太好了！否則我們無法發現這些日期……

我發現，倫飛德平靜地坐在房間裡，雙手交疊，露出親切的微笑。此刻，他看起來和其他人一樣精神正常。我坐下來，和他談論許多話題，他都自然以對。然後，他自己主動說要回家。據我所知，他在這裡寄居以來，從未提過這個話題。事實上，他很自信地說要立刻出院。我相信，如果我沒和哈克太太聊過，也沒有讀過那些信件，以及他發病的日期，我可能會在短暫觀察後，就準備簽准他出院。但現在，我心中暗自懷疑。他所有的發病紀錄都與伯爵在附近有某種程度的關連。那麼這種絕對的內容代表什麼意義呢？難道吸血鬼的終極勝利，可以滿足他的本能嗎？等一等，他自己也是肉食癖動物，而他在那棟荒宅的小禮拜堂門外的胡言亂語，也總是講到「主人」。這似乎證實我們的想法。不過，一會兒後我便離開了，我這位朋友現在神智太正常了一點，問他問題深入探索顯然不安全。他可能開始思考，然後……所以我離開了。我不信任他這些平靜的情緒；於是我暗示護理員密切注意他，並準備束身背心，以備不時之需。

強納生・哈克的日誌

9月29日，在前往倫敦的火車上——當我收到畢林頓先生誠摯的來信表示，他願意在能力範圍內提供我任何訊息，我認爲，最好是去一趟惠特比，親自詢問我想知道的問題。我現在要調查的對象是，伯爵將那恐怖的貨物運送到倫敦的地點；日後我們才能因應。小畢是個好哥兒們，他在車站接我到他父親家，他們安排我當晚住下來。他們非常殷勤，這是約克夏好客的典型：爲客人準備一切，同時讓客人有賓至如歸的自在感。他們都知道我很忙，我只能短暫停留。畢林頓先生已經在他辦公室備妥所有關於那些箱子交運的文件。見到我在得知伯爵殘酷的計畫前，曾在他桌上看到的其中一封信件，令我幾乎嚇得神經兮兮。每件事都經過精心策劃、精確執行。他似乎爲在貫徹意圖過程中，可能出現的各個障礙，都做好了準備。套用美式措辭，他「絕不冒險」，指令執行之絕對精準，正是他精心策劃的邏輯結果。我看到一張發票，上面註記：「五十箱普通土壤，作爲實驗用途」。另有一封寄給卡特・裴特森信件的副本及回信；這兩封信我都取得副本。這些就是畢林頓先生所能提供我的訊息。所以，我到港口拜訪海岸防衛隊、海關人員和碼頭船長。他們都說這批船貨來得很奇怪，儘管完成交付手續，已經被卸下船去，但是沒有人能對「五十箱普通土壤」多加解釋。然後，我去找火車站長，他很好心帶我去和實際收下這些箱子的人員溝通。他們貨冊的紀錄和清單一致，他們除了說這些箱子「重得要命」，搬移這些箱子累死人，除此之外，沒有更多訊息。其中一人又說，他們實在很倒霉，因爲沒有一位「像你一樣的紳士」，對他們所做的努力以液體的東西致謝；另一人又說，事後產生的那種口渴的感覺久久無法完全消除。不用多說，我在離去前，特意將這個來源的埋怨，永遠並充分地消除了。

9月30日——站長很好心幫我引介他的老同事、國王十字站的站長，所以，我當天早晨一到站，即可請教他關於這些箱子送達的事情。他也立刻帶我去見相關官員，我發現，他們貨冊的紀錄和原始發票一樣。經歷這種異常口渴的機會是有限的，他們自然也善加利用了這機會，而我再度被迫以事後彌補的方式來處理這項結果。

然後我又前往卡特．裴特森的中央辦公室，我受到極大的禮遇。他們調閱日記簿和書信整理簿，並立刻打電話到國王十字站辦公室詢問細節。幸運的是，當時那組工作人員正在待命，於是長官立刻派他們過來，並送來有關這批在卡法克斯的箱子的運貨單及相關文件。我再度核對貨冊無誤；送貨員也能補充說明若干書面記錄不詳的細節。我很快也發現，就是因爲這個與塵土爲伍的工作，造成搬運人員口乾舌燥。在我提供機會——在事情如此久之後——平息了他們的酒癮後，其中一人說道：

「報告長官，那個房子是我待過最古怪的地方。相信我！好像有一百年都沒有被碰過。灰塵厚到你躺在上面睡覺，都不會扭到骨頭；那個荒廢的地方簡直可以讓你聞到老耶路撒冷的味道。可是那間舊小禮拜堂，讓人全身發毛，我和同伴一完事就拔腿拼命跑出來。老天，天黑以後我在那裡多待一下都不肯。」

我在那間屋子待過，所以很信得過他的話；但若他知道我所知道的事情，我想他一定會提高他的條件。

現在有一件事我感到滿意；那就是，〈狄米特號〉從瓦那運到惠特比的「所有」箱子，都安全存放到了卡法克斯的老教堂裡。除非有箱子被移走——我擔心，如同舒華德醫生日記所說——否則那裡應該有五十個箱子。

我要設法見到倫飛德攻擊他時，從卡法克斯取走箱子的貨運車伕。跟蹤這條線索，我們可能得知很多事情。

稍晚——米娜和我工作了一整天，我們已將所有文件依序排列。

米娜・哈克的日誌

9月30日——我眞高興，我幾乎不知道如何克制自己。我認爲，這是對於我所經歷揮之不去的恐懼的反應——這件恐怖的事情，加上重新揭開強納生的舊創，可能對他造成重擊。我儘量做出勇敢的表情，看著他前往惠特比，但是，我其實憂懼得感到噁心。無論如何，做此努力對他是好的。他從未像現在一樣，如此堅定、如此強壯、如此精力旺盛。如同親愛的大好人凡赫辛教授說的：他是眞正的勇者，他在壓力下進步，革除了軟弱的本性。他回來時生氣勃勃，充滿希望和果決；我們今晚已把一切排出順序。我興奮到不能自已。我原本認爲，一個人對萬物都應該要有慈悲心，即使對這位伯爵也一樣。但事實上，這個「東西」不是人——甚至不是野獸。讀了舒華德醫師記錄可憐的露西之死，以及後續發生的事情，足以使人內心的悲憫之泉乾涸。

稍晚——葛德明爵爺和墨利斯先生比我們預期早到。舒華德醫師因公外出，而強納生與他同行，所以，我必須見他們二位。這對我眞是痛苦的會面，因爲這將親愛又可憐的露西才幾個月前生前的希望，都帶回來了。當然，他們聽過露西生前提到我。用墨利斯的話講，凡赫辛醫師似乎也在「吹捧我」。可憐的傢伙，他們都不知道，我曉得他們對露西求婚的所有細節。他們不知道該怎麼說或怎麼做，因爲他們不知道我的理解程度；所以，他們只得一直在無關痛癢的話題上打轉。然而，我對此事作過通盤考量，而我的結論是，最好把事情來龍去脈全都告訴他們。我從舒華德醫師的日記得知，露西死的時候——眞正死亡時——他們都在，我沒有必要擔心會洩露那時間之前的任何秘密。因此，我告訴他們，我已經讀過所有文件和日記，我丈夫和我也已經完成打字稿，並且剛排出時間順序。我給他們每人一份副本在圖書室閱讀。當葛德明爵爺拿到他那份副本，前後翻了一下——確實是好大一堆——他說：

「都是由妳打字的嗎，哈克太太？」

我點一點頭，他接著說：

「我還沒看出個大概來；不過，你們眞是大好人，這麼積極投入在做，而我能做的，就是全盤接受你們的想法，以及試著協助你們。我已經學到一個教訓，接受了應當會令人一輩子謙卑的事實。此外，我知道你愛我可憐的露西——」說到這裡，他轉過身去、用手掩面。我可以聽見他聲音中的淚水。墨利斯先生，以一種自然而然的體貼，將手扶在他肩頭一會兒，然後靜靜走出房間。我認爲，女人有某種天性會讓男人在她面前放鬆，表達他溫柔或情緒方面的感覺，而不會覺得有損男性尊嚴；因爲當葛德明爵爺發現，只有他和我並肩坐在沙發上時，他的感情完全流洩出來。我坐在他身旁、握著他的手。我希望他不會以爲我有主動的暗示，即使他有這種念頭閃過，往後他也不會再有這種想法。我錯怪他了：我「知道」他絕對不會——他是一位不折不扣的紳士。因爲我可以看出他的心碎了，所以我告訴他說：

「我愛露西，我知道她對你的意義，以及你對她的意義。她和我情同姐妹；現在她走了，你有困難能不能讓我像姐妹一樣對你？我知道你的悲痛，雖然我無法測量它有多深。如果同情和憐憫對你的傷痛有幫助，你能不能讓我幫上一點忙－就看在露西的份上？」

突然間，這位可憐的朋友情緒崩潰，我似乎是他隱忍哀痛多時後找到的出口。他變得歇斯底里，舉起雙手拍擊手掌，哀痛之情溢於言表。他站起來又坐下，雙頰淚如雨下。我對他感到無限的同情，不假思索敞開雙臂。他的頭靠在我的肩上啜泣，像個疲憊的小孩哭著，激動得全身顫抖。

我們女人有一種母性，當母性被激發時，在弱小者的面前顯得格外堅強；我覺得，這個悲傷大男人的頭靠著我的時候，就像嬰兒躺在我懷裡，我撫摸他的頭髮時，彷彿他就是我的嬰兒。我從未想過，當時的情況有多麼奇怪。

一會兒，他停止啜泣了，便打起身子表示歉意，不過，他並沒有掩飾他的情緒。他告訴我，過去多少日夜——疲憊的白天和失眠的夜晚——他一直無法向別人傾訴，而一個男人必須吐露他的悲傷時刻。他的悲傷一直被恐怖的環境所包圍，卻沒有一個女人可以給他同情或聽他傾訴。「我現在知道我有多悲傷，」他說，此時他拭乾淚水，「但我實在不知道——其他人也無法知道——妳今天給了我多少溫暖的憐憫。隨時間過去，我應該會瞭解；而相信我，雖然我現在不是不感激，不過，我的感激將隨著我的瞭解俱增。你會讓我成爲妳的兄弟嗎，爲了我們的人生——也看在露西的份上？」

「看在露西份上，」我們一面拍掌，我一面說。「也是看在妳的份上，」他又說，「如果一個男人的自尊和感激値得贏取的話，妳今天已經贏得我的自尊和感激。將來任何時候妳需要一個男人的協助，相信我，妳的開口不會白費。願上帝恩准妳生命中的陽光永不會被劃破；但如果這種時刻到來，答應我，妳將讓我知道。」他是如此懇切，而且才剛遭遇悲傷，我覺得答應他會帶給他安慰，於是我說：

「我答應你。」

當我沿走廊走時，我看到墨利斯先生正在看窗外。他聽到我的腳步聲便轉過頭來。「亞瑟還好嗎？」他說。他注意到我的眼眶紅紅的，接著說：「噢，我知道妳一直在安慰他了。可憐的老友！他需要的。當一個男人處於感情上的困境時，只有女人可以幫他忙；而他沒有人給他安慰。」

他對於自己的困境表現得如此勇敢，我的心不禁為他淌血。我看到他手中的稿子，我知道，當他讀過了，他將會瞭解我知道的有多少；所以，我告訴他說：

「但願我能安慰所有受傷的心靈。如果你有需要，你會讓我作你的朋友，讓我安慰你吧？你日後將知道我這麼說的原因。」他看我是認眞的，於是彎下身子舉起我的手，以唇親吻我的手。對於如此勇敢而無私的靈魂來說，我的安慰可能看起來很微不足道，於是我不假思索傾身親吻他。他的眼淚奪眶而出，喉嚨哽噎了一會兒；他平靜地說：

「小女孩，在妳有生之年，妳永遠不會遺憾，妳擁有的善良！」然後他走到研究室去看他的朋友。

「小女孩！」——這正是他對露西的稱呼，他以此說明他是一位眞正的友人！

倫飛德

第18章

舒華德醫師的日記

9月30日——我五點鐘回到家，發現葛德明與墨利斯不僅到了，而且已經在研讀多本日記及信件的謄本，這些都是哈克與他的賢妻安排完成的。哈克去拜訪貨運人員尚未回來，也就是漢納西醫師信中提到的貨運人員。哈克太太端茶給我們喝，老實說，這是我住在這裡第一次感覺到，這棟老宅子像個「家」。當我們結束時，哈克太太說：

「舒華德醫師，我可不可以拜託你一件事？我想見你的病人倫飛德先生。讓我見他。你在日記提到他的事，我很感興趣！」她是如此誠懇又漂亮，我實在無法拒絕她，又沒有說不的可能理由；所以我帶她同行。當我進入倫飛德的房間，告訴他有位女士想見他；他只簡單回答：

「爲什麼？」

「她來拜訪整個院裡，想見每個人。」我回答說。「非常好，」他說，「一定要讓她進來；不過稍等一會兒，我整理一下房間。」他整理房間的方法很奇特，在我阻止他之前，他已經把盒子裡的蒼蠅和蜘蛛吞下肚，很顯然地，他擔心或不許有人干預他這麼做。當他完成這個噁心的任務後，興高采烈地說：「讓那位女士進來吧。」他坐在床緣、低著頭，不過他揚起眼皮，這樣只要她進來就能看到。有一會兒，我認爲他可能有一種殺人的意圖；我記得，他在我的研究室攻擊我之前，是非常沈靜的，所以我得小心站在有利位置，只要他企圖撲向她，我就能立刻抓住他。她帶著自在的優雅進來，這種態度能立刻博得任何精神病人的尊敬——因爲自在是精神病人最尊重的特質之一。她走向他，愉快地微笑，並伸出她的手。

「午安，倫飛德先生。」她說。「你瞧，我認識你，因爲舒華德醫師跟我提過你。」他沒有立刻回答，而是皺著眉頭注視她。這個表情接著變成驚奇，混合了懷疑；然後，令我大感吃驚的是，他說：

「妳不是醫師想要娶的那個女孩，是不是？妳不可能是，妳知道，她已經死了。」哈克太太帶著甜美的笑容回答說：

「當然不是！我已經有先生了，我在認識舒華德醫師前就結婚了，我是哈克太太。」

「那麼妳在這裡做什麼？」

「我先生和我到這裡拜訪舒華德醫師。」

「那不要留下來。」

「爲什麼不?」我認爲，這類對話可能會使哈克太太不悅，再說下去我也會不悅，所以，我插進話題說：

「你怎麼知道我想和誰結婚?」他停了一下，把目光從哈克太太移向我，又立刻移回目光，在這短短的時間裡，他非常輕蔑地回答：

「多愚蠢的問題啊!」

「連我也不明白，倫飛德先生。」哈克太太立刻爲我緩頰說。他對她的態度非常有禮貌，不像對我很魯莽：

「妳當然瞭解，哈克太太，像我們主人一樣令人愛戴的男人，所有關於他的事情都是我們這個小社區感到有興趣的。舒華德醫師不僅被他的家人和朋友所喜愛，也被他的病人所喜愛，其中有些病人因爲心理不平衡，所以會扭曲前因後果。因爲我一直住在這間精神病院，我很難不注意到，有些病人蓄意無的放矢或作謬誤論證。」我睜大眼睛，注意這個最新的發展。我鍾愛的精神病患——以我前所未見最突出的風格——以高貴的紳士姿態討論基本哲學。我在想，是不是因爲哈克太太的到來，觸動他某部分的記憶。如果這個新境界是自發的，或是因爲她無意的影響力所致，那她一定擁有某種罕見的天賦或能力。

我們繼續聊了一會兒；而由於倫飛德的表現似乎相當合理，於是她開始用懷疑的表情看我，並試圖引導他去講他喜歡的話題。他以完全理智的方式應對問題，令我再度感到意外；他並且舉自己爲例，針對特定事情作說明。

「咳，我自己就是一個被當成奇思怪想的例子。事實上，無怪乎我的朋友保持警覺，並堅持說，我必須加以控制。我想像，生命是一個積極而永久的實體，食用不同層次的生命，不管是多低等的生物，都有助於延長生命。有時我接受這個信念如此強烈，以致我實際嘗試過吃人。醫師可以爲我作證，我曾經想要殺他，打算透過喝他的血，將他的生命注入我的體內，以強化我的生命力——這完全是根據聖經所說的『因血即是生命』。然而，賣狗皮膏藥的江湖郎中把這個至理名言庸俗化到了輕蔑的地步。對不對啊，醫師？」我點頭同意，因爲我實在不知道該想什麼、說什麼才好；眞令人難以想像，我在不到五分鐘前，親眼看他吃下蜘蛛和蒼蠅。我看看錶，我得到車站去接凡赫辛，所以，我告訴哈克太太該走了。她很愉快向倫飛德先生告辭說：「再見，只要你高興，我希望能常與你見面，」令我吃驚的是，他竟回答說：

「再見，親愛的，我向上帝禱告，再也見不到妳那甜美的面容。願祂賜福並保佑妳！」

當我到車站接凡赫辛時，我走在那些弟兄前面。可憐的亞瑟比露西臥病以來看起來快樂，而昆西也比昔日來得爽朗。

凡赫辛像個興致高昂、身手敏捷的男孩步下車廂。他一看到我就立刻衝上前來說：

「約翰老友，一切可好？我一直在忙，如果有需要我就留下來。我把所有事情都搞定了，我有很多話要說。米娜夫人和你在一起？她那位一級棒的先生也是吧？亞瑟和我的好友昆西也和你在一起吧?太好了!」

在開車回去途中，我告訴他發生了什麼事，以及哈克太太對於我的日記提出的建議和作法；此時，教授打斷我的話說：

「這位米娜夫人太棒了!她擁有男人的頭腦——一個男人天賦高會擁有的——以及女人的心靈。上帝創造她是有目的的，相信我，祂創造了如此美好的組合。約翰老友，到現在爲止，有這位女士的協助眞幸運；但過了今晚，她不該再參與如此恐怖的事情。讓她冒如此大的風險不好。我們男人下定決心——不，我們不是信誓旦旦嗎?——摧毀這個野獸；但不要讓女人加入。即使她不會受傷，但在歷經如此恐怖的事情後，她的心靈可能受創；日後她可能會受苦——不管清醒或入睡，從她的神經到她的夢境都會受苦。再說，她是個年輕的女性，結婚沒多久；就算現在不想那麼多，以後還是會有所顧慮。你告訴我說，她已整理好所有文件，既然如此，她必須和我們一起討論；但從明天起她必須退出這項工作，讓我們自己來做。」我由衷同意他的看法，我也告訴他不在時的新發現：卓九勒買的房子就在我的房子隔壁。他感到意外，並顯得很擔心。「要是我們早知道就好了!」他說，「那麼我們就可能及時找到他，以拯救可憐的露西，但如同你所說的，『覆水難收』。我們別再想那個了，繼續走我們的路吧，直到完成。」然後他便沈默不語，直到走進我的房門。在我們準備用晚餐前，他對哈克太太說：

「米娜夫人，我聽約翰說，妳和丈夫已經將所發生過的事情，依照時間順序排列出來，直到最新情況。」

「不是到現在的最新情況，教授，」她脫口而出，「只有到今天上午的情況。」

「爲什麼不是到現在呢？我們已經看到，到目前爲止，所有細節都已明朗了。我們說出心中秘密，當事人也沒有覺得哪裡不妥。」

哈克太太開始臉紅，然後從她口袋中拿出一張紙來說：

「凡赫辛醫師，請你過目，然後告訴我，應不應該加進去。這是我今天的紀錄。都是些細瑣的事，但我認爲有必要加進去；除了屬於個人的事，其實只是小事。必須加進去嗎？」教授認眞看過一遍，還給她說：

「如果妳不願意，就不需要加進去；不過，我希望加進去。這會使妳丈夫更愛你，我們所有人，妳的朋友，將更以妳爲榮——更尊重妳、更愛妳。」拿回那張紙時，她的臉又紅了，笑得更燦爛。

所以，到當下爲止，我們所有的紀錄都彙集完成，並排出時間順序。教授拿了一份副本，準備在晚餐後、會議前閱讀，會議訂在九點。我們其他人都已經讀過了；等到我們在我的研究室開會的時候，所有人將能掌握事實的來龍去脈，以便安排與這個可怕又神秘的敵人作戰的計畫。

米娜・哈克的日誌

9月30日——六點鐘晚餐過後兩小時，我們在舒華德醫師的研究室開會。我們下意識組成一個委員會。凡赫辛教授進來時，舒華德醫師請他坐在主席的位置。他要我坐在他的右手邊，並要求我當秘書；強納生坐在我旁邊。坐在我們對面的分別是葛德明爵爺、舒華德醫師與墨利斯先生——葛德明爵爺坐在教授身旁，舒華德醫師坐中間。教授說：

「想必大家對於這些文件記錄的事實都已明白。」大家都表示同意，然後他接著說：

「我自認應該向各位說明我們要對付的敵人的情形，讓你們知道此人的來歷，如此一來，我們才能討論該如何行動，然後落實。」

「世上有吸血鬼之類的生物，也有牠們存在的證據。即使沒有我們親自經過不愉快的經驗作爲證明，相傳下來的教誨和紀錄也足以爲證。我承認一開始我也感到懷疑，要不是多年來自我訓練保持開放的心胸，否則即使事實擺在眼前，耳朵裡聽到『瞧！瞧！我證明了！我證明了！』我可能也無法相信。要是我一開始就知道我現在所知的就好了——不，要是我只是那麼猜測了就好了——一個如此寶貴的生命就不會這樣離開深愛她的我們了。但這都過去了；我們必須努力，在我們能夠挽救的時候，保護其他可憐的靈魂不致凋零。當這個吸血殭屍被螫一次的時候，不會像蜜蜂一樣死去。牠只會更強壯；一旦牠變得更強壯，便更有能力作惡。存在我們之間的這個吸血鬼，牠的力氣相當於廿個男人的力氣；牠比任何生物都狡滑，並且能力與日俱增；牠仍然可得「鬼占」的協助，從字源上看，就是死者的占卜，所有牠能靠近的死人都要受牠命令；牠比野獸更像野獸：牠是披著人皮的魔鬼，而牠的心不是人心；牠在一定範圍內可以隨心所欲，在任何時候或地方，以任何牠能的形式出現；牠能在所在地操控自然：風暴、濃霧、雷電；牠能指揮卑賤的生物：老鼠、貓頭鷹和蝙蝠——蠹蟲、狐狸及野狼；牠可以長大或縮小；牠時而消失，來去無踪。那麼，我們如何著手摧毀牠？我們如何發現牠的行蹤？一旦找到牠，如何將之摧毀？我的朋友們，這就足夠了；我們肩負的是一項恐怖的任務，即使勇士也有毛骨悚然的理由。但若我們在這場戰爭中倒下，牠鐵定會贏；那麼我們在哪裡終結？生命本無一物；我可不在乎牠。但若失敗，關係到的不僅生或死。我們會變成牠；我們就會像牠一樣，變成黑夜的穢物——沒有心肝或意識，掠食我們最愛的人的身體及靈魂。對我們來說，天堂之門將永遠關閉；誰會爲我們再度開啓天堂之門？我們將爲世人所憎惡；成爲上帝的陽光面上的陰影；成爲主耶穌身上的箭。但我們責任就在眼前；在這種情況下我們能退縮嗎？對我而言，我說不能；以我而言，我老了，生命的陽光、美景、鳥語、音樂和愛，都已成過往。而你們還正年輕。雖然經歷滄桑，但未來還有美好日子。你們認爲呢？」

當他說話的時候，強納生一直握著我的手。當我看見他伸出手來，我非常擔心，我們所處的可怕險境恐怕會征服他；但這是我感受到的生命——如此堅強、自立與果斷。一個勇敢男人的手自己能說話；甚至不需要女人的愛便可聽到它的音樂。

當教授和我丈夫說話時，他望著我的眼睛，我也望著他；我們心有靈犀一點通。

「我代表米娜和我自己答覆你。」他說。

「把我算進去，教授。」昆西・墨利斯先生像平常一樣，說話簡潔有力。

「我也跟你一起。」葛德明爵爺說，「就算沒有其他理由，也要看在露西的份上。」

舒華德醫師只是點頭。教授站起來，把他的金色十字架放在桌上，然後把雙手伸向兩邊。我牽著他的右手，葛德明爵爺牽著他的左手；強納生用他的左手牽我的右手，並伸向墨利斯先生。於是，我們全都手牽手，訂定神聖的盟約。我覺得我的心極冷，但想都沒想過要退縮。我們回到座位，凡赫辛醫師以愉快的方式繼續開會，這項嚴肅工作顯然已經展開，並將以如同其他生命交易一般愼重、類似商業的模式進行：

「你們應該明白我們必須對抗的對象是什麼；我們也不是沒有優勢。我們有許多種力量——吸血鬼所沒有的力量；我們有科學資源；我們能自由行動及思考；白天及黑夜都是我們的時間，無分二致。只要我們發揮這些力量，它們是不受束縛的，我們可以自由運用。我們有爲理想自我奉獻的心，以及不自私的奮鬥目標。這些已經非常豐富。」

「現在讓我們來看，與我們作對的整體力量受到多少限制，以及個別不逮之處。簡言之，讓我們考量吸血鬼的一般侷限，以及這個吸血鬼的限制。

「所有我們必須檢視的不外乎傳統及迷信。當事情涉及生死——甚至超越生死——傳統及迷信一開始似乎不算什麼。然而，我們必須知足；第一，因爲必須如此——我們沒別的辦法——第二，畢竟這些事——傳說和迷信——就是一切。有關吸血鬼的傳說，唉，就算我們不信，別人……信不信？在講求科學事實的十九世紀中葉，我們一年前可以接受這種可能性嗎？我們當時甚至對『眼見爲憑』表示不屑。所以，此刻先在相同的基礎上，接受關於吸血鬼的說法，乃至於牠的侷限和袪除的方法吧。讓我告訴各位，在許多地方許多人都知道吸血鬼。在古希臘、古羅馬……牠在德國、法國、印度，甚至在切爾松尼斯❶和中國，到處橫行，甚至今天都有人對牠聞之色變。牠追逐憤怒的冰島人、著魔的匈牙利人、斯拉夫人、薩克森人與馬札兒人的蹤跡。這就是我們迄今所知；讓我根據我們自身經歷的不愉快經驗，告訴各位這些傳說的細節。這個吸血鬼一直都存在，不會因為時間逝去而死去；牠吸食生物的血，獲得滋養而壯大。更甚者，我們之中也有人看到，牠甚至可以變得更年輕；牠的生命力變得更強盛，只要牠們攝取特殊的食物的數量夠大，牠們就會煥然一新。但若沒有這種食物，牠們便無法壯大；牠和人類吃的不一樣，即使強納生與牠住了幾星期，也從未看過牠吃東西！牠沒有影子；如同強納生觀察到的，牠在鏡中沒有反射。強納生再次見證了牠力氣之大——當牠關門擋住狼群，以及當牠幫他上馬車時。牠可以把自己變成狼，就像我們從那艘船抵達惠特比的經過可以推測的——當牠將那隻狗撕開；牠也能夠變成蝙蝠，就像米娜女士在惠特比窗前看到的，就像約翰看見牠從隔壁房子飛過來，就像昆西看見牠停在露西小姐的窗戶。牠可以製造一團迷霧，並從其中冒出來——那位可敬的船長可以證明這一點；但據我們所知，牠能製造迷霧的距離有限，而且僅限於牠所在的範圍內。牠以自然的塵雲形式乘月光而來——如同強納生在卓九勒古堡看見的那些姊妹。牠變得如此之小——如同我們所見，露西小姐在安息前從毛髮般的細縫滑入墓室。一旦牠找到法子，牠可以從任何東西迸出或鑽進，無論這個東西的束縛多緊密，甚至是由烈火融合—

❶譯註：Chersonese，古代地理學指克里米亞的地區。

—或稱爲焊接——也難不倒牠。牠在黑暗中也能視物，這在一半見不到光的世界，不算小法力。請聽我細說分明。雖然牠可以做這些事情，但牠並不自由。牠甚至比被罰苦役的船奴、比被囚禁的瘋子還不自由。他無法隨心所欲到任何地方；雖然牠不是自然形成的，但仍須遵守部分自然律——我們不知道原因爲何。牠一開始不能進入屋內，除非家裡有人讓牠先進來；然後牠就能自由進出。如同所有邪惡的事物，當新的一天將至，牠的能力就消失了。只有在特定時間，牠能具備有限的自由。如果不在自己的地盤，牠只能在正午、或天亮或天黑之際變形。我們所說的這些事，前人都說過，都可從我們的證據推論出來。因此，當牠有地面上的家、棺材中的家、陰間的家，這些地方都是邪惡不淨的，一如我們在惠特比看到牠鑽進自殺者之墓，牠就能在他的地盤隨心所欲；但在其他時候，牠便只能在時機到來時才能變化。傳說中，牠只能在退潮或漲潮時渡河。然後，還有些東西能把牠剋得很死，例如我們所知的大蒜，或神聖的事物，例如，現在與我們同在的十字架，只要我們下定決心，牠在這些東西面前將變成廢物。只要有它們在，牠就會退避三舍、不敢輕舉妄動。還有其他東西我們需要用來對付牠。在牠的棺材上面放野玫瑰枝，牠就無法從棺材出來。再用聖潔的子彈射牠的棺材，使牠眞正死亡；至於穿過牠的木樁，我們已經見過它帶來的平靜；或者割下頭部帶來的安息，我們已經親眼看到這一幕。」

「一旦我們發現這個活死人的棲身處，我們就能把牠困在棺材裡，然後根據我們所知的辦法，將之摧毀。但是牠很聰明。我請在布達佩斯大學的友人阿米尼厄斯提供我們關於牠過去的紀錄。事實上，他應該就是當年率先橫渡大河、對抗土耳其的大名鼎鼎的卓九勒親王。由此觀之，他在當時絕非等閒之輩，經過幾世紀亦然。他被稱爲最聰明、最狡猾，也是最英勇的『山林外之子』。然而，他深廣的智慧和鋼鐵般的意志，隨著他進入地下，現在還用作攻擊我們的利器。阿米尼厄斯說，卓九勒家族原本是名門貴族，現在卻被同胞視爲與『頭號惡魔』爲伍的後裔。他們越過荷曼斯特德湖，在群山之中的索羅曼斯，習得惡魔的秘法，惡魔並宣稱卓九勒是他排行第十的門生。紀錄中出現若干字眼，例如『stregoica』——『巫婆』；『ordog』和『pokol』，意即『撒旦』和『地獄』；在另一份手稿中，卓九勒被稱爲『殭屍』（wampyr），我們都很瞭解這一點。就是這個人生下許多偉大的男人和良善的女人，經他們的墳墓聖化的土地，只有這個邪惡東西能夠居住。因爲這個邪惡的東西深深植基於所有善良之上，這並不恐怖，在缺乏神聖傳統的土壤上，恐怖是無法紮根的。」

我們討論之際，墨利斯先生一直盯著窗戶，然後靜靜站起來離開房間。教授停了一下，但又接著說：

「現在我們必須搞定我們該做的事。我們這裡有許多資料，必須據以展開行動。我們從強納生的調查中瞭解，那五十個從古堡運到惠特比的裝土的箱子，都是在卡法克斯交貨。我們也知道，至少有部分箱子被移走。我認爲，我們第一步應該確定，其餘箱子是不是還在我們今天眺望隔壁的那棟房子裡？是否又有更多箱子被移走？如果是後者，我們必須追蹤——」

我們的討論被砰然一響打斷，屋子外頭傳來子彈射擊的聲響；窗玻璃被子彈擊碎，這顆子彈是從小窗口的上方彈跳下來，打到房間遠處的牆。我當時發出一聲尖叫，深怕被別人當成膽小鬼。所有男士都從座位上跳起來；葛德明爵爺跑到窗邊、推開窗框。就在此時，我們聽到墨利斯先生從窗外說：

「對不起，我恐怕嚇著你們了。我應該進來向你們說明。」過了一分鐘他進來說：

「我這麼做實在很笨，我希望你們原諒，特別是請求哈克太太原諒；我恐怕嚇壞你們了。然而，就在教授說話當時，有一隻大蝙蝠飛來停在窗臺上。由於近來這一連串恐怖的意外，我實在無法忍受這些可惡的傢伙，所以，我出去射這隻蝙蝠，就像我夜裡只要看到蝙蝠都不放過。你那時都會笑我，亞瑟。」

「你有沒有射中？」凡赫辛醫師問。

「我不知道，我猜沒有，因爲它飛到樹林裡去了。」他沒有多說什麼，就坐回位子上，教授便繼續他的論點：

「我們必須追蹤每一個箱子；一旦作好準備，我們必須在這個禽獸的洞穴將之活逮或殺死；我們亦須將土壤變成不毛之地，使牠失去庇護。如此一來，我們可以在中午到黃昏之間，發現牠的人形，趁牠這段時間能力最弱之際，與之交手。」

「現在講到米娜夫人，妳就到今晚爲止，直到一切太平爲止。妳對我們太珍貴了，我們不能讓妳冒這種險。我們今晚分道揚鑣後，妳便不再能過問。我們在適當時間再向妳說明一切。我們這些男人可以承擔；而妳必須是我們的明星，我們的希望，只要妳平安，我們也平安，我們才能更放心採取行動。」

所有男士，甚至強納生，都似乎感到如釋重負；但我不以爲然，他們可能爲了保護我，而面臨危險——或無法發揮最大力量——而有安全之虞；然而，他們心意已定，雖然我很難接受，也無法說什麼，只好接受他們騎士精神的照顧。

墨利斯先生繼續討論說：

「不能錯失時間了，我贊成，我們現在就去他的房子看一看。對他來說，時間就是一切，我們迅速採取行動，便能拯救另一個受害者。」

隨著採取行動的時間越來越近，我的心開始七上八下，但是我什麼也沒說。因爲我更害怕，如果我成爲他們的包袱，他們可能什麼事都不告訴我。他們現在前往卡法克斯，帶著工具準備進入那棟屋子。

這些男子漢告訴我上床睡覺；當一個女人所愛的人身處險境，教她如何成眠！我要臥床假寐，否則強納生回來時會更擔心。

舒華德醫師的日記

10月1日，凌晨四點鐘——就在我們準備動身的時候，我收到倫飛德的緊急訊息，要求我立刻去見他，因爲他有極重要的事要告訴我。我告訴傳話的看護說，我早上會照他的意思去看他；我現在正忙。看護又說：

「他似乎很急，先生。我從未看過他如此急迫。如果你不趕快去看他，我不知道他會不會抓狂。」我知道此人不會無緣無故這麼說，所以我說：「好吧，我現在去。」我請其他人等我一下，因爲我必須去看我的「病人」。

「讓我跟你去，約翰老友。」教授說。「你在日記中提到他的個案，我非常有興趣，而且他有時也成爲『我們的』個案。我非常想要見他，尤其當他心煩意亂的時候。」

「我可不可以也跟去？」葛德明爵爺問。

「我可以嗎？」昆西．墨利斯說。我點點頭，然後我們全都走向走道。

我們發現他相當亢奮，不過，他的言詞及態度比我先前看過的更理性。這次對他自己的瞭解非比尋常，一點也不像我在瘋人院看過的情形；他理所當然地認爲，他的理性能夠說服其他神智完全正常的人。我們四人進入房間，一開始沒有人開口說話。他要求我，立刻讓他出院、送他回家。他的理由是，他的神智已經完全康復。「我請求你的朋友，」他說，「他們或許不介意對我的個案作判斷。對了，你還沒有介紹我。」我大大吃了一驚，竟致此刻我不覺得，在療養院中向別人介紹瘋子，有什麼奇怪；再說，這位當事人的行止帶著相當的自尊，充分顯示一種平等性，所以，我立刻介紹說：「葛德明爵爺、凡赫辛教授、來自德州的昆西．墨利斯；倫飛德先生。」他和他們一一握手，然後繼續說：

「葛德明爵爺，我很榮幸，以前在溫德姆紳士俱樂部擔任令尊的助手；而今由你繼承他遺留下來的爵位，我不免感傷。所有認識他的人都很愛戴他；我曾聽說，他年輕時曾發明一種蘭姆甜酒，在德比的夜晚大受歡迎。墨利斯先生應該以德州為榮，德州加入聯邦創下的先例，為美國星條旗後來揚威南北半球，肇下深遠影響。當門羅主義❷淪為政治空論，這項聯邦條約的影響力依然證明是促進美國擴張的巨大引擎。還有誰會與凡赫辛會面會不感覺榮幸？先生，我不會為沒有尊稱你所有傳統的頭銜而道歉。當一個人發現大腦物質的連續性演化，從而革命性地改進了治療學，傳統的稱呼形式已顯得不適合，因為這些頭銜只會把他侷限在某個階級裡。各位紳士，無論你們的頭銜是來自國籍、繼承或天賦，都符合你們各自在這個變動世界相對的地位。我則證明，我至少與絕大多數擁有自主權的人一樣理智。我確定，舒華德醫師，你這位人道主義者、醫事法專家和科學家，有此道德責任，將我的個案視同處理例外情況來處理。」他以不卑不亢的態度提出這項最後的訴求，的確自成一格。

我想我們全都感到一陣錯愕。至少我個人認為，儘管我對此人個性與背景有某些認識，但他的理智已經恢復；而且我有一股衝動要告訴他，我對他的神智狀態感到滿意，會考慮在早晨安排他出院的必要手續。然而，我認為，在作此重大宣佈之前最好再等一等，因為我早就很清

❷譯註：美國第五屆總統門羅宣稱西班牙不可干預新興的拉丁美洲國家。然而美國實際上沒有強大的海軍可以驅逐西班牙對拉丁美洲的入侵，因此歐洲認為這項主義荒誕不經，直到英國決定支持美國的這項外交政策為止。

楚，這位特別的病人有突然轉變的傾向。所以，我只大概說，他似乎進步很快；等早晨我再跟他聊久一點，看我能否答應他的意願。這顯然無法令他滿意，他立刻說：

「但是，舒華德醫師，我擔心你根本不瞭解我的心意。我想要立刻離開——從這裡——就現在——眼前——立刻，如果我能。何況時間急迫，而根據我們和時間那個「鐮刀老人」之間達成的默契，我一好就離開是我們合約的本質。我確定，只消把這個簡單卻重大的心願，在與舒華德醫師一樣令人敬佩的醫生面前提出，就能實現。」他熱切地看著我，見到我否定的表情後，轉向其他人，仔細打量他們。在沒有得到任何充分的回應下，他接著說：

「我的推論有錯嗎？」

「有的。」我直截了當說，但同時也覺得很殘忍。停頓了好一會兒，他娓娓說：

「看來，我必須改變要求的理由。容我要求讓步——恩准、特許，隨你高興。爲此，我心甘情願懇求，不只是基於個人理由，也請求看在其他人份上。我沒有辦法給你我所有的理由；但是，我確信，你可以看出我有良好、明智、無私，以及最高度責任感的理由。大夫，如果你傾聽我的心聲，你將完全認可令我鼓舞的感受。不對，你會把我視爲你最要好、最眞誠的朋友之一。」他再一次熱切地看著我們所有人。我越發覺得，他這種全然改觀的理性方式，只是他抓狂的另一種形式或前奏。於是我決定讓他待久一點，根據我的經驗，他最後會像其他精神病患一樣露出眞相。凡赫辛緊緊盯著他看，兩道濃眉幾乎和專注的表情糾在一起。他對倫飛德說話的口氣，我當時並不覺得意外，但事後想起來，他的口吻就像和同儕說話一樣：

「你能不能坦白說出，你想今晚出院的眞正理由？我可以保證，如果你能令我滿意——我是一個外人，不帶偏見，而且保持開放心態的人——舒華德醫師將會給予你所要的特許，而他自行承擔風險與責任。」他帶著遺憾的表情，悲傷地搖頭。教授繼續說：

「拜託，先生，請再三思。你試圖以你擁有充分的理智說服我們，這是在對理智要求最大的特權。我們有理由懷疑你的神智，因爲你的疾病尚未治癒，而你現在要這麼做。如果你無法協助我們選擇最明智的療程，我們如何履行你交付給我們的責任呢？請明智一點，幫助我們；我們能的話，一定會協助你完成心願。」他仍然搖頭說：

「凡赫辛醫師，我沒有什麼可說的了。你的論點很完整，如果我能自由說明原委，我會毫不猶豫說出來；但我並非自己的主人。我唯一能做的，就是請你相信我。如果我被拒絕，那將不是我的責任。」我認爲，現在該是結束的時候了，因爲這嚴肅的一幕變得很滑稽，所以，我一面往門口走，一面說：

「走吧，朋友們，我們還有事要做。晚安。」

然而，就在我走到門邊，這位病人又有新的轉變。他快步走向我，當時我很擔心，他可能又要對我發動致命的攻擊。然而，我的擔心是沒有理由的，因爲他一直高舉雙手苦苦哀求。如他自己所知，這種情緒的宣洩將使我們的關係退回原點，反而對他不好，不過，他一直不死心。我看看凡赫辛，他的眼神顯然與我所見略同；所以，我的態度就算不是太固執，也變得更篤定，我要讓他知道，他的努力是行不通的。我以前就看過這種情形，例如，有一次他想要一隻貓，當他心中越渴望擁有，他提出要求的情緒便越亢奮；這次我也作好準備，等著看他從發怒到接受。然而，我預期的狀況並未發生。當他發現拜託不成，整個人癱了。他跪在地上、拱手作揖、不斷乞求，熱淚從兩頰滾滾流下，臉上反映出他最深切的感情：

「我向你乞求，舒華德醫師，我求求你，讓我立刻離開這裡。把我送走，無論你用任何方法，送我到任何地方都行；讓看護把我五花大綁都行；他們可以讓我穿上束身背心，戴上手銬腳鐐，甚至把我送到牢裡都行；無論如何讓我離開這裡。你不會明白，你把我留在這裡是做了些什麼。我從內心深處——從靈魂深處——對你說，你不知道你錯待了誰，也不知道怎麼錯待了；但我無法告訴你。我眞傷心啊！我無法說。看在你秉持的神聖——你擁有的眞善美——你失去的愛——你抱持的希望——看在全能上帝的份上，帶我離開這裡，不要讓我的靈魂被罪惡玷污！你聽到我說的嗎？你能瞭解嗎？你能懂嗎？你不知道，我現在神智非常清醒；我不是一個發瘋的精神病患，而是一個捍衛靈魂的理智之人。噢，聽我說！聽我的話！讓我走！讓我走！讓我走！」

我認爲，如果再這樣下去，他會越抓狂，結果會讓他發作；於是，我抓住他的手，把他扶起來。

「起來吧，」我沈穩地說，「不要再這樣了；今晚已經折騰夠了。回到床上，多加自重。」

他突然停住，盯著我好一會兒。然後一語不發，站起來走開，坐在床邊。如同我預期的，就像前幾次一樣，他崩潰了。

當我離開房間時，就在最後一刻，他以有教養的口吻對我說：

「舒華德醫師，我相信，我今晚爲了說服你所做的一切，日後你將還我一個公道。」

第19章

強納生・哈克的日誌

10月1日，清晨五點——因爲從沒看到米娜這麼強壯、健康過，我才輕鬆自在地跟著大夥兒一道出門調查。眞高興她願意就此打住讓我們男人接手，這麼可怕的事讓她沾上邊，總是讓我心裡怕怕的，不過現在她的工作已經完成，憑藉著她的精力、智慧和先見之明，故事的全貌已能拼湊完整，每個細節都說得通了，她大可以覺得大功告成，把剩下的部分交給我們來做。我覺得倫飛德那一幕把我們都有點嚇到，退出他的房間後，我們一路無語地回到書房。

然後，墨利斯先生對舒華德醫師說：「傑克，那個人如果不是在嚇唬人，那他就是我所見過神智最清醒的瘋子了。我並不確定，但是我相信他確實有一些嚴正的意圖，果眞如此，不給他機會，對他是蠻粗暴的喔。」

葛德明爵爺跟我都沒吭聲，但是凡赫辛醫師接著說了：「約翰我友，你見過的瘋子比我多，我也爲此感到慶幸，因爲若非如此，這事若是由我來決定，我在他最後一次歇斯底里發作前大概就會把他放了。但是，我們是邊做邊學，在現階段我們不能冒任何險，就像我的朋友昆西說的，保持現狀是上策。」

舒華德醫師以一種夢囈般的口吻同時回答他們兩人：「我不知道，但是我同意你們的想法。如果那個人只是一般的瘋子，我會冒險信他一次，可是他跟卓九勒伯爵混雜得太厲害了，好像某種指標似的，我怕犯下錯誤，助長他心裡頭的妄念。我沒忘記他曾以同樣的狂熱爲一隻貓祈禱，或是用牙差點把我的喉嚨咬斷，何況他還用『主人』稱呼卓九勒伯爵，也許他是想出去協助他進行什麼邪惡之事。那個恐怖份子有狼群鼠輩和他的同黨助威，所以我想他不會做出利用一位可敬的瘋子的事情。雖然他感覺是很誠懇啦。我只希望我們做了最好的決定。這些事情以及我們手邊正在進行的瘋狂工作，讓人膽子變小了。」

教授走過去，手放到他肩膀上，用低沉溫和的聲音說道：「約翰老友，別怕，我們只是盡責地處裡這件令人感傷又糟糕的事，只能選擇我們覺得最好的作法，此外，除了慈悲上帝的憐憫，我們還能期待什麼呢？」

葛德明爵爺剛才離開了幾分鐘，現在回來了。他舉起手裡一個銀色口哨，說道：「那裡也許鼠輩橫行，爲防萬一，我找到呼救的良方了。」

越過圍牆後，我們朝屋子走去，小心地在月光出現時，靠樹蔭掩護前進。到達門口後，教授打開提包，把一堆東西倒出來攤在台階上，然後把它們分成四份，顯然是一人拿一份的意思，然後他說話了。

「各位朋友，我們就要進入極端危險的地方，我們需要很多種武器，我們的敵人不僅是鬼魅，要記住他還有二十個男子漢的氣力，而我們有的只是普通凡人的頸項和氣管，很容易被他折斷摧毀，因此僅憑蠻力是收服不了他的。一個，或是一群比他強壯的人，當然可以在某些情況下抓住他，但是卻沒辦法像他傷害我們一樣傷害到他，因此，我們必須保護自己，不讓他碰觸到我們。把這個保持在你心臟附近。」他邊說邊撿起一個銀色小十字架，然後遞給最靠近他的我。「把這些花套到脖子上，」他又遞給我一串乾掉的大蒜花的花環，「對付其他比較屬於人類世界的敵人，用這把左輪手槍和小刀；其它的全面性輔助工具還有這些小電燈，你們可以把它們綁在胸前，最後也是最重要的是這個，除非必要，絕不要褻瀆了它。」

他說的是聖餅，他把聖餅放進信封裡拿給我，其他人也都拿到同樣的裝備。

「現在，」他說，「約翰老友，萬能鑰匙在哪兒？如果能用它們開門，我們就不必像之前在露西家那樣破窗而入了。」

舒華德醫師試了一、兩支萬能鑰匙，身爲外科醫師的他，機械性的純熟手法恰好在此派上用場。他找到一支能插入的鑰匙，前後轉了幾下，銹蝕的螺栓唧呀一響，彈入托槽。我們推門，生銹的鈕鍊咯吱咯吱響，門漸漸就開了。眼前的景象，像極了舒華德醫師日記裡對威斯騰納小姐墓穴的描寫，我猜其他人也是同樣感受，因爲他們同時倒退了一步。教授第一個往前走去，一腳跨進門檻。

「主啊，我把靈魂交付爾手！(In manus tuas,Domine!)」他說著，在胸前劃著十字踏入屋子。進屋後我們把門帶上，以防待會兒點燈後，燈光可能招引外面路人的注意。教授謹慎地試著門鎖，耽心萬一需要緊急疏散的時候，會無法從裡面打開門。接著，我們點燈開始搜索行動。

小燈發出的光，隨著光束交錯，落在地上形成各種奇形怪狀的影子，被我們不透光的身體擋到時，又出現巨大陰影。我無論怎樣就是甩不開屋裡還有別人的感覺，我想是這裡的陰森氛圍，強烈地勾起我對外西凡尼亞那段恐怖經驗的回憶。其他人應該也有同感，因爲我注意到，他們每聽到或看到什麼，也是頻頻轉身回頭，就跟我自己的反應一樣。

這裡整個空間佈滿灰塵，地上的灰像是有幾吋深，拿燈往下照著腳剛踩過的地方，還可以看見鞋釘留下的印痕。牆壁表面看起來毛茸茸的，灰也很厚，牆角是層層蜘蛛網，上面滿載灰塵，看起來像是搭了塊很舊的破布在上面，把半邊蛛網壓得往下垂。大廳的一張桌子上有一大串鑰匙，每支鑰匙上都有一個已經泛黃的標籤。它們曾被使用過幾次，因爲桌上的灰塵毯中，有幾小塊沒什麼灰的地方，跟教授現在把鑰匙拿起後的小塊很像。

他轉身對我說：「你知道這地方，強納生，你描摹過這裡的地圖，至少你會比我們更清楚，到小教堂的路怎麼走？」

我知道大概的方位，不過前一次來這裡時，我並沒有獲准進去，於是我在前面領頭，拐錯幾個彎後，來到一個低矮的拱形橡木門前，上面釘了一條條的鐵栓。

「就是這裡，」教授邊說邊用燈照看一小張房屋的配置圖，這圖是從我原本的購屋信件資料裡拷貝過來的。我們費了點功夫才從鑰匙串裡找到正確的那支，然後打開教堂門。我們心裡明白會有不好的東西出現，因爲才要開門，就有一股淡淡的惡臭從門縫裡飄出，只不過，我們先前誰也沒料到會出現這樣的異味。

其他人都不曾在近距離遇過卓九勒伯爵，而我以往看到他時，他若不是剛好窩在他自己的房裡靜渡禁食期，就是在通風的廢棄樓房裡，方才吸飽新鮮的血，但是現在這地方又小又擠，而且因爲久無人居，因此空氣變得滯悶難聞。惡臭的空氣中有種泥土味，類似乾涸的沼澤味道。但是單就這氣味本身來說，我該怎麼形容呢？它不單是結合了所有的死亡惡味，以及嗆鼻、辛辣的血水味，而像是腐敗本身都腐敗了的氣味。呸，想到就令我作嘔！那個惡魔呼出的每一道氣息似乎都附著在屋裡，令人加倍嫌惡這個地方。

一般情況下，這樣的惡臭會讓我們收工喊停，可是這次的行動非比尋常，任務背後崇高重大的目標，讓我們有力量超越純粹物質性的顧慮。門縫逸出的第一道惡臭，雖然害我們不由自主地倒退一步，但是我們旋即重新挺進，就像那兒不是令人嫌惡的所在，而是玫瑰花園。

我們對這個地方展開細部調查，教授提醒我們：「第一件事是算算還剩多少箱子，然後檢查每個破洞、角落和裂縫，看我們是不是能從中找到線索，得知其餘箱子的下落。」

其實，只要望一眼就知道還剩多少，因為裝土的箱子體積龐大，不可能算錯。

原本五十個箱子，現在只剩下二十九個了！葛德明爵爺突然轉身望向門外走道，我心裡一驚，也跟著往後看，陡然間心跳都停止了。黑濛濛中，卓九勒伯爵那張邪惡的臉隱然閃現；高聳的鼻樑骨、佈滿血絲的眼睛、血紅的唇、以及慘白的臉。影像隨即消失。葛德明爵爺自顧自說著：「我還以為看到一張臉，不過是影子罷了，」隨即又回頭繼續做他的事。我提燈往外照，來到走廊上，半個人影也看不見；而除了走道兩邊的牆，沒有死角、門或其它夾縫，因此連可以讓他藏身的地方也沒有一個。就當是恐懼產生的幻覺吧，我什麼話也沒說。

幾分鐘後，正在檢視牆角的墨利斯，猛然倒退一步，我們的視線隨著他的移動而移動，毫無疑問，緊張的氣氛正在我們之間蔓延，等到看見一大團像星星般閃閃發亮的東西，大家直覺地立刻往後閃；老鼠的出現讓整個地方活了過來。

驚恐的大夥兒呆立了半晌，只有葛德明爵爺反應夠快，顯然他對這樣的危機已有所防備。他衝向包著鐵栓的大橡木門——之前舒華德醫師描述過這扇門的外觀，我自己也見過——他用鑰匙轉開門鎖，拉開大門栓，把門打開。接著，他從口袋裡拿出銀色小口哨，吹出一聲低沉刺耳的哨音，舒華德醫師房屋的後方立刻傳來犬吠聲，約一分鐘後，三隻梗犬衝過來圍著房子轉圈。我們已在無意識中全部撤退到門口，我注意到，地上的灰塵已被弄得很亂。不見了的那些棺材是從這裡搬出去的，就在這一兩分鐘的時間裡，鼠群的數量快速增加，牠們蜂擁而出，燈光照亮了牠們黑黝黝的身子，和一閃一閃邪惡的眼，看來好似一片遍布螢火蟲的土地。狗兒繼續衝過來，但是到了門口突然停住，狂吠起來，只見牠們同時仰鼻東嗅西嗅，然後發出淒慘的哀嚎。成千上萬的老鼠不斷湧出，我們退出房外。

葛德明爵爺抱起其中一條狗，把牠放到屋裡的地上。牠的腳才著地，立刻又恢復了勇氣，馬上衝向牠的天敵。鼠群竄逃的速度極快，快到牠還弄死不到十幾隻，另兩條和牠一樣被抱進去的狗兒，已經抓不到什麼了。

老鼠一離開，像是把邪惡力量也帶走了，狗兒們蹦蹦跳跳，高興地叫著，一邊還故意衝向已被撂倒的獵物，把牠們在地上撥來撥去，再咬起來惡意地甩一甩。我們的精神一振，我不知道是因爲門開後淨化了死亡的氣氛，還是因爲出來戶外讓我們鬆了口氣，但是，很確定的是，儘管我們的意志未曾絲毫動搖，恐懼的陰影已如披肩衣物般滑落，此行也比較沒有那麼陰森了。

我們關上最外邊的門，閂好，把鎖鎖上，領著狗兒再次對屋內展開調查。除了超乎尋常的大量塵土外，我們什麼也沒發現，而且，除了我第一次造訪時留下的鞋印外，大半地面都沒有異狀。狗兒們沒有顯示出任何不適，甚至在我們回到小教堂後，牠們也還是四處蹦蹦跳跳，像是夏日到森林狩獵野兔一樣。

我們從大門口出來時，東方曙光已露，天色迅速亮起。凡赫辛醫師已從鑰匙串裡找出大廳廳門的那支，他以教會正統的方式鎖上門，然後把鑰匙放進口袋。

「到目前爲止，」他說，「今夜之行非常成功，沒有人如我所擔心地受傷，而且，也已確定消失的木箱的數目。最讓我高興的是，我們可能最艱鉅、最危險的第一步行動已經完成，而且沒有驚動到我們最甜美的米娜小姐，沒有讓那些她可能永遠忘不了的景象、聲音和氣味，打擾到她日夜的心緒。我們也上了一課，如果可以容我特別指出，那就是，那些聽命於卓九勒伯爵的野蠻生物，目前還沒有完全臣服於他。你們瞧，那些應該聽他召喚的老鼠，應當像那次他在你離去時和那可憐的母親哭喊時，他在他城堡頂上召喚來的狼群一樣聽話，可是老鼠雖然來了，但一見到我朋友亞瑟的那些小狗，立刻四散奔逃。我們還有更多事情要做、更多危險要經歷、更多恐懼要克服，而那個惡魔……今夜他首次，也可能唯一只有這一次，沒有使出他統御獸界的眞本領，就假設今夜他是到別的地方去了吧，很好，這讓我們有機會在這盤棋局裡大喊『將軍！』，下這盤棋，爲的是要拯救人類的靈魂啊！現在，我們回家吧，天就要破曉，第一晚的工作夠讓人滿意了，也許未來註定還有更多這樣的夜晚或白天，就算險阻重重，我們也要繼續下去，絕不退縮。」

回到住處的時候，室內很安靜，只有遠處傳來的某個可憐蟲的叫聲，那是倫飛德房裡傳出的小小呻吟聲。那個可憐的傢伙無疑在折磨他自己，跟瘋子一樣，爲著不必要的事情苦惱。

我躡手躡腳走進臥房，米娜還熟睡著，呼吸聲好小，我得貼近耳朵才聽得到。她比平常看來更蒼白，希望今夜的會議沒有讓她不悅，我眞心感謝她不用再參與往後的工作，或是再跟著我們一起傷腦筋，這對於一個女子來說，壓力太大了。我以前不是這麼想的，但是現在我知道了，我很欣慰事情這樣處理，有些事讓她聽到也許會嚇到她，但是，瞞著她讓她起疑更加不好。我們的工作從此對她而言就是一本密封的書，不到工作結束、人世再無惡魔為止，是不會再跟她說了。我敢說，像我們這樣高度信任彼此的人，要不說話是很難的，但是我一定得有決斷力，明天我不會透露半點今晚的事，我要拒絕討論任何發生的事。為免吵到她，我在沙發上休息。

10月1日，稍晚——我想大家今天睡過頭是理所當然的，因為昨天忙了一整天，晚上也沒休息。米娜應當也感受到了那份疲累，雖然我睡到日上三竿才起床，還是比她早醒，然後叫了她兩三次才把她叫醒。她真的睡得好熟，睜眼後有幾秒認不出我，那付茫然驚嚇的樣子，就像做完噩夢的人會有的表情。她抱怨說好累，於是我讓她繼續休息到午後。我們現在知道有二十一個箱子被移走，裡面如果有一些被人拿去使用，我們便可能查得出去向。如此一來，我們的工作可簡化許多，事情越快解決越好。我今天要調查湯瑪斯．史涅林這個人。

舒華德醫師的日記

10月1日——約近中午，教授進房來把我喚醒。他比平日活潑有趣，顯然昨晚的工作讓他卸下一些心理重擔。

聊完昨晚的事，他突然說：「我對你的病人很有興趣，今早你能帶我去看他嗎？你要是沒空，可以的話，我就自己去。一個可以跟人談哲學，說話條理分明的瘋子，對我是全新的經驗。」

我有工作要趕，於是回說，我很樂意他自己去，不想讓他等我，然後，我把一名看護叫進來，交待好基本注意事項。教授臨去前，我提醒他別被病人給騙了。

「可是，」他答道，「我想讓他談談他自己以及生吃活物的幻想。我看見你昨天的日記裡寫著，他對米娜夫人坦承他曾有過這種念頭。你在笑什麼，約翰我友？」

「對不起，」我說，「我笑是因爲，」我把手按在打好字的日記上，「我們那位神智清楚、博學多聞的瘋子，那天說他曾經生吃活物的時候，其實他的嘴正噁心地裝著蒼蠅和蜘蛛哩，那是他在哈克夫人進屋前剛吃下去的。」

凡赫辛醫師也笑了，「好啊！」他說，「你的記憶力眞好，約翰老友，我早該想起來的。然而，不就是不正常的思想和記憶，讓精神疾病的研究變得更加精彩嗎？或許，我從瘋子的愚行裡學到的知識，比從最有智慧的人那兒學到的還更多。誰知道呢！」

我繼續忙我的事，沒多久就弄完了。時間感覺過得飛快，凡赫辛此時也回到研究室。

「有打擾到你嗎？」他站在門口禮貌地問。

「完全沒有，」我回答，「請進，我的工作做好了，現在沒事，你如果願意，我現在可以陪你過去。」

「不用，我已經見到他了！」

「結果呢？」

「我猜他對我評價不高，我們的對談很短，我進去他房裡的時候，他坐在屋子中央一個板凳上，雙肘垂放膝側，憂容滿面，很不高興的樣子。我盡可能輕鬆愉快地和他說話，同時維持著一定的尊重，他卻沒有回應。『你不知道我嗎？』我問他，他的回答讓人洩氣——『知道的可多了，你是老笨蛋凡赫辛。我希望你帶著你自己還有你那白癡的頭腦理論滾到別的地方去。該死的笨荷蘭佬！』然後他不再說話，只是繼續鬱悶地坐著，像是我不存在似的完全漠視我。向聰明的瘋子求知的機會於焉結束。我要走了，如果可以，我要去找善良的米娜夫人講幾句安慰自己的俏皮話。約翰老友，看到她不用再痛苦、不用再為我們可怕的工作煩惱，我眞是說不出的高興啊。雖然以後想到她曾提供的協助，一定會很感念，可是這樣比較好啊。」

「我打心底同意你說的，」我認眞地答道，因為不希望他在這件事上變軟弱，「哈克太太最好別再參與，情況已經夠糟了，全世界的男人，在我們這個時代陷入過各種險境，但是這不是女人能夠承受得起的，如果她繼續涉入，遲早會毀了她。」

於是，凡赫辛去找哈克夫婦說話去了，昆西和亞瑟則出門去追查裝土木箱的下落，我要把我的工作完成，晚上和大家開會。

米娜・哈克的日誌

10月1日——強納生多年來對我全然坦誠，今天見他明顯迴避特定話題，那些最關鍵的話題，把我矇在鼓裡，感覺好奇怪。經過昨日的勞累，我今早起得很晚，雖然強納生也睡過頭，但還是比我早起。他出門前用著再體貼溫柔不過的語氣和我說話，可是卻隻字未提造訪卓九勒伯爵住所的事。他一定知道我有多擔心吧，可憐的親愛老公！我想他一定比我還要沮喪。他們都認爲我最好不要再涉入這樁可怕的事，我也默許了。可是，看看他竟然什麼都不對我說！我現在哭得像個傻瓜，我知道，事情會如此是出於我先生對我的大愛，以及其他堅強男士們的善意……

哭一哭讓我好些，總有一天強納生會把事情都告訴我的，萬一哪天他也以爲我有事情瞞著他，我一直都在寫日誌，他若是怕我不信任他，就拿日誌給他看，把我心裡想的每件事都攤開在他眼前。我今天好奇怪，感覺好悲傷消沉，我猜是過度激動後，產生的失落反應吧。

昨晚我在男士們離開後就寢，只因爲他們叫我先睡，其實我不睏，而且心裡非常焦慮，我回想著從強納生到倫敦看我以後發生的每一件事，所有的事感覺都像可怕的悲劇，命運殘酷地像要把人推向一個命定的結局。我們做的每一件事，不論出發點多正確，最後都悲慘收場；如果我沒去惠特比，可憐的露西現在或許還活著。在我沒去之前，她沒有想過要去教堂的墓園，若不是她在白天陪我過去，晚上也不至於夢遊到那裡。如果不是她夢遊到那裡，那惡魔也不會對她下毒手。噢，我到底爲什麼要去惠特比啊？唉，又哭了！眞不知今天我是怎麼回事。我不能讓強納生看見，我從沒爲自己哭過，也不曾被他惹哭，親愛的老公若知道我一個早上哭了兩次……他會擔心死。我要裝作堅強的樣子，掉淚的時候，絕不讓他看見。我想這是我們可憐的女人要學會的一件事……

我想不太起來昨晚是如何睡著的。只記得聽到狗兒突然狂吠，還有一堆奇怪的聲響，比如說，很吵雜的祈禱聲，是從樓下倫飛德房裡傳來的。後來一切又恢復平靜，太靜，靜到嚇人，我忍不住起床朝窗外望。外頭一片漆黑死寂，月色籠罩下的斑駁黑影有種靜默的神秘。沒有一絲風吹草動，一切如死亡般陰森凝滯，所以，當一道白色的霧氣，以幾乎難以察覺的緩慢速度從草坪那頭飄向屋子來時，感覺上就像它有自己的知覺和生命力一樣。我覺得胡思亂想也不錯，因爲回到床上後開始有了睡意。我躺了一會兒，睡不著，於是又起床往窗外看。霧氣這時已擴展開，漸漸籠罩過來，我看見濃霧貼上外牆，往上爬向窗沿。那個可憐的傢伙叫得更大聲了，雖然我一個字都聽不懂，但是從音調裡我知道他在努力乞求著什麼。接著，我聽到一陣拉扯聲，知道是看護過去料理他了。我好害怕，於是又回到床上，把被單拉上蓋住頭，用手摀住耳朵。那個時候我一點也不睏，至少我是這麼想，可是後來我應該就睡著了，因爲早上被強納生叫醒的時侯，我除了昨夜的夢，其它什麼都不記得。醒來後，好一會兒我才想起自己身在何處，才認出趴在眼前看我的人是誰。我的夢很怪異，是典型的日有所思夜有所夢，白天的煩惱摻雜入夢境。

夢裡，我覺得我是睡著的，一邊還在等待強納生回來。我好擔心他，但是我動彈不了，我的腳、手和頭都好沉重，沒辦法用正常速度移動。所以我睡得很不安穩。然後，忽然間我覺得空氣好濁重、潮濕、陰冷。我把臉上的被單掀開，訝異的發現屋子好暗，我爲強納生留的煤氣燈，光線已轉弱，只剩線頭一點小紅光籠罩在霧氣中，無疑地，剛才的霧氣已更濃重，且已湧入室內。

可是我忽然想到，上床前我已經關上窗了。我想起身看我是否記錯，可是，鉛重般的睡意綁著我的手腳，甚至連意志力也是。我就只是安靜地、忍耐地躺著。我閉上眼，但是仍能從眼皮間看出去。（夢境可以玩的花樣多神奇啊，我們又是多麼方便地藉機想像。）霧越來越濃，我可以看見它湧進屋裡來，它的形狀像煙，又像是熱開水冒出的蒸汽，但是，它不是從窗戶進來，而是從門縫。霧越來越濃，濃到在房裡聚合成一道雲柱，穿過雲團上方，我可以看見煤氣燈的火光閃爍如一隻紅色的眼。雲柱在屋裡旋舞起來，我腦袋裡的東西也開始轉，此時我想起聖經裡的話「日間雲柱、夜間火柱」❶，難道眞有聖靈在我睡夢中前來引領？但是，雲柱同時代表了白日與黑夜的引領，因爲火在紅色的眼睛裡，我想到這裡有些著迷，我繼續看著，火光一分爲二，霧裡好似有兩隻眼睛在看著我，露西也曾描述過類似情景，她那次短暫夢遊到懸崖上時，聖瑪麗教堂的窗玻璃反射出的夕陽餘光正是如此。突然間我懼怕起來，強納生不是曾看過一群可怕的女人，在月色下從飛旋的煙霧中現形嗎!?夢裡的我一定嚇昏了過去，因爲接下來

❶譯註：語出舊約〈出埃及記〉13: 21~22

只有一片黑。想像力帶給我的最後一點清醒的記憶是，煙霧中出現一張青白色的臉，低頭看著我。

我得對這樣的夢小心些，做太多這種夢會讓人喪失心智。我想請凡赫辛或舒華德醫師開些安眠藥，只是怕驚擾到他們。現在這時候，這樣的夢一定會加深他們對我的擔憂。今晚我會努力自然入睡，若是不行，明晚再請他們開三氯乙醛給我吧，只吃一次不會傷身的，而且可以讓我睡個好覺。昨晚睡得簡直比沒睡還累。

10月2日，晚上10點——昨晚我有睡著，不過沒有做夢。我一定睡得很熟，因為連強納生上床，我都沒醒，但是，一夜的好覺並沒有讓我精神變好，今天我感覺好虛弱無力。昨天一整天，我除了看書就是躺著打瞌睡，倫飛德先生下午來問是否能見我。可憐的傢伙，他很溫柔，我走的時候，他親吻我的手，還祈求上帝眷顧我，讓我有些感動，想到他就會讓我哭。愛哭是最近才有的毛病，我得小心點，強納生若知道我哭，一定會心情不好。他和其他人到晚餐前才回來，全都一副累癱的模樣。

我盡可能逗他們開心，這麼做對我自己也有益，因為如此一來我也忘了自己的疲憊。晚餐後，他們催我上床就寢，然後一齊到別處抽煙去了。這是他們對我的說詞。我知道，其實他們是想要交換每日的情報，我從強納生的舉止就看得出他有重要的事要說。我應該覺得睏，可是卻不睏，由於昨晚沒睡好，於是我在他們離開前，請舒華德醫師給我一點鎮靜劑。他很親切地調配了劑安眠藥給我，跟我說藥性很弱，不會有副作用……我吃下去，然後等著入睡，可是現在還醒著。我希望我沒做錯，因爲有了睡意後，我又有了新的恐懼，恐懼於這樣剝奪自己清醒的力量會不會太傻。我也許會想要保持清醒的力量。好了，我睏了。晚安。

第20章

強納生・哈克的日誌

10月1日，晚——我在湯瑪斯・史涅林位於貝司諾葛林區的家裡找到他，遺憾的是，他處於一種無法回憶的狀態——他喝了太多爲了歡迎我而準備的啤酒，註定要醉倒的他，也未免醉得太早。不過，我倒是從她太太那裡問到他只是斯摩列的助理，她太太看起來是個正派可憐的人，是兩個人裡面比較有責任感的那位。於是我又開車到渥沃斯，約瑟夫・斯摩列先生穿著居家襯衫，正端著茶碟在喝晚茶。他是個正派的聰明人，顯然是個很好、很值得信賴的工作者，也很有自己的想法。運箱子的事他記得很清楚，他從長褲底下不知哪裡掏出一本都快翻爛的神奇筆記本，上面用粗黑鉛筆塗寫著一些象形符號。他把棺材放置地點一一告訴我，據他說，從卡法克斯運來的那批箱子，有六個送到了麥爾恩德新城，齊克森街197號，另外有六個送去了波蒙西的牙買加巷。如果卓九勒伯爵的用意，是要在倫敦各地遍置這些恐怖的避難箱，那麼，上述地點就是最初的寄放處，接下來再做全面配置。以這種系統化的作業方式來看，我認爲他絕不會只把自己困在倫敦的兩邊。他現在鎖定的是北海岸東端、南海岸東隅以及南方。北部和西部絕不可能從這個邪惡佈局裡漏掉，更別提倫敦市以及最繁華的西南區和西區了。我又回去找斯摩列，問他從卡法克斯還有沒有運送過其它箱子來。

他回答說：「長光（官），你對我不臭（錯）嘛！」我給了他半鎊金幣。「我把珠（知）道的都跟你說啦。四天前，我在屏雀街的獵兔獵犬酒吧，聽到一個叫布勞山的人說，他和他夥伴在波弗利特的一棟老房子裡，做過很稀奇的工作喔，那樣的工作渾（很）少見的，我想山姆．布勞山應該口（可）以告訴你更多。」

我問他到哪裡可以找到這個人，我說如果他能給我地址，就把剩下的半鎊也給他。他仰頭把茶一飲而盡，然後站起身說他立刻去找。

他走到門口停下，回頭說：「長光（官），讓你在這裡等不是辦法，我口（可）能很快找到他，也口（可）能找不到，總珠（之），今天晚上他是沒辦法告賜（訴）你什麼，山姆一喝酒，就變一個人，你口（可）以給我一個貼好郵票的信轟（封），上面寫你的地主（址），我問到他的住處，晚上馬上寄給你。但素（是）你最好明天一早就去找他，因爲他一早就會粗（出）

去，別嫌他前晚喝太多。」

這個建議很實際，我差一個小孩拿一便士去買信封信紙回來，買剩的錢算是給她的小費。她買來後，我寫好信封貼上郵票，斯摩列信誓旦旦地再次重申，拿到地址一定立刻寄給我，我就在他喋喋不休的聲音護送下，打道回府。總之，目前的偵察方向是正確的。我今天好累，好想睡覺。米娜睡得好熟，臉色看起來好蒼白。她的眼睛看起來好像哭過，可憐的寶貝，不讓她知道事情發展，一定很讓她苦惱，也會更加擔心我和其他人吧。不過，這樣是最好的安排。寧願失望擔心也比把她嚇壞的好，兩位醫師堅持要她退出這個恐佈計劃，的確是正確的，我不能動搖，因爲保密的重任是由我負責啊。不管任何情況下我不會提到這些事，其實，要做到也不是那麼難，她自己也絕口不提了，在我們告訴她我們的決定後，她再也沒提過伯爵這個人或他做過的事。

10月2日，晚——漫長、惱人又興奮的一天。早上送來的第一批郵件裡就有我寫的那個信封，裡面有張骯髒的紙片，上面用鉛筆歪歪扭扭地寫著：「山姆・布勞山，渥沃斯，巴特街，玻德停園，四號，寇爾寇藍公寓，找傅經理。」

我在床上拿到信，沒有叫醒米娜，自己先起來。她看起來很累、很睏、很蒼白，一點也不健康。我決定不叫她，但是等我調查完回來後，我會安排她去埃克希特。我覺得她回我們家會快樂些，家裡有她日常喜歡做的工作，比待在這裡什麼都不知道要好。我只跟舒華德打了個照面，跟他說我要出門，有任何新發現會立刻回來告訴大家。我驅車直駛渥沃斯，費了點功夫才找到波特爾庭園，斯摩列先生字寫錯，害我一路詢問玻德而不是波特爾庭園。總之，找到地方後，一眼就看見了克爾克朗公寓。

我向來應門的人說我找傅經理，他搖搖頭道：「我不認識，這裡沒這個人，我一輩子都沒聽過這名字，不管哪裡都不會有這樣一個人吧！」

我拿出斯摩列的紙條，從他把波特爾誤聽成玻德的例子悟出了道理。「請問閣下你是……？」我問道。

「我是『副經理』。」他說。

我即刻知道找對了地方，又是因為他發音拼字出問題而誤導了我。我拿了半克朗的小費向「副經理」打聽消息，他跟我說，昨晚大醉的布勞山先生是在克爾克朗這裡過夜沒錯，但是清晨五點已起床到帕普勒上工。他不能明確指出那個地方的位置，只是模模糊糊有個印象說那是間「新式倉庫」。我靠著這一點可憐的線索朝帕普勒出發。一直到十二點左右，我才在一間工人們吃晚餐的咖啡店，打聽到一點有用的消息。一位工人說，十字天使街上新蓋了間「冷凍庫」，我立刻想到這很符合「新式倉庫」的概念。我又花了點小錢和守門人員及工頭聊了聊，終於問到布勞山。我跟工頭說，有些私事想借布勞山一問，願意替布勞山賠他那天的工錢，工頭於是把他叫來。他是個蠻機伶的人，雖然言談舉止略粗魯。他知道我要付錢買他消息後，對我說，他有兩次從卡法克斯載東西到皮卡迪利大道的一個房子，也從這裡運過九個大箱子到皮卡迪利大道，他說東西「超級笨重」，他還雇用了一個馬車來幫忙拖運。

我問他可否告訴我皮卡迪利大道那棟房子的門牌號碼，他答道：「長官，我不記得幾號啦，它在一座白色大教堂隔壁的隔壁，應該是教堂吧，才蓋沒多久。那是棟老房子，滿室灰塵，不過運箱子出來的那家灰塵更多。」

「如果兩棟房子都是空的，你是怎麼進去的？」

「波弗利特那一棟，我在那裡等一個老人家，等很久，他和我一起把箱子抬上運貨馬車。哇靠，他是我見過力氣最大的人，而且還那麼老，八字鬍都白的，瘦得連影子都看不見。」

多令人毛骨聳然的一句話啊！

「爲什麼我這麼說，因爲他抬箱子像提個幾磅重的咖啡，我卻氣喘如牛才給它抬起來，可是我也不是軟腳蝦啊。」

「那麼皮卡迪利大道那棟你是怎麼進去的？」我問。

「那邊他也在，他在我之前就到了，因爲我按門鈴是他自己來開的門，他幫我把箱子抬到大廳。」

「全部九個嗎？」我問。

「對，第一車五個，第二車四個，眞是吃力的粗活啊，我都記不得怎麼回的家。」

我插嘴問：「箱子就放在大廳裡嗎？」

「是啊，那個廳很大，裡面沒別的東西了。」

我再次追問：「你沒有任何鑰匙？」

「從來不必用鑰匙啊，那位老先生自己開門，我開車走的時候，也是他關門。最後一次就記不得了，都是啤酒害的。」

「門牌號碼你也想不起來嗎？」

「想不起來。不過，先生，不用擔心這個，那棟樓高高的，前面是石頭的拱形門，還有好多樓梯。我記得樓梯，因爲棺木不好抬上去，有三個想賺銅板的遊民過來幫忙，老先生賞了他們幾先令，他們看到這麼多錢，還想要更多，結果老先生一隻手把其中一個拎起來，差點扔下台階，他們就邊罵邊走了。」

我覺得靠以上描述應該找得到地方，於是付給他費用，然後前往皮卡迪利大道。讓我痛苦的事又多一樁；很顯然地，卓九勒伯爵有能力自己一個人處理那些箱子，果眞如此，時間就太寶貴了，因爲已經有不少箱子轉運出去，只要他有時間，很快就能神不知鬼不覺地完成整個配置。我在皮卡迪利大道圓環前停車，然後往西走去。走過初級憲政院後，我看見了描述中的那棟房子，這就是卓九勒伯爵的另一個巢穴。房子看起來很久沒有住人，窗戶表面一層厚厚的灰，百葉窗是拉起來的，整體結構因年代久遠而呈黑色，鐵條上的漆也已剝落。顯而易見，陽台前頭最近一定張貼過大看板，而且被很粗魯地撕掉，因爲右上角黏貼的地方還在。我看到陽台欄杆的後方有一些零散的木板，新近被鋸斷的地方露出白色。如果我早一步在看板拿走前趕到，現在可有得要忙，因爲上面也許會有房屋所有權人的線索。我還記得在卡法克斯的調查及買屋經驗，因此不由得認爲，那時能找到屋主的我，這回一定也能摸清楚這個房子的底細。

目前爲止，皮卡迪利大道這棟尙無線索，沒事可做，於是我繞到房子後面查看附近環境。結果發現，馬廏很多，大半房子都有住人。我問了一兩個正在附近的馬伕，問他們對那棟房子有無印象，其中一個表示，最近確實聽說那房子給人買走了，但是不知買主是何人，不過，他跟我說，去找「米雪兄弟及肯蒂房屋仲介公司」，也許能問出些消息，因爲他依稀記得「售屋」看板上面印著這家房地產經紀商的名字。我不想表現得太熱切，以免對方知道太多、或是有過多揣測，於是很平常地道謝後，慢慢走開。天色已漸暗，秋天的夜晚就要降臨，我不想浪費時間，從柏克萊旅館的電話簿查到米雪兄弟及肯蒂公司的地址後，我立刻趕到他們位在薩克威爾街的辦公室。

接待我的先生態度溫文儒雅，可是卻也相當難以溝通。我們整個對談過程裡，他一直用「宅第」稱呼皮卡迪利大道那棟房子，他認爲告知我房子已經賣出，這事就已結束。當我問買方是誰時，他雙眼大睜，停了幾秒才回答：「已經賣了，先生。」

「抱歉，」我也以同樣禮貌的態度回覆，「但是我有特殊理由想知道買方是誰。」

他停頓的時間更長了，眉毛也挑得更高，「賣掉了，先生。」再次簡明地回答我。

我說：「你應該不介意我多知道一點兒吧。」

「可是我介意，」他答道。「『米雪兄弟及肯蒂公司』絕對保障客戶的安全與隱私。」

顯然是個古板到極點的傢伙，爭辯也沒有用。我覺得跟他拉近關係較好，於是我說：「你的客戶一定很高興你這樣堅持保護他們的隱私，我自己也是專業人士。」

我遞名片給他。「眼下這件事，並不是出於我個人好奇，而是代表葛德明爵爺前來詢問，他想要知道有關這棟房子的事，之前要出售的事，他也很清楚。」

這些話讓情勢稍稍改觀。他說：「如果可以，我很樂意應允你的請求，哈克先生，特別是樂意應允爵爺的請求。他還是亞瑟・侯伍德公子時，我們就曾經協助他出租一些房間，如果你願意給我爵爺的地址，我會將此事知會上議院，不論如何，今晚都會以郵件與爵爺連繫。若能迴避我們的規定，讓爵爺獲得所需要的資訊，那將是我們的榮幸。」

我需要朋友，不想製造敵人，於是向他致謝，給了他舒華德醫師的地址，然後離開。天色已暗，我又累又餓，在艾瑞堤特麵包廠喝了杯茶，然後搭下一班火車到波弗利特。

我發現大家都在家，米娜看起來疲憊、蒼白，她殷勤地努力做出明亮爽朗的樣子，對她隱瞞事情並造成她的不安，想到就讓我揪心。感謝上帝，這將是她最後一晚看我們開會，最後一晚被我們不告知她情勢所刺傷。她看起來好像妥協了，要不然就是這個話題已讓她厭惡，因爲偶爾有人說溜嘴時，她會打冷顫。我很欣慰我們即時做出保護她的決定，否則以她這樣的情緒反應，我們現在知道的事對她更是折磨。

有人在的時候，我不能報告今天發生的事，所以，晚餐後，我們掩飾性地來了段音樂欣賞——即使只剩我們自己，然後我送米娜回房就寢。親愛的小女子今晚比平常更柔情，她攀在我身上像是要我留下，但是我有太多事要報告，只好離開。感謝上帝，封口並沒有影響到我們的感情。

下樓後，發現大家圍聚在研究室的壁爐前，我在火車上已寫完今天的日記，我照著上面寫的唸出來，讓大家充分掌握我的資訊。

唸完後，凡赫辛說：「今天可做了不少事啊，強納生小友！無疑地我們已在正確的調查路途上，如果在那間房子找到全部失蹤的箱子，我們的工作就接近尾聲了，但是如果不是全部，我們還要繼續找，直到全部找出為止，那個時候我們才能使出致命一擊，把那個惡魔消滅。」

我們靜靜坐了一會兒，墨利斯先生突然開口了：「大家說，要怎麼進去那間房子？」

「我們不就進去過另一棟。」葛德明爵爺立即回道。

「但是，亞瑟，這次不一樣。我們破門而入卡法克斯那間，是因為有黑夜和有牆的公園作掩護，皮卡迪利大道這邊，不論白天或黑夜，硬闖的結果截然不同。坦白說，除非房地產經紀人拿鑰匙給我們，不然我想不出可以怎麼進去。」

葛德明爵爺眉頭緊鎖，他站起身，來回踱步。不一會兒，他站定，來回看著我們說道：「昆西頭腦冷靜，闖空門是嚴重的事，我們是混成了一次，但是眼下這事是如此特殊——除非我們找到卓九勒伯爵的鑰匙籃。」

看來，明早之前什麼事也不能做，至少也要等葛德明爵爺收到「米雪公司」的信再說。我們決定，早餐前不採取任何積極行動。我們坐了很久，抽煙、從各個面向討論這事。我也趁這個時候，繼續把日誌記錄到這裡。我很睏，想要去睡了……

再多寫一行。米娜睡得很熟，呼吸正常。她的前額擠出一道道細紋，像是在夢裡都在思考。她臉色還是很蒼白，但是已不似早上那般憔悴。我希望明天這一切能補救過來；回到埃克希特的家，她就會復元的。噢，眞睏啊！

舒華德醫師的日記

10月1日——倫飛德再次令我困惑。他的心情轉變太快，讓我很難掌握。而這些情緒總是不大顧及他的個人福祉，因此更引人想去研究。今早，我在他逐出凡赫辛之後去看他，他表現得像是一個可以指揮命運的人。事實上，就他主觀立場來說，他是在指揮命運。他並不怎麼在乎俗世之事，他是從雲層之上，往下看我們這些可憐凡人的所有弱點與慾望。

我以爲我能改善情況，了解一些事情，於是問他：「你覺得最近蒼蠅如何？」他以高人一等的表情朝我微笑，回答我說：「我親愛的先生，蒼蠅有個很驚人的特徵，牠的翅膀表現出精神官能的飛行力量。古人用蝴蝶比喻心靈，確實恰當。」

我覺得可以把他的比喻推到邏輯的極致，於是我立刻回道：「原來你現在有興趣的是靈魂，是嗎？」

他的瘋狂擊退了理智，臉上出現困惑的神情，他以我絕少見過的決心搖頭。

他說：「不！不！我不要靈魂，我只要生命。」說到這他振奮起來，「我現在對它沒什麼感覺，生命還好，我擁有我想要的一切。你得找個新的病人，醫生，如果你想研究肉食癖現象。」

這讓我有些困惑，於是繼續引導話題。「那麼你指揮生命，我猜你是神囉？」

他以難以言喻的高高在上的慈悲態度微笑著，「噢，不！我才不屑妄稱自己具備神祇的屬性。我甚至也不在乎祂專擅的靈性工作，如果讓我定位我的智識位置，以純粹的塵世爲基準，我和以諾❶位居差不多的心靈層次。」

這話讓我接不了腔。我一時想不起以諾的典故，因此必須問他一個簡單的問題，雖然這麼做是在瘋子面前矮化自己。「爲何和以諾層次差不多？」

「因爲他與上帝同行。」

我不懂這個類比，但是不想承認，於是又繞回去問他剛才那個否定句：「所以，你不在乎生命，也不想要靈魂，爲什麼呢？」我問得又急又嚴厲，有意要擾亂他。

這招奏效，因爲他下意識裡立即掉回原來謙卑的態度，在我面前把頭低得好低，簡直是搖尾乞憐地回答我：「我不想要任何靈魂，眞的，眞的！我不要，就算有我也不會用它們，它們對我沒有用處，既不能吃也不能……」

他忽然停住，狡猾的神情又在他臉上暈開，像是風吹過水面般。

「醫生，講到生命，它到底是什麼呢？當你已獲得所有你想要的，而且知道你再也不會缺

❶譯註：Enoch，聖經人物。

什麼了，這樣不就好了！我有朋友，很好的朋友，譬如你，舒華德醫師。」說這話的時候，他斜睨著眼，帶著一種無法形容的狡猾神情。「我知道我永遠不會缺生活的工具。」

我覺得，他在精神異常的朦朧意識中，看到了我的一些敵意，因爲他立刻退回到他最後的保護殼裡，也就是頑強的沉默。等了一會兒，我覺得現在跟他說話也沒用；他繃著臉，於是我離開了。

午後，他要我過去。通常沒有特殊理由我是不會去的，但是目前我對他極有興趣，所以很樂意做點努力。此外，我也很高興有點事打發時間，哈克出門追查線索去了，葛德明爵爺和昆西也是。凡赫辛坐在我的書房，鑽研哈克夫婦爲他準備的文件紀錄，他似乎相信只要精確掌握所有細節，就能得到線索。他工作時不想被無故打擾，我本想帶他一起去看病患，不過，想到他早上才被斥退的事，也許他不會想要再去吧。還有另一個原因：有第三者在場，倫飛德可能不會像只有我在時說話那麼自在。

我看到他坐在房間中央的板凳上，這個姿勢一般代表他在思考事情。我進門後，他立即問我問題，就像這問題已掛在他唇邊很久：「靈魂怎麼樣？」

顯然我的推測是正確的，下意識的腦部運動正在作用，連瘋子也不例外。我決定攤開來談。

「你自己覺得呢？」我問。

他停了半晌沒答腔，只看著他四周，上上下下，像是期待能得到靈感。

「我不要什麼靈魂，」他以有氣無力、抱歉的口吻說著。這話題似乎一直盤桓在他腦海，我決定借之一用，所謂「殘忍的慈悲」啊。我說：「你喜歡生命也想要生命？」

「是呀。但是，這也沒什麼，你不必擔心這個！」

「但是，」我問：「獲得生命的同時怎能不同時得到靈魂呢？」

這問題讓他感到困擾，於是我乘勝追擊：「哪天你到外面去飛，可有好日子過了，千千萬萬的蒼蠅、蜘蛛、鳥啊、貓啊的靈魂，全部繞著你嘰嘰喳喳嗡嗡叫。你得到牠們的生命，就必須忍受牠們的靈魂！」

好像有什麼事影響到他的想像，因為他用指頭堵住耳朵，閉上眼，眼眉緊扭，像孩子被人拿肥皂洗臉的表情。這景象令我傷感。我也上了一課，因為我眼前的大人是個小孩——只是一個小孩，雖然他已是滿面風霜，下顎鬍渣斑白。顯然他正感受著精神折磨，有鑒於他可能以過去的情緒詮釋陌生事物，我覺得我最好進入他的脈絡，與他一同感受。

首先，第一步是恢復信心。我大聲問話，好讓摀著耳朵的他能聽到：「你想要用糖再吸引蒼蠅飛來嗎？」

他立刻清醒過來，搖頭，邊笑邊回答：「不很想！畢竟，蒼蠅很可憐。」停了一下，他又說：「還是一樣，我不想要牠們的靈魂圍著我嗡嗡叫。」

「那蜘蛛呢？」我繼續。

「吹走啊！蜘蛛有何用？牠們也不能吃也不能……」他突然打住，像是碰到禁忌話題。

「所以，」我心想，「這是他第二次說到『喝』時就突然住口，這代表什麼？」倫飛德也警覺到自己說溜嘴，他趕緊扯別的，想要以此分散我的注意。「這些生物我是不備存貨的，一如莎士比亞所說『田鼠、毛鼠之類的小東西』（Rats and mice and such small deer），可稱作『貯食庫裡的雞飼料』，我已經不玩那些把戲，要我對我知道的小食肉目動物產生興趣，還不如叫一個人用筷子去吃空氣中的粒子。」

「我懂了，」我說，「你想要吃有嚼勁的大東西？你覺得早餐吃大象如何？」

「你在講什麼莫名其妙的話啊？」他變得太清醒，我得更努力施壓。

「我在想，」我故意若有所思，「大象的靈魂是什麼樣。」

我得到我想要的效果，因爲他立刻從高高在上的模樣掉回地上，又變成孩子。

「我不想要大象的靈魂，或任何靈魂！」他說。他坐著沮喪了幾分鐘，然後突然跳起來，眼睛閃耀著光芒，這是腦部極度興奮的表徵。「下地獄吧，你跟你的靈魂！」他吼著，「你爲什麼要拿靈魂來害我？我的煩惱、痛苦還不夠多嗎！？哪還需要什麼靈魂，這些已經夠困擾我了。」

他看起來充滿敵意，我擔心他殺人的念頭會再出現，於是吹了聲口哨。

我一吹，他馬上安靜，帶著歉意說：「原諒我，醫生，我不是我自己。你不需要任何幫助，我因爲太憂心，所以容易發脾氣。你要是知道我面對的問題，知道我正在走出來，你會同情我、容忍我、原諒我的。拜託不要給我穿束身背心，我想要思考，身體束縛住的時候，我無法自由思考。我相信你會理解。」

他顯然很自制，因此，看護趕到後，我告訴他們不用管，他們遂退下。倫飛德看著他們離去，門關上後，他以相當程度的自尊及溫和態度說道：「舒華德醫師，你眞替我著想，相信我，我眞的感激你。」

我覺得讓他保持這種心情也不錯，於是離開他的房間。關於此人的狀態，當然有一些可以思索的地方。有幾點我觀察到了，只要能找出正確順序，便似乎符合美國做採訪的人所說的「故事」。這幾點是：

不願提到「喝」。

害怕擔負任何東西的「靈魂」。

不害怕未來得不到「生命」。

厭惡所有低等生物，雖然他怕被牠們的靈魂糾纏。

以邏輯推論以上各點，得出一個結論——他很確定他可以獲得某種更高形式的生命。他害怕獲得高形式生命的後果，也就是靈魂的負擔。所以，他等待的是人類的生命！

他何以確定……？

上帝慈悲！卓九勒伯爵找過他，有新的陰謀正在進行！

稍晚——巡邏完病房後，我去找凡赫辛，告知他我的疑慮。他神情變得非常嚴肅，他思索片刻，要求我帶他去見倫飛德。我遵照辦理。來到倫飛德房門口時，我們聽到那個瘋子正高興地在唱歌，這是他在很久以前會做的事。

進房後，我們驚訝地發現他又像以前一樣把糖撒了一地。原本在秋天不活躍的蒼蠅，又開始嗡嗡叫地飛進房間。我們試著想要他繼續前面的談話，但是他不聽我們說話。他繼續唱他的歌，無視於我們的存在。他拿著一張小紙片，把它折起來夾進筆記本。我們一無所獲地從他房裡出來。

他的確是個有趣案例。我們今晚必須觀察他。

米雪兄弟及肯蒂公司寫給葛德明爵爺的信

10月1日

爵爺閣下鈞鑒：

本公司竭誠樂意配合閣下要求，茲就閣下由代理人哈克先生代為傳達之事項，提供皮卡迪利大道347號之房產交易資料如下：原始賣方為已過世的阿奇柏・溫特蘇菲德先生的遺囑執行人，買方乃外籍紳士底威爾伯爵，本交易係由底威爾伯爵親自以現金直接進行「場外交易」——如果用詞粗俗，尚請爵爺閣下見諒。除以上所述，本公司對於賣方一無所知。

本公司願為

閣下謙恭的僕人

米雪兄弟及肯蒂公司謹致

舒華德醫師的日記

10月2日——昨晚我在走道上安排了一個人，要他把所有從倫飛德房間傳出的聲音，鉅細靡遺地紀錄下來，我指示他，有任何奇怪的事情發生，要馬上叫我。晚餐後，我們聚集在書房的壁爐前，哈克夫人已就寢，我們討論著今日的嘗試與發現。哈克是唯一有進展的人，我們熱切期盼他找到的是重要線索。

上床前，我繞道到病人房間外，從觀察窗往裡看。他睡得很熟，胸部隨著呼吸規律起伏。今早，值夜的那個人報告說，午夜過後不久，倫飛德開始躁動不安，持續大聲地唸著祈禱文，我問他就只有這樣嗎，他說他聽到的只有這些。他的舉止有些怪異，我單刀直入問他是否有睡著，他否認睡著，但是承認有稍微「打個盹」。人啊，不盯著就無法信任，眞是糟糕。

今天，哈克出門追查線索，亞瑟與昆西在家照顧馬匹。葛德明認爲讓馬永遠處於待命狀態較好，因爲一旦得到我們想要的消息，那就是刻不容緩，沒有時間可以浪費。我們必須在日出到日落之間，對所有進口的泥土進行消毒，我們要在伯爵最弱的時候逮捕他，讓他來不及躲入避難的箱子。凡赫辛到大英博物館查詢一些有權威性的古藥，老一輩的醫生會記錄一些年輕一輩不認同的東西，教授想要找的是女巫與惡魔的解藥，後面可能派得上用場。

我有時覺得我們一定都瘋了，我們應該都穿上束身背心，保持清醒。

稍晚——我們再次開會。我們好像終於找到方向，明天的工作也許就是完結篇的開始。我在想倫飛德的靜默與這個有無任何關係?他的情緒是隨著卓九勒伯爵的行動而起變化。也許，他已由微妙的方式得知惡魔死期不遠?如果能知道他腦子裡在想什麼，在我今天跟他講完話，到他後來抓蒼蠅之前，他在想什麼也許能提供我們重要的線索。他現在好像暫時安靜了下來……是嗎?——那狂野的嚎叫聲似乎是從他房裡傳出的……

看護闖入我房間，告訴我倫飛德不知怎麼發生了意外，他聽到他嚎叫，但是他進去後，只見倫飛德臉朝下，倒臥地板上，渾身是血，我必須立刻趕去……

第21章

舒華德醫師的日記

10月3日——讓我把所發生的，以及我所記得的事，確實寫下來。我所能回想起的各項細節都不能漏記；我必須冷靜以對。

當我進入倫飛德房間，我發現他倒在左邊地板上的血泊中。我立刻過去移動他，而他顯然傷得很重，身體各部位之間似乎沒有統合的目標，以致連慵懶的神智在他身上都失去了跡象。臉被翻過來時，我可以看出，受到了要命的瘀傷，就像整個人被摔到地板上——事實上，地上的血泊正是出自臉部的傷。當我們把他翻過身來，看護跪在他身旁說：

「先生，我認爲他的背部骨折。瞧，他的右手和右腳，以及整個臉部都癱瘓了。」怎麼會發生這種事，這一點令看護匪夷所思。他似乎不知所措，眉頭深鎖地說：

「有兩件事我不明白。他臉上的傷就像把頭撞地面的情形一樣。我曾在埃佛斯菲德療養院目睹一個年輕女人這麼做，當時沒有人能及時制止她。我猜想，如果他突然全身痙攣，而摔到床下，有可能把背脊打斷。但我長這麼大還沒看過這兩種情況同時發生。如果他的背部骨折，他就無法打到自己的頭；他似乎在痙攣摔落床下之前，臉就已受傷。」我跟他說：

「去找凡赫辛醫師，請他立刻前來。我希望他不要有任何耽誤。」看護立刻跑去，不到幾分鐘，教授穿著睡衣和拖鞋出現。當他看到倫飛德倒在地板上，他端詳一會兒，然後轉過來看我。想必他從我的眼神看出我的心思，因爲他很平靜地說，而且是說給看護聽：

「眞是一個悲慘的意外！他應該受到更小心、更密切的照護。我會陪著你，但我必須先更衣。請你先留下，我幾分鐘後就來。」

這位病人現在發出鼾聲，顯而易見地，他傷勢頗重。凡赫辛迅速回來，並揹著外科手術箱。顯然他一直在思考此事，並已下定決心。就在他開始檢視病人前，他低聲對我說：

「要看護離開，當他手術過後醒來，我們必須單獨和他一起。」所以我說：

「一切就緒了，西蒙斯，現在能做的都做了。你去忙你的吧，凡赫辛醫師要動手術了，如果其他地方有任何異常，立刻讓我知道。」

看護退下後，我們仔細檢查這位病人。臉上的傷勢在表皮，實際傷勢爲頭骨碎裂，擴及右邊的運動神經區。教授想了一會兒後說：

「我們必須降低血壓，儘可能使之回復正常狀況；充血速度顯示他的傷勢嚴重。整個運動神經區似乎都受影響，大腦充血速度將會加快，我們必須立刻作頭蓋骨鑽洞手術，否則就太遲了。」當他說話的同時，傳來輕輕的敲門聲。我過去開門，發現亞瑟和昆西穿著睡衣和拖鞋站在走廊上，亞瑟說：

「我聽到你的手下喚醒凡赫辛醫師說發生意外。所以，我去找昆西，其實他也沒有睡著。事情發生得太突然、太奇怪，這陣子我們都無法好好睡覺。我一直在想，明晚事情將不會是原來的樣子，所以，我們必須比以往前瞻後顧得更多。我們可以進去嗎？」我點點頭，把門開著讓他們進來，再把門關上。當昆西看到病人的神態及狀況，並注意到地板上那一灘血，他輕聲地說：

「我的天哪！他到底發生了什麼事？可憐的魔鬼！」我向他簡報——在最短時間說明所有事件，並告訴他，我們預期他在手術後將恢復意識。他立刻走到床邊，與葛德明坐在一起；我們全都耐心看著病人。

「我們應該等一段時間，」凡赫辛說，「來決定頭蓋骨鑽洞的最佳點，因爲出血顯然有增無減，我們必須以最快和最完美的方式，取出顱內血塊。」

在我們等待期間，過一分鐘就像過一年那麼長，我的心已經沈到無底深淵，從凡赫辛臉上，我可以看出，他對接下來的事有些恐懼或是擔心。我害怕倫飛德醒來可能說的話，我肯定害怕去想，但我已確信什麼事即將發生，因爲我閱讀過那些聽過奪魂令的人的故事。這個可憐人似乎奄奄一息，他每次喘息似乎都想要睜開雙眼說話；然而接下來又是拉得更長的鼾聲，他便陷入更嚴重的昏迷狀態。雖然我早已習慣與病床和死亡爲伍，但這種緊張的感覺越來越強。我幾乎可以聽到自己心臟砰砰跳；血液衝到太陽穴就像打鼓咚咚響。安靜最後變得令人痛苦。我一一看著同伴，我從他們脹紅的臉及潮濕的眉頭，看出他們也忍受相同的折磨。我們全都感到神經緊張，就像在沒有預期的情況下，頭頂上什麼可怕的大鐘發出轟然巨響。

現在病人的狀況每下愈況；他可能隨時撒手。我注視教授，我們四目相交。他表情凝重地說：

「已經沒有時間可以浪費，他的話可以救活許多人命；當我站在這裡，我一直在這麼想，可能有一個靈魂陷入危險！我們要在耳朵上方進行手術。」

他未再多說，便開始動手術。有好一會兒病人持續喘息，有一口氣拉得好長，好像會讓他胸膛爆開。突然間，他睜開雙眼，無助地凝望，又持續了好一會兒，然後眼神變柔和，露出驚喜，唇間鬆了一口氣。他痙攣地動著，一邊說：

「我會很安靜，醫師。告訴他們脫下我的束身背心。我做了一個可怕的夢，害我沒有力氣、動彈不得。我的臉有什麼不對嗎？感覺上好像腫起來，刺痛難忍。」他試著轉動頭部，雖然想打起精神，但雙眼依然無精打采，所以，我輕輕把他的頭移回原位。然後凡赫辛以愼重的口吻說：

「告訴我們你的夢，倫飛德先生。」當他聽到聲音，受傷的臉發出光采，然後說：「那是凡赫辛醫師嗎？你在這裡眞好。給我一點水，我的嘴唇好乾；我將設法告訴你我的夢。」——他停住了，似乎暈過去了。我輕聲呼喚昆西——「白蘭地——在我研究室——快去拿！」他飛也似的去來，拿了一只酒杯、一小瓶白蘭地和一瓶水。經我們滋潤病人乾燥的雙唇後，他很快回過神來。他因爲受傷，腦部運作似乎有一搭沒一搭，不過，當他恢復意識後，他以困惑的眼神直盯著我，這個眼神我永遠都不會忘記。他接著說：

「我不能自欺欺人，那不是作夢，而是恐怖的事實。」然後他眼睛環顧四周，看到兩個人小心翼翼地站在床沿，他接著說：

「如果我不確定，我也分辨得出來。」他隨即闔上雙眼——沒有痛苦也不是睡著，而是自發性的，好像他已經筋疲力盡。當他張開雙眼，這回眼睛變得很有精神，他趕忙說：

「快點，醫生，快點，我快死了！我覺得我只剩下幾分鐘，然後我就會重回鬼門關——可能還更糟！再用白蘭地滋潤我的雙唇。我必須在死前，或在碎裂的頭部腦死之前，把事情說出來。謝謝！就在你們離開我，就在我懇求你讓我出院的那個晚上，我當時無法言語，彷彿舌頭打了結；但除此之外，我神智清楚，就像現在一樣。你們離開後，我有很長一段時間感到沮喪，有好幾個小時吧。突然間，我平靜下來，腦子似乎再度冷靜下來，我知道自己身在何處。我聽到我們屋後，不是『他』的地盤，有狗在吠！」當他說話的時候，凡赫辛的眼睛一眨也不眨，但他的手緊緊握著我的手。然而，他沒有表態，只是輕輕點頭、低聲地說：「繼續說。」

倫飛德繼續說：

「他從迷霧中出現在窗前，就像我以前經常看到的一樣；但他當時是個實體——不是鬼，他凶暴的眼神就像一個人憤怒的樣子。他張開血盆大口狂笑；當他回頭看著那片樹，也就是狗吠聲的方向，白色的尖牙在月光中閃閃發亮。一開始我並不要他進來，雖然我知道他想要進來——如同他一向的用意。然後他開始向我保證——不是用說的，而是用做的。」此時教授打斷他的話說：

「怎麼做？」

「讓事情發生；就像過去當太陽閃耀的時候，他常會派出蒼蠅大軍，又肥又大，翅膀上有鋼鐵和藍寶石的顏色；夜間則有飛蛾大軍，背上有骷髏和交叉的骨頭。」凡赫辛點點頭，並下意識低聲對我說：

「The Acherontia atropos of the Sphinges ——就是你們說的『鬼臉天蛾』！」病人繼續說，沒有停下來。

「然後他開始吆喝：『老鼠、老鼠、老鼠！數以百計的老鼠從沙裡冒出來，數以百萬計，都是活生生的；然後狗出來吃牠們，貓也出來吃。都是活的，都是紅血！都有好幾年的生命，不像嗡嗡的蒼蠅！』我笑他，因為我想知道他能做什麼。然後，狗開始嚎叫，大約在『他』房子後面的樹林。他招呼我到窗邊，於是我起身去看個究竟。他舉起手，似乎不用任何言語就能召喚。整個草地萬頭鑽動，就像一團烈焰，然後他把煙霧撥到左右兩邊，我終於看清楚，是數以千計眼冒紅光的老鼠－那眼神就像『他』一樣，只不過體積比較小。他一舉起手，牠們全都停住；我認爲他似乎在說：『我將給你這些生物，還有更多更大的，千秋萬世都如此，只要你對我俯首稱臣！』然後，有一朵紅雲，好像鮮血的顏色，逼近我的眼前；在我還沒搞清楚自己在做什麼之前，我發現自己推開窗框，對『他』說：『進來，主人！』老鼠全都不見了，但『他』從只有一吋寬的窗框縫隙滑了進來——就像『月娘』經常從最小的細縫中滑進來——整個人翩翩站在我面前。」

他的聲音變得微弱，所以，我再度用白蘭地滋潤他的雙唇，他又繼續說；但他的記憶就像他的故事一樣，有一搭沒一搭的。我正準備把他的記憶拉回原點，不過，凡赫辛低聲對我說：「讓他繼續說，不要打斷他；他無法回頭，一旦他失去思緒，可能就完全無法繼續下去。」他繼續說：

「我一整天都在等他的消息，但他沒有送我任何東西，甚至連隻綠頭蒼蠅都沒有。到了月亮升起，我對他相當生氣。當他滑進窗戶時，窗戶是緊閉的，他甚至沒有敲門，所以我對他很惱火。他對我冷笑，我從霧中看到他慘白的臉上，眼睛閃著紅光。他四處走動，彷彿這裡是他的地盤，而我什麼都不是，甚至走過我身旁時也無視於我的存在。我再也受不了他。我覺得哈克太太好像進來房間。」

站在床邊的那兩位男士走到他的後方，所以，他看不見他們，不過，他們可以聽得更清楚。他們兩人一直保持靜默，但是教授開始打顫，他的表情越來越凝重。倫飛德沒有注意到，他繼續說：

「當哈克太太今天下午進來看我時，她看起來不一樣，就像茶壺裡加水沖淡的茶水一樣。」

我們聽了全都爲之一驚，但沒有人說話；他繼續說：

「要不是她說話，我不知道她在這裡；她看起來不一樣。我不喜歡臉色蒼白的人，我喜歡血色紅潤的人，然而，她的血色好像都不見了。我當時沒有想到，在她離開後，我才開始想這個問題，我才驚覺，『他』已經在吸取她的生命。」

我可以感覺到，其他人和我一樣都不寒而慄，但我們仍保持鎭靜。「所以，今晚『他』來的時候，我已作好準備。我看見那團迷霧潛入，我緊緊抓住它。我聽說，瘋子都有非比尋常的力量；而我——有時候——就是一個瘋子——我下定決心要運用我的力量。他也感受到這一點，因爲他必須從迷霧中出來與我一戰。我以爲我就要贏了，我不要『他』再去吸取她的生命，直到我直視『他』的雙眼，它們像火一樣燒我，我的力量變成水一樣柔弱。當『他』從迷霧鑽出來，我還是試圖抓住『他』，結果『他』把我舉起來又扔下來。當時有一團紅雲在我眼前，傳出的聲音像打雷一樣，那團迷霧似乎從房門鑽出去。」他的聲音越來越微弱，呼吸越來越喘。

凡赫辛直覺地站起來。

「我們現在知道最糟的事情了，」他說，『他』在這裡，我們知道他的意圖。但願不會太遲，我們必須配備武器——就像我前一晚一樣，但不能再浪費時間了，一點都不能浪費。」沒有必要把我們的憂心或信念訴諸文字——我們已經心有靈犀。我們立刻行動，從各自房間出來時都配備相同武器，和我們進入伯爵的屋子時一樣。教授已經準備好，當我們在走廊集合時，他鄭重說：

「他們不曾離開我，除非這個令人不悅的事情結束，他們未來也不會離開我。朋友們，我們也要保持智慧，與我們交手的不是普通的敵人。尤其是那位親愛的米娜女士不應該受傷。」他停住了，沒有發出聲音了。我不確定，我的心是被憤怒還是恐怖所佔據。

我們在哈克夫婦的房間外停下來，亞瑟與昆西退後一步，昆西說：

「我們要吵醒她嗎？」

「我們必須這麼做。」凡赫辛說得非常堅定。「如果門被鎖住，我將破門而入。」

「會不會把她嚇壞？闖進一位女士的房間是很不尋常的！」凡赫辛慎重地說：

「你每次都對，但這次攸關生死，所有房間對我這個醫生來說都是一樣的，就算過去不一樣，今晚都是一樣的。約翰老友，當我轉動把手，如果門無法打開，你得放低肩膀來撞門，你們也是，朋友們，現在！」

他一面說一面轉動把手，但是門打不開。我們全都衝上去，門被撞開了，我們差一點衝倒在地。教授的確跌倒在地，我隔著他身後看他以雙手、雙膝扶地而起。但我眼前看到的令我毛骨悚然。我覺得，我所有頭髮都豎直，像是項背上的鬃毛，而我的心臟似乎停止跳動。

月光是如此明亮，即使穿透深黃色的百葉窗，光線依然清晰可見。在靠窗的床邊躺的是強納生．哈克，他滿臉通紅，呼吸沈重，就像喝醉了一樣。他的妻子身穿白袍跪在朝外面的床邊。在她身旁站著一個身穿黑袍的高瘦男子。他的臉轉向另一邊，但一看到他，我們全都認出他就是伯爵——從各方面看都是，甚至是他額前的疤痕。他以左手抓住哈克太太的雙手，將雙手往外扯，幾乎快扯斷她的雙臂；他的右手掐住她的頸後，迫使她的臉埋在他的胸前。她白色的睡袍沾滿血漬，一條血絲從此人撕開前衣的裸胸流下來。這兩人就像，一個小孩把一隻小貓的鼻子壓到牛奶碟，逼小貓喝奶的情況一樣恐怖。當我們衝進房間時，伯爵轉過頭來，他那張臉就像我聽說的一樣恐怖。他的眼睛閃著鬼火般的紅光，他的鷹鉤大鼻的鼻孔朝外、鼻翼顫動。在滴血的厚唇後方露出白色尖牙，咬牙聲與野獸無異。他手一扭，把受害的哈克太太扔回床上，她就像從高處墜落下去，然後他轉過來撲向我們。不過當時教授已經抓住他的腳，並以一個裝有聖餅的信封對準他。伯爵突然停住，就像可憐的露西當初在墳墓外，整個人縮回去的情形一樣。當我們舉起十字架一再向前進，他就一再縮回去。此時有一大朵烏雲飄過天空，月光突然暗了。當昆西以火柴點燃煤氣燈，除了一縷薄霧之外，我們什麼也沒看見。正當我們看時，這縷霧痕沿著房門下方散去，房門先前被撞開後又彈回原位。凡赫辛、亞瑟和我靠近哈克太太，當時她吸了一口氣，接著驚聲尖叫，聲音之刺耳、絕望，至今依然圍繞在我耳際，可能直到我撒手之日。幾秒鐘後，她昏沈沈趴在床上，她的臉色極難看，被雙唇、雙頰和下巴的血絲凸顯得更慘白，喉嚨也流下血絲。她的眼神驚慌失措，她把扭傷的雙手枕在面前，被伯爵扭傷的紅印斑斑可見。隨之而來的痛苦呻吟，使剛才的尖叫變成只是表達無盡痛苦的短暫宣洩。凡赫辛走向前去，拉起被單輕輕蓋在她身上，不過，亞瑟看到她痛苦瞬間爆發的臉，便跑出門外。凡赫辛低聲對我說：

「強納生陷入昏迷，這是吸血鬼慣用的技倆所致。我們只能靜靜守候可憐的米娜女士，直到她自己清醒；我必須搖醒他！」他將毛巾邊角沾冷水，然後開始拍打他的臉部，他的妻子雙手掩面哭泣，哭聲令人心碎。我拉起百葉窗，看著窗外。月光更亮了；這樣的月光讓我可以清楚看見，昆西．墨利斯跑過草坪，躲在一棵紫杉樹蔭下。這令我不禁在想，他爲什麼這麼做；不過，我一聽到哈克恢復部分意識發出的叫聲，立刻轉身到床邊。他臉上果然一副驚慌的表情，他顯然迷惑了幾秒鐘，然後整個人立刻完全清醒起床。他的妻子馬上起來，張開雙臂迎向他，一副要擁抱他的樣子；然而，她又縮回手臂、雙肘併攏，坐在床邊掩面顫抖，連床也跟著抖動。

「老天爺啊，這怎麼回事？」哈克大叫，「舒華德醫師、凡赫辛醫師，這怎麼回事？發生什麼事了？哪裡不對勁？親愛的米娜，妳怎麼了？爲什麼有血？我的天哪！事情已經到這種地步了嗎！」然後他直起上半身，猛以拳擊掌。「老天爺幫幫我們！幫幫她！」他立刻跳下床、開始穿衣服——他的男子氣概在最需要的時候立刻表露無遺。「到底發生什麼事了？通通告訴我好嗎？」他一股腦嚷嚷。「凡赫辛醫師，我知道你喜歡米娜，拜託救救她。現在還不太遲，請保護她，我這就去追『他』！」雖然他的妻子驚慌失措，也瞭解他會有危險；她立刻忘了自己的悲痛，抓著他大叫：

「不能去！強納生，你不能離開我。我今晚已經吃了夠多苦，老天有眼，別再讓我承受你被他傷害的痛苦。你必須和我在一起，和這些朋友在一起，他們會照顧你！」她說話時情緒陷入瘋狂。最後他聽她的話，她把他拉到床邊坐下，緊緊抱著他。

凡赫辛和我試圖安撫他們兩人。教授手持小金十字架，以出奇平靜的口吻說：

「不要害怕，親愛的，我們都在這裡；當這只十字架在你們身旁，任何污穢的事物都不能靠近你們。你們今晚將很平安，我們必須保持冷靜，共商大計。」她把頭埋在先生的胸前，身體顫抖，不發一語。當她抬起頭時，他白色睡袍上被她雙唇碰觸的部分，沾上了血漬，這是從她頭部的細傷口淌下來的血滴。她一看到血漬又縮回身子，低聲啜泣說：

「不乾淨！不乾淨！我不能再碰他或吻他了。我現在可能變成他最壞的敵人，可能是他最有理由害怕的人。」對此，他堅決地回應說：

「沒道理，米娜。聽到這種話令我羞愧。我不要從妳口中聽到這種話。求上帝根據我的功過審判我，即使以一小時前更痛苦的折磨懲罰我都行，如果經由我的任何動作或意志，有任何東西插進我們中間！」他張開雙臂把她抱在胸前；她躺在他的懷裡啜泣了一會兒。他把頭揚到她低垂的頭部之上，眼睛噙著淚水注視我們，鼻孔抽搐，他的嘴堅定如鋼。她的啜泣慢慢緩和，但也更虛弱，然後，他以一種深沈平靜的口吻對我說，我可以感覺到他的精神力量到達巔峰：

「舒華德醫師，現在告訴我所有事情。我非常清楚大致的事實；告訴我所有發生的事情。」我告訴他所有發生的實情，他以一種看似無動於衷的態度聽我說；但是，當我告訴他，伯爵殘忍的雙手如何掐住他妻子的恐怖狀況，以及如何迫使她把口貼住他胸前的傷口時，他的鼻孔一直抽搐，眼睛露出怒火。他表情凝重的臉，守在她低垂的頭上微微顫動，同時，他的手輕柔撥弄她的捲髮，即使在這個時刻，看到這幅景象也覺得很有趣。就在我說完，昆西及葛德明敲門，他們應我們的召喚進來。凡赫辛帶著疑問的眼神看我。我知道他的意思是，如果可能，我們不妨藉他們進來，轉移這對夫妻對於彼此及自身不幸的念頭；所以我點頭表示默從，他就問他們看到什麼或做了什麼。葛德明爵爺回答說：

「我在走廊或我們每個人的房間，任何地方都沒有看到他。我也查過研究室，雖然他曾經到過這裡，但已經走了。然而……」他看著垂在床上的可憐人兒，突然住口。凡赫辛認眞地說：「繼續講，亞瑟小友。我們希望這裡沒有任何隱瞞。我們現在的希望是知道所有事情。儘管說！」所以亞瑟繼續說：

「他的確來過書房，雖然可能只有短短幾秒鐘，但是，他縱火把所有手稿都燒了，白色的灰燼還冒出藍色的火光；你的留聲機蠟筒也被扔進火堆裡，蠟又助長燃燒。」我在這裡打斷說：「謝天謝地，我還有另一個備份在保險箱！」他的臉抬起來一下，但又低頭繼續說：「然後我跑到樓下，但沒有看到他的跡象。我去檢查倫飛德的房間，也沒有他的蹤跡，只不過……」他又停頓。「繼續說，」哈克嘶啞地說；所以，他又低下頭、舔舔嘴唇說：「只不過這位可憐的同伴已經過世了。」哈克太太抬起頭來，一一看著我們，並以鄭重的口吻說：

「要貫徹上帝的旨意！」我不禁覺得，亞瑟還有事情沒說，不過，我認爲其中必有原因，也就沒說什麼。凡赫辛轉問墨利斯：

「昆西小友，你有什麼要說的嗎？」

「有一點。」他回答說，「到了最後可能有很多要說，現在不方便說。我認爲最好是弄清楚，伯爵離開這屋子後去了哪裡。我沒有看見他；但我看見一隻蝙蝠從倫飛德的房間，振翅飛往西邊。我預期他應該會回去卡法克斯；但他顯然尋找其他巢穴。他今晚不會回來，因爲天空的東邊開始變紅，天即將要明。我們必須明天行動！」

他最後那句話是咬牙切齒說的。大約有兩三分鐘時間，全場一片靜默，我可以感覺到每個人心跳的聲音；然後，凡赫辛一面把手非常溫柔地放在哈克太太的頭上，一面說：

「現在，米娜女士——可憐又可愛的米娜女士——已經告訴我們實際發生的狀況。天知道，我實在不願意妳受到痛苦；但我們有必要知道一切。現在必須全力以赴，加緊腳步完成所有事。如有可能，終結一切的日子已經近了；現在則是我們生活與學習的機會。」

這位可憐又可愛的女士在打顫，我可以看出她的神經緊繃，因爲她把丈夫抱得更緊，並把頭深深埋在他的懷裡。接著，她自信地抬起頭來，一隻手伸向凡赫辛，他則握住她的手，親吻她略爲彎垂的手背，以示尊敬後，兩人的手緊緊相握。她的另一隻手則與丈夫的手緊扣，他的另一隻手臂則抱緊保護她。她停頓了一下，顯然先整理思緒再開口說：

「你們好意給我安眠藥，我服下去了，但有很長一段時間沒有作用，我似乎越來越無法入眠。許多恐怖的念頭開始充斥我的腦海——所有都與死亡和吸血鬼有關，與流血、痛苦和困難有關。」她丈夫聽了不自主地呻吟，她轉向他，以充滿憐愛的語氣說：「別煩惱，親愛的，你必須勇敢堅強，幫我度過這個可怕的關卡。唯有讓你知道，我要花多大努力才能說出這恐怖的經歷，你才會瞭解我多麼需要你的協助。我以爲，我需要用意志配合藥物，才能對我有益，所以，我決定要求自己睡覺。我顯然很快就入睡了，因爲我不記得接下來的事。強納生進房的時候並未把我吵醒，因爲當我再度記得的時候，他已經躺在我身邊。當時房間有一縷白霧，與我在此之前注意到的相同。但我現在忘了，你們是否知道這一點，你們可以看我的日記，我以後再告訴你們在哪一段。我覺得有一股莫名的恐怖，和以前感覺的一樣，好像有東西出現在我面前。我轉過身叫強納生，但他睡得很熟，就像吃了安眠藥的是他，而不是我似的。我試著弄醒他，但始終叫不醒，這使我十分害怕，手足無措。當時我的心都沈了：就在床邊，站了一個瘦高的男子，穿了一身黑衣，他好像是從白霧中走出來——或是白霧變成了他，因爲白霧完全消失了。根據其他人的形容，我立刻認出他。如蠟一般的臉，高大的鷹鉤鼻，光線在他的鼻樑形成一條細白線；紅色雙唇露出白色的尖牙，那雙紅眼，我似乎曾在惠特比黃昏下的聖瑪麗教堂窗上看過。我也知道，他額頭的紅疤是強納生所爲。我立刻提高警覺，我應該大叫，但我身體不聽使喚。過了一會兒，他一面指著強納生，一面用尖銳的音調對我號：

「安靜！如果妳敢出聲，我立刻在妳眼前把他的大腦摔出來。」我嚇到不知道要說什麼或要做什麼。他露出嘲笑的表情，一隻手放在我肩膀、一隻手掐住我喉嚨說：「首先是小菜，算是犒賞我的努力。妳最好安靜一點，妳的血管滿足我的渴求，這並不是第一或第二次。」我覺得莫名奇妙，我不想反抗他。我認爲，這可能是當他碰觸受害者的時候，所作的一種恐怖的詛咒。天哪！可憐我！他把惡臭的雙唇貼在我喉嚨上！」她丈夫再度發出呻吟。她緊握他的手，以悲憐的眼神看著他，彷彿他是受害者。她接著說：

「我覺得力氣全沒了，我覺得在半昏迷狀態。我不知道這件恐怖的事情經歷了多久，但似乎過了很久他才把他那污穢恐怖的嘴移開。我看見它沾有鮮血！」這段記憶似乎對她造成重擊，她整個人又癱了，不過，這次是倒在丈夫支撐的臂膀裡。她費了好大力氣調整過來，繼續說：

「然後他又嘲笑我說，『妳和其他人一樣，想要和我鬥智。妳要幫助那些人抓我、破壞我的設計！妳現在知道了，破壞我的計畫是什麼下場，他們也已經知道一些，不久之後也會一清二楚。他們應該把心力用在比較靠近他們家的事情上。當他們與我鬥智時——與我這個早在他們出生前數百年，便統治過國家、爲那些國家絞盡腦汁、爲那些國家戰鬥的人——我也正在將計就計。而妳，是他們最鍾愛的人，現在則是我最鍾愛的，妳的肉是我的肉，妳的血是我的血，妳的血親是我的血親；先充當我豐盛的榨汁器，日後再當我的同伴及助手。妳也有報仇的一天，因爲他們之中沒有一個不會順從妳的需求。不過，妳將先爲妳之前所做的事受到懲罰。妳曾經協助打擊我，現在妳必須聽我吩咐。當我的大腦對妳說「來啊！」妳就要越過大地或大海，來到我跟前。而爲了妳會那樣，來吧！』他說到這裡，一把拉開上衣，用他的長指甲劃開胸前的血管。當血噴出的時候，他用一隻手緊緊抓住我的雙手，用另一隻手掐住我的脖子，迫使我的嘴貼到那傷口，我要不就會窒息，要不就會吞下那……天哪！我到底做了什麼？我做了什麼而得到這種報應？我有生以來都是循規蹈距。老天爺，可憐我！救救這個身陷比死亡更糟的可憐靈魂！同情那些愛她的人！」然後她開始搓嘴唇，就像要把髒東西清乾淨一樣。

當她敘述她可怕的故事，東方天際已見魚肚白，萬物也越來越清楚。哈克依然堅定沈靜；但隨著她悲慘的告白，他的臉色在晨曦中反而顯得越來越陰鬱，直到第一道陽光劃破天際，在灰白的頭髮對比下，他的面容更顯暗淡。

我們已經安排一名人手，守住這對不幸的夫妻，以便隨叫隨到，直到我們碰面安排採取行動。

這一點我很確定：今天從太陽升起到日落時分，陽光輪照過的地方，沒有一棟房子會比這棟更加悲慘。

卓　九　勒　伯　爵

第22章

強納生・哈克的日誌

10月3日——我必須找事情做，否則我會瘋掉，所以，我寫下這篇日記。現在是六點鐘，再過半小時，我們將在研究室會面，然後吃點東西；因爲凡赫辛醫師與舒華德醫師都認爲，如果我們不吃東西，我們無法發揮到最好。天知道，我們今天需要有最佳狀態的身心。我必須把握時間趕快寫，因爲不敢停下來思考。所有事情，無論大小，都要寫下來。或許到最後，小事反而教我們最多。過去發生在米娜或我身上的教訓，無論大小，都沒有比今天所受到的教訓更慘的了。然而，我們必須保持信念及希望。可憐的米娜剛剛流著淚告訴我，這種困難和試煉是在考驗我們的信仰——我們必須保持信心；上帝最後會幫助我們的。最後！我的老天啊！什麼樣的最後？……衡衡衡！

當凡赫辛醫師與舒華德醫師去看過可憐的倫飛德回來後，我們仔細檢討發生過的事情。首先，舒華德醫師告訴我們，當他與凡赫辛醫師到樓下房間，發現倫飛德倒在地板的血泊中，臉上都是瘀傷和裂傷，頸骨都斷了。

舒華德醫師問在走道值班的看護，他是否聽到任何聲音。他說，他坐在位子上——他也坦承打瞌睡——聽到從房間傳出巨大聲響，倫飛德大叫「天哪！天哪！天哪！」然後聽到重物摔下的聲音，他進房間的時候，發現倫飛德倒在地上，臉部朝下，就像兩位醫師看到的情形一樣。凡赫辛問他，聽到的聲音是「多人出聲」或是「一人出聲」，他說，他說不上來；一開始他覺得應該是兩種聲音，但因房間裡沒有其他人，可能只是一個人的聲音。如果要他發誓，他可以保證，「天哪」是這位病人說的。後來只有我們的時候，舒華德醫師說，他不想深究此事；如此驗屍的問題便必須考慮，而將眞相說出無濟於事，因爲沒有人會相信。他認爲，他可以根據看護的證詞，開立死亡證明，死因是不愼落床致死。事實上，如果法醫要求驗屍，正式驗屍的結果也是一樣。

當我們開始討論下一步該怎麼做時，我們首先決定，必須讓米娜完全瞭解事態，做任何事——無論多痛苦——都不能把她排除在外。她也完全同意。看到她在悲傷和沮喪的深淵中，表現卻如此勇敢，令人心疼。「再也不能有任何隱瞞了，」她說，「唉，我們已經承受太多苦，而且這世上再也沒有什麼能給我比我現在所承受的痛苦更大的痛苦了！無論發生任何事，它勢必成爲我的新希望和勇氣！」凡赫辛注視她說話，他突然以平靜的語氣說：

「不過，親愛的米娜女士，在發生這些事後，妳難道不擔心，不是爲妳自己，而是不爲其他人擔心嗎？」她臉色凝重，但她的眼神閃耀著殉道者的熱情，回答說：

「不，我的心意已決！」

「決定了什麼？」他委婉地問，我們其他人則不發一語，因爲我們各自對於她的話都有某種模糊的認知。她的答案簡潔有力，就像她開門見山一樣，她說：

「因爲如果我發現自己——我將深刻反省——有意對任一位我所愛的人造成傷害，我將去死！」

「妳不會自殺吧？」他帶著沙啞的聲音問道。

「我會的，如果沒有一位朋友深愛我、願意保護我不受這痛苦、讓我省下這麼絕望的動作的話！」她說這話的同時，以愼重的眼神看著他。他本來要坐下來的，但現在起身走向她，以手摸著她的頭，並嚴肅地說：

「我的孩子，如果是爲了妳好，有這麼樣一個人。我自己可以在上帝的見證下，爲妳帶來這樣的安樂死，甚至就在此刻，如果此刻最好的話！不，如果此刻安全的話！但是，我的孩子……」他似乎一陣哽咽，喉嚨裡升起大大的啜泣；他硬吞下去，又繼續說：

「這裡有些人願意站在妳和死神中間。妳不能死。妳不能死於任何人之手，尤其不能死在自己手裡。除非那個污染妳美好生命的人，眞的完全死去，否則妳不能死；因爲如果他仍然是個活死人，那麼妳的死會使妳變成和他一樣。所以，妳必須活著！儘管死亡似乎是一種無法言喻的恩寵，但妳必須爲生存奮鬥不懈。無論死神帶給妳痛苦或喜悅，無論是白晝或黑夜，無論是平安或危險，妳都必須和他作戰！我要求妳活著的靈魂，不准讓妳尋死——也不能有死亡的念頭——直到這個大魔鬼眞的死去。」這可憐的親愛的人，臉色慘白、全身顫抖，就像被潮水沖刷的流沙一般。我們都沈默不語；我們也不能說什麼。米娜終於越來越冷靜，她伸出手，並以貼心但又哀愁的語氣對他說：

「我向你保證，我親愛的朋友，如果上帝要我活著，我一定盡力這麼做；如果祂認爲時間到了，恐怖也將從我身上消失。」她是如此美好與勇敢，使我們覺得，我們的心團結一致，願爲她而努力堅持下去。我們開始討論接下來要做的事。我告訴她，保險箱裡存有所有的文件，這些文件、日記或留聲機紀錄我們將用得著，她可以像以前一樣繼續作紀錄。她非常樂意可以參與共事——如果「樂意」兩個字可以用在如此冷酷的狀況下。

凡赫辛總是比所有人想得都遠，他已準備好我們工作的實際順序。

「我們去了卡法克斯後開會決定，」他說，「不要去動放在那裡的土箱子，可能是做對了。如果我們動了那些箱子，伯爵一定會猜到我們的用意，毫無疑問，他一定會先下手爲強，打擊我們其他行動。而現在他不知道我們的用意。此外，他絕不可能知道我們擁有的力量，足以使他的巢穴淨化，他再也無法像以前一樣利用它們。我們在檢查位於皮卡迪利大道那棟房子時，對於它們的屬性獲得更進一步的瞭解，所以，我們可以繼續追蹤到最後。今天形勢站在我們這邊，我們的希望就在這裡。太陽今晨從我們的悲傷中升起，但將在它的進程中保衛我們，直到今晚太陽落下，那個野獸必須保持他現在的形式。他將被他呈現於世間的外形所拘囿。他無法融入稀薄的空氣中，也無法透過任何縫隙而消失。如果他要經過一道門，他必須像正常人一樣開門。如此一來，我們就可以把他的巢穴一網打盡，使之無用武之地。就算我們尚未抓到他、將之摧毀，也將迫使他到處找地方東躲西藏，而我們肯定能及時將之一舉消滅。」我一想到，分分秒秒都關係到米娜的生命和幸福，而且我們討論的行動都是可行的，於是我已迫不及待。但是，凡赫辛舉手警告說，「約翰老友，這個情況就如同俗語說的，欲速則不達。我們必須在時機到來，以迅雷不及掩耳的速度行動。但請想一想，整個情勢的關鍵最有可能在皮卡迪利那棟房子。伯爵可能買了很多棟房子。他一定有權狀、鑰匙及其他東西。他一定有簽署的文件、支票簿等等，他有這麼多屬於他的物品，一定會存放在某個地方，很可能就在這個地方，地理位置適中又安靜，在交通尖峰時刻，無論他從前後門進出，也沒有人會特別注意。我們應該前往搜查，一旦我們瞭解屋內有些什麼東西，套用亞瑟打獵的話，我們就可以『堵住狐狸穴』，如此一來，就可以追捕我們的老狐狸，不是嗎？」

「那麼我們立刻就去，」我大叫，「我們正在浪費寶貴的時間！」教授不為所動，只簡短地說：

「我們怎麼進去皮卡迪利那棟房子？」

「任何方式！」我大叫，「如有必要，我們應該破門而入。」

「那警察呢，他們會在哪裡？他們會怎麼說？」

我楞住了，不過我知道，如果他有意拖延，一定有他的理由。所以，我儘可能平靜地說：

「不要等太久，你知道，我所受的折磨。」

「我的小伙子，我當然知道，我也不想增添你的痛苦。但請想一想，只有世界都在動了，我們才能行動，那才是我們的時機。我一想再想，最簡單的方法就是最好的方法。現在我們想進屋內，但沒有鑰匙，是不是這樣？」我點點頭。

「現在假使你就是那棟房子的所有人，但你無法進去，你先別想闖空門的良心問題，這時你會怎麼做？」

「我會找一名可靠的鎖匠來替我打開門鎖。」

「那警察會不會干預呢？」

「不會，如果他們知道此人是被屋主雇請的，就不會干預。」

「那麼，」他盯著我說，「所有的問題就落在雇請鎖匠的人身上了，還有就是警察是不是會懷疑，這個請人開鎖的人動機是不是純正。警察是那麼熱心又聰明，他們一定不會放過這類事情。強納生小友，你可以去敲開倫敦數以百計空屋的門鎖，或世界任何城市空屋的門鎖，只要你的做法正確，時間也正確，沒有人會干預你。據我所知，有一位紳士在倫敦擁有一棟豪宅。他把房子鎖好，到瑞士避暑幾個月期間，有一名竊賊從房子後面破窗而入。然後，他把前面的百葉窗拉起來，當著門外的警察的面，從大門進出。然後他登了好大的拍賣廣告，公告將在這棟房子舉行拍賣會，當天他把眞正屋主的東西都透過拍賣商賣掉了。然後，他把房子賣給建商，協議在一段時間內把房子打掉清空。當時，警察和當局都盡力幫他忙。等到屋主從瑞士回來，發覺他房子所在地只剩下一個大洞。這名竊賊所做的都是『按步就班』，所以，我們也『按步就班』。我們不要太早去，不要讓警察認爲有奇怪之處，我們必須在十點鐘以後去，那時附近有很多人，在這個時段做這些事，就像我們眞的是屋主一樣。」

我覺得他說的實在太對了，米娜沮喪的神情也比較緩和了，這番良好的商議的確出現希望。凡赫辛繼續說：

「一旦我們進入屋內，將可以發現更多線索，我們一部分人可以留在那裡，其他人則到波蒙西和麥爾恩德等地找更多土箱子的下落。」

葛德明爵爺站起來，「這裡我可以幫上忙，」他說，「我可以打電話要人派馬匹和馬車，到那些地方最方便。」

「聽我說，老友，」墨利斯說，「如果我們想要騎馬，將一切準備齊全是很好的主意。但是，你氣派漂亮的馬車走在渥沃斯或麥爾恩德的小路上，難道不會引起太多注意？我認爲，我們往南或往東走時應該搭公共馬車，在要去的地方附近下車，再走過去。」

「昆西說得對！」教授說，「他腦筋動得眞快，事情就難在，我們不想太招搖，但又不想沒有人看到。」

米娜對所有事情越來越感興趣，我很高興，這些事情的細節能讓她暫時忘記那晚恐怖的經歷。她非常的蒼白——幾乎可以說是慘白，而且瘦到雙唇都被拉開來，牙齒顯得有些外露。之前我沒有提過，唯恐造成她無謂的難過，但我一想到，可憐的露西被伯爵吸血後發生的事，我覺得血管中的血液都涼了。所幸她的牙齒現在沒有變尖的跡象，但現在時間還短，時間再長一點可能令人擔心。

當我們討論我們的任務順序及人力配置時，又產生新的疑問。最後決定，在前往皮卡迪利之前，我們應該摧毀伯爵離我們最近的巢穴。爲恐他太早發現，我們的摧毀工作應當仍要趕在他之前，如此一來，他就必須一直以他那純粹物質的形狀存在，以及處於最脆弱的情況，這有可能提供我們新線索。

至於人力配置，教授建議，在我們從卡法克斯回來後，我們應該全員進入皮卡迪利那棟房子，兩位醫師和我留在當地，葛德明爵爺和昆西分頭去找伯爵在渥沃斯和麥爾恩德的巢穴，一舉將之摧毀。

教授推測，伯爵有可能在白天時間出現在皮卡迪利，如果這樣，我們將能夠在那裡當場對付他，無論如何，我們都有可能追到他。關於這項計畫，我不表贊同，因爲我希望留下來保護米娜，這是我目前最關切的，而且我的心意已定。但是米娜認爲我不該反對，她說，有一些法律問題我幫得上忙，伯爵的文件中可能有些線索，以我在外西凡尼亞的經驗，可以理解這些線索。況且，我們必須發揮所有的優勢，用以對付伯爵的超能力。由於米娜的意志堅定，我不得不讓步。她說，「她」最後的希望就是，我們全都團結一致。「至於我，」她說，「我不害怕，事情再壞也不過如此，所有進展對我都是一種希望或安慰。放心去做，我的丈夫，如果上帝願意，無論有沒有人陪我，祂都能保護我。」於是我大聲說：「那麼就讓我們以上帝之名，立刻前往，否則將浪費時間。伯爵可能比我們想的更早到皮卡迪利。」

「不會這麼快！」凡赫辛舉手回答說。

「為什麼不會？」我問道。

「你忘了嗎？」他帶著微笑說，「他昨晚享用過大餐，會醒得比較晚。」

我忘了嗎！我會忘記嗎？我能夠忘記嗎？我們任何一個有可能忘記那可怕的一幕嗎！米娜極力保持鎮定，但實在是痛苦難當，她掩面嗚咽，身體一直在抖。凡赫辛不是有意喚起她恐怖的經歷，他只是在動腦筋時，沒注意到她在場，以及忘了她在這項任務中的角色。當他意識到自己剛才所言，對於自己的無心之過也感到震驚，並試圖安慰她。「哦，米娜女士，」他說，「親愛的米娜女士，哎呀，我們都很尊敬妳，請妳原諒我剛才說的話。我這張老嘴巴太拙，我這個老腦袋太笨，請妳不要放在心上，好嗎？」他一面說一面彎下腰來看她，她握著他的手，噙著眼淚看他，聲音沙啞地說：

「不，我不會忘記，因為我應該記住，不過，在這段記憶中，也包括你也給我的美好記憶，我都會記得。你們該走了，早餐已經準備好了，我們必須吃東西才有力氣。」

這頓早餐對我們所有人而言都很奇怪。我們試著開心起來，並互相打氣，米娜是我們當中最開朗的一個。用畢早餐，凡赫辛站起來說：

「我親愛的朋友，我們現在要進行艱鉅的任務。所有人都要配備武器，就像我們第一次探查敵窟那晚一樣，武器有助於我們對抗鬼魅和肉體的攻擊，對吧？」我們都回答說對。「那就好，米娜女士，直到太陽下山之前，妳會『相當』安全。我們將在天黑之前回來——如果——放心，我們一定會回來！在我們出發之前，讓我看著妳作好武裝，以防受到攻擊。妳下樓之後，我就把這些大家所知的東西放在妳的房間，如此一來，『他』就無法進到妳房間。現在讓我幫妳作個人的防護。我用聖餅碰觸妳的額頭，並以聖父、聖子和……」

此時米娜驚聲尖叫，我們聞之心痛不已。當他把聖餅貼在米娜額前，聖餅就像打烙印一樣——就像火紅的鐵烙在皮肉上。我可憐的愛人，當她的神經接收到疼痛的同時，她的理智也告訴了她這項事實的重要性。二者同時產生的影響力使她招架不住，於是她發出痛苦的尖叫。但這些話對她思想傳得相當快；尖叫聲在空中迴盪，久久不絕。她雙膝跪倒在地，自卑的痛苦使她無法自已。她拉起秀髮遮蓋臉龐，就像痲瘋病人戴著面紗，哀泣著說：

「不乾淨！不乾淨！甚至連全能的主都躲避我被污染的肉體！我必須帶著額頭這個羞恥的印記直到審判日。」他們都靜止了。我感到無助的痛苦，整個人衝到她身旁，緊緊抱著她。有好幾分鐘，我們兩顆悲傷的心一起跳動，而圍繞在我們身邊的朋友們，都轉過身暗自垂淚。然後，凡赫辛轉過來，以莊重的語氣說話，他的語氣之莊重，令我不禁覺得，他受到了某種天啓，使得他以超脫的立場說：

「雖然妳必須承受這個烙印，直到上帝認爲適當爲止，祂定然將在審判日矯治祂在地球上的子女所犯的錯誤。米娜女士，我親愛的，願愛妳的我們，將可見證，這個紅疤，象徵上帝瞭解箇中究竟的紅疤，將會消失，使妳的額頭和心一樣純淨。完全確定的是，當上帝認爲是解除我們身上重擔的適當時機，這個疤將會消失。我們將揹著我們的十字架，直到那一天，如同聖子遵行祂的旨意一樣。也許我們被祂喜愛而選爲器皿，而我們將恪遵祂的吩咐，歷經鞭打和羞辱、眼淚和流血、懷疑和恐怖，以及區別神與人不同的所有考驗。」

他的這番話帶有希望和安慰，使我們接受順從。米娜和我都有同感，我們自然而然執起這位長者的雙手，親吻那低垂的手背。無需任何言語，我們跪在一起，手牽著手，發誓彼此忠誠。我們男士保證，一定要盡一己之力，揭起我們所愛的她頭上悲傷的面罩。我們祈求協助和指引，以完成眼前這項艱鉅的任務。

該是出發的時候了。我和米娜道別，這次告別，我們至死都不會忘記，然後就出發了。

有一件事，我已下定決心。如果我們發現，米娜最後變成吸血鬼，她絕不能獨自進入那個未知又恐怖的地方。我認爲，在古時候，一個吸血鬼就是這樣變成很多的；正如他們可憎的軀體只能棲息在神聖的土地上，最神聖的愛也是召募魔鬼大軍的士官長。

我們進入卡法克斯那棟房子沒有碰到麻煩，發現所有東西仍維持第一次所見的原樣。要不是我們早已知道，否則眞難以置信，在這種荒廢殆盡、佈滿灰塵的單調環境中，有讓人感到害怕的理由。要不是我們下定決心，如果沒有恐怖記憶的刺激，我們可能無法進行任務。我們沒有發現任何文件，這棟房子也沒有使用過的跡象。那些大箱子還是像上次看到的一樣，放在老教堂裡。當我們站在箱子前，凡赫辛醫師鄭重地對我們說：

「我的朋友們，我們現在有任務要做。我們必須淨化這些土壤，因爲這些土壤代表神聖的在天之靈，非常神聖，所以，他從大老遠把這些土壤運來作這種可怕的用途。他選擇這些土壤因爲它們是神聖的，因此，我們要以其人之道還治其人之身，我們要使之更加聖潔。它原本的聖潔化是爲了凡人，現在我們使之更聖潔，是爲了上帝。」他一面說，一面從他的袋子裡拿出螺絲起子和扳手，很快就把箱蓋打開。這些土壤發出霉腐沈悶的味道，但我們一點也不在意，因爲我們的注意力全都集中在教授身上。他從他的盒子裡取出一片聖餅，很虔敬地放在土壤上，然後闔上箱蓋、栓回原樣。他一面做，我們一面幫忙。

我們把這些大箱子一一完成相同的流程後，將它們回復原樣，外表一樣，其實箱內都有聖體的一部份。

我們關上大門後，教授鄭重地說：

「已經完成許多工作了，如果剩下的部分也能成功，到了今天傍晚，米娜女士的額頭將如同象牙般潔白，沒有任何印記！」

當我們穿過草坪前往車站搭火車途中，我們可以看到療養院的前面。我翹首眺望我的房間窗戶，看到米娜，我向她揮手，並點頭表示一切順利。她也點頭回答我，她瞭解我的意思。最後，我看到她揮手向我道別。我們帶著沈重的心情前往車站，正好趕上火車，當我們抵達月台時，火車正冒著蒸汽進站，當時心情很沈重。

我在火車上寫下這日記。

皮卡迪利，12時30分——就在我們到達方丘契街前，葛德明爵爺對我說：

「昆西和我去找鎖匠，你最好不要跟我們一起，以免造成難題。在這種情況下，我們兩人闖空門似乎不算太壞。然而，你是律師，公司法學會可能告訴你，你應該更瞭解這種情況。」我反對這項安排，因爲這表示我沒有承擔任何危險，甚至不用承擔被批評的風險。但他接著說：「不要太多人去，可以少引人注意。以我的頭銜去找鎖匠，不會啓人疑竇，警察也不會爲難我。你最好和傑克與教授在一起，在綠園找一個可以看見那棟房子的地方等候。當你們看到門打開，而鎖匠離開後，你們全都過來。我們會幫你們留意狀況，一定會讓你們進去。」

「這個建議好！」凡赫辛說，所以，我們也不再多說。葛德明和墨利斯匆匆搭上一輛公共馬車，我們隨後搭另一部。就在阿靈頓街角，我們這一組人先下車，穿過綠園。當我看到那棟房子時，心跳得很厲害，因爲我們有如此多的希望寄於此。與鄰近漂亮整潔的房子相比，這棟房子的屋況顯得陰森破舊。我們坐在視野良好的長椅上，開始抽雪茄，儘可能不要引人注意。在我們等候其他人的期間，分分秒秒走得就像沈重的步伐。

我們終於看到一輛四輪馬車過來，葛德明爵爺和墨利斯一派輕鬆下車；然後是一名身材結實的鎖匠，拎著一只燈芯草編的工具籃下車。墨利斯付錢給馬車車伕，那位車伕舉手在帽沿行禮後，便驅車離去。他們兩人一起步上階梯，葛德明爵爺指點要做的事。這名鎖匠輕鬆地脫下外套，掛在欄杆的一根尖鐵上，並與路過的警察說話。警察點頭表示默許，鎖匠就蹲下來工作，把袋子放在身旁。經過一番檢視，他從排列在身後的一系列工具，拿出其中一組。然後他站起身子，檢視鑰匙孔，以工具鑽進去試試，並轉頭向雇主們說明一二。葛德明爵爺露出微笑，這名工人便拿出一大把鑰匙，挑出其中一把，試開門鎖。一直試到第三把鑰匙，他輕輕一推，門便打開了，他和其他兩人便走進大廳。我們仍坐著等，我的雪茄燃得很快，不過，凡赫辛的雪茄已經熄了。我們耐心等候，同時看著那名工人出來，拿起他的袋子。他在配鑰匙的同時，用膝蓋把大門抵住，使之保持半開狀態。最後他把鑰匙交給葛德明爵爺，後者則拿出皮夾付帳。這名工人在其帽沿行舉手禮後，便提著袋子、穿上外套離開。沒有任何外人注意整個開鎖交易的過程。

當此人走遠後，我們三人穿過街道，敲門報到。昆西．墨利斯立刻來開門，葛德明爵爺站在他旁邊，點燃一根雪茄。

「這地方有一股難聞的味道。」我們進去時，葛德明這麼說。的確非常難聞——就像卡法克斯的老教堂一樣——根據我們先前的經驗，伯爵顯然經常使用這個地方。我們巡視整棟房子，所有人都一起行動，以防遭到攻擊。我們知道，我們要對抗一個有力又恐怖的敵人，但我們不知道，伯爵是否在這棟房子裡。我們在客廳後方的餐廳，發現八個土箱，正是我們尋找的九個箱子中的八箱！但是，我們的工作並未完成，除非找到那個下落不明的箱子，否則沒有完成的一天。首先，我們拉起百葉窗，眺望窗外狹長的石板徑，通到一處空蕩蕩的馬廄，就像一棟迷你屋的前院。因爲馬廄沒有窗戶，我們不怕被人看到。我們立刻檢查箱子，絲毫不浪費時間。我們用隨身帶來的工具打開箱子，照先前在老教堂的做法，一一完成淨化工作。伯爵顯然不在這裡，所以我們繼續搜尋他的財產。

在逐一檢查其他房間後，從地下室到閣樓，我們作成結論，餐廳裡可能放了他的財產，所以我們仔細檢查每樣物品。這些物品半分門別類地放在大餐桌上，有一大疊關於皮卡迪利房子的地契，麥爾恩德和波蒙西房子的買賣契約，以及筆記本、信封、鋼筆和墨水。一張薄的包裝紙蓋在這些東西上面防塵。還有一只衣刷子、一只刷子和梳子，以及水壺和臉盆——盆內還有呈現紅色的髒水，像是血水。最後還有一串各式名樣的鑰匙，可能是其他房子的鑰匙。當我們檢查了最後發現的鑰匙，葛德明爵爺和昆西抄下這些位於倫敦東區和南區房子的正確地址，並拿走這一大串鑰匙，前去摧毀這些地方的箱子。我們其他人則以最大的耐心等待他們回來——或等待伯爵到來。

卓 九 勒 伯 爵

第23章

舒華德醫師的日記

10月3日——我們在等待葛德明和昆西・墨利斯到來前的時間似乎非常漫長。教授三不五時讓我們動腦思考來努力保持腦袋忙碌。他偶而瞥向哈克的目光讓我可以看出他善意的目的。這個可憐的傢伙受到過度的刺激，悲慘得令人不忍卒睹。昨晚他還是個坦白、神情快樂的人，有著強壯年輕的臉龐、充滿活力，一頭深褐色的頭髮。今天卻成了一個憔悴、形容枯槁的老人，滿頭白髮匹配他空洞、灼熱的眼神和滿面愁容。他仍舊有活力。事實上，他像是一股燃燒的火焰。這可能是他的救贖，如果一切順利，這會讓他度過絕望的時刻。到了那時，他會再次醒來面對生活中的現實。可憐的傢伙，我以爲自己的麻煩夠糟了，可是他的……！

教授很清楚這一點，盡他一切力量讓哈克的腦袋保持運作。在當前的情況下，他所說的東西讓人興味橫生，引得我們全都專心聆聽，以下是我記得他是怎麼說的：

「自從所有跟這怪物有關的文獻紀錄到了我的手上，我便一直反覆研究，我研究越深入，就越來越覺有必要消滅這怪物。到處看得見他的擴張。不只是他的力量，還有他的知識。我從布達佩斯友人阿米尼厄斯的研究得知，他在世時是個最了不起的人。是個軍人、政治家，也是個煉金術士。在當時的科學知識領域，煉金術是最高的發展。他的頭腦好，學識無與倫比，心裡無所懼、無所悔。他甚至敢參加黑魔法的活動，當時沒有任何一種知識是他沒有撰文討論過的。」

「在他身上，智力超越了肉體死亡而存在；不過記憶似乎不全然完整。他有部分的心智，即使到現在，仍舊是小孩的心智。但他在成長，有些事剛開始像小孩般，現在都已進入成人階段。他在實驗，而且做得相當好。要不是我們經過他的生命道路，他還會帶領孕育出新的物種——我們失敗的話，他還是可能孕育出來——這種物種的道路必須經由死亡完成，而非生命。」

哈克呻吟說：「這些都用來打擊了我的寶貝！但是他如何做實驗？知道了或許能幫助我們將他擊倒！」

「自從他來了之後，他一直都一點一滴、確實地實驗自己的力量。他腦裡孩童的一部份一直在工作。對我們而言，那仍是孩子般的頭腦。要是他一開始就敢嘗試一些事，他早就超出我們的能力範圍之外了。然而，他打算要成功，一個還有好幾世紀可活的人，能夠等待並慢慢進行。『慢慢加速』很可以是他的座右銘。」

「我不瞭解，」哈克疲倦地說。「噢，請對我說得更簡單明白些！或許悲傷和麻煩讓我的腦筋鈍了。」

教授說話時輕輕將手放在他的肩上：「啊，我的孩子，我會說得明白簡單。你到現在還沒發現，這個怪物一直都在實驗他的知識嗎？你注意到他如何利用肉食癖病人來進入約翰老友的家中嗎？對你的吸血鬼而言，雖然他之後能來去自如，但首先只能由住在裡面的人邀請才能進入屋子。但是這些都不是他最重要的實驗。我們沒看到，這些大箱子最初是如何由他人搬動的嗎？他那時以為非得是這樣子不可。但是一直以來，他孩童般的那部分腦袋都在成長，他開始考慮他能不能自己來搬箱子，所以他開始幫忙。之後，他發現這麼做安全無虞，便試著自己搬。所以他這麼樣進步著，終於把他這些墳墓狡兔多窟，只有他自己知道這些箱子藏在哪裡。他可能想要把箱子深深埋進地底，這樣他只在晚上使用，或說在他能改變形體的時候使用，這樣他一樣好用，但沒有人會知道這些是他的藏身之處！但是，我的孩子，不要絕望，他沒有早一點知道這件事！他的巢穴除了一個以外，已經全部「消過毒」了。在日落前這個也會清理好。然後他便沒有地方可以移動躲藏。我等到今天早上，我們才能確定。我們是否冒著比他更大的風險？所以何不比他更謹慎？我的鐘顯示現在時間已經一點，如果一切順利，亞瑟和昆西正在往我們這裡來的路上。今天是我們的日子，我們一定要去，即使慢慢去，不能失去任何機會。看！那些不在的人回來時，我們會有五個人。」

我們正講著，忽然被大廳門傳來的敲門聲嚇到，是送電報的男孩敲了兩聲。我們全部衝進大廳，凡赫辛舉起手來示意我們保持安靜，走到門邊開門。男孩拿出電報。教授再次關上門，看了看收件人資料，打開了信，高聲唸出內容。

「小心『卓』。他剛在十二點四十五分從卡法克斯出發，匆匆向南方前去。他似乎在繞圈子，可能想見你。米娜。」

大家呆立半晌，沈默被強納生的聲音劃破：「感謝上帝，我們很快就會見面！」

凡赫辛很快轉向他說：「上帝會以他的方式和時間行動。不要害怕，但是也還不要高興得太早。我們現在希望的可能會為自己帶來毀滅。」

「我現在什麼都不在乎，」他急躁地回答，「除了把這個怪物從人世間剷除之外。我會賣掉自己的靈魂來消滅他。」

「噢，噓，我的孩子！」凡赫辛說。「上帝不會以這種方式買靈魂，惡魔雖然可能會出價，但是不講信用。可是，上帝是憐憫公正的，知道你的痛苦以及對親愛的米娜女士的一片赤誠。想想看，她聽到你瘋狂的言論，痛苦會如何加倍。」不要怕我們任一個人，我們都獻身於此事上，今天將會做出了結。該是行動的時候了。今天這個吸血鬼會屈服於人的力量，直到日落前他不能變化。他需要時間來到這裡，現在是一點二十分，他到這裡還要些時間，他從來沒這麼快。我們一定要希望的是，我的亞瑟爵爺和昆西先到。」

我們收到哈克太太的電報大約半小時後，大廳門上傳來安靜而堅定的敲門聲。只不過是平常的敲門聲，像是一般時候上千位紳士會敲的門聲一樣，但是這敲門聲讓教授和我的心跳劇烈。我們對望，一起走進大廳。我們每個人準備好要使用各種武器，左手拿著神聖的器具，右手拿著俗世間的武器。凡赫辛拉開門拴，讓門半開，往後站，雙手準備好行動。階梯上、靠近門的地方，我們看見葛德明爵爺和昆西的時候，心裡的喜悅一定都寫在臉上。他們很快進了屋內，把門關上。沿著大廳走的時候，葛德明開口說話。

「都弄好了。兩個地方我們都找到了。兩處都有六個箱子，我們全都毀掉了。」

「毀掉？」教授問。

「對他來說！」我們沈寂一會，昆西接著說：「現在能做的只有在這等待。但是，如果他到五點都還不現身，我們一定要出發。因爲在黃昏之後讓哈克太太單獨一人是不行的。」

「他馬上就會到這裡，」一直在看筆記本的凡赫辛說。「注意，米娜小姐的電報說他從卡法克斯往南走。表示他要過河。他只能在平潮時渡河，大約只能在一點之前進行。他往南走對我們而言有其意義。他還只有起疑，從卡法克斯前往的地方，是他覺得最不會受打擾的地方。你們一定只比他在波蒙西早走了一下子。他還沒到這裡，表示他接著去了麥爾恩德。這花了他一些時間，因爲他一定要想辦法被帶過河。相信我，朋友，我們現在的等待時間不會太久，我們應該準備好攻擊計畫，以免浪費任何機會……噓，現在沒有時間了。拿起你們的武器！準備好！」他說話時，舉起手來示意警告，因爲我們都聽見鑰匙輕輕插進大廳門上的鑰匙孔內。

我不禁欽佩，即便在這種時候，一個善於領導的人是如何表現他的長才。在我們的狩獵隊伍和在世界各地的冒險中，昆西．墨利斯一直是安排行動計畫的人，亞瑟和我一直習慣服從他，現在這個老習慣似乎本能地再現了。他敏捷地看了房間四周，立刻列出我們的攻擊計畫，二話不說，一個手勢便把我們每個人安排定位。凡赫辛、哈克和我就在門後，這樣門打開時，教授能看住門，而我們兩個能擋在進來的人和門之間。葛德明在後，昆西在前，不讓人看見，在窗戶前隨時準備行動。我們在懷疑中等待，使得每秒過得如惡夢般緩慢。緩慢小心的腳步聲在大廳傳開。伯爵顯然是對意外有所防備，至少他有所顧忌。

突然間他一下跳進了房間。在我們任何一個人能伸手攔阻他之前，贏了我們一步。他的動作宛如花豹，不像人類，使得我們從他來臨的震驚中清醒過來。首先行動的是哈克，他的動作很快，撲向進入主廳前的房間的門前。當伯爵看見我們，一種可怕的咆哮表情從他臉上閃過，露出長而銳利的牙齒。但是邪惡的笑容很快變成獅子般鄙夷的冷峻瞪視。在我們全體向他進攻之際，他的表情再次改變。那是種可憐我們沒有更好的攻擊計畫的神情，因爲就算現在，我也很想知道我們要怎麼辦。我自己也不知道我們的致命武器是否能保護我們。

哈克顯然想要試試，因爲他準備好他的大彎刀，並且朝他奮力突然揮去。這一擊強而有力。唯有伯爵惡魔般的快速跳躍動作才能救他自己一命。慢個一秒，鋒利的刀刃就已經劃過他的心臟了，結果刀刃剛剛切開他外套的布，從大大的口子灑了出來一捆鈔票和一堆金子。伯爵的表情惡變，雖然我看到哈克又揮舞著可怕的大刀使出一擊，但我替他害怕了一下。我一心想保護，本能地往前進，左手拿著十字架和聖餅。我覺得有股強大的力量從手臂流過，毫不意外我看到怪物在我們每個人做出同樣動作時，往後退縮。沒人可以形容出伯爵臉上那種帶著仇恨、被抑阻的惡毒、氣憤和震怒的神情。他蠟白的臉色在他炙燒的雙眼對比下，變成綠黃色的，額頭上的紅色疤痕在蒼白的肌膚上像是撲撲悸動的傷口。下一刻，他彎下身穿過哈克的手臂，在哈克能下手前，從地上抓了一把錢、衝過房間、飛撞出窗戶。在散落一地、發光的玻璃碎片中，他墜入底下的石板區域。透過破碎的玻璃聲，我聽見一些金幣匡啷匡啷地落在石板路上。

我們跑過去，看到他毫髮無傷從地上爬起。他匆匆跑上樓梯，穿越石板院子，推開馬廄大門。他在那裡轉身對我們說：

「你們想要阻擋我，你們這些臉色蒼白、像是肉店裡排成一排的待宰綿羊的傢伙。你們會後悔莫及，你們每個人都一樣！你們以爲已經讓我沒有休息之處，但是我還有更多地方。我的復仇才剛開始！我的復仇蔓延幾世紀，時間站在我這邊。你們全都喜歡的女孩早已是我的囊中物。透過她們，你們和其他人也都會屬於我，當我的奴隸，在我想要吃東西時，聽我的命令當我的爪牙。呸！」

他輕蔑的冷笑一聲，快速穿過門，把門鎖上，我們聽見生鏽的門拴嘎吱作響。另一扇門開了又關。我們發現很難從馬廄追他，於是前去大廳，首先發言的是教授。

「我們知道了一些事……很多事！雖然他講了大話，但是他怕我們。他害怕時間，他怕不夠！若非如此，他何必匆忙？他的音調透露了他眞正的情形，要不然就是我的耳朵騙了我。爲什麼要拿錢？你們趕快跟在後面。你們是狩獵野獸的獵人，而且也瞭解這一點。而我，要確定這裡沒有他可以用的東西，以防要是他回來的話。」

他說話的時候，把剩下的錢放進口袋，拿走哈克捆成一包的地契，把剩下的東西掃進火爐，用火柴點燃燒掉。

葛德明和墨利斯衝進院子，哈克從窗戶下去追伯爵。但是，他將馬廄的門拴上了，等到他們用力把門撞開，早就連個影子都沒有了。凡赫辛和我到屋子後面問人，但是馬廄早被棄置，沒有人看到他離開。

現在是下午稍晚時分，馬上就要黃昏。我們必須承認我們的遊戲結束了。帶著沈重的心情，我們同意教授說的：「我們先回去米娜女士那裡。可憐親愛的米娜女士。我們現在能做的都做了，至少我們在那裡能保護她。但是我們不能絕望。只有一個土箱子了，我們一定要努力找到。等這件工作完成，事情或許會好轉。」我看得出他盡可能說得一派勇敢無懼，好來安慰哈克。這個可憐人已經失魂落魄，不時發出他無法壓抑的低沈呻吟。他在想念妻子。

我們心情哀傷地回到我的屋裡，看到哈克女士在等我們，臉上的愉悅讓人要讚賞她的勇敢和無私。她看到我們的臉時，自己臉色變得蒼白如死人般。有一兩秒鐘，她把眼睛閉上，彷彿在秘密禱告。

然後她開心的說：「我無法表達有多麼感激各位。噢，我可憐的寶貝！」她說話時，她捧起丈夫灰白的頭親吻。

「把你可憐的頭靠在這裡休息。親愛的，事情將會好轉！如果上帝慈悲願意的話，祂會保護我們。」那個可憐人只是呻吟一下。在他的痛苦深淵中容不下任何話語。

我們一起草草用餐，我想這頓飯多少替我們打了些氣。或許，就只是食物的動物氣味，解了我們的飢餓，因爲我們自早餐後都沒有吃東西，也或許同仇敵愾的感覺幫助了我們；但是無論如何，我們大家比較不悲傷了，也不覺得明天毫無希望可言。

我們依照承諾，告訴哈克太太一切經過。雖然有時講到危險似乎威脅到她丈夫時，她變得如雪般蒼白；提到他對她的忠貞時，臉色泛紅，但是她都勇敢冷靜地從頭聽到尾。我們說到哈克如此大膽衝向伯爵時，她緊緊靠著丈夫的手臂，牢牢抓住，彷彿她的緊握能夠保護他躲過一切可能的傷害。然而，直到故事說完，事情已經到了現在這個時候，她都不發一語。

然後，她繼續抓著她先生的手，站起來發言。噢，但願我能講出當時的景象。這位甜美善良的女士，以她的青春和活力散發出迷人的風采，一直清楚意識到她額頭上那塊紅色疤痕，那塊我們一見到便憶起其所來自而咬牙切齒的紅疤。她的慈愛和我們的陰沈憎恨形成對比。她溫柔的信心對比我們的恐懼和疑慮。而我們知道紅疤的象徵意義，知道她儘管那樣善良、純潔和而信神，畢竟爲神所遺棄。

「強納生，」她說，這個名字從她嘴裡出來，如同音樂一般，充滿了愛和溫柔，「強納生，親愛的，還有你們我所有眞誠的朋友，我要你們在如此悲慘的時刻記得一件事。我知道你們一定要戰鬥。你們消滅假的露西，讓眞的露西從此能活下去，是不得不爲，但這不是出於仇恨的工作。那個製造這一切不幸的可憐靈魂最讓人悲哀。想想他糟糕的一面被摧毀時，他的良好一面可能會有的精神上的永生，他會有什麼樣的喜悅。你們一定也要可憐他，雖然憐憫不會阻止你們消滅他。」

她說話時，我看到她的丈夫臉色一沈，五官擠起，好像他心中的激動讓他整個生命皺縮到核心。他本能地將妻子的手握得更緊，直到他的關節發白。我知道她所承擔的痛苦，但她沒有畏縮，而是以更爲吸引人的眼神看著他。

她說完後，他跳起來，說話時幾乎是要將他的手從她的手裡抽出。

「願上帝將祂的力量放在我手裡，直到能消滅我們現在想要除去的目標。如果能夠，我也會將他的靈魂送進炙熱的地獄！」

「噢，噓！噢，噓！上帝聖名，小聲點。不要這樣說，強納生，我的丈夫，否則你會讓我因爲恐懼害怕而死。想一想，親愛的……我一直想了這件事很久很久……那個……或許……有一天……我，也有可能需要這樣的憐憫，而其他像你這樣的人，有同樣憤怒的原因，可能會拒絕憐憫我！噢，我的丈夫！我的丈夫，有其他方式的話，我的確會讓你不要有這樣的想法。但是我祈求上帝不要重視你狂野的話語，除了當作一個慈愛受創的男人所發出的心碎哀嚎。啊，上帝，讓這些白髮證明他所遭受的苦難，他這一生沒有犯錯，而卻遭遇這麼多的傷痛。」

我們所有人現在都熱淚盈眶。淚水不可抑制，我們放聲大哭。她看到她貼心的勸告影響了大家，便也哭了。她的先生撲倒跪在她的旁邊，將手臂環繞著她，把臉藏在她的裙子摺皺裡。凡赫辛向我們示意，我們悄悄離開房間，讓這一雙相愛的心與他們的神獨處。

在他們休息前，教授在房裡打點，準備抵擋吸血鬼前來的東西，並向哈克太太保證她能安穩休息。她試著讓自己相信，並且爲了她先生，表現滿意的樣子。這是勇敢的掙扎，而且我認爲也相信，這一切不會沒有回報。凡赫辛在旁邊放了一個鈴鐺，讓他們在有任何緊急情況時可以搖鈴通知。當他們就寢時，昆西、葛德明和我排班守夜，三人輪流守護這位憂傷女士的安危。第一班是昆西，所以我們剩下的人應該立刻盡快去睡覺。

葛德明已經進來，因爲他輪第二班。現在我的工作結束，我也要上床就寢。

強納生・哈克的日誌

10月3日至4日，將近午夜——我以爲昨天永遠不會結束。一股睡意往我襲來，心中盲目地相信醒來後事情會改變，而且現在只會變得更好。在我們分開前，我們討論下一步的計畫，但最後沒有結論。我們僅知還剩下一個土箱子，只有伯爵知道箱子在哪裡。如果他選擇躲藏，他可能會讓我們苦思多年。同時，這個想法太可怕，甚至現在我想都不敢想。我知道，如果有一個完美的女人，那她就是我那可憐遭受欺侮的寶貝。見到她昨晚親切的憐憫，讓我更加愛她，她的憐憫使我自己對那怪物的憎恨顯得可鄙。當然上帝不會讓這個世界因爲少了這個怪物而變得更加悲慘。這對我來說是希望。我們現在如同在海上飄向暗礁，唯有信心是我們唯一的船錨。感謝上帝！米娜在睡覺，而且沒有作夢。我害怕她會作的夢，有著這麼可怕的回憶。我看顧她的時候，自日落後，她一直都很不安穩。一度她的臉上有著春天三月大雨之後的安詳神情。我那時以爲是她臉上紅色夕陽般的柔暈，但是我現在覺得那有更深的意涵。我現在還不睏，雖然我很累……累得半死。但是，我必須要試著入睡。因爲還有明天要費心去思考，而我將無法休息，直到……

後來——我一定是睡著了，因爲米娜將我叫醒，她坐在床上，一臉驚恐。我清楚看見她的神情，因爲房裡還留有燈光。她把手放在我的嘴上警告示意，在我耳邊低聲說：「噓！有人在走廊上！」我輕輕下床，走過房間，小心打開門。

就在外面，墨利斯先生躺在一張床墊上伸直了身，完全醒著。他舉起手，警告示意我安靜，小聲對我說：「噓！回去睡覺。沒事。我們裡面有一個人會整晚留在這裡。我們不要冒任何風險！」

他的神情和手勢讓人沒有討論的餘地，所以我回去告訴米娜。她嘆口氣，一抹微笑悄悄掃過她可憐蒼白的臉上，她用手臂環抱著我，柔聲說：「噢，感謝上帝有這些勇敢的好人！」嘆了口氣，她躺回床上繼續睡覺。我現在還不睏，寫下這些事，不過我一定要再試著入睡。

10月4日，清晨——米娜又在晚上叫醒我。這次我們都睡得很好，因爲清晨即將來臨，天光一片灰白，把窗戶照出尖尖的矩形影子。此時煤氣的火焰已宛如星灰，而不見圓光。

她匆匆對我說，「去吧，叫教授來。我想要立刻見他。」

「爲什麼？」我問。

「我有個主意。我猜他一定是在晚上來的，並在我不知道的情況下成形，他一定要在日出之前將我催眠，我才能說話。親愛的，快去吧，時間越來越近了。」

我走到門邊。舒華德醫師在床墊上休息，他看到我，立刻站起來。

「有什麼問題啊？」他問道，警覺起來。

「沒事，」我回答。「但是米娜想要立刻見凡赫辛醫師。」

「我去找他，」他說，然後快步走進教授的房間。

兩三分鐘後，凡赫辛穿著他的睡袍到了我們房間裡，墨利斯先生和葛德明爵爺和舒華德醫師在門邊問問題。教授看見米娜時，面上泛起微笑趕走了他臉上的擔憂。

他邊搓著他的手邊說：「噢，我親愛的米娜小姐，這的確是個改變。看啊！強納生，我們親愛的米娜小姐，今天跟從前一樣，回到了我們身邊！」然後他轉向她，高興地說：「有什麼事我能替你效勞？你不會沒事在這種時候找我。」

「我要你催眠我！」她說。「在黃昏之前催眠我，因爲我覺得在那時我才能自由說話。動作快，因爲時間緊迫！」他一語不發，示意她坐在床上。

凡赫辛目不轉睛看著她，開始在她前面動作，從頭到腳，每隻手都做一遍。米娜盯著他看了幾分鐘，我的心同時跳得七上八下，因爲我覺得危機就在眼前。慢慢地她閉上眼睛，一動也不動像岩石一樣坐著。唯一讓人知道她還活著的，是溫和的呼吸使胸部輕輕起伏。教授再做了些動作，然後停止，我能看到他的前額滿佈大滴汗珠。米娜睜開了眼，但她看來不像是同一個人。她的眼裡有種縹緲的神情，她的聲音有我沒聽過的哀傷虛幻的感覺。教授舉手要求安靜，示意我去帶其他人進來。他們躡手躡腳進來，把門帶上，站在床尾觀看。米娜看起來沒有看到他們。凡赫辛以低沈、但不會打斷她思緒的聲調說話，打破了沈默，

「妳在哪裡?」回答以中性的聲調傳出。

「我不知道。沒有自己的地方睡覺。」沈默了好幾分鐘。米娜直挺挺坐著，教授站著凝視她。

我們其他人幾乎不敢呼吸。房間越來越亮。凡赫辛醫師沒有將他的視線從米娜臉上移開，示意我拉上百葉窗。我照做了，白天隨即似乎進房，一道紅光冒出，房裡跟著遍染玫瑰色的光暈。

「妳現在在哪裡?」

她的回答如夢似幻，但是有意義的回答。彷彿她在解釋什麼事情一樣。我聽過她在誦讀她的速記時用過同樣的語調。

「我不知道。我對這一切都很陌生!」

「妳看到什麼?」

「我什麼都看不到。全都黑的。」

「妳聽見什麼?」我聽得出教授耐心的聲音裡的激動。

「水的拍打聲。有潺潺流水,小波浪濺起。我可以聽見它們在外面響。」

「那麼妳是在船上?」

我們彼此相望,試圖從對方身上找尋蛛絲馬跡。我們不敢去想。

很快就有回答,「噢,是的!」

「妳還聽到什麼?」

「男人四處奔跑、從頭頂上方傳來踐踏的聲音,鍊子咯吱咯吱的聲音,還有絞盤在棘輪上轉動的巨大喀啦聲響。」

「妳在做什麼?」

「我不動,噢,如此沈靜。好像死亡似的!」聲音漸漸消逝,變成人在睡覺時的深沈呼吸聲,張開的眼睛再次闔上。

此時太陽已升起,我們完全在白天的光線下。凡赫辛醫師把手放在米娜的肩上,輕輕將她的頭倒在枕頭上。她像個熟睡的孩子躺在那裡一會,然後,深深嘆了口氣醒來,訝異地看見我們全都在她身邊。

「我睡覺時一直都在說話?」是她唯一說的話。然而,不用說,她似乎知道現在的情況,儘管她很想知道自己剛才說了什麼。教授重複之前的對談，她接著說：那麼沒有時間可以浪費了。現在可能還不算遲！」

墨利斯先生和葛德明爵爺往門走去，但是教授冷靜的聲音要他們回來。

「留下，我的朋友。那艘船，無論在何處，她說話時都下了錨。現在在你們那偉大的倫敦港裡，有許多船下了錨，你們要找那一艘？感謝上帝我們又有了一條線索，雖然我們不知道這會將我們帶向何方。我們一直都看不大清楚，人都有盲點。既然我們可以回頭去看事情，那麼如果我們能見到那些當時可能見到的事情，我們就能見到前瞻時可能見到的事情了！唉，但是這段話是個迷團，不是嗎？我們現在能夠知道伯爵的想法了，當他搶走那筆錢的時候——雖然強納生那把銳利的刀讓他置身於連他都害怕的危險之中——他心中想的是要逃跑。聽我說，逃跑！他看到只剩下一個土箱子，一群人又像狗追狐狸般追趕他，他知道這個倫敦是沒有他容身之處了。他帶著他最後一個土箱子上船，離開這裡。他想要逃離，但是不！我們跟蹤他。發現目標！就像我友亞瑟穿上他的紅獵裝時會說的話！我們的老狐狸很狡猾。哦！那麼詭計多端，我們一定也要將計就計。我自己也很狡猾，一會兒便知道他想些什麼。現在我們可以暫時安靜休息一陣，因爲我們中間隔了他不想經過的水，而即使他想過水也無法過——除非這艘船要碰觸陸地，然後還得在滿潮或是平潮。看吧，太陽剛剛升起，到黃昏前這一天都是我們的。我們都去洗個澡、更衣、吃頓早餐，這些不但是大家都需要，而且因爲他跟我們不在同個地方，我們可以舒服的用餐。

米娜懇求般看著他，問道：「但是他已經遠離我們，我們爲什麼還需要去找他？」

他握著她的手，邊回答邊拍了拍：「現在還不要問我任何問題。等我們用過早餐，我會回答所有問題。」他不再說話，我們各自離開去更衣。

早餐後，米娜又重複了她的問題。他神情凝重地看著她一下，然後哀傷地回答：「因爲，我親愛的米娜小姐，即使我們要追著他到地獄入口，我們都絕對要找到他。」

她臉色越加蒼白，氣若游絲問道：「爲什麼？」

「因爲，」他正色回答：「他可以活上幾世紀之久，而妳只不過是個平凡女人。現在我們要怕時間——一旦他把那個記號印在妳的喉嚨上頭。」

我在她往前昏倒之際，即時將她抱住。

凡赫辛醫師

第24章

舒華德醫師的留聲機日記（由凡赫辛口述）

給強納生・哈克

你去陪伴你親愛的米娜夫人，我們會去搜索，如果能用「搜索」這樣的字眼的話，因爲其實不是搜索而是求知，我們只是要確認而已。但是，請你今天留下照顧她，這是你最好最神聖的職務，今天他不會出現在這裡。

讓我告訴你我們這邊四個人已經知道的事，因爲我已經先告訴他們了；他，我們的敵人，已經走了。他已經回去他在外西凡尼亞的城堡。我知道得很清楚，就如一隻巨大的火手把它寫在牆上。他早已利用某些方法為此作好準備，最後那個箱子當時正要上船運走，他是因為這個原因拿錢，因為這個原因最後他才那麼急，不願我們在日落前逮到他。那是他最後的希望。除非他也想躲到可憐露西的墳墓裡——他以為露西已是同類，會伸出雙臂迎接他。不過，他時間來不及，這招行不通後，他便直接使出最後手段；我想一語雙關的話，就說他使出「最後的泥土防禦工事」。他很聰明，太聰明！他知道他這裡的遊戲已經結束，所以決定回家去。他找到一艘航行於來時水路上的船，於是就上去了。

我們現在要去調查是哪艘船、航向何處。清楚後，我們會回來告知你們所有經過。然後我們會以新希望安慰你及可憐的米娜夫人，因為當你們想清楚了，未來是有希望的：我們並沒有全盤皆輸。我們現在追捕的這個生物，他花了幾百年才來到倫敦，而僅在一天之內，我們一知道他的行蹤就把他趕走了。他是有限的，雖然他有力量可以造成許多傷害，也不像我們容易受傷。但是，我們堅強，每個人都意志堅定，全部加在一起變得更強。要重新振作，親愛的米娜夫人的先生，這場戰役才剛開始，我們終將贏得勝利。天主在上，定會眷顧祂的子民。我們回來之前，敬請安心。

凡赫辛

強納生·哈克的日誌

10月4日——我把凡赫辛的留聲機留言唸給米娜聽，這個可憐的女孩變得開朗許多。卓九勒伯爵確定離開國境的消息讓她安心不少，而安心，於她就是力量。就我而言，現在，與恐怖危險面對面的狀況已經解除，曾經發生的事簡直難以置信。連我自己在卓九勒城堡的恐怖經驗，都像遺忘已久的一場夢。此時此刻，秋風颯爽，陽光燦爛。

啊！我怎能不信！就在這樣想著的時候，視線又落在可憐寶貝雪白額頭的那道紅疤上，只要疤痕還在，由不得人不信啊。米娜和我害怕無事可做，於是把所有的日記看了一遍又一遍，雖然每讀一遍，眞相變得更清晰，但是，痛苦與害怕也隨之減少。從頭到尾都有一個清楚的意向在引導，讓人覺得好安慰。米娜說，也許我們是達到至善的工具。也許吧！我會試著照她這樣想。我們還沒有計劃過未來，最好是等調查結束，見到教授及其他人後再說吧。

一天的時間過得好快，我本以爲我再也沒有一天會覺得時間過得很快了。現在是三點。

米娜・哈克的日誌

10月5日，下午5點——會議記錄。出席人員：凡赫辛教授、葛德明爵爺、舒華德醫師、昆西・墨利斯先生、強納生・哈克、米娜・哈克。

凡赫辛醫師描述當日採取了哪些步驟，找出卓九勒伯爵逃亡搭乘的船隻及去向。

「就我所知，他想回外西凡尼亞，我確定他必會路過多瑙河河口，或是黑海某處，因爲他就是走這條路線來的。我們前方是令人沮喪的空白，「不明事物皆遭誇大」（omne ignotum pro magnifico），於是，帶著沉重的心情，我們開始尋找昨晚有何船隻開往黑海。他坐的是帆船，因爲米娜夫人提到升帆的事。這些事不會重要到出現在〈泰晤士報〉的船隻時刻表上，所以我們在葛德明爵爺的建議下去到羅意德保險社，那裡有完整的出航記錄，不論多小的船都有。在那裡，我們發現只有一艘開往黑海的船隨潮水出發，船名是〈凱薩琳女皇號〉（Czarina Cathrine），該船由杜里特碼頭啓航開往瓦那，經其它港口上行到多瑙河。『所以，』我說，『這就是卓九勒伯爵搭乘的船。』於是我們趕去杜里特碼頭，在那裡，我們在小到人比房間感覺還大的木造辦公室裡見到一個人。我們向他詢問〈凱薩琳女皇號〉的開船時間，他罵髒話，滿臉通紅、聲音又大，不過倒底還是個善良的人。當昆西從口袋掏出某樣東西，在手裡一轉，發出劈啪一聲，然後再放進他深藏在衣服裡的小袋時，他變成了一個更善良、更謙卑的僕人。他跟著我們又去問了很多其他粗魯、暴躁的人，這些人酒喝夠的時候，也都很善良，他們講了一堆XXX以及其它我不懂的事，雖然我能猜到意思。不論如何，他們告訴了我們所有我們想知道的事。」

「他們說昨天下午五點左右，有個人行色匆匆來到這裡，一個瘦高、蒼白的人，有著高鼻樑、非常白的牙齒、和宛如著火的眼睛。他全身穿著黑色，只有頭上的草帽和他既不搭配，也不合時宜。他把錢一撒，急切詢問有什麼船到黑海、在哪裡停靠。有人先帶他進辦公室，然後再去船邊，可是他走到盡頭的上下船梯板前就停住了，不上船，反而要求船長下來見他。船長聽說有重金賞謝，於是就去了，雖然一開始他用各地語言咒罵不休，到最後還是妥協。然後那個瘦瘦的人離開，有人告訴他雇用馬車的地方，他去了很快又回來，他自己駕車載了個大箱子來。他一個人把箱子搬下車，但是花了好幾個人才把它抬上船，他跟船長講箱子要怎麼放、放在哪裡，講了很久，船長不高興，用各種語言罵了許多髒話，跟他說，他想的話可以自己上船看，但是他回答說：『不。』他還不會上船，因爲還有很多事要做。於是船長叫他最好快走，ＸＸＸ，因爲船就要開了，ＸＸＸ，趁著還沒漲潮，ＸＸＸ。那個瘦子微笑道，他如果認爲時間到了，當然應該走，但是走得太快會讓他自己意外。船長又咒罵起來，用各地語言，然後那個瘦子要船長鞠躬道歉，接著自己又道謝，拜託他好心讓他在快啓航前登船。那個船長最後臉漲得更紅，以更多種語言告訴他，他的船不載法國人，去他們的ＸＸＸ，也去她的女皇號。然後，那個人問了哪裡可以買船票後，就走了。」

「沒人知道他去哪裡，也沒人，如他們所說，ＸＸＸ在乎，因爲他們還有別的事要煩，再一個ＸＸＸ。因爲，〈凱薩琳女皇號〉不能照預期發船，一層薄霧從水面爬升到船上，越來越濃密，直到濃霧完全包圍住船。船長用各地語言罵髒話，各種各樣的語言，各種各樣的ＸＸＸ，但是他一籌莫展。水面越昇越高，他耽心潮水已轉向。滿潮時，他的情緒大壞，瘦子這時卻又上到梯板，問說他的箱子放在哪兒。船長回答說，祝他和他的老不死的ＸＸＸ箱子，都去下地獄。但是瘦子沒有生氣，他跟大副下去船艙看放置地點，然後再上來，在甲板的濃霧中站立了一會兒。他應該是自己下船的，因爲沒人注意他。他們的確不關心他，因爲霧開始很快散去，又清楚起來。我那些口渴又滿嘴XXX的朋友們大笑起來，說著船長罵人的話比平常多了幾種、如何更加生動。其它當時在那裡上上下下的船員們，在被問到的時候，竟然沒什麼人注意到有霧，只有碼頭周邊的霧除外。無論如何，船在退潮時啓航，清晨時，已離下游河口很遠。他們跟我們說話時，女皇號早已在海上。

「因此，我親愛的米娜夫人，我們必須休息一段時間，因爲我們的敵人正在海上，呼雲喚霧，朝著多瑙河的河口前進。行船很費時，快不起來。我們走陸路較快，我們會在那裡和他碰面。最理想的狀況是，我們日升日落之間，他還在箱子中時抓到他。那樣他不能反抗，我們可以處置他，一如我們應當這麼做。我們還有幾天的時間可以籌劃。我們對他的去向瞭若指掌，因爲我們已見過船家，他把收據及所有文件都拿給我們看。我們要找的箱子將在瓦那卸船，然後由一個經紀人領取，一個叫作瑞斯堤克司的人，他會提出憑據。然後我們的商人朋友的工作到此結束。如果他懷疑這麼做有無問題，他可以在瓦那打電報詢問，我們會說『沒問題』，因爲我們要做的事，不是警察或海關該管的，只能由我們以我們自己的方式來完成。」

凡赫辛醫師說到這裡告一段落。我問他是否確定卓九勒伯爵在船上，他回答說：「我們擁有的最好證據，就是由妳今早被催眠時提供的。」

我問他們是否眞有必要追捕卓九勒伯爵，因爲，啊，我害怕強納生離我而去，我知道如果大家都去，他一定也會去。起初，他很安靜，後來他回答問題時，越來越激動，如此這般持續一陣子之後，他變得益發憤怒、強勢，以致到了最後，我們不得不在他身上見到那使他長久以來成為人間大師的優越力量，至少是那些力量的一部份。

「是的，有必要，有必要，有必要！首先，這麼做是為了妳，也是為了拯救全人類。儘管只有很短的時間，當他還身處在狹小的空間裡，當他還只是一具在黑暗、無知中胡亂探索的皮囊時，這個惡魔已經造成太多傷害。我已經把這些都告訴其他人了，我親愛的米娜夫人，妳會從我朋友約翰，或是你先生的留聲機裡聽到我說的話。我跟他們說，他籌劃離開荒蕪的家鄉、杳無人煙的土地，來到這個生命力旺盛的新大陸，已經籌劃了幾個世紀。如果有另一個像他一樣不死的生物，也想仿傚他所為，那麼，即便用上從盤古開天以來到現在所有的時間，甚至包括未來，恐怕都沒辦法。就這個惡魔而言，自然界所有奧妙、深邃、強大的力量，全部以某種神奇方式匯集在一起，幾百年來不死的他，他存活的那個所在，充滿了地理學與化學上的特異性。那裡的深淵與斷崖一直延伸到無人知曉的地方，那兒的火山，其中某些現在還會噴出成份奇特的液體，以及足以致死或是起死回生的氣體。無疑地，某些超自然力量的匯集產生了一種磁力或電力，以奇特方式對物質生命產生作用，在他身上則從一開始就激發出偉大的特質。在艱困或戰爭時期，他慶幸自己比一般人意志更剛強、思路更細密、膽識更足。某些重要的原理，在他身上以奇特的方式發揮到極致。他的身體越長越強壯的同時，頭腦也越變越聰明。所有這些都不是依靠他必然具備的魔性來完成。因為他必須臣服於善的力量，或象徵善的力量。這就是對我們而言的他。他感染了你，啊，原諒我必須這麼說，親愛的夫人，但是，我是為妳好才說的。他以那樣聰明的方式感染了你，就算他不再做別的事，你只要活下去，以你原來的甜蜜方式活下去，總有一天，上帝特許的人類共同命運——死亡，就會把你變成如他一般。不可以這樣！我們集體宣誓過，不可以這樣。我們於是成了執行上帝願望的牧師，祂的兒子爲拯救世人而死，這個世界不會落入怪物的手中，單單怪物的存在對祂即是褻瀆。祂已經讓我們拯救了一個靈魂，就讓我們像古時候的十字軍一樣，出發去拯救更多人吧，一如十字軍，我們要朝日落的地方前進，一如十字軍，即使倒下，也是光榮的倒下。」

他說到這裡打住。我說：「但是，卓九勒伯爵難道不會聰明地回絕？既然他曾被逐出英國，這次他難道不會預先防範？就像一隻被村民獵殺過的老虎，難道會再自投羅網？」

「啊哈！」他說：「老虎的比喻很棒，就我而言，我會收養他。印度人把老虎稱作食人獸，一旦牠嚐過人血，食人獸便對其它獵物不再有興趣，而是不停搜索覓食，直到抓到人爲止。我們獵捕的那隻逃出村子的動物，也是一隻老虎，一個食人獸，他從不停止覓食。不，他不是一個會休息、遠遠躲開的人。他生前，還是人類的時候，曾到土耳其前線打仗、捍衛國土。他戰敗了，他有躲嗎？沒有！他來了一次又一次，一次又一次。看看他的毅力與堅持。以他孩童式的腦袋，他早就想要去到一個偉大的城市。他做了什麼？他找出全世界對他而言最具願景的地方，然後愼重地開始準備工作。他耐心測試自己的實力，找出自己有哪些特異能力。他學習語言、學習社交生活，學習舊社會的新環境，學習政治、法律、金融、自然科學，學習在他生前開始建立的一個新的國家及人民的風俗。他曾經看到的那幾眼，只是更加刺激他的食慾、強化他的慾望。不，這有助於他智慧的成長，因爲這一切只是向他證明，他最初的揣測是多麼正確。他一個人完成了這些，獨力一人！從世人遺忘的地方的一個荒塚而來，當更遼闊的思想世界也向他展開雙臂時，他還有什麼做不出來？就我們所認識的他，他是一個能向死亡微笑的人。誰能在惡疾橫掃人群時，還健康茁壯？噢！如果這樣一個人是由上帝，而非魔鬼，差遣而來，他能爲我們這個舊世界帶來多大的益處啊。但是我們已立誓解放世界。我們的苦工不能聲張，所有的努力必須保密。在這個啓蒙時代，當人們甚至不相信親眼所見之事的時候，質疑智者就是他最大的能耐，這既是他的護套、他的盔甲，也是他摧毀我們的武器，而我們這些他的敵人，不惜賭上自己的靈魂也要保護我們所愛的人平安。以上所言是爲了全人類的利益及光榮天主。」

大致討論過後，確定今晚沒有什麼事可做，我們應當去睡覺，然後依據目前情況，想出適當結論。明天早餐時，我們再開會提出各自看法，然後決定採取什麼行動。

我今晚覺得好寧靜安穩，鬼祟糾纏的某種東西似已離我而去，也許吧……

我的揣測還未結束，也不能結束，因爲我看到鏡中額頭上的紅疤，我仍然處於污染狀態。

舒華德醫師的日記

10月5日——大家都起得很早，我覺得睡覺讓我們恢復了精神。早餐碰面時，氣氛輕鬆愉快，誰也沒想到我們居然還能重拾愉悅心情。

人有這麼強的恢復力眞好，不論有什麼障礙，不論以何種方式消除障礙，即使是死神出手，我們都可以再迅速飛回快樂與希望的懷抱。和大家圍坐在桌邊的時候，我不只一次睜大雙眼，懷疑過去幾天是不是一場夢。只有在看到哈克夫人額頭上的紅印時，我才回到現實。即使現在我嚴肅斟酌事情的時候，幾乎已不可能想到，製造我們困擾的源頭依然存在。連哈克夫人似也整段時間都看不見她的煩惱，只在偶爾某些勾起回憶的時刻，她才會想起那可怕的疤痕。半小時後，我們要在我的研究室會合，決定行動方針。我依憑直覺，而非理智，只看到一個迫切的難題：我們說話，全都必須開誠佈公，但是我恐怕哈克夫人會難以理解地噤聲不語。我明白，她自有她的見地，從過去一路走來，我可以猜想到她的意見必定聰明又準確。但是她不會，也無法，化諸言語。這點我跟凡赫辛提過，我們兩人想私下單獨討論此事。我猜，是鑽進她血液裡的那些可怕毒藥已開始發揮作用。卓九勒伯爵對米娜施以凡赫辛所謂「吸血鬼的血之洗禮」，是有他的目的的。也許有一種毒藥是從良善中淬取提煉出來，在一個連屍鹼存在與否都是謎的時代，我們不該對任何事感到驚訝！有件事我知道，關於米娜的沉默，如果我的直覺是正確的話，眼前正有一個可怕、艱難、不知名的危險在等著我們。迫使她沉默的力量，也能迫使她開口說話。我不敢再想下去了，不然我的猜測就會污辱到一位高貴的女士。

凡赫辛正要來我房間，比其他人早一點，我將試圖與他談論這個話題。

稍晚——教授進來後，我們開始討論目前情況。可以看出他有心事，他欲言又止，猶豫著是否要帶出話題。拐彎抹角了一下後，他說：「約翰老友，有件事我們倆必須單獨談一下，至少一開始我們兩個就好，未來，我們也許要跟其他人說。」

他說到這裡停下。我在等。他繼續說了：「米娜夫人，我們可憐的親愛的米娜夫人正在改變。」

我打了個冷顫，他就這樣肯定了我最害怕的事。凡赫辛繼續往下說。

「有了露西小姐的悲痛經驗，這次在事情還沒惡化前，我們定要警覺。我們的工作其實比以往更艱難，這個新的問題讓每一個小時都變得緊迫重要。我看見吸血鬼的特徵在她臉上浮現，現在還很輕微，一點點，我們不作預設用眼睛仔細看，就可以看出來。她的牙齒變鋒利了，偶爾目露兇光。這些還不算，她現在沉默的時候也多了，就像露西那時候一樣。她不說話，即便在她書寫以後她要公開的文字，她也是沉默的。我憂慮的是，如果她能夠透過我們的催眠，把她看到或聽到的卓九勒伯爵的事告訴我們，那麼，先把她催眠的，逼她嚐過彼此血液的卓九勒，只要他願意，不是也可以迫使她洩露她所知道的事？」

我點頭表示贊同。他繼續說：「我們需要預防此事發生，我們不能讓她知道我們的意圖，這樣，不知道的事，她就沒法說了。這是痛苦的任務！啊！痛苦到一想到就心痛，但是事情就是這樣。今天我們開會時，我必須告訴她，基於不能說的理由，她不能再參加我們的會議，只接受我們的保護。」

他擦拭著額頭上的汗，想到要把這樣的痛苦加諸於已經受盡煎熬的可憐人身上，他急得不住冒汗。我知道，如果我告訴他我有同樣想法，一定會讓他好過一些，因爲，不論怎樣，至少可減輕猶疑的痛苦。於是我說了，效果和我預期的一樣。

現在離全體開會的時間已經很近，凡赫辛離開先去準備——準備會議以及他所苦惱的部分。不過，我比較相信他是獨自祈禱去了。

稍晚——會議一開始，我和凡赫辛都大大鬆了口氣，哈克夫人託他先生捎口信說不會出席，因爲她覺得，少了她在場的尷尬，我們可以更自由地討論事情。教授與我對望一眼，似乎兩人都放心了。就我個人而言，我想，如果哈克夫人自己也意識到危險，那她有多痛苦，危險就減少多少分。在這個狀況下，我們用疑問的眼神及封口的手勢，達成共識，在我們兩人再度密會之前，當對懷疑之事保持沉默。我們立刻開始討論動員計畫。

凡赫辛首先將事實部分做出整理：「〈凱薩琳女皇號〉昨天早晨已駛離泰晤士河，以她最快的速度，至少也要三個星期才能到達瓦那。但是，我們走陸路過去只要三天。如果我們把航程少算個兩天——因爲我們都知道，卓九勒伯爵會主導天氣變化，再假設有事耽誤，把我們的到達日延後一天一夜，那麼，我們的準備時間差不多有兩星期。」

「因此，爲了保險起見，最晚我們十七號得離開這裡。無論如何，我們都要比船早一天到達瓦那，而且要能夠進行必要的準備工作。我們大家當然都會配戴武器，用來對抗邪魔歪道，有靈界的武器，也有物質界的武器。」

昆西・墨利斯此時補充道：「就我了解，卓九勒伯爵來自於一個狼的國度，也許他會比我們先到一步。我建議把溫徹斯特連發來福槍加入武器配備，用那把槍對付這種事，我很有信心。亞瑟，你還記得我們在土布斯克被追逐的那次嗎？那時候只要有把連發槍，我們有什麼不能給！」

「好！」凡赫辛說：「就用溫徹斯特來福槍，昆西的頭腦有時很冷靜，尤其是狩獵的時候，隱喻對科學的污辱超過狼對人的危險。此刻我們沒有什麼可做。我想，既然我們之中沒有人熟悉瓦那，何不早一點去呢？在這裡等和在那裡等的時間一樣，今天或明天我們就可做好準備，如果一切順利，我們四人可以立刻啓程。」

「我們四人？」哈克質疑道，來回看著我們。

「當然，」教授立刻回答：「你必須留下照顧你甜美的妻子啊！」

哈克沉默了一會兒，然後用空洞的語調說道：「這個讓我們留到明天早上再談，我想先跟米娜商量。」

我以爲凡赫辛應在此時警告他不得把計劃洩露給米娜，可是他沒理會，我意味深長地看著他，故意咳一聲，他以手指輕觸嘴唇作回覆，然後撇過頭去。

強納生·哈克的日誌

10月5日，午後——今早會議結束後，我有好一會兒無法思考。新的情勢讓我心神處於驚疑狀態，以致無法積極思考。米娜不參與討論的決定讓我開始思考。由於我無法與她爭辯，我只能用猜的。一如往常，我沒有解答。其他人對此事的反應也讓我困惑，我們最後一次討論的時候，明明已同意今後不再對內隱瞞任何事。米娜現正睡覺，安穩香甜得像個小孩，她的唇微翹，臉上綻放著幸福的光芒，感謝上帝她還能有這樣的時光。

稍晚——這一切是多麼奇怪，我坐著看米娜愉快地睡覺，我自己幾乎也變得愉快起來。天色漸晚，落日爲大地罩上影子，房中的寧靜對我而言，越來越嚴肅。

米娜忽然之間睜開眼睛，溫柔地看著我說：「強納生，我要你發誓答應我一件事，你要在上帝的見證下神聖地向我承諾，即使我以後下跪哭著求你，你都不可收回這個承諾。快，快點答應我。」

「米娜，」我說：「這樣的承諾，我沒辦法立刻給你，我沒有權利。」

「但是，親愛的，」她說這話時，態度極爲堅定，眼睛閃亮如北極星，「是我要你這麼做，而且這不是爲了我自己，你可以問凡赫辛醫師看這樣有無不妥，他若回答不妥，你可以如你所願行事。不，如果你們全都覺得可以，往後你的承諾也不必受罰。」

「好，我承諾！」我說，她立時變得好高興。雖然，對我而言，她額頭上的紅疤已經否決了所有快樂的可能。

她說：「答應我，不要告訴我任何對付卓九勒伯爵計劃的事，不要使用語言、暗示或影射，這個還在一天，永遠都別告訴我！」她嚴肅地指著前額的紅疤。我看她態度懇切，於是也嚴肅地答道：「我承諾！」在我說出口的那一刻，我覺得我們之間有道門關上了。

稍晚，午夜——米娜一整晚都很開朗愉快，其他人受到她好心情的感染，變得勇氣十足，連我自己也覺得壓在身上的沉鬱棺罩，重量減輕了。大家很早就睡下。米娜現在睡得像個小孩，在遇上這麼可怕的麻煩後，她的睡眠機制還能不受影響，真是太好了。感謝上帝，這樣至少可以讓她忘記煩惱，希望她的沉睡能像她的好心情一樣感染我，我會試著睡。啊！希望是無夢的一覺。

10月6日，晨——又一個驚喜，米娜早早把我叫醒，跟昨天的時間差不多，她要我找凡赫辛來。我以為她想進行催眠，於是毫不遲疑地去找教授。顯然他已預期到會有人來找，因為我到他房裡時，發現他已穿戴整齊。他立刻來了，走進房門時，他問米娜可否請其他人到場。

「不要，」她簡單地答道：「不需要，你轉告他們即可，我必須隨同你們前去瓦那。」

凡赫辛和我一樣吃驚。他停頓了一下才問道：「但是，為什麼？」

「你們必須帶我去，我跟你們在一起比較安全，你們也會比較安全。」

「但是，為什麼呢？親愛的米娜夫人？妳知道，妳的安全是我們最嚴肅的使命，我們是去涉險，而妳可能比我們任何人都更容易……更容易……受環境影響。」他困窘地不說了。

她一邊回答，一邊用手指著自己額頭，「我知道。這就是我爲什麼必須跟去的原因；現在太陽升起的時候，我還能說，以後也許再說不出了。我知道，卓九勒伯爵召喚我的時候，我一定會走。他若要我秘密前去，我就會用詭計前去，用任何方式詐騙，甚至是詐騙強納生。」上帝看看她說話時看著我的眼神，如果眞有紀錄天使，剛剛那一眼會永世流芳。我只能緊握她的手，不能說話，我的情緒太激動，掉眼淚都不足以表達。

她繼續說道：「你們男人勇敢又堅強，你們佔人數優勢，可以挑戰那個想要摧毀人類耐力的人，他只有自己一個。此外，我也許幫得上忙，因爲你可以催眠我，並因此獲知我自己都不知道的事。」

凡赫辛醫師認眞地說道：「米娜夫人，妳永遠都是最有智慧的，妳會隨同我們去，我們將一起完成任務。」

他說完後，米娜沉默了好長一段時間，讓我不得不看著她。她往後倒在枕頭上又睡了，連我打開窗簾讓陽光照進房間，她都沒有醒。凡赫辛示意我安靜地隨他出去，我們去到他樓上的房間，一分鐘後，葛德明爵爺、舒華德醫師和墨利斯先生都到齊了。

他告訴大家米娜說的話，然後說：「早上我們要出發前往瓦那，我們現在有一個新的問題要解決：米娜夫人。她的靈魂是純眞的，她告訴我們這麼多，對她來說很痛苦。但是這是正確的，我們已及時得到警告。我們不能錯失機會，我們在瓦那一定要做好萬全準備，一等船抵達要立刻行動。」

「我們要做的到底是什麼?」墨利斯先生簡短問道。

教授頓了頓，說道：「我們要在第一時間登船，找到箱子後，把野玫瑰的枝條放上去，我們將它固定住，如此裡面的東西就出不來了，至少民間迷信是這麼說的。我們最開始得相信一下迷信。迷信是人類早期的信仰，其根源仍在信仰。然後，等機會一到，等四下無人時，我們就打開箱子，然後……然後一切就搞定了。」

「我不要等待任何機會，」墨利斯說，「一看到箱子我就要打開它，把惡魔殺死，就算有幾百個人圍觀、就算下一秒我會灰飛湮滅，我也不管。」我直覺地拉他的手，他的手如鐵一般堅硬。我猜他懂我的表情；我希望他懂。

「好孩子，」凡赫辛醫師說：「勇敢的孩子，昆西是條男子漢。願天主保佑他。我的孩子，相信我，我們沒有人會因恐懼躲在後頭或停止。我說的是我們能做的……必須做的。但是，眞的，我們沒辦法說我們能做什麼。有太多事情可能發生，有太多發生的方式與結果，不到那一刻我們不能說。無論如何，我們全部會配戴武器。最後一刻來臨時，我們不能放鬆，今天讓我們把所有的工作排好，讓我們完成所有會涉及到我們親愛的朋友，以及我們所依賴的人的事。因爲我們沒人能說什麼時候以什麼方式，會有怎樣的結果。以我來說，我的工作是協調，既然我沒有別的事要做，我這就去規劃旅程。我會買好所有人的票，諸如此類的事。」

沒有什麼要再說的了，我們到此散會。我現在要把所有世俗事處理好，爲即將到來的事做好準備。

稍晚——寫好了，我的遺囑已謄妥，全部完成了。米娜如果活下來，就是我的繼承人，如果結局不是這樣，其他對我們這麼好的這些大好人，將可繼承。

現在已接近日落，我注意到米娜侷促不安，我確定，她心中有些事會在日落時分顯現，對我們全體來說，這已變成痛苦的時刻，因爲，每一次日昇日落都帶來新的危險、新的痛苦，也許，上帝的旨意，是要我們經歷這些後，得嚐好的結果。我把這些都寫在日誌裡，因爲不能讓我親愛的她聽到，但等到她可以再閱讀到這些文章時，一切已準備妥當。

她在叫我。

第25章

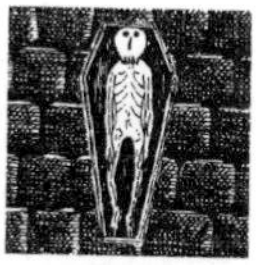

舒華德醫師的日記

10月11日，晚——強納生．哈克要求我記錄這篇，他說他無法勝任這個工作，希望我能詳細記錄。

我想，哈克夫人在日落前要我們去看她時，沒有人感到驚訝，這些日子以來，我們逐漸明白，日昇日落是她少數自由的時間。這些時候，她可以做回自己，不受外在控制力量的壓抑、約束，或是被煽動去做什麼事。這個心境或狀態約開始於實際日昇日落的半個多小時前，一直持續到日頭高昇，或是天際盡頭剩下最後一抹晚霞餘暉。一開始的狀態比較負面，就像牽制她的繩索剛剛鬆開，然而，緊接著很快她就獲得全面自由。但是，自由停止時，回復病態的速度也很快，其警訊是忽然陷入沉默。

今晚我們會面時，她有些被束縛住的感覺，所有的跡象顯示，她的內在正在掙扎。我自己認爲，這是她在重獲自由的一開始，激烈反抗的結果。

不消幾分鐘，她已經可以完全控制住自己。她半躺在沙發上，示意她先生緊挨她坐下，她要我們其他人把椅子挪近。

她拉著她先生的手，開始說話：「我們全部自由地聚集在這裡，也許是最後一次！我知道你會陪伴我到最後。」這句話是對她先生說的，我們看見，他緊握住她的手。「早上我們就要出發了，只有上帝知道我們會遇到什麼，你們願意帶我去，對我眞好，我知道，勇敢誠實的男人能夠爲一個可憐虛弱的女子做些什麼，這個可憐女子的靈魂可能已喪失了，不，不，還沒，只是危在旦夕。但是你們要記得我和你們不同，有毒藥在我的血液裡、靈魂裡，可以摧毀我，也必定要摧毀我，除非我們能得到解救。噢，朋友們啊，你們如我一樣清楚知道，我就要失去靈魂，雖然我知道有一個出路，但是你們和我都不應該嘗試！」她用祈求的眼神，從她先生開始，來回一一看著我們，目光最後又落回她先生身上。

「出路是指什麼呢？」凡赫辛以沙啞的聲音問道：「我們不應該，也可能不會嘗試的出路是什麼？」

「就是，我可以現在就死，我親自動手或由旁人代勞，趕在邪惡力量全面吞噬我之前。我知道，你們也知道，我一死，你們就可以釋放我不死的靈魂，一如你們對可憐的露西做的。如果只有死亡或是對死亡的恐懼，阻礙著我，有你們這麼多愛我的朋友環繞身邊，我是不會退縮畏死的。但是，死亡不是全部。在我們還有希望，還有痛苦的任務要完成的時候，我不能相信，死在這種情況下會是上帝的旨意。因此，就我的部分，我已經放棄了永恆安息的念頭，我要去到黑暗中，去到也許有著這個世界或冥界最最黑暗的事物的所在！」

一片死寂，我們憑直覺知道，這段話只是序曲而已。其他人表情僵硬，哈克臉色慘白。也許，他比我們更容易猜到她接下來要說的話。

她繼續說道：「這就是財產合併部分我所能交付的。」把這麼怪異的法律用詞用在這個地方，而且還這麼嚴肅，由不得我不注意她。「你們每個人又會交出什麼來呢？你們的生命，我知道。」她快速地接著說道：「那對於勇敢的人是很容易的，你們的生命是上帝所賜，因此也可以再還給祂。但是你們要給我什麼呢？」她再次以質疑的眼神看著大家，但是這次避開了她先生的臉。昆西似乎明白了，他點點頭，她的臉一亮。「那麼，讓我直說我要什麼吧，以我們之間現在緊密的關連，已不容許有不確定的因素存在，你們必須答應我，每一個人，包括你，我親愛的丈夫，你們要答應我，等時候到了，要殺了我。」

「那個時候是什麼時候呢？」是昆西的聲音，不過聲音很小也很緊張。

「等我已經變化到你們相信我活著還不如死了的好的時候。我的肉體死亡的那一刻，你們要立即用木樁刺穿我，然後把我的頭砍掉，或者做其它可以讓我安息的事！」

昆西是短暫停頓後第一個站起身的，他單腳跪在她前面，拉著她的手嚴肅說道：「我只是個粗人，從沒能像個男人一樣得到這樣的殊榮，但是我以神聖與摯愛的所有一切發誓，時間一到，我絕不會退縮不做妳交待給我們的任務。我同時答應妳，我一定會做到，若有任何猶豫，我會告訴自己，時候已到！」

「我眞心的朋友啊！」這是她在眼淚撲簌簌掉落時，唯一能說的話。她彎下身，親吻他的手。

「我也發誓，我親愛的米娜夫人！」凡赫辛說。「還有我！」是葛德明爵爺。他們依序單腳跪下向她立誓。我也跟著做了。

然後，她的先生用黯淡的眼神看著她，他鐵青的臉映襯著滿頭華髮，他問道：「我也要發誓嗎？我的愛妻？」

「你也要，我最親愛的你。」她答道，語調與眼神令人無限憐惜。「你不能退縮，你是全世界跟我最近最親的人，我們的靈魂已交織合一，永生永世。想想看，親愛的，歷史上也曾有勇士殺死自己的妻妾，以免她們落入敵人之手，他們不曾在面對所愛之人求死的時候，躑躅手軟，在那樣痛苦的試煉中，那是男人們對他們的至愛應盡的義務。噢，親愛的，如果我必須死在誰的手中，希望那是愛我最深的人的手。凡赫辛醫師，我沒有忘記，可憐的露西出事時，你對她所愛的人的憐憫。」她停住，臉頰飛紅，又換了個說法：「憐憫那個最有權利讓她安息的人。如果那樣的時刻再度到來，我希望你能讓我先生覺得，那是他生命中一個快樂的回憶，因為是他用他充滿愛意的手，將我從悲慘的奴役中解脫。」

「我會的，我再次發誓！」傳來教授洪亮的聲音。

哈克夫人笑了，確實笑了，她往後躺下像是放下心了，然後說：「現在，再提醒一句，你們千萬不要忘記，那個時間點，如果出現，它會來得非常快、措手不及地快，因此你們要抓住機會立即動手。在那個時候，我自己也許……不！如果那個時間點真的來到，我會跟你們的敵人聯手對付你們。」

「還有一個要求，」她說到這裡時，態度非常嚴肅：「不像前一個那麼關鍵那麼必要，但是我希望你們能為我做一件事，如果你們願意。」

我們默許了，但是沒有人說話。沒有說話的必要。

「我希望你們為我唸安葬經文。」她被她先生發出的哀鳴聲打斷。她拉住他的手放上自己心口，繼續說道：「有一天你們必須為我唸，不論這些可怕的事情會如何，對於你們全體或某些人來說，這是個甜蜜的想法。你，我的最愛，我希望你唸，因為這樣你的聲音就會永存在我的記憶中。該來的就來吧！」

「但是，我的親愛的，」他抗辯道：「死亡離你還遠得很吶。」

「不，」她說，做出警告的手勢，「我現在陷在死亡之中，比一口棺材壓在我身上，陷得還要深！」

「噢，我的太太，真要我唸嗎？」他在開始之前說道。

文。

「這會讓我感到安慰，我的先生！」她的回答只有這樣。她拿出聖經來後，他開始唸祈禱

我，或任何人，如何能描述那怪異的一幕，它的肅穆、陰鬱、悲哀、恐怖，再加上甜蜜。即使是懷疑論者——在任何神聖或煽情的事件中，只看見苦澀眞相的拙劣模仿的那些人——此刻看到我們這一群忠實虔誠的朋友，半跪在那位深受打擊、悲傷的女士前面，或是聽到她先生溫柔的聲音，因爲傷感而時斷時續，他的硬心腸也會溶化的吧。他唸著簡單又優美的安葬文。我沒法繼續了……我……已失去言語……的能力！

她的直覺是正確的。雖然，即使連當時深受震撼的我們，日後回想起來，可能都覺得那樣做好怪異，但是我們確實受到撫慰。而哈克夫人的沉默出現時——她失去靈魂自由前的徵兆——也不再顯得那麼令人絕望。我們曾經對她的沉默感到害怕。

強納生・哈克的日誌

10月15日，瓦那——我們在十二號的清晨離開查令十字路，當晚趕到巴黎，然後搭上預先訂好位的東方特快車。我們日夜兼程，約在五點左右抵達這裡。葛德明爵爺先去領事館查詢有無發給他的電報，我們其他人則來到這家名爲「奧迪修斯」的旅館。旅程中間也許有些插曲，但是

我個人急著趕路，因此沒有理會。在〈凱薩琳女皇號〉進港前，全世界再沒有任何事情能引起我的興趣。感謝上帝，米娜情況良好，看起來越來越強壯。她的氣色又回復了，睡得很多，整個旅程她幾乎都在睡。不過，日昇日落之前，她比較容易驚醒，比較警戒。凡赫辛已養成習慣在那些時刻對她進行催眠。起初，他得費些功夫，運用許多策略。但是，現在她似乎立刻就能進入狀況，就像是習慣了一樣，幾乎用不著費力。在這些時刻，他似有力量讓她的思想臣服於他，他總是問她看見或聽見什麼。

她對第一個問題的答案是：「什麼都沒有，一片黑。」

第二個問題的答案是：「我聽到波浪拍打船身，潮水沖刷而過。帆布與繩索緊扯，桅杆與帆桁的嘰呀聲。風很強……我可在帆布裡聽見風聲，前槳推開泡沫。」

明顯地，〈凱薩琳女皇號〉還在海上，朝著瓦那快速前進。葛德明爵爺剛回來。他有四封電報，從我們啓程後每天一封，四封的意思是一樣的，亦即，〈凱薩琳女皇號〉沒有向羅意德保險社回報行進位置。凡赫辛說我們登船的時機是日昇後到日落之間，卓九勒伯爵就算變形成一只槳，也沒辦法在流動的浪潮中涉水而過，因此也無法下船。再因爲他不會毫不顧慮地變成人形——顯然他極力避免這麼做——他就必須待在箱子裡。如果我們能在太陽昇起後登船，他就得任憑我們處置，因爲我們可以在他醒來前，打開箱子制服他，就像我們對可憐的露西做的一樣。他能從我們這裡得到怎樣的處置沒啥重要。我們覺得官方跟船員那邊不會有問題。感謝上帝！這是個可以用錢收買一切的國家，而我們恰好資金充足。我們只要確定，船不會在我們不知情的情況下，於日落到日昇前這段時間進港即可，如此我們就安全了。紅包法官會搞定一切的，我覺得！

10月16日——米娜的報告還是一樣：拍打的浪潮與海水沖刷、黑暗與順風風勢。我們顯然時間充裕，等得知〈凱薩琳女皇號〉的消息時，我們已準備妥當。由於船一定要通過達達尼爾海峽，我們鐵定會得到通報。

10月17日——所有事情現在都安排妥當，我想，可以歡迎卓九勒伯爵旅行歸來了。葛德明告訴拖運船商說，他懷疑船上的箱子裡藏有他朋友失竊的贓物，船東含糊地同意他開箱，但要他自行負責。船東開了一紙證明給他，要船長全力配合他在船上的一切所需，還寄了一份類似的授權書給在瓦那的經紀人。我們已見過經紀人，葛德明應對的溫和態度讓他留下良好印象，他說有幫得上忙的地方一定盡力而為，我們覺得很滿意。

我們已經安排好開箱後的處理方式。如果卓九勒伯爵在裡面，凡赫辛及舒華德會立刻砍下他的頭，然後拿木樁從他心臟刺下去。墨利斯、葛德明以及我負責阻擋他人干預，若有需要，甚至會動用我們備好的武器。教授說，若能依照這個方式處理，卓九勒伯爵的肉體將立刻化為塵土，如此一來，若有人質疑我們謀殺，將沒有任何可以指控我們的證據。但是，就算有證據，我們也該堅持，不然就是行動失敗，也許有一天這篇文字會成為把我們某些人送上絞刑台的證據。就我自己而言，若真的發生這種事，我只會感謝有這樣的機會。我們打算盡一切力量完成我們的計劃，我們已跟特定官員連絡好，〈凱薩琳女皇號〉出現的那一刻，立刻會有專人前來通報。

10月24日——整整等了一星期。葛德明每天收到電報，但是說法俱一：「迄無回報。」米娜早晚催眠後的回答也維持不變：拍打的浪潮、海水沖刷以及發出嘰呀聲的桅杆。

倫敦羅意德保險社，羅福司・史密斯，致葛德明爵爺的電報，10月24日，

由英國駐瓦那副領事轉呈：

「〈凱薩琳女皇號〉今晨自達達尼爾海峽回報位置。」

舒華德醫師的日記

10月25日——眞想念我的留聲機啊！用筆寫日記眞是令我惱恨！但是凡赫辛說我必須用手寫。昨天葛德明收到羅意德保險社的電報後，我們興奮得快瘋掉，我現在知道戰場上的人聽到「衝啊！」是什麼樣的心情了。我們裡面，只有哈克夫人沒有表現出任何情緒反應。不過這也不奇怪，因爲是我們刻意不讓她知道這件事的，有她在場的時候，我們試著不展現任何興奮之情。換作是以前的她，不論我們如何隱瞞，我確信她都會注意到，但是，過去三個星期以來，她已有很大的轉變。昏睡的時間拉長，雖然她看起來很健康，氣色也恢復不少，凡赫辛與我卻不滿

意。我們常討論她。但是我們沒有跟他人透露一個字，可憐的哈克只要知道我們對她有一絲懷疑，定會心碎，也會氣餒。凡赫辛告訴我，他在哈克夫人被催眠時，非常仔細地檢查過她的牙齒，他說只要牙齒沒有變鋒利，她的改變就沒有立即性危險。萬一徵兆出現，那就有必要採取行動了！我們兩個很清楚所謂的「行動」是指什麼，雖然我們都沒有明說。這件事，我們誰也不會退縮的，雖然想到時，感覺好糟。「安樂死」是很棒、很能撫慰人心的說法！我感謝發明這個名詞的人。

以〈凱薩琳女皇號〉從倫敦出發後的航行速度計算，從達達尼爾海峽過來這裡約只需二十四個小時，因此，抵達時間應當是明天早上，只是不太可能在午前進港。我們今天全都提早上床。我們將在一點鐘起床，以利準備。

10月25日，中午——還沒有船抵達的消息，哈克夫人今早的催眠報告和平日一樣，所以，接下來每一分鐘，我們都有可能接到通知。我們男士們全都鬥志高昂，只有哈克例外，他很平靜。他的手涼如冰，一個小時前我看到他時，他正在磨他那把最近隨身攜帶的印度廓爾喀大彎刀。那把刀的刀鋒只要劃到卓九勒伯爵的喉嚨，可就有得瞧了，況且，持刀的還是那雙堅定冰冷的手！

凡赫辛和我今天對哈克夫人的情況都有些緊張。中午時分，她陷入一種我們不樂見的昏睡狀態，我們兩個沒跟別人說，而且都很不快樂。她一整個早上都躁動不安，所以，一開始我們都很高興她睡著。但是，當她先生謹慎提到她沉睡到叫不醒時，我們就親自去她房裡看她。她的呼吸很正常，看起來很好很平安，我們都覺得睡覺比任何事對她都好。可憐的女孩，她有太多要遺忘的事，如果睡眠能讓她失憶，那麼，睡眠對她無疑是好的。

稍晚——我們的看法得到證實：經過幾個小時睡眠，她精神恢復後，醒了過來，看起來比過去這些天好很多。日落時，她照舊做了催眠報告，不管卓九勒伯爵現在黑海的哪裡，他都朝著目的地加速前進中。朝著他的厄運前進，我說！

10月26日，中午——又一天過去了，〈凱薩琳女皇號〉音信全無。她應該到了才對。顯然她還在某處旅行，因爲哈克夫人日昇時的催眠報告還是老樣。有可能那艘船偶爾會因濃霧而暫停，昨晚進港的一些汽輪回報說，港口北方和南方都有濃霧。我們必須持續觀察，因爲這艘船現在任何一秒都可能到達。

10月27日，中午——太奇怪。我們等的船還是沒消息。哈克夫人昨晚和今晨的報告與平日一樣；「拍打的浪潮與海水沖刷。」雖然她加了一句：「潮水聲音微弱。」倫敦來的電報內容還是一樣：「無進一步回報。」凡赫辛非常焦慮，他剛剛才跟我說，很耽心卓九勒伯爵已經逃掉。

他意味深長地補充道：「我不喜歡米娜夫人昏睡。靈魂與記憶在昏迷時，可能產生異狀。」我正要進一步詢問，哈克恰好進來，凡赫辛以手勢示警。今晚日落，我們必須讓她在催眠時講更多一點。

倫敦羅意德保險社，羅福司・史密斯，致葛德明爵爺的電報，10月28日，

由英國駐瓦那副領事轉呈：

「〈凱薩琳女皇號〉今日一點鐘進加拉茨港。」

舒華德醫師的日記

10月28日——通知船已到達加拉茨港的電報送來時，我們好像應該有人感到震驚，但是我看並沒有誰太意外。是的，我們不知道從哪裡、以什麼方式、什麼時候那道意外的閃電會劈下來，但是我想我們早已見到事有蹊蹺。從到達瓦那的那天開始，我們已心知肚明事情未必會如預期中順利，我們只是等著看變化何時出現。不論怎麼說，這仍然是個意外。我想人的天性是建立在希望之上的，因此我們欺騙自己，認爲事情會發展成應該的那樣，而不是我們早該知道或是它們一定會變成的那樣。先驗論是指引天使的燈塔，儘管對於人來說，它是引入歧途的鬼火。凡赫辛用手抱住頭，像是與天上的全能者抗議。但是他一句話都沒說，幾秒後又站起身來，神色堅定。

葛德明爵爺臉色蒼白，呼吸急促地坐著。我自己有些愣住，驚訝地一一看著其他人。昆西・墨利斯迅速地一勒皮帶。那個動作我太熟悉了，在我們年輕放浪的日子裡，那個動作表示

「上」。哈克夫人面如死灰，額頭上的疤痕也因此顯得更紅，但是她溫柔地合掌仰面祈禱。哈克微笑著，竟然笑了，失去希望的人的那種陰暗、尖酸的笑；可是，同時間他的動作卻洩露了心情，他的手直覺地握住大彎刀的刀柄，一直沒放下來。

「下一班到加拉茨的火車幾點出發？」凡赫辛問我們大家。

「明早六點！」我們都嚇了一跳，因為回答的是哈克夫人。

「妳是怎麼知道的？」亞瑟問。

「你忘了，也或者你不知道，不過強納生和凡赫辛醫師都曉得，我是火車迷，在埃克希特家裡我總會製作火車時刻表，以利我先生查詢。我覺得有時候很派得上用場，於是現在研究起時刻表來了。我早知道，如果有什麼理由得讓我們去卓九勒的城堡，我們一定會取道加拉茨，不然至少也是從布加勒斯特過去，所以我很小心地把火車時間背了起來。可惜需要記憶的並不多，因為明天也只有這一班。」

「好厲害的女人啊！」教授低聲說。

「我們不能搭特快車嗎？」葛德明爵爺問道。

凡赫辛搖搖頭：「怕是不行，這個國家跟你我的不一樣，就算搭特快，可能也不會比普通車快。而且，我們還有事要準備，我們必須好好想，讓我們有組織一點。你，亞瑟我友，你去火車站買票，幫大家安排明早出發的事。你，強納生我友，你去船的代理商那邊，要他寫幾封給加拉茨代理商的信，信裡要授權讓我們搜船，就像在這裡一樣。昆西．墨利斯，你去見副領事，請他找加拉茨那邊的人協助我們，這一路通關也請他多幫忙，如此，過去多瑙河後才不會浪費時間。約翰留下來陪我和米娜夫人，我們會進行諮商。如果時間太久，會耽誤到你們，就算太陽下山也沒關係，我會在這裡記錄米娜的報告。」

「至於我，」哈克夫人開朗地說道，「這麼長一段時間以來，此刻的她比較像她原來的樣子，「我會盡量讓自己幫得上忙，會像過去那樣幫你們想事情或寫東西，我身上有些東西很神奇地跑掉了，現在感覺自由多了！」

三位年輕朋友看起來很高興，似是體會到她話的涵義。但是凡赫辛跟我，兩人對望一眼，交換的眼神一樣嚴肅、憂慮。不過，這個當下，我們都沒吭氣。

有任務的三個人出去後，凡赫辛請哈克夫人幫他查日記，他要哈克在卓九勒城堡寫的那些。她於是去找。

等她離開關上門後，他對我說：「我們想的一樣！說出來！」

「出現了一些變化，是希望，但讓我很不舒服，可能是騙我們的。」

「是這樣。你知道我為什麼要她拿那些手稿來？」

「不知道，」我說：「難道是藉機和我單獨聊？」

「說對一半，約翰老友，只說對一半。我想告訴你一些事。啊，我的朋友，我在冒一個很大、很可怕的險，但是，我相信這麼做是對的。米娜夫人的發言引起我們注意的那一刻，我忽然得到一個靈感，三天前，她昏迷時，卓九勒伯爵把靈魂送來她這兒，讀她的心。或者，更可能是，他把她帶去海水沖刷的船上，他的箱子裡，就在日昇和日落靈魂自由遊走的時候。他那時發現我們在此地，因爲，她在開放空間裡比他在箱子裡可以聽到、看到更多。現在他盡最大努力逃離我們，現在他不需要她。」

「以他那麼厲害的感知能力，他確信她一定會聽從他的召喚。但是他切斷與她的連繫，讓她脫離他的勢力，如此一來她就不能去找他。啊！我們人類有這麼長的歷史，一直沒有失去上帝的恩典，我對我們人類的頭腦有信心，我們的智慧一定高於他，他孩童般的腦袋躺在墳裡幾個世紀，還沒有發展到我們的高度，他的腦袋只做自私的事，因此腦容量很小。米娜夫人來了，別提她昏迷的事！她自己不知道，那會打擊到她，令她沮喪，而我們現在需要她有希望、有勇氣，更重要的，需要她那顆訓練得跟男人一樣的頭腦，但是這顆頭腦仍然屬於甜美的女人所有，而且它具有卓九勒伯爵給予的特殊能力，卓九勒可能並沒有把所有東西都拿走，雖然他的認知或許不同。噓！讓我說，你會明白的，噢，約翰老友，我們陷入糟糕的困境，我好怕，從沒這麼怕過。我們只能相信至善的上帝。安靜，她來了！」

我以爲教授剛才會崩潰，會歇斯底里，就像露西死時出現過的那樣，不過這次他極力克制了自己，哈克夫人踩著輕快步伐進門時，他的精神狀態已經恢復完美的平衡。哈克夫人看起來開朗快樂，做工作似乎讓她忘記她的不幸。她進來後，遞給凡赫辛一疊打字的文件，他嚴肅地仔細查看，邊看臉上邊出現欣喜之色。

他用食指和姆指撚起幾張紙，說道：「約翰老友，你已有很多經驗，還有妳，親愛的米娜夫人，還這麼年輕，現在給你們一個教訓。永遠不要害怕思考，我腦子裡常有個不成形的想法在嗡嗡叫，但是我不敢讓它展翅高飛。現在，這方面有更多知識了。我回到那個不成形的想法的來源，結果發現它並沒有不成形，它是一個完整的想法，只不過因爲還在初期，所以沒有強壯到可以振動它的小翅膀。不，就像我的朋友漢斯・安德森的『醜小鴨』，這個想法根本不是鴨子想法，而是大天鵝想法，等時機一到，就尊貴地展開大大的羽翼翺翔。聽我唸唸強納生這裡寫了什麼。」

「和他同族的另一個人，很久之後，一再不斷帶領軍隊跨越大河，挺進土耳其的領土，被擊退後，他一而再地捲土重來，一次又一次，雖然最後全軍覆沒，只剩他獨自一人從血流成河的戰場往前衝，但是，他知道，他自己一個人終可獲得最終勝利。」

「這告訴了我們什麼？沒說什麼嗎？不！卓九勒伯爵孩童式的思考什麼都看不到，因此他說話隨性。你們人類的思考看不到，我的人類的思考看不到，但是現在看到了。不！有另一個說話不用思考的人開口了，她不用思考因爲她不知道她說的話是什麼意思，可能是什麼意思。就像有些元素是靜止的，但是在大自然的運行中，它們會運動、撞擊。一道光閃現，遼闊天際，盲目地屠殺摧殘，但是它顯示出所有地下的無盡的聯盟。難道不是這樣嗎？好吧，我會解釋。首先，你們有唸過犯罪學嗎？『有』也『沒有』。你，約翰，你有，因爲它是對精神錯亂的研究。妳，沒有，米娜夫人，因爲犯罪與妳沾不上邊，只那麼一次。妳的心靈還是眞誠的，不會雄辯說特殊性來自於概括性（a particulari ad universale）。罪犯講究特殊性，恆常如是，任何國家任何時候，連不懂太多哲學的警察憑經驗都知道，罪犯講究特殊性。這是很經驗論的，罪犯總是只做單一類型的案子，這是指那些命定犯罪的眞的罪犯的作爲，他們不會去做別的。罪犯沒有發展完整的人腦，他很聰明、狡猾、消息靈通，但是他的頭腦沒有達到人類應有的高度。他主要是孩童式的頭腦。現在我們的這個罪犯也是命定犯罪的人，他，也具有孩童的頭腦，是他內在那個小孩要他去做那些事。小鳥、小魚，小型動物不是靠原則學習，而是靠經驗。當他學會犯案，他就有了犯更多案件的基礎。阿基米德說：『Dos pou sto』——給我一個支點，我可以移動全世界！犯一次案是一個支點，孩童的頭腦從那個支點變成成人的頭腦。在他有意犯下更多不同類型的案子之前，他會持續每次只做同一類型的案件，就像以往犯的案一樣！噢，我親愛的朋友，我看見你們的眼睛睜大了，那道閃電已經讓你們看清全貌了，因爲哈克夫人已經開始拍手，兩眼熠熠生輝。」

他繼續說道：「現在，輪到妳說了，告訴我們這兩個枯燥的科學人，妳用妳這雙明亮的眸子看見了什麼。」他說這話時，拉起她的手握著，我直覺下意識地想到，他是用食指和姆指按在她的脈搏上，此時她開口了。

「卓九勒伯爵是罪犯，諾道❶和龍柏羅梭❷會把他歸類爲犯罪型人物，以罪犯來說，他的心智發展不健全。因此，遇到困難時，他會依循習慣尋求解決之道。他的過去是一個線索，而

❶譯註：Max Nordau，匈牙利醫師，著有《墮落》。

❷譯註：Cesare Lombroso，義大利醫師，後人譽為「犯罪學之父」。

我們知道的其中一段是，他自己親口說的，曾經一度，當他在墨利斯先生稱之爲『擁擠之地』的地方時，他從他試圖侵略的國家回到自己的國土，那之後，他沒有喪失意志力地繼續爲新的進攻做準備。他戴著更好的裝備再次出征，結果他得到了勝利。於是，他來到倫敦來征服一個新的國家。他失敗了，當勝利的希望化爲烏有後，他陷入危急存亡之秋，他渡海逃回家鄉，就像那時從土耳其逃回多瑙河一樣。」

「說得好，好！小姐妳眞是太聰明了！」凡赫辛熱切地說道，一邊還俯身親吻她的手。過了一會兒，他用在病房裡會診的平靜語氣對我說：「只有七十二下，而且情緒這麼興奮。我有希望。」

他再次轉身面對她，用著期待的語氣說道：「繼續說呀，繼續！如果妳願意，還可以說更多，別害怕，約翰和我都知道，至少，我是知道的，妳如果說對了，我會告訴妳。說吧，別怕！」

「我會試著說，但是，如果我太自我中心，請原諒我。」

「不！別怕，妳應該自我中心，因爲我們關心的人是妳。」

「那麼，因爲他是罪犯，所以他很自私。他的才智不多，行爲以利己爲出發點，他把自己圈限在一個目的裡，那個目的是沒有惻隱之心的。就如他曾丟下部隊任人宰殺，自己逃回多瑙河，現在他也只想自保，對其它事毫不在意。所以，他的自私，多少把他在那個可怕的夜晚加諸於我靈魂的束縛解開了，我感覺到了！噢！我感覺到了！感謝上帝，感謝祂的恩典！我的靈魂已比從那之後自由了，讓我放心不下的是，怕他會在我昏迷或作夢時，利用我知道的事來達成他的目的。」

教授站起身：「他的確利用了妳的靈魂，並因之把我們丟在瓦那這裡，船載著他迎風撥霧往加拉茨航去，無疑地，他在那裡已做好逃離我們的準備，但是他孩童般的心智只能看到那麼遠。也許這就是天意吧，做壞事的人因爲只顧自己好，最仰賴的事物反而成爲最主要的傷害。就如聖經詩篇裡說的，獵人掉入自己的陷阱。現在他以爲已逃離我們的追蹤，已逃走好幾個小時，他自私的孩童腦袋會要他好好睡一覺。他還以爲，切斷與妳的連繫，不再探知妳的思想後，妳也無法再知道他的事，這就是他失敗的原因！以血爲妳施洗的可怕洗禮，讓妳的靈魂可以自由地去找他，妳在日昇日落獲得自由的時候，確實有這麼做。那些時候，妳聽從的是我的命令，不是他的。妳以及其他人這股向善的力量，是從他對妳造成的苦難中贏來。更可貴的是，他並不知道這些，而且爲了要保護自己，甚至斷絕了我們所在位置的情報。而我們，我們不自私，我們相信在所有這些邪惡之中，在那麼多黑暗的時刻，上帝都與我們同在。我們要追蹤他，不能退縮，縱然是冒著變成和他一樣的危險。約翰老友，這是偉大的一刻，我們往前躍進了好大一步。你必須把這些都抄寫下來，等其他人完成工作回來時，拿給他們看，這樣他們也會曉得這些事。」

於是我就一邊等其他人回來，一邊寫下剛才的事。哈克夫人自從帶來手稿後，都是用打字機記錄。

卓 九 勒 伯 爵

第26章

舒華德醫師的日記

10月29日——這篇日記是在從瓦那往加拉茨的火車上寫成。昨晚我們所有人在快要黃昏的時候集合。每個人都把自己的工作儘量做好，就我們所能事先想到的，能預先做努力的和能掌握到的機會而言，我們都已經爲我們前往加拉茨的旅途和將進行的工作做了萬全的準備。到了哈克夫人準備接受催眠的時候，凡赫辛花了比平常更久的時間和更多力氣，哈克夫人這才進入催眠狀態。通常她會提及線索，但是這次在我們能知道任何資訊前，教授必須果決地問她問題。最後她才講出答案。

「我什麼都看不到。我們靜止不動。沒有海浪拍打，只有沈穩的水渦輕柔地流過纜索。從遠到近，我可以聽見男人的呼叫聲、船槳在槳架裡滑動嘎嘎作響。某處傳來開槍聲，回聲似乎很遙遠。頭上有人走動，繩索和鎖鍊被拖著走。這是什麼？有微弱的光線。我可以感覺空氣吹拂在我身上。」

她停下來。她從躺在沙發的位置上怦然坐起，舉起雙手，手心向上，彷彿在舉重物一樣。凡赫辛和我對望一眼，彼此心知肚明。昆西微微挑眉，專心看著她，而哈克的手本能地靠近他的大彎刀把柄。停頓許久。我們都知道她可以說話的時間要過去了，但是我們覺得說什麼都沒用了。

她倏地坐起來，張開眼睛，甜美地說：「你們沒有人想喝茶嗎？你們一定都累壞了！」

我們只能讓她開心，便默許了。她趕忙離開去泡茶。她離開之後，凡赫辛說：「朋友們，各位可以瞭解。他接近陸地了。他已經離開他的泥土箱。但是他還沒有上岸。晚上時他可能躲在某處，但如果他尚未被帶上岸，或是如果船沒有靠岸，他便無法登陸。在這種情形下，如果是在晚上，他能改變形體，用跳的或是用飛的上岸，之後，除非有人帶他，否則他逃不了。如果有人帶他，海關的人可能會發現箱子裡的東西。因此，總而言之，如果他今晚或是在天亮前沒有逃上岸，他就會少了一天。我們到時便可及時抵達。如果他沒有在晚上逃離，我們會在白天找到裝在箱子裡的他，任憑我們處置。因爲他不敢在白天醒來和暴露自己的眞實身分，以免被發現。」

沒有什麼好再說的了，所以我們耐心等候天亮，到時我們或許能從哈克夫人身上得到更多訊息。

一大早，我們焦急得喘不過氣，聽著她在被催眠狀態下的答覆。她比前幾天花了更長的時間才進入催眠的狀態，等到進入催眠時，太陽不久就要完全升起，我們開始感到絕望。凡赫辛似乎使盡力氣做這件事，最後，他服從她的意志，開始回答。

「一片漆黑。我聽見水花拍打的聲音，在跟我高度同樣的地方，有像是木頭撞擊在木頭上的嘎吱聲。」她停頓下來，鮮紅的太陽升起。我們必須要等到今晚了。

因此我們現在懷著焦急的期望，往加拉茨前去。我們預計要在今天凌晨兩三點抵達。但是在布加勒斯特，我們已經晚了三個鐘頭，所以我們在天亮前不可能抵達。如此我們還可再聽到哈克太太兩次催眠的訊息！其中任一次或者兩次都可能讓我們清楚現在發生什麼事。

稍後——黃昏來了又走了。幸好那時沒有分心的事，因爲如果我們還在驛站就碰到日落，我們可能無法得到需要的平靜和孤獨。哈克夫人比今天早上更難被催眠。我害怕她讀取伯爵感覺功能的力量，會在我們最需要的時候消失。在我看來，她的想像力似乎開始發揮作用。從她被催眠至今，她一直限制自己在最簡單的事實上。如果這種情況繼續下去，最後可能誤導我們。如果我認爲伯爵在她身上的力量，會與她的知識力量一起消失，會是多麼愉快的想法。但我恐怕事情不會是這個樣子。

她說話時。她的話語如謎一般：「某個東西出來了。我可以感覺到它就像冷風般經過我的身體。我可以聽見，遠處模糊的聲音，像是男人用沒聽過的語言講話、猛烈往下潑濺的水聲，以及野狼的嚎叫聲。」她停下來，一陣寒顫穿過她，幾秒鐘內越抖越厲害，直到最後，她搖晃得宛如中風一樣。即使是回答教授的命令式問題，她都不再多說。她從催眠醒過來時，又冷、又筋疲力盡、又慵懶，但腦袋完全警醒。她無法記得任何事，還問她說了些什麼。我們告訴她的時候，她會安靜地沈思問題許久。

10月30日，早上七點——我們現在靠近加拉茨，而我之後可能沒時間寫日記。我們大家都焦急地看著早上的日出。知道越來越難從催眠狀態得知消息，凡赫辛比往常更早開始他的行動。但是，直到平常的時間要到了，都沒有用，她屈服在另一個更艱難的困難下。最後就在日昇前一分鐘，她才進入情況，教授一秒鐘也不浪費，立即開問。

她的回答來得同樣快。「都是黑的。我聽見海浪在旁渦動，就在跟我耳朵齊平的地方，還有木頭撞擊在木頭上的嘎吱聲。牛隻在遠遠的下方。有另一個奇怪聲音，像是……」她停了下來，臉色變得越來越蒼白。

「繼續，說下去！說話，我命令你！」凡赫辛以難過的聲音說著。同時他的眼裡有著絕望，因為高昇的太陽正將哈克太太的蒼白臉龐照得越來越紅。她睜開眼，當她以相當認真的表情，甜甜地說話時，我們全都吃了一驚。

「噢，教授，為什麼要問我你知道我答不出的問題？我什麼都不記得了。」然後，看見我們臉上的訝異神情，她困惑地一一看著我們，說道：「我說了什麼？我做了什麼？我什麼都不知道，只知道我躺在這裡，半睡半醒，聽到你說『繼續，說下去！我命令你！』聽到你命令我似乎很好玩，好像我是個壞小孩一樣！」

「噢，米娜小姐，」他哀傷地說：「這就是證據，如果需要證據的話，這就是我多麼愛妳和尊敬妳的證據；唉，一句爲了妳著想的話，用最誠摯的方式說出，聽起來竟然會那麼奇怪——只因爲這句話是命令一位我想遵從的女士！」

哨音響起。我們正接近加拉茨。我們急得有如熱鍋上的螞蟻。

米娜・哈克的日誌

10月30日——墨利斯先生帶我去到用電報預訂的旅館房間，他是最閒置的人手，因爲他不會說任何外語。此地人力配置的情形和在瓦那差不多，除了葛德明爵爺前往副領事那裡，因爲他的位階對這位官員來說，可能是立即的保證，而且我們很趕時間。強納生和兩位醫師去找船務代理商，調查〈凱薩琳皇后號〉抵達的細節。

稍晚——葛德明爵爺已經回來。領事不在，而副領事生病。所以一般的例行公事由書記代理。他非常殷勤，表示願意在他的權限內提供任何協助。

強納生・哈克的日誌

10月30日——九點鐘，凡赫辛醫師、舒華德醫師和我拜訪倫敦哈古德公司的代理商麥肯錫斯坦闊夫公司。他們收到倫敦傳來的電報，回應葛德明爵爺的電報請求，要求他們在權力範圍之內招待我們。他們非常和善有禮，立刻帶我們登上已經在河港下錨的〈凱薩琳皇后號〉。那裡我們見到名爲唐納森的船長，他告訴我們他航程中的故事。他說他這輩子從來沒有跑過這麼順的船。

「老天！」他說，「它讓我們害怕，因爲我們以爲接下來我們就要倒大楣了，壞事一定會跟在好事之後而來，這樣才能維持公平。從倫敦到黑海的航行順利，好像魔鬼自己爲了自己的目的而使航行順風似的。我們一直什麼都看不到。我們一靠近船、靠在港邊還是海裡突出的小地方，就會來一陣霧跟著我們前進，直到霧散開，我們看出去，又什麼都看不到。我們經過直布羅陀海峽，船行快到根本來不及打信號。直到我們到了達達尼爾海峽，必須要等待許可通過，我們都無法揚帆。起先我想要把帆放鬆，等霧散去。但是那時，我想到如果魔鬼要我們快速通過黑海，不管我們願不願意，他都會去做。如果我們快速航行，就更容易跟船主交差，也無損於我們海上的航行，那個『老傢伙』也會因爲我們沒有阻撓他，而感激我們。」

他的話交雜了簡單和狡詐、迷信和商業推理，引起了凡赫辛的注意，他說：「朋友，那個魔鬼比別人想的來得更聰明，而且他會知道自己是不是遇上了對手！」

船長欣然接受讚美，繼續說道：「我們通過博斯普魯斯海峽時，船員開始抱怨。有些人，是那些羅馬尼亞人，來要我把那個在我們離開倫敦前有個奇怪長相的老人拿來要我們放在船上的大箱子，扔到海裡去。我看到他們盯著那個傢伙看，並且對著他伸出兩隻手指，保護自己不被邪惡之眼攻擊。老天！但是外國人的迷信太可笑了！我很快就把他們趕去做自己的事，但是因爲剛好一陣霧籠罩了我們，所以我覺得他們似乎有些道理，雖然我不認爲是那個大箱子的問題。我們繼續航行，大霧有五天都沒散掉，我就讓風帶著我們走，因爲如果魔鬼想要去什麼地方，他一定會想盡辦法達到目的。如果他沒有達到目的的話，我們就該好生注意。當然，我們一直航行順利、水也夠深。兩天前，早晨太陽穿過大霧來臨，我們發現自己就在加拉茨的河對面。羅馬尼亞人抓狂，要我不管是對是錯趕快把箱子扔進河裡。我必須拿著絞盤棒跟他們抗爭。等最後一個人抱著頭下了甲板，我才算說服了他們，不管是不是邪惡之眼，我的船東的財產和信任在我手裡遠勝過沈進多瑙河裡。他們本來已經把箱子抬到甲板上要丟入河裡，而因爲箱子上面註明了經由瓦那到加拉茨，所以我想我可以讓箱子留在那裡，直到我們在港口一塊卸貨。那天我們沒有卸太多貨，晚上還是得繼續下錨停泊。但是在早上，一大早，在太陽上升前一個鐘頭，有個人拿著一張從英國開給他的單子上船，要他領取寫著給一個叫做卓九勒伯爵的大箱子。當然這件東西早就等著要交到他手上了，而我也很高興能處理掉這個該死的東西，因爲我開始對它感到不舒服。如果魔鬼有在船上放了任何行李，我想就是這個東西沒錯。」

「帶走箱子的人叫什麼名字？」凡赫辛醫師盡量不顯出急迫地問道。

「我馬上告訴你！」他回答，往下走入他的船艙，拿出一張署名「伊馬紐爾．希德善」的收據。地址是柏根街十六號。我們發現船長知道的東西就是這些，所以我們向他道謝離開。

我們在希德善的辦公室找到他，他是一個像是艾德菲式的希伯來人，有著像綿羊的鼻子，戴了一頂土耳其帽。他每說個兩句便停下話來，我們立即猜到他的意思，不時獻上硬幣幫他補上標點符號，讓他全盤托出。結果他說的事情簡單卻重要。他收到一封寄自倫敦的底維爾先生來信，告訴他，如果有可能，請他在日出前避開海關，接收一個會抵達加拉茨的〈凱薩琳皇后號〉上的一個箱子。他把這件事交給某位皮托夫．斯金斯基去做，斯金斯基做的是與斯洛伐克人從河上到港口間的交易。他拿到一間英國銀行的支票作爲酬勞，已經在多瑙國際銀行兌換成金子。當斯金斯基來的時候，他已帶他去那艘船，並把箱子交給他，省去搬運工錢。他知道的就是這些了。

然後我們尋找斯金斯基，但是到處都找不到他。他有個看起來似乎對他很冷淡的鄰居，說他兩天前離開，沒有人知道他去了哪裡。這一點由他的房東證實，房東收到信差拿來的房子鑰匙和該繳的房租，用的是英國貨幣。這是昨晚十點到十一點之間發生的事。我們再次陷入僵局。

我們在說話的時候，有人上氣不接下氣跑來說斯金斯基的屍體已經在聖彼得教堂墓園的牆裡被發現，喉嚨彷彿被某種野獸撕裂。那些和我們講話的人跑去看這恐怖景象，女人紛紛高喊大叫。「這是斯洛伐克人幹的！」我們趕緊離開，以免被捲進這起事件，遭到扣押。

我們回去時，無法得到任何確定的結論。我們都相信那個箱子已經在路上，從水路去向某地，但是我們可能還需要找出是什麼地方。帶著沈重的心情，我們回去旅館找米娜。

我們全部聚在一起時，首先就是再次找米娜來商談。情勢越來越急迫，雖然危險，但至少是個機會。第一步，我解除對她的承諾。

米娜・哈克的日誌

10月30日，晚上——他們累得筋疲力竭，失望灰心，在他們稍微休息之前什麼事也做不了，所以我要他們全都躺下來休息半小時，而我把到目前爲止發生的事情記錄起來。我非常感激發明「旅行家」牌打字機的人，也感謝墨利斯先生爲我買了這部機器。如果我必須用筆來寫的話，我會覺得工作得很不順……

大功告成。可憐親愛的強納生，他那時一定受了好些苦，他現在一定還在受折磨。他躺在沙發上似乎沒看到他呼吸，他整個身體像是垮了一樣。他的眉頭深鎖，臉上痛苦得皺縮起來。可憐的人，也許他正在思考，我可以看到他的臉因專心思考而滿佈皺紋。噢！要是我能幫什麼忙就好了。我會盡一切力量去做。

我問了凡赫辛醫師，他拿給我沒看過的文件。他們在休息的同時，我要仔細看一遍，或許我能有什麼結論。我會試著依照教授的例子，對我眼前的事實不帶偏見來思考……
我深信在上帝的旨意下我發現了一件事。我要拿地圖來看一看。
我非常確信我是對的。我的新結論已經備妥，我要召集我的伙伴，把結論唸給他們聽。他們可以評斷。能精確很好，而每一分鐘都很寶貴。

米娜·哈克的備忘錄

（寫在她的日誌中）

基本的問題——卓九勒伯爵的難題是要回到他自己的地方。
（a）他一定要藉由某人帶他回去。這很明顯。因爲如果他有力量自行行動，他可以讓他自己以人、狼、蝙蝠或是別的方式回去。他顯然害怕被發現或受到阻撓，他一定在無助的狀態——在日出與日落間，像這樣地困在自己的木頭箱裡。
（b）他如何被帶走？這裡用消去法思考或許可以幫助我們。是走陸路、鐵路還是水路？
一、**陸路**。困難太多，特別是要離開城市的時候。
（a）有人。而且人好奇，會去打探。一個對於箱子裡有什麼的暗示、推論或疑問，都有可能毀滅他。

（b）或許有海關和稅務官員那一關要過。

（c）追捕他的人可能跟蹤。這是他最怕的地方。為了預防他自己受到背叛，他一直盡可能驅除一切，甚至是他的受害人，我！

二、**鐵路**。沒有人看管箱子。必須要冒著被拖延的風險，而在有敵人追趕的情形下，延遲可能致命，而且。的確，他可能在晚上逃亡。但是，如果被留在陌生的地方，而沒有他可以飛往的避難所的話，他會變成怎麼樣？這不是他想要的，而他也不要冒險。

三、**水路**。這是最安全的方式，但是從某方面看來，也是最危險的方式。在水上，除了晚上之外他毫無力量。即使在晚上，他也只能呼風喚雨、駕霧乘雪和御狼。但是如果發生船難，海水會吞噬他，無助的狀況下，他眞的會失蹤。他可以讓船隻靠岸，但如果是不善之地，他沒有移動的自由，他的處境仍然危殆。

我們從記錄知道他在水上，所以我們要做的就是確定他走哪條水路。

首先要瞭解他到現在到底做了什麼。我們才能揣想他接下來要做的任務為何。

首先，我們一定要知道他的全盤行動計畫中的倫敦部分，當時他時間緊迫，必須盡可能做最完善的安排。

第二，我們一定要從我們知道的事實推斷之後，看出他在這裡做了什麼事。

關於第一點，他顯然想要抵達加拉茨，而把收據寄到瓦那來欺騙我們，以防我們確定他離開英國的方式。他當時唯一立刻的目標是要逃亡。能證明這一點的，就是寄給伊馬紐爾．希德善的信上的指示，要他在天亮前把箱子卸下船去。另外的證明就是給斯金斯基的指示。這些我們都只能猜測，但是一定還有其他的信或訊息，因爲斯金斯基去找過希德善。

到目前爲止，我們知道他的計畫是成功的。〈凱薩琳皇后號〉航程速度驚人。速度之快引起唐納森船長的懷疑。但是他的迷信和狡詐參與了伯爵替他準備的遊戲，他順著有利的風向加速行駛穿過大霧，直到他輕率地停靠在加拉茨。伯爵的安排順利進行，由此得到證明。希德善簽收並搬走箱子，交給斯金斯基。斯金斯基拿了箱子，我們在這裡失去線索。我們只知道箱子在水上的某個地方，往前移動。如果路上有任何海關或稅務徵收，都被避開了。

現在我們來談到伯爵在上陸抵達加拉茨會做什麼事。

箱子是在日出前交給斯金斯基。日出時伯爵可以用他自己的形體現身。此處，我們問爲何斯金斯基被選來幫忙？在我丈夫的日記裡，提到斯金斯基在跟沿著河道進港做買賣的斯洛伐克人打交道。有人說這個謀殺案是斯洛伐克人所做，顯示一般人對斯洛伐克人的觀感。伯爵想要越少人知道越好。

我的推論是，伯爵在倫敦時就決定要藉由水路，也就是最安全秘密的方式，來返回他的城堡。他由瑟克利人從城堡被帶來，他們大概把貨物交給斯洛伐克人，由他們把箱子送到瓦那，從那裡再運到倫敦。因此伯爵知道有人可以安排這種服務。當箱子上岸時，在日出前或日出後，他從箱子裡出來，遇見斯金斯基，並指示他該怎麼做來安排將箱子運到某條河流。等所有工作完成，他知道一切妥當，認爲要抹去斯金斯基的痕跡，便殺了他的代理人。

我查過地圖，發現最適合斯洛伐克人溯行的河流，就是普魯斯河或西里斯河。我在謄本讀到我被催眠時，聽見從底下傳來牛聲，和我耳朵等高位置的水渦流轉聲以及木頭碰撞聲音。伯爵在他的箱子裡，搭著小船，大概藉由槳或桿來推動，因爲靠近河岸，而且是逆流而上。如果順著河流而下就不會有這些東西。

當然也可能都不是西里斯河或普魯斯河，然而我們能再深入探究。這兩條河，普魯斯河比較容易航行，但是西里斯河在酆都這裡，流向博戈隘口的比斯垂查河會與它交會。所形成的河灣顯然是沿水路所能到達卓九勒的城堡的河道中，最近的一條。

米娜・哈克的日誌（續）

我唸完的時候，強納生用手將我抱住並吻我。其他人不斷握住我雙手，凡赫辛醫師說：

「我們親愛的米娜小姐又是我們的老師。她看到我們之前茫然不覺的地方。我們現在又回到正確的路上，這次我們可能成功。我們的敵人正處於他最無助的時候。如果我們能在白天、在河上逮到他，我們的任務就達成了。他可以起個頭，但他沒有力量加快速度，因爲他不能離開這個箱子，以免那些搬運他的人起了疑心。他們起疑的話，會讓他們把他給丟進河裡使他滅亡。他知道這一點，不會讓這事發生。現在各位，開始我們的作戰計畫，此時此刻，我們一定要計畫每個人要做的工作。」

「我會去弄一艘汽艇跟蹤他。」葛德明爵爺說。

「我會去找來馬匹沿著河岸跟蹤，以防他上陸。」墨利斯先生說。

「很好！」教授說，「兩個都很好。但是兩個人都不能單獨行動。一定要有在需要的時候可以反擊的力量。斯洛伐克人強壯粗獷，而且帶著野蠻的武器。」所有人都露出微笑，因爲他們帶著小型的軍火庫。

墨利斯先生說：「我帶了一些溫徹斯特來福槍，在人多的時候很好用，而且有可能會有狼群要對付。如果你們記得的話，伯爵也採取其他防護措施。他在其他方面也做了要求，是哈克夫人沒有聽清楚或瞭解的。我們必須要在各方面都準備好。」

舒華德醫師說，「我認爲我最好跟昆西一道走。我們習慣一起打獵，我們兩人都有充分武裝，不管發生什麼事都能迎敵。亞瑟，你絕對不能落單。有可能需要和斯洛伐克人戰鬥，我不認爲這些人會帶槍，但不小心給刺上一刀，就會破壞我們的計畫。這次不能有任何風險。我們在伯爵的頭顱和身體分離前不能休息，我們要確定他不會重生。」

他看著強納生說，而強納生看著我。我可以看見這個可憐人內心掙扎撕裂。他當然想跟我在一起。但是船最可能會毀滅……那個……吸血鬼。（爲什麼我寫下這個詞時會遲疑？）

強納生沈默片刻，他默不作聲時，凡赫辛醫師說：「我友強納生，這爲了你有兩個原因。首先，因爲你年輕勇敢、可以戰鬥，而最後可能需要所有的精力。而且你也有毀滅他的權利。

他對你和你的愛人製造這些痛苦，不要擔心米娜小姐。如果可以，我會好好照顧她。我老了，我的腿不像從前一樣跑得快，而且我不習慣騎馬太久或追逐，而這是必要的，也不習慣用致命的武器戰鬥。但是我可以提供其他協助。我可以用別的方式作戰；如果有需要，我可以像年輕人一樣犧牲。現在讓我說我會做的事。當你，我的葛德明爵爺，和強納生搭著快速的汽艇往河川上流行駛，我會帶著米娜直入敵人國度的心藏地帶。當那隻老狐狸關在他的箱子裡，順著他無法逃向陸地的河水流動時，他不敢打開他的箱子，以免斯洛伐克搬運工人害怕而讓他送命，我們要跟著強納生的步伐，從比斯垂茲到博戈，找到我們進入卓九勒城堡的路。這裡，米娜小姐的催眠能力一定能幫上忙，我們在靠近那致命地點的第一個日出後，會找到我們的路，除開這個辦法，我們一無所知。要做的事很多，還有其他地方要淨化，吸血鬼的窩巢才能被銷毀。」

強納生激動地打斷他，「凡赫辛教授，你的意思是說，你在米娜得到那惡魔的疾病的悲慘處境下，你還要帶著她直接進入惡魔的死亡陷阱？絕對不行！不論上天堂下地獄都不行！」

他有一分鐘幾乎說不出話來，然後繼續說道：「你知道那裡是什麼地方？你有沒有看過那可怕的地獄般的窩，月光照射在地上形成可怕的陰影，每一個隨風揚起的浮塵，都是即將誕生的怪物？你有沒有嘗過吸血鬼把嘴放在你喉嚨上的滋味？」

強納生轉向我，眼睛看到我的額頭上，他雙手往上一攤，大叫：「噢，我的天，我們做了什麼事，讓這種恐怖降臨在我們身上？」他難過地癱坐在沙發上。

教授講話的語調清楚而親切，聲音似乎在空氣中震動，使我們大家冷靜下來。

「噢，我的朋友，這是因爲我會將米娜小姐從我要去的可怕地方拯救出來。上帝眞該禁止我帶她進入那裡的。在那裡被淨化之前，有瘋狂的工作要做。記得我們都在可怕的處境。如果伯爵這次從我們手裡脫逃，而他既強壯、沈穩又狡猾，他可能選擇沈睡百年，而時間到了，我們的親愛的，」他握著我的手，「會去到他身旁陪著他，並變成跟你，強納生，所目睹的其他人一樣。你告訴過我們他們貪婪的嘴唇是怎麼樣。你聽過伯爵把會動的袋子丟向他們時，他們抓住袋子時所發出的猥褻笑聲。你發抖害怕，眞是該抖。原諒我讓你這麼痛苦，但是這是有必要的。我的朋友，難道我也不是在爲那最迫切的需求，而付出可能是我的生命麼？如果需要任何人留在那裡，那我一定當仁不讓，跑去跟他們作伴。」

「就照你要的去做吧！我們都在上帝的手中！」強納生說，啜泣使他發抖。

稍晚——噢，看到這些勇敢的人的作爲對我有益處。男人這麼眞摯、眞誠、如此的勇敢的時候，女人怎麼不會愛上他們！而且也讓我想到金錢的神奇力量！雖然濫用的時候做不出什麼好事。我覺得非常感激葛德明爵爺的富有，他和墨利斯先生兩人都有很多錢，又願意如此慷慨解囊。如果沒有他們資助，我們的小冒險沒辦法展開，不會這麼快，裝備也不齊全，因爲再過一小時就要展開。在安排好我們每個人該做什麼事之後還不到三個鐘頭。現在葛德明爵爺和強納生有艘可愛的汽艇，蒸汽已準備好隨時可出發。舒華德醫師和墨利斯先生有六匹好馬，都已配好裝備。我們帶著所有地圖和所有會用到的東西。凡赫辛教授和我今晚要搭十一點四十分的火車到沃瑞斯提，到了那裡我們要搭馬車，駛入博戈隘口。我們帶了許多現金，因爲要購買馬車和馬匹。我們要自己駕馬車，因爲在這件事上我們沒有可以相信的人。教授懂得不少語言，所以我們不會有問題。我們每個人都有武器，即使我都有一把大手槍。如果我不像其他人一樣配備武器的話，強納生會不高興。唉！有樣武器我不能像其他人一樣帶著，我額頭上的疤不讓我拿。親愛的凡赫辛教授安慰我，告訴我如果有狼群，我也已經有了迎戰的利器。天氣越來越冷，來來去去的雪花彷彿警告。

稍晚——要我對我的寶貝道別，我需要鼓起所有的勇氣。我們可能不會再見面。米娜，鼓起勇氣！教授正以銳利的眼神看著你。他的表情是警告。除非是上帝讓淚水因爲喜悅而湧出，否則現在絕不能有眼淚。

強納生·哈克的日誌

10月30日，晚上——我透過汽艇上的鍋爐門的光線寫下日記。葛德明爵爺正在加火。他熟習這類工作，因爲他在泰晤士河上和諾福克闊灣各有一艘他自己開了多年的汽艇。關於我們的計畫，我們最後決定米娜的猜測是正確的，如果伯爵逃回城堡是走的水路，會是西里斯河然後是交會的比斯垂查河。我們取道大約在北緯四十七度的，在河流和喀爾巴阡山中間的地方穿越國境。這裡水量充足，而且兩岸寬闊，就算在晚上，也很容易讓蒸汽船前進。葛德明爵爺要我睡一下，因爲現在一個人看守即可。但是我睡不著，我的寶貝現在身陷險境，又要進入那可怕的地方，教我怎麼睡得著……

我唯一的安慰是我們現在的命運都在上帝手中。只有靠著這樣的信念，死才會比活著簡單，才能忘卻所有苦難。墨利斯先生和舒華德醫師在我們動身前，已經開始他們漫長的路程。他們要沿著右岸前進，一直到很遠的地方，才能夠上到較高的高地，那裡才能看到河流走向，並且避開灣流。剛開始，他們找了兩個馬伕邊騎邊帶著他們無人坐的馬，一共四個人，這樣才不會引起好奇。等他們辭退馬伕——不久就會辭退——他們會自己照顧馬匹。我們也許有必要會合，假如這樣，他們可以讓我們所有的人有馬騎乘。一個馬鞍裡有活動的號角，如果有需要的話，很簡單就可以拿給米娜使用。

我們經歷的是瘋狂的冒險。在這裡，當我們加速在黑暗中前進，河流的冷冽似乎升起來衝擊我們，所有夜間神秘的聲音圍繞著我們四週，一切都擊向我們要害。我們似乎正漂流進未知的地方、未知的路途，進入黑暗、藏著可怕生物的世界。葛德明爵爺關上鍋爐的門……

10月31日——仍然加快速度趕路。天已經亮了，葛德明在睡覺。我在看守。早上冷得不得了，火爐的熱度讓人感動，雖然我們都穿著厚重的毛外套。我們只經過幾艘無頂船，但沒有任何一艘上頭放著箱子，或是有像我們想找的東西那樣大小的包裹。每次我們將電燈照向他們時，那些船伕都感到害怕，都跪下來禱告。

11月1日，晚上——一整天都沒有消息。我們要找的東西一無所獲。我們現在進入了比斯垂查水域，如果我們的推論錯誤，我們的機會就沒了。我們已經仔細檢查大大小小的船隻。今天一早，有船員把我們當成是政府的船，並依禮對待。我們看出這是處理事情的好方式，所以在比斯垂查從鄷都這裡流進西里斯河處，我們弄來一面羅馬尼亞旗幟，引人注意地高掛起來。自從這一招成功後，我們檢查過每艘船。每艘船都尊重我們，對我們要求的事沒有反抗。有些斯洛伐克人告訴我們有艘大船經過他們，船上兩名船員，用比平常快的速度行駛。這是在他們抵達鄷都之前發生的事，所以他們無法告訴我們那艘船是進入了比斯垂查還是繼續在西里斯河航行。在鄷都，我們沒聽到關於這艘船的事，所以一定是在晚上經過那裡。我覺得很睏。風寒或許開始在影響我，自然一定需要有些休息。葛德明堅持他第一個守夜。上帝保佑他，爲了他對可憐的米娜和我的好意。

11月2日，早上——天已經亮了。那個好人不願叫醒我。他說因爲我睡得如此安穩，忘卻了我的苦難，叫醒我的話是件罪大惡極的事。我覺得睡這麼久讓他看守一整晚是非常自私的事，但是他說的對，今天早上我宛如新生。我坐在這裡看他睡覺，我可以做一切需要做的事，照顧引擎、掌舵並看守。我可以感覺我的力量和精力又回到身上。我在想米娜和凡赫辛現在不知在哪裡。他們應該星期三中午就到了沃瑞斯提。要他們找到馬車和馬匹需要花些時間。所以他們如果已經動身並且趕路，他們現在應該已經在博戈隘口。願上帝指引幫助他們！我害怕去想像會發生什麼事。如果我們能再開得快一點就好了，但是我們不行，引擎已盡力嗟嗟運轉。我也猜想著舒華德醫師和墨利斯先生的狀況。山上似乎有數不清的小溪流流進這條河，但是目前看來都沒有大一點的溪流，不過在冬天和雪溶化的時候，無疑它們的水量都大得嚇人。馬伕應該不會有太多阻礙。我希望在我們抵達司特拉斯巴前能看到他們。如果屆時我們還沒打倒伯爵，便會需要再次集合大家商討下一步計畫。

舒華德醫師的日記

11月2日——在路上三天。沒有消息，有時間的話也沒有時間可以寫東西，因爲每一刻都很寶貴。我們只將就馬匹需要休息的時候休息。但是我們都欣喜承受。我們以前冒險的歲月變得有用。我們一定要向前挺進。在我們看到那艘汽艇之前，不會快樂得起來。

11月3日——我們在酆都聽到汽艇已經往上到了比斯垂查。我希望天氣不要這麼冷。有下雪的跡象。如果下起了大雪，會使我們的停滯不前。這樣的話，我們一定要用俄國人的方式，弄來一架雪橇繼續前進。

11月4日——今天我們聽說汽艇在試著猛力穿過急流時意外被卡住。斯洛伐克人的船靠著繩索和航行的知識，順利通過。幾個鐘頭前才剛通過。葛德明自己是個業餘的修理工匠，顯然是他讓汽艇再次可以行駛。

最後，他們靠著當地人的幫忙，順利渡過急流，重新開始追逐。我擔心那艘船在意外後會出狀況，當地的農夫告訴我，當她進入平穩的河面之後，看見她不時走走停停。我們必須加速趕路；可能很快就會有人需要我們幫助。

米娜・哈克的日誌

10月31日——中午抵達沃瑞斯提。教授告訴我今天清晨他幾乎無法催眠我，而我說的只是「黑暗安靜」。他現在離開去買馬車和馬匹。他說他之後會試著再多買幾匹馬，我們才能在路上換騎。我們眼前還有七十哩路要走。鄉間非常美麗有趣。如果我們在不同的狀況下，看到這一切不知會有多麼快樂。如果強納生和我單獨駛經這裡，那會多麼有趣。停下來看看這些人，瞭解他們的生活，用這原野、美麗的鄉間和奇特人們的色彩和如畫般的感覺，來填滿我們的心靈和回憶！但是，唉！

稍晚——凡赫辛醫師已經返回。他去買了馬車和馬匹。我們要吃些晚餐，一小時內要動身。房東太太替我們準備一大籃的食物。似乎足夠一整個軍隊吃。教授鼓勵她，對我低聲說在我們有任何食物可吃之前還有一星期之久的時間。他也一直在採買，帶回許多很好的毛料外套和衣服，所有暖和的東西。我們絕不會有著涼的機會。

我們很快就要離開。我不敢去想像我們會發生什麼事。我們的命運眞的在上帝手中。只有祂知道會發生什麼事。以我哀傷謙卑靈魂的所有力量，我向祂禱告，祈求祂會看顧我摯愛的丈夫，希望無論發生什麼事，強納生都會知道我對他的愛、對他的榮耀，任何言語都不足以形容；知道我最後、最眞心的念頭都是在他身上。

卓九勒伯爵

第27章

米娜・哈克的日誌

11月1日——我們一整天都在旅行，而且速度很快。馬匹似乎知道牠們受到了好心的對待，因爲牠們整段行程都願意全速奔跑。我們現在已經歷經如此多變化，同時一再發現同樣的事情，以致我們受到鼓勵認爲旅程將很容易。凡赫辛醫師言簡意賅，他告訴農夫他正趕往比斯垂茲，並給他們很多錢交換馬匹。我們喝了熱湯或咖啡或茶，便出發。這是個可愛的國家。充滿所有能想像的美麗，人民勇敢、堅強而單純，同時似乎充滿好的特質。他們非常、非常迷信。在我們停留的第一棟房子裡，當服務我們的婦女看見我前額上的傷疤，她立即劃十字並朝我伸出兩根手指，以避開邪惡之眼。我相信他們不怕麻煩在我們的食物裡額外放了大蒜，而我無法忍受大蒜。此後我便一直小心不脫下我的帽子或面紗，因此而逃脫了他們的懷疑。我們旅行得很快，而因爲沒有車伕跟我們一起走並隨後傳出我們的事，因此我們沒立即傳出醜聞。但我敢說，對邪惡之眼的恐懼將一路一直緊緊跟隨我們之後。

教授似乎不知疲倦。他整天不休息，雖然他要我睡很長的時間。日落時，他將我催眠，並說我回答得和平常一樣，「黑暗、波浪拍打的聲音和木頭咯吱咯吱響的聲音。」所以我們的敵人仍然在河上。我害怕去想強納生，但不知怎麼的，我不爲他或爲我自己恐懼。我寫這段時，我們正在農舍等待把馬匹準備好。凡赫辛醫師在睡覺。可憐的人，他看來非常疲乏，又老又灰暗，但他的嘴跟征服者的嘴一樣堅牢。甚至在他睡眠中，他也是強烈而堅決。當我們上路後，我必須自己駕駛，讓他休息。我將告訴他，我們未來日子還長，他不能在他的力量最被需要時倒下去……一切準備好了。我們很快便上路。

11月2日，早晨——我很成功，我們整夜輪流駕駛。現在是大白天，雖則寒冷但明亮。空氣中有股奇異的沈重。我說沈重，是因缺乏更好的詞。我意思是空氣會壓迫我們兩個。天氣非常冷，而只有我們溫暖的毛皮能保持我們舒適。黎明時，凡赫辛將我催眠。他說我回答，「黑暗，木頭咯吱咯吱響，還有水聲轟轟。」所以隨他們上行，河流正在改變。我希望，我心愛的人不會冒任何危險，除非必要，但我們都是在上帝的手中。

11月2日，晚間——整天駕駛不停。我們越走，鄉野越加荒涼，喀爾巴阡山脈的大支脈原來在沃瑞斯提距離我們似乎很遠，在地平線上很低，現在卻似乎繞著我們，矗立在前方。我們兩個似乎精神都很好。我想我們兩個都努力讓對方開心，這麼做時，我們也讓自己開心起來。凡赫辛醫師說，我們將在早晨以前抵達博戈隘口。現在這裡房子非常少，教授說，我們得到的最後幾匹馬必須跟我們走到底，因爲我們可能無法再換馬。在我們新換的兩匹之外，他又找了兩匹，所以我們現在有了一輛簡陋的單人駕駛四馬馬車。可愛的馬耐心而聽話，全不給我們找麻煩。我們不擔心路上有其他旅客，因此甚至我也能駕駛。我們將在白天抵達隘口。我們不想在天亮前抵達。所以我們放輕鬆，輪流好好休息。噢，明天將會是什麼樣呢？我們去尋找我可憐的愛人受那麼多苦的地方。願上帝保佑我們一路走對，並眷顧我的丈夫和我們兩個都珍視、而又落入如此致命的危險中的人。至於我，我在祂眼中不值一顧。唉！我在祂眼中不潔淨，直到他願意讓我站在他眼中，如同那些未曾惹祂憤怒的人一樣之前，我將始終不潔淨。

亞伯拉罕．凡赫辛的備忘錄

11月4日——此致我倫敦波弗利特的眞實老友約翰．舒華德醫師——萬一我見不到他。這份備忘錄可能解釋一些事情，現在是早晨，我在我整晚保持燃燒的火邊書寫，火能不滅，多虧米娜夫人幫忙。天氣很冷，很冷，冷到灰色沈重的天空充滿了雪，這些雪降下後將留在地面一整個冬天，因爲地面上的積雪正在不斷地硬化。天氣影響到了米娜夫人。她整天頭都很重，以致她看來不像是她自己。她睡了又睡！平日非常機敏的她，整天眞的什麼都沒做。她甚至失去了胃口。她在她的小日記本中什麼都沒寫，而她一直是一有機會便寫得如此有恆。我心中有些低語，告訴我有些事情不對了。不過，她今晚比較有活力。白天睡得那樣長，讓她精神大爲恢復，現在她跟平常一樣甜蜜而聰慧。日落時我設法催眠她，但唉！沒有效果。一天天過去，催眠的力量變得越來越小，而今晚完全不能成功。嗯，願上帝的意旨得行，不論祂的意旨爲何，也不論祂將我們帶至何處！現在回到歷史紀錄，由於米娜夫人不再寫她的速記，我只好以我累贅的老法子去寫，好讓我們的每一天都不致未給記錄下來。

昨天早晨旭日初昇時，我們抵達博戈隘口。當我看見黎明的跡象，便準備進行催眠。我們將馬車停下來，下車以避免干擾。我用毛皮做了個沙發，而米娜夫人躺下來，如常放鬆她自己，但比平常更加緩慢進入催眠狀態，時間也更短。她的回答如前：「黑暗和打轉的水。」然後她醒來了，明亮而光燦，而我們繼續上路，並很快到達隘口。此時此地，她忽然發出火一般的熱忱；她的身上出現了一股新的導引力量，因爲她指向一條路說，「就是這條路。」「妳怎麼認得路？」我問。「當然我知道路，」她回答，停了一會，補充說，「我的強納生不是走過了這條路，還寫下了他的旅行嗎？」起初我認爲有些奇怪，但我很快看見只有一條這樣的僻路。路有人用，但用得很少，而且與從布可維納到比斯垂茲的馬車道非常不同，馬車道比較寬、比較堅硬，用得也比較多。

於是我們沿這條路前行。當我們遇見其它路徑，我們不總是確定那些路徑到底是不是路，因爲它們乏人養護，而小雪已降，馬匹會認路，也只有牠們會認。我放鬆韁繩，牠們非常耐心地前進。我們逐漸發現強納生在他那本奇妙的日記裡所記下的所有事情。然後我們幾小時、幾小時的走，又走了很久。起初，我要米娜夫人睡覺。她試了，也睡成了，她一直睡，直到最後，我感覺自己越來越懷疑，就試著將她弄醒。但她繼續睡，而我雖然嘗試，也無法讓她醒來。我不希望太用力，唯恐傷害到她，因爲我知道她已受很多苦，而睡覺有時對她是最重要的事。我想我打起了瞌睡，因爲突然之間我感到罪咎，好像我做了什麼事似的。我發現自己往前一衝，韁繩在手裡，而那幾匹好馬就像平常一樣走著、慢跑著、慢跑著。我往下看，發現米娜夫人依然睡著。現在離日落時分不遠，而在雪上，陽光流洩如黃澄洪水，我們在山丘上升很陡峭的地方投下大大的長影。因爲我們正往上又往上，而一切是，噢，如此荒僻而嶙峋，好像是世界的末端一般。

然後我喚醒米娜夫人。這次沒大費事她便醒來了，接著我設法將她催眠。但她就是不入眠，好像我不在場似的。但我還是試了又試，直到我突然發現她和我自己在黑暗中，於是我環顧四周，發現太陽已落下。米娜夫人大笑，我轉身看她。她現在相當清醒了，神色出奇的好，是自從那夜我們在卡法克斯首次進入伯爵的房子以來，最好的一次。我感到驚奇，當時不大自在。但她是如此明亮而溫柔，對我是如此體貼，以致我竟忘記了所有的恐懼。我起了個火，我們帶了木頭，而她準備食物，接著我解開韁繩，將馬關進馬棚中，餵牠們飼料。

然後當我返回火邊，她已將我的晚飯準備好。我去幫助她，但她微笑，告訴我她已經吃了。說她很餓，不願等待。我不喜歡這樣，而且我十分懷疑。但我恐怕驚嚇她，因此保持沈默。她幫助我弄好，讓我單獨吃，然後我們包裹在毛皮裡，躺在火旁邊，我叫她去睡覺，我來守夜。

但我一時忘記所有守夜的事，而當我突然記得我要守夜時，發現她靜靜躺著，但人是醒的，並用那對翦水雙瞳看著我。一次、兩次，情形完全一樣，而我一直睡到早晨之前。當我醒來，我設法催眠她，但唉！雖然她順從地閉上眼睛，卻無法睡著。太陽升起來，越來越高，然後她才太遲地睡去，但一睡就睡得很死，醒不過來。我必須將她扶起來，等我將馬匹和一切準備好，再把她放進馬車睡覺。此時夫人仍然熟睡，而她在睡眠中看來更加健康，比以前看來更加紅潤。而我不喜歡這樣。並且我害怕起來，害怕，害怕！我害怕所有的事，甚至害怕去想，但我必須走我的路。我們所下的賭注是生與死，甚至更多，而我們不能畏縮。

11月5日，早晨——讓我把一切說得很精確，因為雖然你和我一起看了些奇怪的事，但你一開始可能認為我，凡赫辛，發瘋了，眾多的恐怖經歷與那麼久的神經緊張終於讓我的腦子退化了。

我們昨天一整天都在旅行，總是越來越接近山丘，並進入越來越荒涼廢棄的土地。那裡有巍峨巨大的懸崖峭壁和許多瀑布流水，大自然似乎有時會舉行她自己的嘉年華會。米娜夫人仍然睡了又睡。而儘管我確實感到飢餓並平息了它，我卻無法將她喚醒，甚至是為了進食。我開始恐懼，這個地方致命的符咒困住了她，因爲她受到了那吸血鬼洗禮的污染。「好，」我對自己說，「如果她整天睡覺，那我就晚上也不睡覺。」我們上了一條崎嶇的路前行——那是條古老而未修好的路——我低下頭開始睡覺。

我再度懷著罪咎感以及浪費了許多時間的感覺醒來，發現米娜夫人仍然在睡覺，而太陽已低垂。但一切的確改變了。看來皺眉不悅的山似乎離得比較遠了，而我們已靠近一座陡峭上升的小山頂附近，山頂有這樣一座像強納生在他的日記裡講到的城堡。我立即一陣狂喜，一陣恐懼。此刻，不論好壞，結局已經近了。

我將米娜夫人喚醒，再次設法催眠她，但唉！一直無效，直到爲時已晚。然後，在大黑暗降臨我們身上之前——因爲甚至在太陽下山後，天空仍然將離去的陽光反射在雪上——一切一時之間仍在廣大的微明中。

我將馬牽去臨時馬棚餵食，然後起個火，將米娜夫人安頓好，舒適地坐在她的毯子中。她現在醒了，而且比以往更加迷人。我準備好食物，但她不吃，只說她不覺飢餓。我沒有催她，知道她沒有辦法。但我自己開始吃東西，因爲我現在必須爲所有人而強壯。然後，由於恐懼不知會發生什麼事，我在米娜夫人坐的地方畫了個大圓圈，讓她能舒適的活動。我繞著圓圈撒了些聖餅，將聖餅捏碎，好讓一切保護得好好的。她一直坐著不動，不動得好像死人一般。然後她變得越來越白，直到雪都不會更加蒼白，而她一語不發。但當我靠近時，她緊偎著我，而我能感到這可憐的人兒從頭到腳顫抖得令人痛苦。

等她靜下來一些後，我對她說，「妳要不要到火這邊來？」我想測試她能做些什麼。她順從地起來，但當她走了一步，便停下腳來，站著好像受傷了似的。「爲什麼不繼續？」我問。她搖搖頭，回去坐在她的地方。然後，張大眼睛看我，好像一個自睡眠醒來的人，她只說，「我不能！」隨即保持沈默。我爲之欣喜，因爲我知道，她所不能做的，那些我們所畏懼的妖物一個也不能做。雖然對她的身體可能有危險，但她的靈魂是安全的！

馬開始尖叫，咬著拴繩，直到我走到牠們身邊，讓牠們靜下來。當馬匹感覺到我的手在牠們身上時，牠們好像喜悅得低嘶不已，舔我的手並安靜一段時間。一夜裡我到牠們那裡許多次，直到整個大自然處於最低活動的寒冷時刻，而我每次去都是爲了讓牠們靜下來。夜寒時分，火開始縮小，我正準備走上前去補充燃料，因爲此時雪片紛飛，還帶來一片寒涼的薄霧。甚至在黑暗中，也有某一種光，那是雪上總會有的光，而雪花和花圈般的薄霧似乎形成盛裝婦女的形狀。天地一片死寂，唯有馬匹嘶嘶不已，蜷縮著身子，好像在恐懼最壞的狀況出現似的。我開始恐懼——可怕的恐懼。

但接著我又在我站立的那個圓環裡感受到安全感。我也開始想，我的想像是出自黑夜，和幽暗，和我經歷過的不安，以及所有可怕的憂慮。好像我對強納生所有的可怕經驗的記憶在愚弄我，因爲雪片和薄霧開始轉動和盤旋，直到我好像能朦朧的瞥見那些要親吻他的女人。那時馬蜷縮得越來越低，恐懼地呻吟著，好像人陷入痛苦中那般。當這些古怪的形狀臨近並上下盤旋，我不禁爲我親愛的米娜夫人恐懼起來。

我看著她，但她平靜地坐著，望著我微笑。當我準備跨步去火邊補充木柴時，她將我捉住拉回，以彷彿在夢中聽到的聲音對我如此低聲地耳語。

「不！不！別走出去。你在這裡安全！」我轉向她，看住她眼睛說，「但你？我是爲你恐懼！」

她聽到這笑起來，笑聲低而虛幻，說，「爲我恐懼！爲什麼爲我恐懼？在他們面前，全世界沒一個人比我更安全。」當我去想她話裡的意思時，一陣風將火焰吹得飛騰，我看見她前額上的紅色疤痕。

然後，啊！我知道了。縱使我會不過意來，我也很快就會知道，因爲那些盤旋的薄霧和雪的圖形逐漸接近，卻始終保持在聖圈之外。然後他們開始聚成實體，直到——如果上帝未取走我的理智——我親眼見到那景象。在我面前，強納生在屋子裡看見的要親吻他喉嚨的相同的三個女人，以實際的肉身現形了，我認出那搖擺的圓形、明亮冷酷的眼睛、白牙、紅潤的膚色、妖嬈的嘴唇。三個女人一直對著可憐的親愛的米娜夫人微笑，而隨她們的笑聲穿過無聲的夜，她們摟著臂膀指著她，以那種強納生說是如玻璃杯被觸擊時無可忍受的甜蜜叮叮語調說，「來，姐妹。來我們這裡。來！」

我恐懼地轉向我可憐的米娜夫人，而我的心臟隨即高興得飛躍如火焰。因爲，噢！在她甜美雙眼中的恐懼、厭惡與驚嚇，告訴我心一切充滿希望。感謝上帝她尚不是他們之一。我抓起身邊的一些木柴，取出一些聖餅，朝向火堆往她們前進。三個女人在我面前後退，發出那可怕的低笑。我將木柴投入火中，不再恐懼她們。因爲我知道，我們在圓圈之內是安全的，這個圓圈她無法走出，一如她們無法進入。馬已停止呻吟，靜靜躺在地上。雪軟軟地落在牠們身上，他們變得更白。我知道，這些可憐的畜生再也不用恐懼了。

我們保持如此，直到黎明的紅光開始下落，穿過幽暗的雪。我落寞而害怕，充滿愁楚和恐懼，但當那美麗的太陽開始爬上地平線，生命再度回到了我身上。當第一道曙光照下，那些恐怖的形狀融化在旋轉的薄霧和雪中。透明幽暗的霧環朝城堡移去，終於消失。曙光下，我本能地轉向米娜夫人，打算催眠她。但她突然躺下睡得很沈，我無法使她醒來。我設法在她睡眠中施催眠，但她沒有反應，根本了無回應，然後天空破曉。我仍恐怕打攪到她。我起了火，探視了馬，牠們都死了。

今天我有很多事要做，我繼續等待太陽升高。因爲也許有些地方我必須去，那裡的陽光儘管被雪和薄霧遮掩，對我仍將是安全的保障。

我要吃足早餐，加強我的力氣，然後完成我可怕的工作。米娜夫人仍然睡著，感謝上帝！她在睡眠中很平靜……

強納生哈克的日誌

11月4日，晚間——出發時的意外對我們是件可怕的事。若非此事，我們應當早已追上小船了，而我親愛的米娜現在應當自由了。我想到她便恐懼，處在靠近那可怕的地方的不毛荒原上。我們找到馬了，並跟隨蹤跡前進。我在葛德明準備上路時注意到這點。我們有自己的武器。如果瑟克利人眞要戰鬥，他們可得小心。噢，墨利斯和舒華德跟我們在一起就好了。我們只能希望！如果我不能再寫，那麼，別了，米娜！上帝賜福和保祐妳。

舒華德醫師的日記

11月5日——黎明時我們看見那群瑟克利人和他們的雷特推車在前方離河飛奔開來。他們一群人圍攏它，好像被追趕般往前趕路。雪正輕輕降下，空氣中有股奇怪的興奮氣氛。那也許是我們自己興奮的感覺，但那種壓抑感是很奇怪的。我聽見遠方狼在嗥叫。雪將牠們從山上帶下來，我們全都有危險，而且來自所有方面。馬幾乎準備好了，我們很快便出發。我們正奔向某人的死亡之路。唯有上帝知道是誰、或在哪裡、或是什麼事、或何時死亡，或可能是如何……

凡赫辛醫師的備忘錄

11月5日，下午——我至少是神志清醒的。感謝上帝在所有事件中的慈悲，雖然證明上帝慈悲的過程是令人恐懼的。當我留下米娜夫人睡在聖圈內時，我循路走向城堡。我從沃瑞斯提帶來放在馬車中的鐵錘很管用，雖然門都是開的，但我將門上生鏽的絞鏈全部打落，以免某些不良的意圖或厄運會將門關上，使我進去後出不來。強納生苦澀的經驗這裡幫上了我。藉著他日記的回憶，我找到路到了老教堂，因為我知道我的工作將在這裡。空氣很壓迫人，似乎有某種硫磺氣體，有時令我頭昏眼花。我耳朵裡要不是聽到咆哮聲，便是聽見遠方的狼嗥。然後我想到親愛的米娜夫人，而我立時陷入兩難。

她，我不敢帶到這個地方，而是留在吸血鬼傷害不到的聖圈中。然而縱使在那裡也會有狼！我決定要在這裡進行我的工作，而至於狼，我們必須服膺上帝的意旨。無論如何，那只是死，然後便是自由。所以我為她做了這個選擇。如果是我自己，選擇就容易了；與其永息於吸血鬼的墳墓，不如長眠於狼胃！我這麼做了我的選擇，繼續我的工作。

我知道至少有三座墳墓要找到，有鬼居住的墳墓。所以我找了又找，後來發現其中一座。她以吸血鬼之姿躺臥著，如此充滿生命和妖嬈美艷，以致我發抖得好像是要來謀殺她似的。啊，我不會懷疑，古時候當這樣的事發生時，許多像我這樣來做這種任務的男人，最後竟發現自己把持不住，先是心旌搖動，繼而手腳不聽使喚。如此他拖延、拖延又拖延，直到單只那淫蕩活死人的美艷和媚惑便將他催眠。而他一動也不動，直到太陽西沈，而吸血鬼睡眠結束。然後女人美麗的眼睛張開，放出愛光，妖豔的嘴獻出一吻，而男人是虛弱的。然後那吸血鬼國遂又添一縷冤魂；活死人冷酷而恐怖的隊伍又添一名惡鬼！……

確實，當我被眼前這樣一個尤物所感動，是有一些迷戀，即使她是躺在一座年久失修、被覆數世紀厚厚塵土的墳塋中，而空中還散發著伯爵的巢穴特有的可怕氣味。是的，我受到了感動。我，凡赫辛，雖然有著我所有的目的和我心中怨恨的動機。我受到感動而渴望擱延，那似乎癱瘓了我的官能並堵塞我的靈魂。有可能是我對睡眠的自然需求以及空氣中奇特的壓力，漸漸征服了我。確定的是，我正逐漸入眠，是那種睜開眼睛對甜蜜的陶醉投降的睡眠，說時遲那時快，一聲長長的低嚎穿過被雪凝固的空氣，如此充滿愁楚和哀憐，以致嚎聲宛如號角聲般將我喚醒。因爲我聽見的是我親愛的米娜夫人的聲音。

然後我再振作起來，進行我可怕的任務，扭開螺絲，揭起棺蓋，發現了三名姐妹中的另一名，比較黑的那一個。我不敢停下來像看她的姐妹那樣看她，唯恐我會再一次開始被迷住。我繼續搜尋，直到此刻我在一座高大的墳墓——好像是爲一位心愛的人所建——中發現另一位姣好的姐妹；就像強納生一樣，我見過她從薄霧的原子現身。她看來如此姣好，如此光燦美麗，如此精妙地妖嬈，以致我身中男人的本能，那呼喚一些男人去愛和保護一位女性的本能，使我的腦袋裡天花亂墜。但感謝上帝，我親愛的米娜夫人發自靈魂的哀嚎尚未自我耳朵逝去。而，在魔咒能進一步控制我之前，我已鼓起勇氣做我那離奇的工作。此時，我已搜尋了教堂裡所有找得到的墳塋。而由於夜間在我們附近只有三個這些活死人的幽靈，因此我採信不再有活躍的活死人存在了。有一座高大的墳塋擺出君臨眾墳的態勢，它十分巨大，比例透現高貴氣息。上面僅有一個名字。

卓九勒

這便是吸血鬼王的活死人之家了，還有那麼多活死人要來此報到。它的空洞明白道出了我所知道的事情。

在我開始藉由我可怕的工作，將這些女人恢復她們死亡的舊身之前，我在卓九勒的墳塋裡放置了一些聖餅，因此將他自墳墓永遠驅逐。然後開始我可怕的任務，而我畏懼它。假如只有一項的話，比較起來就容易了。但三項！在我完成一串恐怖動作之後，再做兩次！因爲如果對甜美的露西小姐下手都可怕的話，那麼對這些存活了數世紀、並且受到歲月加強的怪物下手，對這些如果能夠爲她們自己骯髒的生命奮戰，便定然會與我大戰的怪物下手，後果自然更加不敢想像。

噢，我友約翰，但那是屠夫造業。除非我已爲其他死者及畏懼此異類的生者之念所激勵，我不可能做得下去。

我顫抖又顫抖，甚而一切結束了尚抖不停；感謝上帝，我的神經耐住了。若非我先見到那終獲歇息的神色，以及就在最後的解決來臨前襲到面上的興奮，因爲她們體會到靈魂已贏取回來，我是沒辦法進一步屠殺她們的。我不可能忍受得了那木樁敲到底時爆出的可怕尖叫、扭曲的身形猛然的前傾和滿是血淋淋泡沫的嘴唇。我應當已經拋下一切，嚇得逃走。但結束了！而那些可憐的靈魂，我現在可以同情她們並哭泣，因爲我想她們每個在消逝前，都在短暫的徹底死亡中享受到一份安詳。因爲，我友約翰，我的刀刃才剛切下每顆頭顱，整個身體便開始消溶並崩解成它本來的塵土，好像幾世紀前便應來臨的死亡終於完事，並立即大說宣說，「我在這裡！」

在我離開城堡之前，我修理了它的入口，從此伯爵將再也無法以活死人之身進入那裡。

當我跨入米娜夫人睡覺的圈子，她自睡眠中醒轉，見到我後，以我已忍受太多的痛苦聲音呼喊：「來！」她說，「離開這可怕的地方！我們去會我的丈夫，我知道，他正往我們這裡來。」她看起來消瘦、蒼白而衰弱，但她的眼睛純淨而發出熱光。我看到她的蒼白和病容很高興，因爲我的腦袋充滿了那可憎的吸血鬼睡眠新鮮的恐怖記憶。如此我們滿懷信任和希望，然而充滿恐懼，往東會合我們的朋友——和「他」——米娜夫人告訴我她知道他正前來與我們會合。

米娜·哈克的日誌

11月6日——午后已晚，教授和我往東前行，我知道強納生正來那兒。我們走得不快，雖然道路是陡峭的下坡，但我們必須隨身攜帶重重的毯子和包套。我們不敢面對在寒冷和雪中失去溫暖的可能性。我們也必須帶一些補給品，因爲我們是在徹底的荒蕪之中，而就我們所能看過降雪所及，實在了無人煙。當我們大約走了一英哩，我已走得很累，於是坐下休息。然後我們後望，清楚見到卓九勒的城堡切開天空的線。因爲我們已經下到城堡座落的小山很下面的地方，所以喀爾巴阡山脈的透視角度遠遠在它之下。我們看見了城堡所有壯麗的風貌，它棲在一座懸崖頂上一千英尺高的地方，看來似乎與任一邊毗鄰的陡峭山峰之間都有一道巨大的鴻溝。這個地方有著某種狂野而離奇的味道。我們能聽見遠處的狼嗥，雖然距離很遠，而聲音也被吸音的降雪裹住了一些，但聽來仍然十分恐怖。我從凡赫辛醫師四處搜尋的樣子知道，他正設法找到一些戰略點，讓我們遭到攻擊時不會太過暴露。崎嶇不平的車道依然向下，我們能從漂移的雪追蹤它。

一會兒後，教授對我打信號，我起來去他那裡。他發現了一個甚佳的據點，有點兒像是岩石中自然的凹陷，入口好像兩塊圓石夾出的一個門道。他抓住我的手，把我拉進去。「看！」教授說，「妳在這裡可以躲風避雨。如果狼眞的來，我能一隻一隻對付牠們。」他拿進來我們的毛皮，爲我做了個愜意的座位，取出一些補給品，硬塞給我。但我不能吃，甚至只是試著吃一下，都覺排斥，而儘管我會想要取悅他，但我就是無法試著做。教授看起來非常哀傷，但沒有責備我。他從盒中取出望遠鏡，站在岩石上面，開始搜尋天際。突然他高喊，「看哪！米娜夫人，看哪！看！」

我彈身而起，站在岩石上他身邊。他把望遠鏡遞給我，手指出去。雪現在落得比較沉重，並且猛打旋，因爲大風開始吹了。不過，陣陣落雪間時有小歇，此時我可看出去很遠。從我們所在的高處，可以見到很遠的距離。而在遠方，白白的大雪之外，我能看見河流蜿蜒得像一條黑絲帶般扭結捲繞。就在我們前面不遠處——事實上如此近，以致我覺得奇怪我們先前怎會沒注意到——來了一隊登山人匆匆前進。他們中間有一輛推車，一輛長長的雷特推車在甚爲不平的路上左右掃來掃去，好像狗尾巴般搖擺。那些人在雪的襯托下，我能從他們的衣裳看出是某種農民或吉普賽人。

雷特推車上有一個巨大的方形箱子。我見到箱子時心臟怦怦跳起來，因爲我感覺結局已近。夜晚現在逐漸接近，我很清楚，日落時，那妖物——到那時將一直監禁在那裡——會重新得到自由，並以多種身形中的任一種逃避追捕。我恐懼之餘轉向教授。不過，令我震驚的是，他不在那裡。

片刻後，我看見他在我下方。他已圍繞岩石畫了一個圈子，就像我們昨晚找遮風避雨處那樣。當他畫好圈子，他再站到我身邊說，「至少在這裡妳可以跟他保持安全距離！」他從我手上拿走望遠鏡，趁雪再度平息時，揮手指著我們下方所有的空間。「看見吧，」他說：「他們來得很快，他們正快馬加鞭，奔馳到極限。」他停下來一會兒，然後用空洞的聲音說：「他們在跟夕陽賽跑。我們可能太遲了。願上帝意旨得行！」又一陣遮人視線的雪片落下，整片風景一時被抹除。不過急雪很快過去，而他的望遠鏡也再次固定朝向平原。

然後突然傳來叫聲，「看！看！看！看見吧，兩個騎馬的人跟得很快，從南邊過來。那一定是昆西和約翰。望遠鏡拿去。在通通被雪遮住以前趕快看！」我取下望遠鏡，開始張望。那兩個人可能是舒華德醫師和墨利斯先生。我知道無論如何他們兩個都不是強納生。同時我曉得，強納生離得也不遠了。

我環顧四面，見到北邊又來了兩個人，騎得飛快。當中一個我知道是強納生，另一個我當然認爲是葛德明爵爺。他們也在追蹤那夥有推車的人。當我告訴教授時，他高興得喊叫得好像小學生似的，然後專心地看，直到一陣飄雪令眼前只剩一片白，他將他的溫徹斯特來福槍架在我們的避風小窩開口處的圓石旁，隨時備用。

「他們全都聚集到這裡了，」他說。「時間到了，我們四面八方都會有吉普賽人。」我取出我的左輪手槍備用，因爲我們正講時，狼嗥已越來越近、越來越大聲。當雪風暴消退了片刻，我們再往外看。看著雪靠近我們下得這樣猛，而遠處太陽西沈入遠方的山峰時，卻照得越來越亮，眞是奇怪的經驗。掃視四周，我能看見各處有暗點或單獨移動，或三兩成隊，乃至大群前湧。狼正爲牠們的獵物聚集起來。

我們等待時，每一刻都好像幾十年。風現在呼呼猛吹，雪像漩渦般暴掃在我們身上。有時我們伸手不見五指。有時在發出空洞聲的風掃過我們後，似乎清除了我們附近的空間，因此我們能遠眺天際。

我們最近已如此習慣於觀候日出日落，以致我們能相當準確的知道何時日出日落。而我們知道，太陽不久便會下山。令人難以相信的是，我們由手錶得知，我們在那岩石小窩等待了不到一個小時，各路人馬便已朝我們輻聚過來。風現在從北方刮得更加猛烈、更加嚴厲而更加穩定，似乎已將雪從我們吹開，因爲雪僅只偶爾落一陣。我們能清楚分辨各方人馬，被追的和追的都一樣。奇怪的是，那些被追的似乎不瞭解，或至少不在乎，他們在被人追。不過，他們似乎快馬加鞭的想趕在太陽下山前到達目的地。

他們越來越接近。教授和我蹲下到我們的岩石後方，並拿好我們的武器。我能看出他下定決心不讓他們通過。他們全都未察覺我們的存在。突然間，兩個聲音同時喊出，「停下來！」一個聲音是我的強納生的，音調激昂高亢。另一個聲音是墨利斯先生的，語調堅決，宛如安靜的命令。吉普賽人可能不懂他們的語言，但不論他們講的是甚麼話，語氣不可能弄錯。他們本能地勒住轠繩，就在那瞬間，葛德明爵爺和強納生從一邊衝上來，而舒華德醫師和墨利斯先生從另一邊上來。

吉普賽人的領隊，一個看起來很精采的傢伙，坐在他馬上好像他是個半人馬似的，揮手示意他們退後，然後向他的同伴吼出一些話前進。他們抽著馬，馬向前彈躍，但四個人舉起他們的溫徹斯特來福槍，並以不可能弄錯的方式命令他們停下來。就在此時，我和凡赫辛醫師在岩石後面站起來，將我們的武器指向他們。那些人眼見被包抄了，於是拉緊馬勒停下。領隊轉向他們講了句話，吉普賽人一聽，每個人均掏出身上攜帶的武器，或刀或槍，準備攻擊。爭議立即展開。

領隊迅速策馬前進，先以手指向太陽，現在正沈到小山上面，接著指城堡，說了些我不懂的話。我方的四人全部策馬衝向推車，以此作爲答覆。我見到強納生身處這樣的危險中，應該感覺很可怕的，但戰鬥的熱情定然是感染了我和其他人。我不感覺恐懼，只有狂湧的慾望要做些什麼。吉普賽人的領隊眼見我方動作迅速，立即下達命令。他的人立刻手忙腳亂地繞著推車組隊，急忙中，每個人彼此推擠以執行命令。

一片亂中，我能看見強納生在人群的一邊，昆西在另一邊，對著推車衝出一條路。顯然，他們一心想在太陽西沈之前完成他們的任務。什麼似乎都無法阻止甚至擱延他們，不論對準他們的武器或前方吉普賽人閃亮的刀子，或後面的狼嗥，似乎都甚至無法吸引他們的注意。強納生的衝動，和他一心針對目標的態勢，似乎將他前面的人都震懾住了。他們本能地蜷縮到一邊，讓他通過。一瞬間，他已跳上推車，接著以令人難以置信的力氣將大箱子抬起，從輪子上拋到地面。同時，墨利斯先生必須強行通過他這邊的瑟克利人環。這整段時間，我一直用眼角餘光屏息觀看強納生，見到他死命地前驅，在吉普賽人閃亮的刀鋒間衝出一條路，他們拿刀砍他。他用他的大波伊獵刀格開，起初，我以爲他也安全通過了他們，但是當他跳到強納生身邊，強納生那時已經從推車跳開，我能看見他用左手抓住左脅，而鮮血正從他手指間噴出。儘管如此，他並不停下，當強納生死命地砍擊箱子的一邊，試圖用他的大彎刀打開箱蓋，他也用他的波伊刀狂砍另一邊。在兩個人努力下，箱蓋開始脫落。釘子發出嘰嘰的聲音轉落，箱蓋隨即被拋到後面。

此時，吉普賽人眼見自己在溫徹斯特槍的射程內，命在葛德明爵爺和舒華德醫師手中，已經投降並不再進一步抵抗。太陽幾乎已經降到山峰上，整群人的影子落在雪上。我看見伯爵躺在箱子中的土上，有些土因方才粗魯地從推車上掉下來而散到他身上。他面上一片死白，就像一具蠟像，而那對紅眼睛冒著恐怖的復仇之火，那是我所如此清楚的。

我正看著，那對眼睛望著西沉的太陽，眼裡仇恨的神色轉成得意。說時遲那時快，強納生的大刀一下閃亮掃過。我尖叫著看著刀切過喉頭，而同時墨利斯先生的波伊刀也戳入心臟。那像是奇蹟，但就在我們眼前，幾乎在一個呼吸之間，伯爵整個身體粉碎成塵土，脫離了我們的視域。只要我還活著，就會為此高興，因為甚至在那最後分解的片刻，那張臉上也出現了平靜的神色，是那種我從來無法想像可能埋在那裡的神色。卓九勒城堡現在襯著紅色天空矗立著，它殘破的城垛每塊石頭在夕陽的光下都是如此清楚。

吉普賽人將我們視為那死人異乎尋常的消失的某個原因，二話不說，轉身就走，好像為保老命似的騎馬而去。那些沒上馬的，跳上雷特推車，向馬伕呼喊不要遺棄他們。狼已經退到安全距離，尾隨他們而去，留下我們幾個人。

已經下到地面的墨利斯先生，撐在他的手肘上，一手按住他的脅。血液仍然穿過他的手指湧出。我飛奔到他身邊，因爲聖圈現在已不能將我留下，兩位醫師也是如此。強納生跪在他身後，那受傷的人將頭倒在他肩膀上。他嘆口氣，虛弱地將我的手牽入他那隻沒有血污的手。

他一定從我的臉上見到了我心中的悲慟，因爲他對我微笑說，「我只是太快樂能夠提供些服務了！噢，上帝！」他突然哭泣起來，掙扎著坐起並指著我。「能讓這消退就值得了！看！看！」太陽現在正在山頂，紅色微光落在我臉上，讓我的臉沐浴在玫瑰光暈中。當男人們的眼睛跟隨他手指的方向看過去，他們一陣衝動，當場雙膝落地，口中同時冒出一聲深沈眞切的「阿們」。那垂危的人說，「現在感謝上帝，並非一切都是徒勞無功！看見吧！雪也不比她的前額更加無瑕！詛咒已經過去了！」然後，令我們傷心不已的，他掛著微笑，默默的去了，如此一位英勇的紳士。

後記

七年前，我們全部歷經磨練，從那以後，我們一些人的幸福，我們認爲，是抵得過我們所忍受的痛苦的。格外讓米娜和我喜悅的是，我們的男孩的生日和昆西・墨利斯的忌日是同一天。我知道，他的母親心裡頭偷偷相信，我們勇敢的朋友的精神有一些傳進了他身體裡面。他那串名字將我們這一小群人連在一起，但我們稱呼他「昆西」。

在今年的夏天，我們去了一趟外西凡尼亞，好好走了一遍過去和現在都讓我們如此充滿鮮活而可怕的記憶的舊地。幾乎不可能相信，我們親眼看見和親耳聽見的事物是活生生的眞相。曾經存在的每個蹤跡都給抹除掉了。城堡依舊，矗立在一堆荒蕪的廢墟上。

我們回到家後，暢談往日時光，我們沒什麼難以回顧的，因爲葛德明和舒華德都已愉快的完婚。我從保險櫃取出自我們那麼久前回來以後就一直在那裡的文件。我們赫然發現，在所有那些紀錄據以完成的材料中，幾乎沒有一份眞實的文件。除了米娜和舒華德和我自己後來寫的筆記，還有凡赫辛的備忘錄之外，全部就只有一大堆打字稿。即使我們想要求，也幾乎無法要求任何人，接受這些文件爲如此狂想的故事的證據。凡赫辛將我們的男孩抱在他膝上總結說，「我們不想要證明。我們不要求任何人相信我們！這個男孩有一天將知道他的母親是多麼勇敢的女英豪。他已經知道了她的甜美和愛心。以後他將瞭解有些男人是怎麼愛她，他們爲了她的緣故是怎麼樣的冒險犯難。」

強納生・哈克

國家圖書館出版品預行編目資料

卓九勒伯爵 / 布蘭姆.史托克(Bram Stoker)著 ;
愛德華・戈里（Edward Gorey）繪 ; 劉鐵虎譯.
-- 初版. -- 臺北市 : 大塊文化,
2007[民96] 面； 公分. --（R ; 13）
譯自 : Dracula
ISBN 978-986-7059-58-1（平裝）

873.57　　95025402